读客外国小说文库

激发个人成长

ANCILLARY JUSTICE

雷切帝国

正义号的觉醒

[美]安·莱基 著 孙璐 译

ANN LECKIE

上海文艺出版社

ANCILLARY JUSTICE

ANN LECKIE

本书献给我的父母——玛丽·P. 和大卫·N. 迪茨勒。尽管在世的时候没有见到这本书，可他们始终坚信我能够完成它。

第一章

一具躯体俯伏在地，一丝不挂，面色死灰，周围的雪地里分散着星星点点的血渍，气温只有零下十五摄氏度。几个小时前，一场暴风雪刚刚过境，连绵的雪堆在黯淡的晨曦下延展，雪地上浅浅印着几条足迹，通往附近那座由冰块建造而成的房屋。那是一家酒馆，或者说，至少算是个暂时充当酒馆的场所。

躯体的一条胳膊搭在身侧，从肩头到髋部的线条看上去眼熟得诡异，但我不太可能认识这个人，当地人我一个都不认识。这里是个偏远、冰冷的行星，此地更是位于这颗星球尤为寒冷背阴的那一面，远非雷切理念中的文明社会应有的样子。而我之所以来到这颗行星的这座城镇，是因为需要办一件急事。倒在大街上的闲杂人等根本不关我的事。

有时候，我也说不清自己做出某些举动的缘由。这一次也同样说不清，毕竟已经没有任何上司可以对我发号施令。所以，我无法向你解释我为什么要停下来，伸出一只脚，用脚尖挑起那具赤裸躯体的肩膀。我想要看清这个人的脸。

冻得僵硬的躯体遍布瘀青和血痕，我认识她，她名叫斯瓦尔顿·文德尔。很久以前，她曾是我的上级，年纪轻轻就是上尉，后来获得晋升，成为另一艘战舰的舰长。我以为她早就死了，可她竟然出现在这里。我蹲下来，试图找到一丝脉搏或是微弱的呼吸。

她还活着。

斯瓦尔顿·文德尔已经与我无关，我不再需要对她负责。她也从来不是我喜欢的上司。当然，我曾经听命于她，她从来不曾虐待过任何辅助部队的士兵，不曾为难过我的下属（其他军官偶尔会这么做），我没有理由厌恶她。恰恰相反，她的举止很有教养，显然是出身于良好家庭。当然，她这些极有教养的行为举止并不是做给我看的——我毕竟不是人类，我不过是一件工具，一艘战舰。但我也从来没有特别在意过她。

我站起来，朝酒馆走去。室内光线昏暗，冰墙上覆盖着一层污垢，不复当初的白色，空气中弥漫着烈酒和呕吐物的味道。一名酒保站在高高的吧台后面，一看就是本地人——矮胖、苍白、眼睛挺大。三位顾客围着一张肮脏的桌子坐着。虽然天气寒冷，她们却只穿了裤子和棉衬衫——因为在尼尔特星的这个半球，现在正值春季，她们是在享受这一年中相对“温暖”的时节。尽管她们早就注意到站在街上的我，也知道我为什么走进来，但三个人都假装没有看到我。这帮人里，至少有一个与倒在街上（现在可能已经死了）的斯瓦尔顿·文德尔脱不了干系。

“我要租一辆雪橇，”我说，“还得买一只低温急救包。”

三个人的其中之一在我身后打了个嗝，讥讽地开了腔：“小妞挺强的嘛。”

我转过身去看着她，打量她的脸。她比一般的尼尔特人高，但像她们一样肥胖苍白。块头也比我大，不过我比她高，而且我比外表看上去强壮许多，所以她根本不知道我是个不好惹的角色。从这家伙棉衬衫上的那些锐角迷宫般的图案判断，她很可能是个男性，但我并非完全确定。假如我身处雷切人的地盘，性别这一点就无关紧要：雷切人不怎么在乎性别，她们的语言——也是我的第一语言——并没有阴阳词性之分。但这里的语言却有阴阳词性，假使我用错了词性，可能会惹麻烦。而且不同地区之间的阴阳名词也各有不同，有时候甚至差异很大，我完全一窍不通。

所以我决定不说话。过了几秒钟，她低下头，似乎突然对桌面上的什么东西产生了兴趣，我意识到自己可以趁机轻而易举地杀了她。这个念头相当诱人，然而斯瓦尔顿·文德尔是目前的当务之急，于是我转身看着酒保。

酒保一副无精打采的模样，仿佛刚才剑拔弩张的一幕不曾发生过一样。她懒洋洋地问：“你把我们这里当成什么地方了？”

“就是那种，”我谨慎地选择措辞，尽量把自己的语言控制在与阴阳词性不沾边的范围之内，“能租给我雪橇、卖给我低温急救包的地方。多少钱？”

“二百申。”酒保回答。我敢肯定，她的要价是市场价的两倍。“这是雪橇的租金。雪橇在屋子后面，你得自己出去拿。急救包需要再付一百申。”

“我需要完整的急救包，”我说，“没人用过的。”

她从吧台下面拖出一只急救包，看上去应该没开过封，“你外面那个伙计在我这儿赊了账。”

她可能在撒谎，也可能是真的，无论如何，账单上的数字一定很夸张。“那家伙欠你多少钱？”我问。

“三百五。”

我可以在谈话中避免提及酒保的性别，或者索性大胆猜测——反正对方不是男的就是女的，总有百分之五十的胜率。“你真是个好人，愿意赊给别人这么多钱。”我说，这句话里面全部使用了阳性名词。我猜想酒保是个男人，而且我知道斯瓦尔顿是男性，这一点不会错，但酒保什么都没说。我问：“一共六百五十申？”

“是啊，”酒保回答，“差不多吧。”

“我们先讲好数目，该是多少就是多少。要是我把钱给你之后，有人再向我讨债，或者打算抢劫我的话，那他们就死定了。”

沉默。接着，有人在我身后啐了一口，骂道：“雷切王八蛋。”

“我不是雷切人。”我说。这话千真万确，雷切人至少属于人类。

“他是，”酒保朝门外耸耸肩，“就算你们没有口音，我也能闻出雷切人的臭味。”

“你就是这样招待顾客的呀。”我身后的三个人阴阳怪气地起哄道。我把手伸进口袋里，掏出一大把硬币，丢在吧台上。“不用找了。”说完，我转身离去。

“你的钱最好是真的。”

“你的雪橇最好真的在你说的那个地方。”我回敬道，然后便出了门。

首先派上用场的是低温急救包。我把斯瓦尔顿翻了过来，撕开急救包，从体征测试卡上掰下一块测试片剂，塞进她满是血污、冻得半僵的嘴里。测试卡上的读数变成绿色时，我解开细细的捆扎带，检查了一下能量供应，把她裹进加热毯并启动开关，接着回酒馆找雪橇。

幸运的是，我一路上没有遇到什么阻拦。我可不想在这个时候杀人，我来这里毕竟不是为了找麻烦的。我拖着雪橇绕到酒馆前门，把斯瓦尔顿放在上面，打算脱下外套给她盖上，但又想到既然她已经有了加热毯，再披外套应该是多此一举，于是便启动雪橇，离开此地。

我在镇子边缘租了一个小房间——这是十二间灰绿色塑料

预制板房的其中一间：立方形状、挑高两米、污浊不堪。床上没有褥子，使用毯子和取暖器也需要另外加钱，我只能乖乖照付，而为了把斯瓦尔顿从雪堆里弄出来，我已经花了一笔多得荒谬的钱。

我尽可能地把她身上的血迹清理干净，检查了她的脉搏（她还有脉搏）和体温（正在升高）。假如是在过去，我连想都不用想就能知道她的核心体温、心率、血氧浓度和激素水平，只须运用意念就能探测到目标身体上的每一处创伤。然而，现在我只能看出她挨过打——脸肿了，身上有瘀青。

低温急救包里只配备了最基本的药品，仅够救急用的。斯瓦尔顿可能还有内伤和严重的脑震荡，然而以现在的条件，我只能为她处理简单的割伤和挫伤。假如运气好的话，我只需要解决她的体温低和瘀青这两个问题，但我并没有多少医学知识（至少不再像过去那样）。现在我只能根据最基本的症状，做出最基本的诊断。

我又把一块片剂塞进她的喉咙里，重新测试了一遍——她的皮肤没那么凉了，不再黏糊糊的；除了瘀青，肤色也恢复为正常的棕色。我去外面舀了一罐雪，拿进来等它融化，特意把罐子放在角落里——如果就搁在她脚边，等她醒过来，可能会一脚踢倒罐子，跑到外面去，把我反锁在屋子里。

太阳越升越高，光线却没怎么变强，雪地上多出了好些脚印，甚至有把昨晚的风暴带来的厚重积雪破坏殆尽的迹象。几个尼尔特人在周围晃悠。我把雪橇拖回帐篷，搁在帐篷后部，没人跟我搭讪，昏暗的酒馆门口静悄悄的，里面鸦雀无声。我朝镇中心走去。

镇子的商业区到处都是做买卖的人。穿长裤和夹层衬衫的肥胖、苍白的小孩在一起踢雪玩，她们发现我走过去，会停下动作，惊奇地瞪大眼睛看着我；那些成年人虽然假装对我视而不见，但从我身边经过时，她们会悄悄地瞟我一眼。我走进一家商店，发现室内的温度顶多只比冰天雪地的室外高出五摄氏度。

店里有十几名正在聊天的顾客，看到我进去，她们立刻闭上了嘴。意识到自己此刻面无表情，我马上调整面部肌肉，装出愉快随和的模样。

“你想要什么？”店主咕哝道。

“我不着急，请先招呼别的顾客吧。”我说，但愿那群人的性别不止一种，因为我说的这句话使用了混合性别代词。然而店主和顾客们谁都没有说话。“我需要四条面包和一块肥油，还有两套低温急救包和两包通用治疗剂，如果你店里有的话。”我只好继续往下说。

“我这里有‘十’‘二十’和‘三十’规格的。”店主说。

“请给我‘三十’的，谢谢。”我说。

她把我要买的东西堆到柜台上。“一共三百七十五。”有人在我身后咳嗽了一声——看来卖东西的又多收我的钱了。

我付过了钱，走出店门。街上的孩子还在嬉笑打闹，成年人继续对我视而不见。我又去了服装店买衣服（斯瓦尔顿需要衣服），然后回到租住的房间。

斯瓦尔顿仍旧在昏迷之中，但我看不出她有休克的迹象。罐子里的雪已经融化了一大半，我掰下一半硬得像砖头的面包，放进雪水里泡着。

从斯瓦尔顿的伤势来看，最危险的可能是头部损伤和内部器官损伤。我拆开刚刚买来的两包通用治疗剂的包装，掀开毯子，把其中一块药剂贴在斯瓦尔顿的腹部，看着它融化、摊开，最后凝结成一块透明的硬壳般的东西。我把另一块贴在她的脸侧——那里的瘀青看上去最严重。等这块药剂也变硬之后，我脱掉外套，躺下来睡着了。

七个半小时刚过，斯瓦尔顿动了一下，我醒了。“你醒了吗？”我问。我给她敷在脸上的那块通用药剂粘住了她的一只眼皮和一半嘴唇，但脸上的瘀青明显变浅了很多，肿也基本消了。我思索了一会儿现在该用什么样的表情合适，然后按照思考的结果调整好面部肌肉。“我发现你躺在雪地里，在一个酒馆门口。你看起来需要帮助。”她发出嘶哑的喘息声，但没把头扭过来看我。“你饿不饿？”我问，她没回答，只是目光呆滞地盯着我，“你撞坏脑袋了吗？”

“没有。”她低声说，表情也放松下来。

“你饿不饿？”

“不。”

“你最后一次吃东西是什么时候？”

“我不知道。”她的声音很平静，语气单调，没有起伏。

我把她拉起来，让她靠着灰绿色的墙壁坐好。我的动作小心翼翼，因为不想对她造成更多的伤害。见她能够保持坐姿，我舀起一勺面包糊糊，轻轻塞进她的嘴里，仔细地注意不去碰到她嘴上的药剂。“咽下去。”我说，她照做了。我把碗里的东西喂她吃了一半，自己吃掉剩下的一半，之后又出去铲了一盘子雪。

她看着我把另外一半硬面包放进盘子里，但什么都没说，神色依然平静如水，没有一丝波澜。“你叫什么名字？”我问。她不回答。

我猜，她可能嗑了毒幻剂。大多数人都知道，毒幻剂能抑制情绪，但不只如此，它还有别的功效。过去的我能够详细讲述毒幻剂的各项功用，可现在的我已经不是以前的我了。

据现在的我所知，人们摄入毒幻剂是为了终止某些感觉，或者是为了抑制她们自认为失去控制了的情绪。她们觉得，极度的理性会导致极度的逻辑主义，这对她们大有裨益，然而实际情况却并非如此。

为了把斯瓦尔顿从雪地里救出来，我已经付出了自己能负担得起的一点可怜的时间和金钱，可这样做是否值得？如果让斯瓦尔顿自生自灭，她或许能按照自己的心意做出选择——比如再嗑点儿毒幻剂，或在另一个类似那家酒馆的处所门口，彻底死个透。如果她心甘情愿这么做，我没有任何权力阻止她。可要是她真心想死，为什么不干净利落一点，像那些下定决心自杀的人一样，直接吞下足以致命的药片呢？对此我并不理解。

我还有许多想不明白的地方。十九年来，我一直都在假装人类，但人类却没怎么教过我该如何假装。

第二章

确切地说，在发现倒在雪地里的斯瓦尔顿时，我已经假扮人类十九年三个月零一周了。在此之前，我曾经是环绕行星希斯乌纳的轨道航行的一艘智能军舰。军舰是雷切舰船中规模最大的一种船舶，总共有十六层甲板，包括指挥甲板、管理甲板、医疗甲板、水培作物甲板、引擎动力甲板、中央枢纽甲板以及船上所有军官的生活区和工作区所在的甲板——我对军官们的每个呼吸和每次肌肉的收缩与伸展都了如指掌。

军舰很少到处移动，我已经安稳如山地环绕行星的轨道运行了两千多年，当然偶尔也会前往别的星系继续绕轨航行。处于太空之中，我的战舰外壳能够感受到真空环境下的那种独特的、似有若无的丝丝凉意。在我眼里，希斯乌纳星就像一颗蓝白相间的玻璃棋子，其轨道空间站围绕着它转个不停，也时常与我擦肩而过。每天总有一长列的舰船在空间站外面排队，等候与空间站的港口对接、载货、卸货、离港，穿过一道又一道的信标和闸门。从我所在的行星轨道上虽然看不到希斯乌纳星上的各个国家的边界，但每当某个半球进入夜晚，那里就会出现一片片灯火辉煌的区域，那是分布在各处的城市和城市之间彼此相连的路网。大兼并结束后，这些地方的公共设施得到了重建。

虽然不能总是看见，但我能感觉到和听到友舰的存在。在它们之中，有体积比我小，但速度更快的巨剑级和仁慈级战舰，还有当时数量最多，和我一样的正义级战舰。在我们之中，服役最久的拥有近三千年的历史，彼此早就熟识，以至于越来越无话可说，因为想说的都在漫长的岁月中说尽了。总的来说，一起工作的时候，除了必需的业务交流，我们通常会保持沉默。

因为拥有分身，我可以同时处理不同地方的工作。比如执行攻打位于希斯乌纳星的奥斯城的任务——当时我听命于伊斯克中队的上尉奥恩。

奥斯城坐落在一片湿涝的土地上，整个城市有一半建在沼泽湖里。建筑使用石板作为地基，地基深深地扎根在泥泞的沼泽中，运河里淤积着绿色的烂泥，石板之间的缝隙里、柱子的下缘、任何水能触及的地方都有这种绿泥的踪迹。水位根据季节变化，空气中常年弥漫着硫化氢恶臭，偶尔会被大风吹散。夏季的风暴经常让城市临湖的那一半簌簌发抖，把来自堰洲岛附近的棕色泥水吹到人行道上，形成及膝深的积水；风暴还会让硫化氢的味道变浓。气温暂时降低，但这份难得的凉爽只会持续几天时间，潮湿与炎热很快就会卷土重来。

我从轨道上分辨不出奥斯的大致轮廓。与其说是城市，那里更像一个村镇；作为一个国家的首都，它沿海岸线而建，依托沿河贸易，平底船终日在海滨穿梭，把人们从一处市镇运送到另一处。几个世纪以来，河流不断改道，受此影响，半个奥斯城已经沦为废墟。城市中的长方形岛屿缩小了许多，且被半沉陷在污泥中的破碎石板所环绕和分割，而它也一度曾拥有绵延数英里、棋盘格形状的运河网。到了旱季，有些被绿色泥水淹没掉的残破的屋顶和廊柱还会重新浮出水面。奥斯曾经是数百万人的家园，然而五年前雷切军队兼并希斯乌纳星球的时候，当地居民只剩下六千三百一十八人，此后人口仍在急剧减少。与攻占其他几座城市时一样，我们刚刚踏上奥斯的土地，奥恩上尉就立刻要求敌人投降。我以战舰上的伊斯克分队队员的身份前往，和一群全副武装的上尉一起，列队进入这座城市的街道。伊克特教的大祭司也和她的大部分随从一起抵达了这里。在大兼并期间，依靠本城大祭司的指挥，她的教区中的大部分信徒奇迹般地保住了性命，这简直有些不可思议——奥斯城的生存环境本来就十分恶劣，居民哪怕稍有呼吸困难都有可能死掉，更何况还要应付可怕的大兼并。

奥斯城的大祭司依然拥有无与伦比的影响力，这个城市的人口规模似乎也比看上去的大：每逢朝圣季，成千上万的朝圣者纷纷涌入神庙前方的广场，在那些原本空荡荡的街道的青石板路面上露天扎营。对于伊克特神的崇拜者而言，这处神庙是希斯乌纳星的第二大圣地，大祭司更俨然是神祇一般的存在。

通常，在五十多年或更长时间才会发生一次的大兼并正式结束后，被兼并的地方都会进驻一支平民警察部队以维持治安。然而这一次的兼并有所不同——存活下来的希斯乌纳星人被赋予公民身份的时间比往常提前了许多。尽管如此，体制内的官员们并不相信当地人已经对帝国毫无威胁，军事压力依旧很大。大部分正义托伦-伊斯克中队（正义级战舰托伦号上的伊斯克中队）的成员已经返回战舰，但奥恩上尉留了下来，陪同她停留此地的是正义托伦-伊斯克第一分队的二十名队员——这支如同保镖的队伍就是由我和我的分身们组成的。

大祭司住在与神庙相连的一栋房子里。这栋房子是自奥斯尚且能够被称为城市的时期留存下来的几座不曾受到战火影响的建筑之一，共四层，整座房子只有一块单坡屋顶和几层楼板，没有用来分隔出房间的固定墙壁，只有在房主需要保护隐私的时候才会在需要的位置升起一块隔板，在遇到风暴天气时会放下遮雨篷挡雨。大祭司就是在这座建筑中的一块五米见方、由隔板分隔出来的空间接待奥恩上尉的，光线透过黑漆漆的隔板顶端的缝隙照射进来。

“你注意到没有，”满头银发、蓄白色短须的大祭司说，“在奥斯当兵并不容易？”她和奥恩上尉坐在两块垫子上——像奥斯的所有东西一样，垫子十分潮湿，有股霉味。大祭司披着一块黄色的长布，在腰部系了一个结。肩膀上有几块形状各异的墨水渍，有的是圆形，有的是三角形，这种墨水记号的形状取决于当天她所从事的宗教活动的重要程度。考虑到雷切人的待客礼仪，她戴着手套。

“当然没注意到。”奥恩上尉快活地回答——但我觉得她的快活有一半是假装出来的。她有一双深棕色的眼睛，深色短发，肤色也有点深，丝毫不显得苍白，但尚未达到时髦所要求的程度——她本可以改变肤色、发色和眼睛的颜色，可她从来没这样做过。今天她并没有穿制服（她平时的制服是这样的：上衣是一件棕色的长外套，点缀几枚镶嵌珠宝的饰针，里面是衬衣，下着长裤和靴子，戴手套），而是穿了一条大祭司那样的裙子和一件薄衬衣，戴着最轻便的手套。可即便如此，她还是不停地出汗。我站在房子门口，沉默无语，姿态笔直，一位初级祭司把茶杯和碗碟搁在奥恩上尉和大祭司中间。

我的另一个分身站在距离大祭司住宅四十多米的神庙中。神庙高四十三点五米，长六十五点七米，宽二十九点九米，一侧开着好几扇门，门框几乎有屋顶那么高，另一侧如同高耸悬崖般俯瞰着下方的人群。它在细节方面的设计煞费苦心：庙宇脚下是一座布道台，宽大的台阶通向由灰绿色石板铺就的地面，光线沿着数十扇天窗倾泻而下，照在粉刷着壁画的高墙上。画里描绘的都是伊克特教派的圣人的生活场景，但这座神庙和奥斯的其他建筑并没有半点相似之处——与伊克特教派一样，此地的建筑风格也是从希斯乌纳的别处引入的舶来之物。每逢朝圣季，这里总是挤满了信徒。虽然除此之外也有其他圣地，然而，当一个奥斯人提到“朝圣”时，她所指的必定是一年一度在此地举行的朝圣仪式。此时，在神庙一隅，数十位虔诚的朝拜者正在喃喃地低声祈祷。

大祭司笑了。“你是来搞外交的，奥恩上尉。”

“我只是个军人而已，阁下。”奥恩上尉说，两人讲的是雷切语。她的语速很慢，措辞精确，发音谨慎。“我没觉得在这里履行自己的职责有多么困难。”

大祭司的脸上没有了微笑。在她短暂沉吟的当口，先前那位初级祭司把一只尖嘴大碗放在桌上，里面盛的是希斯乌纳人称其为“茶”的东西：浓稠的液体，半凉不热，有甜味，但不像是真的茶。

我还有一个分身站在神庙门外的广场上。由于气候湿热，地面上生长着不少蓝藻。行人来来往往，大部分衣着简单：像大祭司那样，穿着浅色的短裙。只有很小的孩子和非常虔诚的信徒会穿大祭司那种带墨水记号的上衣，戴手套的人更是少见。行人之中，有的是移民。大兼并之后，一些雷切人在奥斯被分配到了工作，有些还得到了产业，她们中的大多数都穿着样式简单的短裙，上衣是一件浅色的宽松衬衫，就像奥恩上尉穿的那样。还有的人比较保守，坚持穿长裤和夹克，可以明显地看到她们在横穿广场时正在冒汗。不过，所有的人都戴饰品：雷切人很难放弃饰品——它们有些是朋友或者爱人送的礼物，有些是纪念逝者的小物件，这些都是家族出身的证明或者情感的寄托。

广场北侧有一段长方形的水渠，它因神庙而得名，叫作“庙前水渠”。旱季时，奥斯某些区域的地表会完全浮出水面，这部分城市被称为“上城区”，我的其他分身也在那里巡逻。走到水渠边时，我能看到自己的那个站在广场上的分身。

有人撑着船从浑浊泥泞的湖面上划过，在青石板废墟之间的水道中穿行，水中浮渣泛滥，藻类丛生，水草扎堆。远离市中心的东区和西区的那些禁止出入的水域都被浮标标记了出来，成为翅膀闪烁着虹彩光芒的沼蝇的乐园，那里的水生植物也格外茂密，纠缠丛杂。禁区四周，大型货船和庞大的挖泥船静静地停在水面上。大兼并之前，这些船只每天都会从水底挖出大量恶臭的淤泥。

除了地平线更加光秃秃之外，南边的景物和北边的并无多大差别，远处就是大海，近处则是大片的水坑和沼泽。我的分身们有的站在神庙周围，有的在街上巡逻，观察着眼前的一切。当前的气温是二十七摄氏度，一如既往非常潮湿。

这些分身是我的二十个身体中的一半，其余的分身现在要么在奥恩上尉占据的那座奥斯城的房子里睡觉，要么在那里工作。那是一座三层的宽敞小楼，曾经的房主是一户人数众多的家族。后来那里改造成了船舶租赁中心，房子的一侧对着一条绿色的泥泞运河，另一侧俯瞰当地最大的街道。

房子里现在有三个分身是醒着的，正在行使管理和站岗放哨的职责。比如，有个分身正坐在一楼那个低矮平台的垫子上，听一个奥斯人向我抱怨捕鱼权的分配问题——“这位公民，你应该把这件事反映给地方治安官。”我用当地方言告诉她。因为我认识这儿的所有人，我知道她是个女性，已经做了祖母，所以，在措辞的语法和礼节方面，对方挑不出我的语言中的任何错误。

“我压根儿不认识什么地方治安官！”她愤慨地抗议道。其实，地方治安官的办公室设在奥斯城上游的一个人口稠密的大城市，靠近寇尔德-韦斯。因为距离泽国奥斯足够遥远，那儿的空气凉爽而干燥，也不会整天都能闻到一股发霉的味道。“就算真的存在什么地方治安官，她也不可能知道奥斯！而据我所知，所谓的地方治安官根本不存在！”她说，随后便开始滔滔不绝地讲述她的房子和禁区水域之间的关系，以及二者的历史。但我知道，在接下来的三年里，那里肯定不会允许居民进去捕鱼。

在处理这一切的同时，我的大脑当然也始终掌控着在希斯乌纳行星轨道上运行的正义托伦号战舰的事务。

“得了吧，上尉，”大祭司说，“与其他地方相比，待在奥斯是最倒霉的。不用说雷切人了，我认识的大多数希斯乌纳人都宁愿住在一个土地干燥、季节分明的城市。你们也肯定不会喜欢这么个除了下雨就是阴天的鬼地方。”

奥恩上尉依然在出汗，手里端着所谓的“茶”。她表情扭曲地喝下杯中的东西——做到这一点显然需要很大的决心和毅力。

“上级一直打算把我召回去。”

相对干燥的城市北部边缘，两名身穿棕色制服的士兵从一艘舱门敞开的小型汽艇旁边经过，看到我的时候，她们举手敬礼，我也抬了抬手。“伊斯克第一分队！”其中一位大声说。她们是普通士兵，来自正义恩特号的伊萨第七分队，隶属斯卡伊阿特上尉。眼前，这两个人正在奥斯和寇尔德–韦斯西南隅之间的狭长地带巡逻，寇尔德–韦斯位于新形成的河口地区，是一座后来才壮大起来的城市。正义恩特号伊萨第七分队的队员是人类，而她们知道我并非人类，所以总是用一种夹杂着些微警惕的友好态度对待我。

“我希望你留下来。”大祭司对奥恩上尉说，不过后者早就知道了她的想法。两年前我们就应该返回正义托伦中队了，但大祭司执意让我们留在此地。

“你理解的，”奥恩上尉说，“她们很想派人类部队代替伊斯克第一分队，辅助部队看起来不值得信任，然而人类……”她放下茶杯，拿起一块黄棕色的方形蛋糕，“人类有家庭、有自己的生活，她们会想念家人，所以不愿意像辅助部队那样，在冰天雪地的地方一待就是好几百年。不过，在人类适合生活的地方，比如这儿，没有道理一直让辅助部队驻防，人类士兵也愿意在这里服役。”虽然奥恩上尉已经在这里待了五年，经常与大祭司见面，但这还是她第一次如此坦率地谈起这个话题。说到这里，她皱了皱眉，她的呼吸频率和内分泌水平的变化让我意识到她想到了什么令人沮丧的事。“而且，你对伊萨第七分队并没有什么不满，是不是？”

“没有。”大祭司说。她抿着嘴看向奥恩上尉。“可我了解你，也了解伊斯克第一分队。而对于新来的部队，无论她们派谁来，我都完全不了解，我教区的信徒更是对她们一无所知。”

“兼并是一件脏手的活计。”奥恩上尉说。听到“兼并”两个字，大祭司眼神微缩，不由自主地流露出惧怕的神色。我知道奥恩上尉肯定注意到了大祭司的表情，但她继续说道：“伊萨第七分队来这里不是为了进行兼并的。伊斯克第一分队不会做的事，伊萨第七分队更不会做。”

“不，上尉。”大祭司放下自己的茶杯，看上去心神不宁，但我无法获取她的内部数据，不确定她是否真的焦虑。“正义恩特的伊萨部队做了许多伊斯克第一分队没做的事。当然，伊斯克第一分队杀的人和伊萨第七分队杀的一样多，或许比她们还多。”她看着仍旧沉默地站在门口的我，说：“没有冒犯的意思，但我认为你们杀的更多。”

“没关系，大祭司，”我回应道，大祭司喜欢和我说话，仿佛把我当成了人类。“你说得对。”

“阁下，”奥恩上尉说，语气里的担忧相当明显，“假如伊萨第七分队的士兵——或者其他人——虐待公民……”

“没有，没有！”大祭司厉声抗议道，“雷切人已经非常注意对待公民的态度了！”

奥恩上尉的脸热起来，在我看来，她的痛苦和愤怒显而易见。虽然无法阅读她的思想，但我看得出她每一条面部肌肉的抽动和扭曲，所以，她的情绪对我来说就像隔着透明的玻璃那样一览无余。

“请原谅。”大祭司说。但奥恩上尉的表情没变，不过她的肤色比较深，看不出愤怒导致的脸红。“雷切人既然赋予了我们公民身份……”她顿了顿，似乎在思索刚才说的话，然后才继续说道，“自从伊萨第七分队来了以后，她们的行为真的让我无可挑剔，但我见过你们的人类部队，就在你们所谓的兼并期间。你们赋予的公民身份也许很容易被剥夺，而且……”

“我们不会……”奥恩上尉反驳道。

大祭司抬起一只手，打断了她，“我很清楚伊萨第七分队是什么样的部队，知道她们会对踩线违规的人做什么。五年前，我们还不是公民，至于将来怎么样，谁也不知道，她们也许又会说我们不具备成为公民的资格。”她摆摆手，做出一副听天由命的样子，“这些都不重要，想要设立这些界限是很容易的。”

“你这样想，我不怪你，”奥恩上尉说，“现在毕竟是困难时期。”

“恕我直言，我认为你相当天真，甚至天真到了难以置信的程度，”大祭司说，“假如你下命令，伊斯克第一分队可以毫不犹豫地枪毙我，但你们从来不会仅仅为了展示权力或者满足某些变态的虐待欲而殴打、羞辱或者强奸我。”她扭头看我：“你会吗？”

“不，阁下。”我说。

“伊萨第七分队的士兵却做得出这样的事。当然，她们不曾这样对待过我，也从未这样对待过奥斯的大多数人，可她们就是做得出这种事，谁知道将来她们是否会如此对待我们？”

听了大祭司的话，奥恩上尉垂头丧气地坐下，低头看着杯子里让人丝毫没有胃口的茶水，无言以对。

“这感觉很奇怪，你先是听说了世上存在‘辅助部队’这么一种可怕的军队，知道它们是雷切人制造出来的最骇人听闻的战争机器，就像当年在加赛德那样——没错，加赛德，但那是一千年前的事了。辅助部队的作用是实施侵略和抓人——把整座城的一半成年人变成和它们一样的行尸走肉，为你们的战舰的智能中枢做奴隶，迫害自己的同胞。在你说的兼并发生之前，我会觉得这样简直生不如死。”她又扭过脸来问我：“对不对？”

“我的分身们实际上并没有死，阁下，”我说，“而且你所估计的被转化为辅助部队的成年人数量有点多。”

“我过去很怕你们，”大祭司对我说，“一想到你们就在附近，我会心惊胆战。你们顶着一张死人脸，声音冷冰冰的，没有感情，但现在我更害怕自愿服役的活人组成的军队，因为我不认为她们值得信任。”

“阁下，”奥恩上尉抿着嘴说，“我就是自愿服役的，没有特殊的理由。”

“尽管如此，但我相信你是个好人，奥恩上尉，”大祭司端起茶杯，呷了一口，表情平静，仿佛不曾发表过刚才那番激烈的言辞。

奥恩上尉的喉咙和嘴唇发紧，显然有话要说，但不确定该不该说，“你听说伊姆的那件事了吧？”终于，她下定决心开口道，语气依然小心谨慎。

大祭司愤愤不平地反问道：“怎么，伊姆发生的那件事能够提升雷切官员的自信吗？”

事情是这样的：伊姆空间站以及它所在星系里的那些比较小的空间站和卫星位于雷切帝国的偏远边境。多年来，伊姆总督充分利用这种天高皇帝远的距离优势，猖狂地贪污受贿、收取保护费、卖官鬻爵，导致数千名公民被不公正地处决或者（其实下场和处决差不多）被迫成为辅助部队——尽管制造辅助部队的行为不再合法。总督控制了所有的通信授权和旅行批准权。本来，按照规定，空间站的智能中枢应该向当局报告此事的，但不知怎么，伊姆空间站的智能中枢并没有这么做，因此腐败继续毫无约束地蔓生滋长。

直到有一天，一艘飞船驶入了距离仁慈级巡逻舰萨尔斯号只有数百公里的星际空间，因为这艘古怪的飞船并不听从巡逻舰发出的指令，萨尔斯号的船员只得攻占了飞船。她们发现，飞船上有数十名人类，还有个来自拉尔的外星人。萨尔斯号的舰长命令手下的士兵俘虏那些看上去适合转化为辅助部队的人类，杀掉其余的乘客，然后将飞船交给伊姆星系的总督。

萨尔斯号并非驻防伊姆星系的唯一一艘船员是人类的星际军舰。其时，总督已经把该星系中所有的人类部队纳入了她的行贿关系网，那些反对收黑钱办事的人会遭到威胁甚至处决。但那一天，萨尔斯号上的阿马特第一分队的队长执意抗命，拒绝杀死飞船上的人类和外星人，还说服了队员们支持自己的抗命行为。

这件事发生在五年前，但事情的结果依然持续发酵，影响深远。

奥恩上尉调整了一下坐姿，“那件事之所以会曝光，是因为有个人类士兵违抗命令，导致哗变，如果不是她……反正辅助部队不会抗命，它们做不到这一点。”

“那件事之所以会彻底曝光，”大祭司说，“是因为那艘人类士兵登上的飞船里有外星人——雷切人杀起人类来很少犹豫，尤其是杀没有公民身份的人，但杀死外星人很可能引发与外星人的战争，不得不谨慎。”

与外星人开战，极有可能违反人类和外星种族——普利斯戈尔人——签订的协约，这将导致一系列十分严重的后果。尽管如此，也有许多雷切高官反对遵守这份协约。我看出奥恩上尉有点想反驳大祭司，但她最后还是说：“伊姆总督对这件事掉以轻心了。假如那位士兵没有违抗命令的话，杀死外星人很可能引发战争。”

“她们处决那个士兵了吗？”大祭司直截了当地问，违抗命令的士兵通常会被处决，更不用说搞哗变了。

“根据我所知道的最新消息，”奥恩上尉说，呼吸有点急促，“拉尔人同意将她移交给雷切当局，”她咽了咽口水，“我不知道当局会如何处理她。”现在那名士兵很可能已经被处决了，但这样的消息可能需要一年多才能从偏远的伊姆传到希斯乌纳。

大祭司半晌无语，她给自己添了些茶水，往一只小碗里舀了勺鱼肉酱，然后问：“我要求你继续留在此地，这是否给你带来了不便？”

“没有。”奥恩上尉回答，“实际上，另一位中队上尉甚至有点嫉妒我，因为留在托伦号上是没有出任务的机会的。”她端起自己的杯子，表面冷静，内心却愤怒烦躁。谈论伊姆的那件事加重了她的焦虑。“出任务意味着有可能获得嘉奖和晋升。”眼下已经到了兼并的最后阶段，而“出任务”正是一名军官通过与新公民建立联系，甚至以讨好她们的方式扩大人脉的最后机会。

“这是我要求你留下来的另一个原因。”大祭司说。

我跟随奥恩上尉返回她的住所。我们穿过神庙和广场上的人群，躲避着在广场中央嬉笑着玩卡乌球的小孩。这时，我看到一个来自上城区的青少年，她闷闷不乐、无精打采地坐在庙前水渠旁，看着十来个小孩在前方的几块石头上蹦蹦跳跳。孩子们唱着一首童谣：

一、二，姑妈告诉我
三、四，僵尸士兵
五、六，会打爆你的头
七、八，要了你的命
九、十，把你切成块，然后拼起来。

街上的人纷纷和我打招呼，我连忙还礼。依然愤怒不安的奥恩上尉心不在焉地向对她行礼的路人点头致意。

上尉住所中，那个对我抱怨捕鱼禁令的人不满意地离开了。她走了之后，两个小孩绕过隔板跑进来，盘腿坐在那位市民刚刚腾出来的空坐垫上。这两个孩子都穿着粗布上衣，腰上系着带子，衣服洗得很干净，但已经褪色，没戴手套。大的那个九岁左右，小的那个胸前和肩上有墨水印记——形状微微有些模糊——这说明她应该还不到六岁。她皱着眉头看着我。

因为无须使用区分性别的词汇，跟奥斯人的小孩说话比和成年人说话容易得多。“你们好，公民，”我操着本地方言说，我认识这两个小孩——她们住在奥斯的最南边，我经常和她们说话，但她们此前从未拜访过奥恩上尉的住所，“有什么可以为你们效劳的？”

“你不是伊斯克第一分队的。”小一点的那个孩子说。大的那个急忙对她做了个手势，似乎在提醒她少说废话。

“我是第一分队的，”我指着自己制服上的徽章说，“瞧见没有？只不过，这是我的第十四个分身而已。”

“我早就告诉过你了。”大一点的孩子对小的说。

小的那个想了想，说：“我要给你唱首歌。”我静静地等她唱歌。她深吸一口气，刚准备开始唱，又迟疑地闭上嘴。“你想听吗？”她问，似乎仍然对我的身份有所怀疑。

“是的，公民。”我说。我——没错，我自己，以及伊斯克第一分队——第一次唱歌，还是为了取悦曾经是我的上司的一名上尉。那时，正义托伦号刚刚服役不到一百年，那位上尉爱好音乐，随身总是带着一件乐器，甚至不惜为此占据有限的行军负重额度。尽管如此，她从来不曾成功引起其他军官对音乐的兴趣，于是她开始教我在她弹奏乐曲时伴唱。学会之后，为了讨她喜欢，我又去搜集和学习了更多的歌曲。当她成为战舰舰长时，我已经收集了大量的曲谱——虽然没人给我乐器弹奏它们，但我可以随时把这些曲子唱出来，以至于引发了传言，说正义托伦号上的士兵喜欢唱歌。不过人们对此十分宽容，因为这是个无害的习惯，也因为我的上司之一喜爱音乐，否则早就该禁止我们唱歌了。

假如这两个小孩是在街上拦住我的，她们绝对不会像现在这样扭扭捏捏。也许是因为走进了上尉住所的缘故，她们两个现在正襟危坐，仿佛正在参与一场十分正式的会面。我怀疑这是一次试探性的访问——小的那个孩子似乎打算找机会询问能否在这座房子里的临时圣坛干活。安排她在这里为阿马特神龛做侍奉花童并不是难事，但在奥斯（伊克特神教是当地的主要信仰），酬谢阿马特花童的传统礼品——水果和衣服却比较难以买到，更何况大一点的那个孩子已经是我们这里的花童了。而现在小的那个也想当花童，这让我觉得挺有趣。

无论如何，奥斯人不会开门见山地直接提出这样的要求，所以这个孩子才选择了如此隐晦的方式，将随意的谈话逐渐转为正式的交涉，甚至有不达目的不罢休的意思。为了让她们放心，我从外套口袋里抓出一把糖果，搁在我们之间的地板上。

小一点的那个女孩做了个肯定的手势，仿佛我的做法打消了她所有的疑虑，她深吸了一口气，开始唱起来：

我的心是一条鱼
藏在水草丛中
在那绿野之上，绿野之上。

歌曲的调子很古怪，似乎是雷切的娱乐节目中经常播放的一首歌和我听过的另一首奥斯民歌的混合体，歌词我不熟悉。就在她用清晰、略微有些颤抖的嗓音唱出了四段韵文，还想接着唱第五段的时候，隔板另一侧响起奥恩上尉的脚步声——女孩立刻不唱了。

小一点的女孩俯身向前，一把抄走了地上摆着的所有的糖果。两个孩子给我鞠了一躬，站起来往外跑，先后与奥恩上尉和我擦肩而过。

“谢谢你们的到来，公民。”奥恩上尉对着她们的背影说。两人同时愣了一下，朝上尉的方向微微做了个鞠躬的动作，脚步不停，跑到街上去了。

“有什么新闻吗？”奥恩上尉问，她不像大多数人那样对音乐感兴趣。

“算是有吧。”我说。我看到那两个小孩跑到街上的一栋房子门口，气喘吁吁地放慢了速度。小的那个摊开手掌，给大的那个看她手心里的糖果，刚才跑得那么急，她的手又那么小，竟然一颗糖都没有掉。大的那个拿起一块糖，放进嘴里。

这事如果发生在五年前，我会给她们更有营养的东西：那时候希斯乌纳的基础设施还没开始重修，物资丰富；现在公民们虽然能吃饱，但食物配给并不宽裕，只能满足最基本的果腹之需，美味而有营养的食品少得可怜。

静谧的神庙内部笼罩在绿色的光晕中，大祭司待在屏风后方一直没有露面，只有几位初级祭司不时地绕过屏风进进出出。奥恩上尉来到自己的住所二楼，郁闷地坐在奥斯风格的坐垫上，脱下衬衣丢到一边。我给她端去真正的茶，但她没有喝。我有所选择地向她（同时也向正义托伦号）报告了一些最新消息——无非是些日常琐事。“她应该把这件事反映给地方治安官，”听说有市民抱怨禁渔令，奥恩上尉有点不耐烦地说，她闭着眼睛，正在使用大脑内部的植入装置查看下午的情况汇报，“这事不归我们管。”我没说话，她也没要求或者指望我回应。她批准了我起草的写给地方治安官的公函，接着打开自己的妹妹写来的信件。奥恩上尉会把一定比例的薪水寄给远在家乡的父母，用这笔钱给她妹妹交诗歌课的学费。公民们极为推崇诗歌的价值，虽然我无法判断奥恩上尉的妹妹是否具有诗歌才能，但许多人没有——包括那些出身高贵的家伙。但她妹妹的诗歌作品和来信明显取悦了奥恩上尉，这也让她们的父母感到欣慰。

广场上的孩子们笑着跑回家里去了。坐在庙前水渠边的那个青少年重重地叹了一口气（以青少年特有的方式），把一颗鹅卵石丢进水渠，石子在水面上激起道道涟漪。

那些只是为了执行兼并任务而激活的辅助部队士兵一般不穿任何制服，躯体上仅仅覆盖着一层由体内植入装置生成的银色护甲，犹如裹着一层亮闪闪的水银，从外表根本看不出军阶。现在仗打完了，我却穿上了和人类士兵一样的制服，包裹着制服夹克的身体大汗淋漓。百无聊赖之中，我命令在广场附近站岗的三个分身张开嘴巴，异口同声地唱起了那首歌：“我的心是一条鱼，藏在水草丛中……”一个路人惊讶地看着我，但其他人没搭理我，显然是已经习惯了我的存在。

第三章

次日一早，治疗药剂明显起效，斯瓦尔顿脸上的瘀青褪色了，看起来舒适自在。但在药物的影响下，她也有点兴奋得过了头，很难集中注意力。

我展开那卷给她买的衣服——绝缘内衣、夹层衬衫、长裤、上衣、带兜帽的外套和手套——摆在她面前，然后捏着她的下巴，迫使她转过脑袋，“你听见我说话没有？”

“听见了。”她说，深棕色的眼睛凝视着我左肩后方的什么东西。

“起来吧。”我拽拽她的胳膊。她懒洋洋地眨眨眼，慢慢坐直身体。尽管斯瓦尔顿不怎么配合，我还是设法帮她穿好了衣服，然后，我把散落在外的几样东西收进背包，拽着斯瓦尔顿的胳膊离开旅店。

镇子边缘有家飞行器租赁商店，可除非我出双倍的押金，否则店主大概不会租给我任何东西。我告诉她我们想往西北方向飞，拜访那里的一座畜牧营地。不过，她可能已经辨别出这完全是胡说八道。“你是外国人吧？”她说，“不清楚这座镇子外面的世界究竟是什么样的，像你这种家伙，要是开着飞行器去什么畜牧营地，铁定会迷路。有时我们还能在野外找到你们，有时就没那么幸运了。”我什么都没说。“要是你们把我的飞行器弄丢了，我该怎么办？我的孩子们岂不是要在这种大雪天里挨饿了？”店主咄咄逼人地说，站在我旁边的斯瓦尔顿不禁下意识地向后退了退。

我极不情愿地掏出押金。虽然我很有可能再也见不到这笔钱了，但店主还嫌不够，让我再添一点额外费用，理由是我拿不出当地颁发的飞行执照——我知道租赁飞行器并不要求提供这一类证件，而且假如真的存在这种规定，我早就事先伪造一张飞行执照了。

无论如何，店主最后还是把飞行器租给了我。我检查了引擎，它看起来挺干净，维修保养得不错，燃料也充足。我满意地把背包放进去，让斯瓦尔顿在乘客位上坐好，自己则爬上驾驶位。

暴雪过境两天后，地面上已经星星点点地冒出了灰绿色的雪苔。我们花了两个小时飞越了一连串的山岭。大地上的绿色越来越浓，形成大片孔雀绿色的深林；有些地方苔藓丛生，到处都是动物的蹄印。随着春天的到来，长毛牛成群结队地向南迁徙，荒径周围的野地中布满了冰怪挖掘的四通八达的地道，将它们的巢穴联结起来。它们潜伏在靠近路边的地道里，虎视眈眈地等待走错了路的长毛牛踏进它们的陷阱。这种怪物狡猾至极，我无法在地表上看出它们活动的痕迹，就连跟随牛群迁徙的牧牛人也很难判断冰怪是否会在附近出没。

与之相比，飞行倒是一件容易的差事。斯瓦尔顿斜靠在我旁边的座位上，她能活下来已经算是奇迹，遑论安安稳稳地坐在飞行器上旅行了。但这种小概率的事件也并非没有可能发生。一千年前，奥恩上尉还没出生的时候，斯瓦尔顿就是巨剑级战舰纳斯塔斯号的舰长了。不过，最后这艘船爆炸了，大部分人类船员都死了，她本人则设法躲进了逃生舱。但据我所知，人们从未找到过那个逃生舱，如今她却出现在这里，一定是近期才有人发现了她。她能保住性命真是幸运。

斯瓦尔顿的战舰出事时，我正在距离那艘船四十亿英里的一个城市中巡逻。这座城市是由各种玻璃和精心打磨的红石头建造的，除了自己的脚步声，我没有发出任何其他动静，与我一起的几名上尉偶尔会交谈几句。在来到城市中那些常见的五角形广场时，我也会唱几首歌，测试一下广场的回声效果。这儿的许多房屋庭院也是五角形的，院墙上从上到下布满红色、黄色和蓝色的花朵，如同彩色的瀑布。但花儿已经开始凋谢，除了我和军官们，没人敢在街上走动，大家都知道这样会被逮捕。她们躲在自己家里，惴惴不安地等待接下来的命运判决。每当听到上尉们的笑声和我的歌声，她们都会瑟瑟发抖。

我和上尉们在此地遇到的麻烦大都微不足道，在被雷切人兼并时，加赛德人的抵抗极其微弱：运兵车里空空荡荡，连人影都看不见，她们的巨剑级和仁慈级战舰大都派出去护卫整个星系了。后来，加赛德的五大行政区各自派出了五名地区选民（共二十五人），代表加赛德星系的各大卫星、行星和空间站，以全体选民的名义递交了投降书。依照安排，这些代表将分批登上巨剑级战舰阿马特号，觐见雷切领主阿纳德尔·米亚奈，恳求对方饶恕加赛德子民的性命。正因如此，整座城市才会如此惊慌失措、鸦雀无声。

城市里的一个钻石形状的狭小公园中，一座黑色的花岗岩纪念碑上镌刻着加赛德的“五大权利法案”，落款写的是加赛德领主的名字。我知道，她建造这座纪念碑是为了取悦当地居民。这时，与我同行的一位上尉正向另一位抱怨说，这场兼并愚蠢至极；而三秒钟后，我收到了由斯瓦尔顿担任舰长的巨剑级战舰纳斯塔斯号发来的消息。

当时，纳斯塔斯号负责运送三名选民代表参加投降仪式。但在这三个人登舰后，她们杀死了舰长斯瓦尔顿手下的两位上尉和十二名辅助部队船员，并破坏了战舰——切断管道，炸开船壳。随同报告传送过来的还有一份来自纳斯塔斯号事发时的现场录像。战舰的智能中枢报告说，一位辅助部队船员声称自己亲眼看到那三个人手里拿着枪，但她们登舰时，纳斯塔斯号上的探测仪却没有发现枪支。这段录像证实了枪支的存在——那是一段某个辅助部队士兵的大脑植入装置记录下来的影像：一位加赛德选民代表身上突然发出来自雷切护甲的特有银光（只有辅助部队士兵才能看到这种银光），她显然装备了这种护甲：只见这位代表拿出一把枪开了火，子弹射穿了辅助部队士兵的护甲，杀死了它。因为能用眼睛看到银光的士兵已死，对方的枪和护甲立刻从影像中消失了。

登舰之前，所有的代表都被搜过身，纳斯塔斯号本应有能力探测出她们身上藏匿的任何武器、护甲生成装置或植入物。虽然雷切护甲曾经一度在雷切帝国的周边地区被普遍使用，但那些地区早已被帝国同化了一千年之久，很难生出反叛之心。而加赛德人不仅从来不用这种护甲，也不知道如何制造它，对于使用方法更是一窍不通。即使她们知道这些，也不可能搞到能够打穿护甲的枪和子弹。

然而那三个人却装备了这种可怕的枪支，还有雷切的护甲，这些足以对纳斯塔斯号造成巨大的破坏。更可怕的是，一个加赛德人闯入了引擎室，并用这种枪打坏了引擎的热盾。雷切军舰的引擎燃烧时会产生堪比恒星聚变的热能，热盾失效意味着引擎的热量将会立即蒸发舰体周围的所有东西——整艘军舰在眨眼之间化为一道耀眼的火光。

对于这次事故，我完全无能为力，无论是谁都无法挽回。消息传到我这里时，事情已经发生了四个小时——仿佛一个来自过去的幽灵，在找到我之前，它的命运早已注定。

一阵刺耳的声音响起。我面前的飞行器仪表板上，燃料计旁边的指示灯闪烁起了蓝光：上一秒燃料计的读数还是满格，现在却瞬间变成了零，这意味着引擎会在短短几分钟内关闭。一旁的斯瓦尔顿却伸着懒腰，放松地瘫在座位上，悠闲自在、沉默无语。

我现在只能降落。

原来，燃料箱被人做了手脚，且做得极为隐秘，连我都发现不了。出发之前，里面的燃料看上去足有四分之三，实际上却并没有这么多。而且，本应在燃料箱半满时发出警告的警报装置也让人给关掉了。

我猜想我的双倍押金肯定是要不回来了，以为自己失去了宝贝飞行器的店主还不知道会如何伤心……想到这里，我意识到至少应该使用通信装置将此事告知店主，一旦联系上了她，不甘心放弃飞行器的店主或许会来到这片荒凉的雪原援救我们。总之，我不能坐以待毙，必须找人来帮忙——虽然我体内植入的通信装置已经关闭，但我还有个手持设备。然而，在这个前不着村后不着店的鬼地方，别人过来很不方便。即便有人愿意帮忙，并且能够赶在店主抵达之前过来，我也去不了想去的地方，而到那里去对我来说极为重要。

气温在零下十八摄氏度左右徘徊，来自南方的微风速度大约是每小时八公里。这说明很快就会下雪——假如早间天气预报结果准确的话。

飞行器着陆时在雪地上压出了一道绿色的苔藓痕迹，从空中看去十分明显。这儿的地形更像是舒缓的丘陵，而刚才我们一路飞越的那些小山头已经看不见了。

假如这只是一次普通的事故，最好的办法应该是留在飞行器里等待救援。然而我认为它并不普通，根本不敢指望救援会来。

即便这是一次严重事故，收到求救信息的人也不一定会马上过来，很可能袖手旁观。那家飞行器租赁商店还有许多载具可供外租，所以店主也有可能等上几周之后再过来回收她的飞行器。就像她说过的那样，没人会对一个外国人在雪地里迷路的消息感到惊讶。

所以我有两个选择：要么在这里守株待兔，等想要害死我们的人前来谋财害命时，趁机把她们的交通工具抢过来开走。当然，这个办法奏效的前提是对方很快赶来，而非等上一段时间，先让寒冷和饥饿要了我们的命。要么把斯瓦尔顿从飞行器里面拽出来，扛起背包，步行离开。我原先的目的地在东南方向六十多公里之外的地方，假如地形和天气条件允许的话（还有，冰怪不能出来捣乱），我自己大概走上一天就能抵达——可斯瓦尔顿哪怕能用两天时间走到那里都算我们走运。而且，要是选择这个办法，假如店主真的很快赶过来救援，岂不是会扑个空？另外，我们步行时会在雪地上留下清晰的脚印，不怀好意的人也会循迹而来，加害我们；与之相反，如果原地不动，躲在飞行器底下守株待兔的话，更有可能出其不意地打败她们。

但话说回来，越是早些抵达目的地，我就越有可能发现更多的东西。过去的十九年，我一直在顺藤摸瓜，沿着最细微的蛛丝马迹追踪线索，常常连续几周、几个月地调查或等待目标出现。不过，我的调查偶尔也会被类似今天的这种意外打断，甚至遇到生死悬于一线的突发危机。老实说，能够活到今天，我是幸运的，毕竟就连自己也从没指望调查能够进行到如此深入的程度。

有的时候，一个雷切人只要动动手指就能决定我的生死。假如十几个雷切人同时动手的话，弄死我更是不在话下（以阿马特的名义），世界就是如此不公平。雷切人宣称，宇宙的形状是由诸神决定的：阿马特神创造了光，也创造了光的反面——黑暗，光与暗同时诞生，携手并进。在雷切人的世界观里，最有名的一对对立的创世概念便是“恩特尔–波”（即光明/黑暗），另外的三个分别是：伊斯克–瓦尔（开始/结束）、伊萨–伊努（运动/静止）、瓦恩–伊特尔（存在/虚无）。这四大创世概念打破了旧有的宇宙，重组出一片新天地，当然，这片新天地里的一切都是由阿马特创造的。

雷切人认为，即使看似最微不足道的事物，也属于复杂整体中的一部分；某颗特定的尘埃坠落于某个特定的地点，此事也绝非偶然。明白了这条道理，才会理解阿马特的意志。世上完全没有“纯粹的偶然”之说，没有什么事是偶然发生的，全都由神的意志决定。

这就是雷切正统教派的官方教义。我自己从来不怎么理解宗教，旁人也不会要求我去理解。虽然雷切人创造了我，但我却不是雷切人。就算我对诸神的意志一无所知，也毫不在意。我只知道，无论自己身处何方，都应该脚踏实地活下去。

我从飞行器里拿出背包，打开它，拿出里面的一本多余的杂志，把它塞进外套内袋，和我的枪放在一起。我背起背包，绕到飞行器的另一侧，打开那一边的舱门。“斯瓦尔顿。”我叫道。

她没动，只是从鼻孔里轻轻地哼了一声。我抓住她的胳膊往外一拉，她踉踉跄跄跨进雪地。

我一步一步地走到了今天，下一个目标正在向我招手。我拉着斯瓦尔顿，朝东北方向进发。

但愿我选择的路线是正确的，能够如愿抵达艾瑞尔斯普拉斯·斯特里甘医生的家。她曾在德拉斯-安妮亚空间站开设私人诊所。这个空间站很大，合并了至少五个常规空间站，把它们像盖楼一样摞在一起。站址设在二十四条航路的交会处，远离雷切帝国的势力范围，因此在那里什么都有可能发生。在其职业生涯中，斯特里甘医生遇见过形形色色的人和事，主顾们给她的酬谢包括金钱、人情、古董等等一切你想象得到的有价值的东西。

我曾经拜访过那个空间站，亲眼见识过它错综复杂的内部结构，目睹过斯特里甘曾经工作与生活的环境，见到了那些她抛下不要的东西——行医多年的她在某个平淡无奇的日子突然消失，当时谁也没料到她会事先买好五张不同客船的船票，莫名其妙地不辞而别。她丢下的东西包括：一只装满弹拨乐器的箱子，我只认识其中的三种；摆满了整整五个置物架的人偶——令人眼花缭乱的众神雕像和圣人雕像，材质包括木头、贝壳和黄金；十几把枪，每一把都细心地贴好了空间站核发的枪号标签。这些收藏都是她一件一件从别人手中获得的，是人家给她的酬劳，也曾引起过她的好奇。而我之所以还能在她消失之后见到这些东西，是因为斯特里甘已经交足了一百五十年的房租，在她离开后，空间站当局保持了公寓的原样。

通过贿赂的手段，我得以进入那所公寓，调查她的一些藏品：几块五边形的瓷砖——虽然已经有上千年的历史，它们的色彩依旧如同花朵般明亮鲜艳；一只浅碗——镀金的边缘刻了一圈斯特里甘本人都不可能读懂的铭文；一块矩形塑料板——我知道那是个语音记录器，只要碰一下，它就会发出笑声和说话声，说话者使用的语言与那只碗上雕刻的文字同源——但这种语言早已失传，没人听得懂。

虽然都是些看似不起眼的小物件，但由于加赛德的手工艺品存世极少，所以收集到它们绝非易事。意识到加赛德人拥有能够破坏雷切舰船、穿透雷切护甲的武器之后，阿纳德尔·米亚奈就下令将加赛德人全部杀光，毁掉加赛德星系。那些五角形广场、鲜花以及星系中的全部行星、卫星和空间站里的所有活物无一幸免，不再有任何居民——大家都被迫记住了反抗雷切人会是怎样的下场。

假如这些东西是病人送的，比如那只碗，是否会促使斯特里甘了解与它们有关的更多信息？除此之外，她是否还有更多来自加赛德的手工艺品？将它们作为看诊酬劳送给她的病人也许并不清楚这些东西的来历——抑或是心知肚明，由于害怕惹祸上身，巴不得赶紧脱手。也许这些藏品正是导致斯特里甘逃离的原因，她不得不销声匿迹，几乎把所有家当都抛在身后。一定有什么危险的东西对她造成了死亡威胁，而逃跑是最有可能躲过杀身之祸的办法。

找到这个危险的东西则是我的目标。

我希望尽可能地多赶点路，速度越快越好，我们一连走了好几个小时，只在绝对有必要的时候停下来短暂休息。虽然尼尔特的天气一如既往地晴朗，我却像个瞎子那样茫然地探着路。过去的我曾经拥有二十个分身和二十双眼睛，还有数百个备用躯体，假如有必要，它们随时可以供我驱遣；但现在我只能观察一个方向：转过身去看后面时，无法顾及前方的动静。所以平时我都不得不尽量避免置身开阔空间，以防有人背后偷袭，但在这样的荒野中是不可能的。

尽管微风习习，我的脸却很热，甚至有些发麻。我的手脚起初有点疼——因为没想到会徒步行走六十公里，我没戴手套、没穿靴子——后来也变得沉重麻木。幸好现在不是冬天，因为那时的气温比现在还会低上许多。

斯瓦尔顿一定觉得冷。但在我的拉扯下，她步伐沉稳、面无表情，在雪地上缓缓地拖曳前进，低着头一语不发，丝毫没有抱怨的意思。太阳快要跃出地平线时，她耸动了一下肩膀，抬起头来，“我知道那首歌。”她说。

“什么？”

“你正在哼的歌。”她懒洋洋地扭头看着我，脸上没有半分焦虑或者疑惑的表情。我好奇她讲话时是否会掩盖自己的口音，不过大概不可能——在毒幻剂的放松作用下，她不会在乎用什么口音讲话。在雷切帝国境内，一听她的口音，人们就知道她出身有钱有势的家族：斯瓦尔顿十五岁时就通过了职业军人的素质测试，注定身居高位；而出了雷切，她这种浑身贵族做派的人会被视为典型的恶棍——为富不仁、贪婪腐败、铁石心肠。

一架飞行器微弱的嗡嗡声传了过来，我扭头向后看去，但没有停步。只见这架飞行器已经来到了地平线附近：一个黑色的小点儿，离我们还比较远。它飞得又低又慢，似乎在跟着我们——反正我敢肯定它不是来救我们的。看来我选择步行赶路是错误的，应该留在原地守株待兔。现在我们暴露在敌人面前，毫无防备。

我决定继续向前走，只听飞行器的声音越来越近。即便斯瓦尔顿不再一瘸一拐，而且发挥出最大速度，我们也没法甩掉它，况且她还在自顾自地嘟囔着什么，根本没去注意周围的情况。我停住脚，松开她的胳膊；她也在我身边站住了。

飞行器来到我们的头顶，转了一个弯，停在离我们大约三十米的地方，挡住我们的去路。显然，对方要么没有在空中就能向我们射击的武器，要么不想让我们死。我抖掉肩上的背包，松开外套纽扣，以便快速拔枪。

飞行器上下来四个人——其中之一是那个租赁店的老板，另外两个我不认识，还有一个我在酒馆里见过，就是说我“小妞挺强”的那个。当时我很想杀了她，后来好不容易忍住了。我把手悄悄地滑进外套里，抓住了枪——除此之外别无选择。

“你们还有没有点儿常识了？”几个人走到离我们十五米左右的地方时，店主大声质问我们，四个人全都停下来，“既然飞行器掉下来了，你们就不能待在里面乖乖地等着，方便我们来找吗？”

我看看酒馆里的那个人，她显然认识我，也知道我认出了她。“在酒馆里，我说过，抢我东西的人都得死。”我提醒她，她得意地笑了笑。

那两个我不认识的人的其中一个不知从哪里变出一把枪，“我们可是有备而来。”她说。

我拔出枪来向她开火，正中她的脸，她倒在雪地上；在其他人反应过来之前，我又开枪打中了酒馆里的那个人，她也倒下了，接下来我瞄准的是她旁边的那个家伙。不到一秒钟，三个人依次被我放倒了。

店主骂了一句什么，转身就跑。我开枪打中了她的背，她又跑了三步，倒在地上。

“我冷。”依然站在旁边的斯瓦尔顿语气平静、漫不经心地对我说。

四个人乘坐的那架飞行器大开着门，里面连个望风的都没留，真是蠢到家了。而且，她们想要害我这个计划本来就很蠢，看起来她们事先也根本就没有制订过像样的计划。面对送上门来的交通工具，我只能顺水推舟，把斯瓦尔顿和背包都弄进飞行器，开着它扬长而去。

从空中几乎辨别不出艾瑞尔斯普拉斯·斯特里甘的老巢——那是一个直径不过三十五米的圆环状建筑群。房顶上生长的雪苔比地上的略微稀疏一点，颜色更浅。我把飞行器停在圆环外面，观察了一下里面的动静：从我所站的地方看过去，圆环里有两座建筑，如同覆盖着积雪的小山丘，表面像是无人值守的畜牧营地。但假如我得到的情报准确的话，它们绝非那么简单，虽然建筑外面没有围墙或者篱笆，但我知道她肯定采取了安全防护措施。

经过深思熟虑，我敞开飞行器的舱门爬了出去，示意斯瓦尔顿走在我身后。我们慢慢来到雪地颜色由深变浅的交界处，斯瓦尔顿跟着我亦步亦趋，我停下来，她也紧跟着停下来，眼神茫然地站着，瞪视前方。

此时我只能大喊：“斯特里甘！”然后等待回应，但是无人应答。我让斯瓦尔顿留在原地，自己靠近圆环，两座圆形雪屋的入口似乎笼罩在诡异的阴影之中。我停住脚步，再次仔细打量它们。

两座建筑的门都敞着，里面黑魆魆的。为了将暖空气留在室内，这种建筑通常会一连设有两道类似气闸的入口，所以房主刻意不去关门的可能性不大。

斯特里甘要么设置了安全防护，要么没有，我越过分界线，跨进圆环内部。什么事都没发生。

房子的内外两道门都是开着的。室内没有开灯，其中一座建筑的内部和户外一样冷，给我的感觉像个储藏室，到处都是工具和没开封的食品箱和燃料箱；另一座建筑的室内温度是二摄氏度，我猜不久之前有人还给这里加过热，很显然，这是个起居室。“斯特里甘！”我向黑暗之中叫道。然而，孤寂的回声告诉我，这座建筑里恐怕空无一人。

我再次来到屋外，发现了她平时停放飞行器的地方。大敞的门和黑暗的室内都在向访客们传达同一个信息：斯特里甘已经走了，然而我没办法弄清楚她究竟去了哪里。我抬头看看天空，又低头看看她的飞行器留下的印子，完全不知所措。

回去找斯瓦尔顿时，我发现她躺在点缀着绿色雪苔的雪地上，已经睡着了。

我在飞行器的后舱发现了一只提灯、一个炉子、一顶帐篷和几件寝具。我带着提灯走进貌似起居室的建筑，打开提灯。

地板上铺着大块的浅色地毯，墙上挂着编织帷幔——以蓝、橙和刺眼的绿三种颜色为主；房间周围摆了一圈低矮的木质长凳，没有靠背但铺着坐垫。除了木凳和浅色的帷幔之外，其他陈设寥寥无几，包括一个游戏棋盘和一些棋子——棋盘上有几个洞，排列成我不认识的图案；棋子摆在小洞之间，不知道斯特里甘会跟谁玩游戏。也许这个棋盘只是个装饰品，因为它看起来精雕细琢、颜色鲜艳。

角落里的一张桌子上摆着个长椭圆形的木头盒子，盖子上有雕花和穿孔，紧紧地绑了三根线；木料是浅金色的，有着波浪状的纹理。平坦的盒盖上挖了几个小洞，工艺像木材的波浪纹理一样复杂精细。这只长盒子真是个美丽的物件，我拽了一下其中的一根线，它轻柔地响了一声。

几扇门分别通向厨房、浴室、卧室和一个小型医务室。我敞开医务室里的橱柜门，找到一大摞通用治疗剂。每只抽屉里都有医疗用具和药品，斯特里甘可能是去某个畜牧营地出急诊了。然而，灯和暖气是关闭状态，连门也没关，并不像是正常的出诊。

经过十九年的筹划和努力，我苦苦寻找的线索难道就断在这里了吗?

房屋控制台在厨房里的一块墙板后面，我找到电闸，把它拉上去，打开暖气和灯，然后出去找斯瓦尔顿，拉着她走进房子。

我在斯特里甘的卧室里找到几条毯子，用它们铺成床褥；脱掉斯瓦尔顿的衣服，让她躺在上面，又拿来几条毯子给她盖上。她睡得很熟，利用这个机会，我更彻底地搜了一遍房子。

橱柜里存有大量食物，柜台上放了个杯子，杯底有一层浅浅的绿色闪光液体；旁边有个白色的碗，碗里有几块硬面包的碎屑，泡在边缘处已经结了冰的水里。看起来斯特里甘吃完饭没收拾餐具就出门了，也没带食物和药品。我检查了卧室，找到一些很不错的保暖衣物。斯特里甘显然是匆忙离开的，衣服也没拿几件。

她知道自己手里有什么。她当然知道——这就是她最初从空间站逃走的原因。要是她不傻的话（我十分肯定这一点），在意识到我是谁的那一刻，她一定会马上逃跑，并且一直逃下去，直到完全摆脱我为止。

但那又怎么样?既然我都能在这个远离雷切帝国和斯特里甘的家乡的地方发现她的藏身处，就说明无论她逃到哪里，最终都躲不过雷切人的追捕。她当然对此心知肚明。不过，如果还有别的势力在帮助她，那就另当别论了。

她肯定不会蠢到再回来的。

我知道斯瓦尔顿很快就会病倒——除非我为她找到毒幻剂，但我没有这个打算。这里有食物和暖气，也许我还能找到什么蛛丝马迹，借此了解斯特里甘在意识到雷切人要抓她之后是怎么想的，推断出她可能去了哪里。

第四章

奥斯城的夜晚，我走在街上，望着静静地散发臭气的水面。有限的城市灯火照不到这个黑暗的角落，唯一的光线来自禁止捕鱼的水域周围的那圈闪光的浮标。那些日子里，我在上尉住所的一楼随时待命，然而很少有人需要我；在处理完一天的工作之后，我的另一个分身会守在躺下睡觉的奥恩上尉旁边，以确保她的安全。

每天早晨我都要为奥恩上尉取来洗澡水，帮她穿衣——本地的服饰穿戴起来比她的制服要简单得多。因为天气炎热，她两年前就不用任何化妆品了，化妆品无法耐受高温。

然后，奥恩上尉会向她的几尊守护神像祷告——其中一尊是长着四条胳膊的阿马特神像，四只手里分别拿着代表雷切四大创世概念的圣物。这尊神像摆在楼下的一只箱子上，其他几尊神像（包括接受正义托伦号全体船员朝拜的托伦神以及奥恩上尉的家族信奉的另外几位神祇）则摆在房子的高层，靠近上尉的卧室，每天早晨她都要向这些神祇致敬。“正义之花乃是和平，正派之花乃是美好的思想和行为。”这是每日晨祷的开场白。每个雷切士兵早晨醒来后都会祷告，奥恩上尉也不例外。我的其他上司待在正义托伦号上，与奥恩上尉所在的地区有时差，所以她们的晨祷无法同步，奥恩上尉只能独自祷告。“恩惠之花乃是全知全能的阿马特，我是正义的宝剑……”祷文平淡枯燥，不过只有四段。白天的时候我经常会听到有人低声念诵，仿佛是背后传来的遥远声响。

每天早晨，在雷切境内的所有官方认可的正规神庙里，都会有一位祭司（祭司还兼职公民出生、死亡以及订立各种契约的见证人和登记员）卜算当日的吉凶。家族和个人有时也会自行占卜，虽然她们没有义务遵照官方的占卜结果行事，但官方祭司的占卜结果非常适合作为亲戚朋友之间闲聊的谈资以及八卦的话题。

奥斯并没有所谓的正规神庙——人们都在占地较小的私人圣坛敬拜阿马特和其他神祇，因为伊克特大祭司认为没有必要降低自己所信奉的伊克特神的地位，更不会将伊克特与阿马特相提并论，接受雷切人的信仰，所以奥恩上尉只在自己的住所拜神。花童每天清早会把临时圣坛上的阿马特神像周围的死花清走，换上鲜花——通常是当地常见的那种淡粉色的三瓣小花，生长在屋外角落的泥土里或者青石板的裂缝中。这是最为接近青草的植物，但很讨孩子们的喜欢。近来，湖区的一种蓝白相间的小百合开得十分茂盛，尤其是在那些被浮标围住的禁区附近。

祷告完毕，奥恩上尉会取出一包占卜工具，展开包裹在外面的布——占卜工具是一把沉甸甸的小金属圆饼，她会把它们丢在布上进行卜算。与那些神像一样，这些圆饼也是她的私人财产，是她获得委派时，父母送给她的礼物。

有时候参加晨祷仪式的只有奥恩上尉和当天值班的扈从。但通常情况下其他人也在场，比如镇上的医生和几个在奥斯当地获得了产业的雷切人；还有一些不愿上学或者不在乎是否准时到校的奥斯孩童，她们喜欢听占卜圆饼掉落下来时发出的清脆的撞击声；有时甚至连伊克特大祭司也会过来，与阿马特一样，她所信奉的伊克特神并不要求信徒拒绝承认其他神祇的存在。

占卜圆饼掉到布上之后（有时它们也会从布上滚落，妨碍占卜，这是占卜者最不愿看到的情况），主持仪式的祭司会解读这些圆饼组成的卦象，与经书中的卦象图例相比对，得出卜算结果。奥恩上尉并非总能读懂结果，所以她选择了自己扔圆饼，由我为她解读卦象——正义托伦号的部队毕竟拥有两千年的历史，阅历丰富，几乎每种卦象都见过。

仪式结束后，奥恩上尉开始用早餐——通常是用当地谷物制作的圆面包和真正的茶，然后坐到位于平台的垫子上办公，处理公民的请求，安抚她们的抱怨。

“珍·希南邀请你今天共进晚餐。”有天早晨，我向她汇报。我的分身有的在吃早饭，有的在清理武器，有的在街上巡逻，跟与我搭话的人打招呼。

珍·希南住在上城区。大兼并之前，她是奥斯首富，影响力仅次于伊克特大祭司，但奥恩上尉不喜欢她，“我猜我没有合适的理由拒绝她。”

“至少我找不出这样的理由。”我说。我还有个分身在房子墙外靠近街道的地方站岗，一个奥斯人走过来，看到我之后，她在离我八米开外的地方停住脚步，假装望向我头顶的什么东西。

“还有别的事吗？”奥恩上尉问。

“地区治安官重申了官方禁止在奥斯沼泽的某些区域捕鱼的命令。”

奥恩上尉叹息道：“没错，她确实说过。”

“你需要帮助吗，公民？”我问站在街上犹豫不决的那个人。我知道她很快就要做祖父了，但此事并没有公开向邻居们宣布，所以我假装不知道，只使用了称呼男性公民时的简单敬语。

“我希望，”奥恩上尉说，“治安官能亲自来这里看看，体验一下只能吃她们送来的硬面包和恶心的咸菜的生活，然后再想想到底是否应该设立禁渔区——所有的鱼可全都在那儿了。”

站在街上的那个奥斯人吃了一惊，先是准备拐到另一条街上去，接下来却改了主意。“早上好，雷切人，”她上前一步，平静地说，“也请问候上尉早安。”如有必要，奥斯人都会像她这样装出一副迟钝的样子，变得沉默呆滞，十分让人吃不消。

“我知道禁令事出有因，”奥恩上尉对我说，“治安官不会出错，但是……”她又叹了口气，“还有别的事吗？”

“邓兹·艾尔在外面，想和你说话。”我的分身之一走进房子，告诉奥恩上尉。

“她有什么事？”奥恩上尉问。

“她似乎不愿意提。”我的分身回答。奥恩上尉向我的分身点点头，表示允许邓兹·艾尔进来。于是，我领着邓兹转过屏风，她给奥恩上尉鞠了一躬，坐在上尉对面的垫子上。

“早上好，公民。”奥恩上尉说，我把她的话翻译成奥斯语。

“早上好，上尉。”邓兹先是慢条斯理地讨论了今天的高温、万里无云的天空和奥恩上尉健康的气色，最后才道出来意：“我……我有个朋友，上尉。”

“什么？”

“昨天晚上，我朋友去打鱼……”邓兹·艾尔欲言又止。

奥恩上尉等了三秒钟，见对方始终不肯开口，就问：“你的朋友打了多少鱼？”你是无法让一个犹豫不决的奥斯人主动讲出重点的，恳求也无济于事，只能诱导。

“不——不多，”邓兹·艾尔说，一丝恼怒从她脸上闪过，转瞬即逝，“你知道，最好的捕鱼点在繁育区附近，而繁育区是禁渔的。”

“是的，”奥恩上尉说，“我相信你的朋友决不会非法捕鱼。”

“不，不，当然不会，”邓兹说，“可是……我不想给她惹麻烦……但有时候她也许还会挖些植物的块根来吃，就在靠近禁渔区的地方。”

禁渔区周围其实并没有块根可以食用的植物，几个月前它们就被挖光了，但人们不会进入禁区偷挖，因为假如那里的植物一下子少了很多，或者完全不见了的话，我们就不得不查明是谁挖走的，而且更要严加看守。奥恩上尉知道这一点，下城区的每个人也都知道。

奥恩上尉耐心地等待邓兹讲完，她再次对奥斯人的盗窃癖心生厌烦，但并没有表现出来。“我听说那东西很好吃。”她大胆试探道。

“噢，没错！”邓兹・艾尔表示同意，“从泥里挖出来之后，马上生吃是最好的！”听到这里，奥恩上尉很想做个鬼脸，但她抑制住了冲动。“你也可以把它们切成块，烤了吃……”邓兹・艾尔顿了顿，露出精明狡诈的表情，“说不定我的朋友可以送你一些呢。”

我知道奥恩上尉对自己分配到的食物很不满意，那一刻，她差点就要答应下来，不过她立刻改口道：“谢谢，不用了，然后呢？”

“然后？”

“你的……朋友，”奥恩上尉边说边抽动手指，通过内部通信系统无声地向我发消息，“挖块根需要去禁区附近吗？”

我从地图上给她指出这个人的朋友最有可能去挖块根的地方——在奥斯全境巡逻时，我见过许多小船在那个地方进进出出，到了晚上，人们还会关掉船灯摸黑干活，仿佛没有灯光照明我就不知道她们在那里干什么似的。

“然后，”邓兹·艾尔说，“她们找到了一些东西。”

有人失踪了吗？奥恩上尉立刻警惕起来，无声地问我，我给出否定回答。“她们找到了什么？”奥恩上尉大声问邓兹·艾尔。

“枪，”邓兹·艾尔声音很小地说，奥恩上尉几乎没有听清，“十多支，以前的枪。”她所谓的“以前”指的是大兼并之前。希斯乌纳的军队已经被我们解除了武器，没有雷切帝国的许可，这个星球上的任何人都不得拥有枪支。邓兹·艾尔的回答过于惊人，奥恩上尉过了好几秒才反应过来。

然后是疑惑、警惕和迷茫。她为什么要告诉我这个？奥恩上尉无声地问我。

“最近出现了一些传言，上尉，”邓兹·艾尔说，“也许你已经听说了。”

“总会有传言的，”奥恩上尉说，这句回应完全是老生常谈，我不需要给她翻译，她可以用当地方言讲出来，“否则人们怎么打发时间呢？”邓兹·艾尔做了个手势，表示同意。奥恩上尉逐渐失去了耐心，开门见山地推测道：“有人可能在兼并之前就把枪藏在那里了。”

邓兹·艾尔伸出左手，做了个否定的手势，“一个月前，那里还没有枪。”

难道有人发现了兼并之前的武器，把它们藏在了那里？奥恩上尉无声地问我，又大声问邓兹：“传言里提没提到禁区里为什么会藏着枪？”

“这些枪威胁不到你们。”邓兹说，她的意思是我们的护甲不会被枪射穿——雷切人的护甲基本上刀枪不入，我只要动动意念就能随时开启自己身上的护甲，我的每个分身体内都植入了护甲生成装置，奥恩上尉也有——但她的装置是装备在体外的。尽管如此，我们并非完全刀枪不入，所以我们在战斗中有时还会在护甲下面穿一层实物盔甲，它重量很轻，带有活动关节，可以保护头部、四肢和躯干。但就算没有这层盔甲，大部分枪支也不会对我们造成多大的伤害。

“这批枪有可能是谁的？”奥恩上尉问。

邓兹·艾尔皱着眉头、咬着嘴唇思索了一下，非常委婉地回答道：“比起我们，坦曼德人更像雷切人。”

“公民，”奥恩上尉说，说出“公民”两个字时，她明显有点咬牙切齿，她向后仰了仰头，又说，“我们在这儿想杀谁就杀谁，”她说得对，我们又不是没在这里杀过人，“不需要偷藏枪支。”

“所以我才会来见你，”邓兹·艾尔强调道，似乎在用最简单的词语给一个孩子解释某件事，“你们杀人的时候，会先诚实地告诉对方为什么要杀她，不会找借口和托辞，雷切人都是这样。但上城区的坦曼德人却不会这样，你们还没来的时候，假如她们想让你死，在杀人之前会先小心翼翼地找个借口。”见到奥恩上尉迷惑不解的样子，邓兹进一步解释道：“她们不会对你老实承认‘你是个麻烦，我们要除掉你’，然后开枪。她们会说‘我们杀你是为了自卫’，等杀了人之后，她们会搜查尸体或者死者的房子，‘顺理成章’地找到武器或者死者图谋不轨的证据。”她说话不仅条理清晰，而且极其诚恳。

“既然如此，那你还说坦曼德人和雷切人相像？”奥恩上尉问。

“因为你们信的神是一样的。”邓兹说。其实并不尽然，但我们鼓励上城区以及其他地方的人这样想。“你们喜欢住在太空，身上裹着厚厚的衣服，很有钱。坦曼德人也很有钱，假如上城区的某个人——”听到这里，我怀疑她说的“某个人”意有所指，“哭着喊着说有奥斯人威胁她，大部分雷切人会相信她的话，而不会相信善于说谎自保的奥斯人的辩解。”

这就是她来找奥恩上尉的原因。这样一来，无论发生什么，雷切当局都会相信这件事与下城区的人无关——假如有人指控她们私藏武器的话。

“无论是谁，”奥恩上尉说，“奥斯人、坦曼德人、莫哈人，都不重要。这里的所有人都是雷切的公民。”

“你说得对，上尉。”邓兹·艾尔面无表情地低声说。

奥恩上尉在奥斯待得足够久，看得出奥斯人的口是心非。她换了个角度试探道：“不会有人杀人的。”

“当然不会，上尉。”邓兹·艾尔说，但声音依旧很小。她的年纪已经一大把了，恐怕目睹过我们以前是怎么杀人的，难怪她害怕我们以后还会杀人。

邓兹·艾尔离开之后，奥恩上尉坐在那里想事情。周围很安静，没人打扰她思考。绿色灯光照亮的神庙内部，大祭司扭头转向我的分身之一，说：“我们过去曾经拥有两个唱诗班，每个班由一百人组成，假如你见到了，一定会喜欢上她们的。”我看过唱诗班表演的录像，有时候奥斯的孩子们也会给我听她们的演唱录音，大都是些拥有五百多年历史的空灵遥远的音乐。“现在今非昔比，”大祭司说，“无论如何，一切最终都会消逝。”我表示同意。

“今晚你去找条船，”奥恩上尉终于开口道，“看看能否查清武器的来历，然后我再决定怎么做。”

“遵命，上尉。”我说。

珍·希南住在上城区，越过庙前水渠就是她的家，在那边居住的奥斯土著大多数都是坦曼德人的佣人。那儿的房子和下城区的房屋不一样：有墙壁、有四面都是斜坡的屋顶，每一层的中间部分的墙壁都是凹进去的；气候温和的晚上，所有的门窗都会开着。整个上城区都建在更古老的废墟上。在过去的五十多年中，那里的气温控制得比下城区更好，气候凉爽许多，因此很多居民会穿长裤和衬衫，甚至还有外套，住在此处的雷切移民更倾向于选择传统服装。访问上城区时，穿着制服的奥恩上尉也不会像在下城区那样觉得闷热难耐。

然而，在拜访珍・希南的过程中，奥恩上尉始终觉得不自在。她不喜欢珍・希南，对方很有可能也不喜欢她，虽然从来不曾表现出来。珍・希南之所以提出这样的邀请，只是出于社交需要，因为奥恩上尉是雷切当局派驻本地的代理人。珍・希南并没有大摆宴席，只是简单布置了一餐便饭，出席者只有她本人、她的一个表妹、奥恩上尉和斯卡伊阿特上尉。斯卡伊阿特上尉统领着正义恩特号伊萨第七分队，主要负责奥斯和寇尔德–韦斯的农场，而珍・希南拥有这些区域的大量财产。斯卡伊阿特上尉和她的部队也协助我们维护朝圣季的治安，因此她在奥斯几乎和奥恩上尉一样尽人皆知。

“她们把我的全部收成拿走了。”珍・希南的表妹说，她拥有好几个罗望子果园，离上城区不远。她激动地拿餐具敲着盘子：“全部收成。”

餐桌中央的碗盘里盛满了鸡蛋、鱼（并非来自沼泽湖，而是远处的大海）、五香鸡、面包和炖菜，此外还摆着五六种佐料。

“她们没付给你钱吗，公民？”奥恩上尉问，语速缓慢谨慎，与往常一样，她担心自己讲话时带出口音。珍·希南和她表妹都讲雷切语，没必要翻译，也无须担心在使用性别词汇等方面犯错，如同讲坦曼德语和奥斯语时那样。

“给了，不过，假如我把它们运到寇尔德-韦斯去卖，赚得一定更多。”

过去，像她这样的产业主人经常性命难保，成为职业杀手的目标——杀手的雇主意欲夺取她们的种植园。在大兼并初期，许多希斯乌纳人丧命的原因都不过是挡住了别人发横财的路——她们妨碍了更多的人攫取利益。

“我知道你肯定理解这一点，公民，”奥恩上尉说，“我们目前仍然在设法解决食物配给的问题。在彻底解决之前，我们都需要克服一定的困难。”当她感觉不自在的时候，措辞会变得十分官方，有时非常含糊，让人摸不着头脑。

珍·希南指着一只浅粉色玻璃盘里的东西说：“不再来一个酿鸡蛋吗，上尉？”

奥恩上尉举起一只戴着手套的手，“鸡蛋很好吃，但是不用了，谢谢你，公民。”

尽管珍·希南极力转移话题，主人的表妹却不领情：“水果又不是必需的粮食，不过是些罗望子果而已！况且现在也没有人在挨饿！”

“当然没有！”斯卡伊阿特上尉真心实意地附和道，朝奥恩上尉爽朗地一笑。斯卡伊阿特上尉——暗色皮肤、琥珀色眼睛——是个贵族，但奥恩上尉不是。她手下的一名伊萨第七分队的士兵和我并排站在饭厅门口，她站得跟我一样直。

虽然奥恩上尉很喜欢斯卡伊阿特上尉，而且欣赏她在这种场合下的幽默感，但她没法像后者那样笑得出来，“今年当然没有人挨饿。”

“你的生意比我的红火，表妹。”珍·希南安慰道。她也在上城区附近拥有农场，但她的挖泥船同样停在沼泽里不能动。“我的生意虽然不是糟糕透顶，但总是麻烦太多，回报太少。”

奥恩上尉张嘴想要说话，又闭上嘴。斯卡伊阿特上尉见状，操着无论如何都难以掩饰的贵族口音说：“这究竟是怎么回事，未来三年仍然禁止捕鱼，上尉？”

“是的。”奥恩上尉说。

“愚蠢，”珍·希南说，“虽然用意是好的，但是愚蠢。你们来的时候都已经看到了，只要开放禁区，鱼会再一次被捞光。奥斯人也许曾经是个伟大的民族，但现在的她们和自己的祖先不一样了。她们没有野心，除了追求短期利益，没有任何理想。除非你让她们知道究竟是谁说了算，否则她们不会顺从。我相信你已经发现了这一点，奥恩上尉，她们天生既懒惰又迷信，很少有例外。也许生活在‘地下世界’的人都是这样的。”她被自己的笑话逗乐了，她的表妹也大声笑起来。

希斯乌纳的那些住在太空中的种族将宇宙划分为三部分，中间的部分是人类活动的自然界，包括空间站和人造居住区；外层的部分是“未知层”，即所谓的“天堂”，是上帝与一切圣洁生物的居所；至于位于希斯乌纳星球（以及所有其他星球）的重力井之内的那部分区域，则属于“地下世界”，是亡者之地和人类不得不逃离的处所：她们认为只有远离那里才能完全获得自由，不被邪恶事物所影响。

你可以从中看出，在坦曼德人眼中，雷切人仿佛就是居住在“未知层”中的上帝，神秘莫测。这也能帮助你想明白，为什么在雷切人听到那些相信重力井区域是“亡者之地”的人笑话崇拜蜥蜴的人“迷信”的时候，会觉得有点奇怪，认为她们是五十步笑百步。

奥恩上尉挤出一个微笑，斯卡伊阿特上尉说：“可你们也生活在这里啊。”

“我不会把抽象的哲学概念和现实混为一谈。”珍·希南说。对于那些知道原本在坦曼德空间站生活的居民跑到“地下世界”后又再回去意味着什么的雷切人而言，假如听到珍·希南说出这种话来，也会觉得奇怪。“不开玩笑。我有一个理论。”

奥恩上尉听说过不少关于坦曼德人针对奥斯人自创的理论，对此也早已习惯。因此她熟练自如地露出客观中立，甚至几乎算得上好奇的表情，极为配合地问珍·希南：“哦？什么理论？”

“请给我们讲讲！”斯卡伊阿特上尉也十分捧场地鼓励道。主人的表妹刚刚舀了一大勺五香鸡肉送进嘴里，听到表姐的话，立刻挥动餐具表示支持。

“她们的生活方式完全公开。房子没有墙，只有屋顶，”珍·希南说，“她们无法拥有任何隐私，根本感受不到自己是独立的个体。你们明白吧，无法区分个人的身份。”

“更不用说保护私有财产了，”已经咽下五香鸡的珍·塔尔说，“她们认为自己有权走进任何一所房子，拿走想要的一切。”

下城区的确存在这样的规则——确切地说是潜规则——不请自来地闯进别人家乃至于盗窃都无伤大雅，类似事件在朝圣季时有发生。

珍·希南表示赞同。“这里的人从来不会真的挨饿，上尉。不用非得工作，只要在沼泽里抓点鱼就能糊口，或者在朝圣季从游客们身上偷点小钱。她们没机会发展出任何野心，不会产生任何追求上进的想法。她们不会——也不能——培养出任何形式的文化修养，从不关注自己的……”她的声音越来越小，思索着该用哪个词合适。

“内心世界？”斯卡伊阿特上尉建议道，她比奥恩上尉更喜欢这个迎合奉承的游戏。

“就是这样！”珍·希南点头称是，“内心世界，没错。”

“所以，你的理论是，”奥恩上尉的语调再次变得一本正经，“奥斯人并不是真正的人。”

“我是说她们……不是真正的个体。”珍·希南似乎隐约感觉到自己说了什么可能会刺激奥恩上尉动怒的话，但又不完全确定，“她们当然是人。”

“而且，”珍·塔尔毫无眼色地插话道，“她们虽然清楚我们拥有什么，却不明白必须通过努力才能获得这一切，只知道嫉妒、憎恨和指责我们不让她们过上同样的生活，但只要她们努力工作……”

“她们把所有的钱都奉献给了那座半死不活的神庙，然后还要哭穷，”珍·希南说，“她们捞光了沼泽里的鱼，然后归咎于我们。她们也会对你们做同样的事，上尉，假如你们开放禁渔区的话。”

“你们从沼泽里挖出成吨的淤泥，作为肥料出售，这种做法与鱼类的消失没有关系吗？”奥恩上尉忍无可忍地问。其实，肥料销售不过是珍·希南的副业，将淤泥卖给居住在太空的坦曼德人从事宗教用途才是主业。“都要怪奥斯人滥捕滥杀吗？”

“好吧，当然有一点关系，”珍·塔尔说，“但如果她们能够适当地进行资源管理……”

“没错，”珍·希南点头称是，“你们责怪我破坏了捕鱼环境，可我给这些人提供了工作，这是改善她们生活的机会。”

斯卡伊阿特上尉一定是察觉到了奥恩上尉的怒火濒临爆发，她连忙出来打圆场：“管理星球和管理空间站是非常不同的。星球上总有……总有不尽如人意之处，因为地方太大，许多问题很容易被人忽略。”

“没错，”珍·希南说，“但你们可以信任我们。”

“是的，”斯卡伊阿特上尉说，“但我们没法一直保持警惕。我觉得你们可以研发一种足够强大的人工智能技术，用于监控整个星球，但恐怕此前没有人做过这样的尝试。不过，类似的技术已经应用到了空间站……”

奥恩上尉意识到斯卡伊阿特上尉再次将珍·希南引入了她几个月前就曾经误入的陷阱，说：“空间站的智能中枢什么都能看到。”

“这样管理起来就容易多了，”斯卡伊阿特上尉快活地赞许道，“根本不需要担心安全问题。”虽然事实并非完全如此，但她知道眼下没有必要指出这一点。

珍·塔尔放下手中的餐具，“智能中枢什么都能看到？”两名上尉都没说话，“难道连你们……”

“全都能看到，”奥恩上尉说，“我向你保证，公民。”

大约两秒钟的沉默。站在我旁边那位斯卡伊阿特上尉的下属、伊萨第七分队的士兵嘴巴不自然地扭曲着，不知道是觉得痒还是肌肉痉挛，但我怀疑她其实是想笑。军舰和空间站一样，都是由智能中枢进行管理的，雷切士兵的生活完全没有隐私可言。

斯卡伊阿特上尉打破了沉默：“你的侄女，公民，今年会参加素质测试吗？”

主人的表妹点点头。假如农场可以自给自足，她是不需要谋取任何职位的。她的继承人也不需要——坦曼德的富人拥有的土地足以供养许多继承人，然而珍·塔尔的侄女在大兼并中失去了父母。

“这些所谓的素质测试，”珍·希南问，“你们都参加过，对吗，上尉？”两名上尉点点头。只有通过了素质测试才能参军或者进入政府任职——但想要获得某些特定职位，还需要满足其他额外的要求。

“毫无疑问，”珍·希南说，“我猜你们都在当年的测试中大获成功，但我怀疑希斯乌纳人并不适合这种测试。”

“为什么这么说呢？”斯卡伊阿特上尉有点揶揄地问。

“有什么问题吗？”奥恩上尉问，态度依然僵硬，她对珍·希南的怒意仍未散去。

“嗯，”珍·希南拿起一块漂洗得雪白柔软的餐巾，擦了擦嘴，“据说，上个月在寇尔德-韦斯，所有参加了公务员测试的候选人都是来自奥斯的少数族群。”

奥恩上尉困惑地眨眨眼睛。斯卡伊阿特上尉则微微一笑，“你的意思是，”她看着珍·希南，但话是直接针对奥恩上尉的疑问说的，“你认为测试存在偏见？”

珍·希南叠起餐巾，放到自己的碗旁边。“得啦，上尉们，我们还是敞开天窗说亮话吧，你们来这里之前，占据这一类职位的奥斯人很少，这是有原因的。当然，每隔一段时间，也会出现例外——比如说大祭司阁下，她是个非常值得尊敬的人，不过我向你们保证，她仅仅是个例外而已。所以，当我看到二十个奥斯人即将成为公务员，却没有坦曼德人的份的时候，我没法不去猜想，测试要么有缺陷，要么……嗯。我还不由自主地回忆起来，你们过来兼并我们的时候，是奥斯人先向你们投降的，所以我不能怪你们对她们……有所奖励，但你们这样做是错误的。”

奥恩上尉一语不发，斯卡伊阿特上尉问：“假设你前面说的都对，但为什么要说我们这样做是错误的呢？”

“就像我说过的那样，她们不适合在当局任职，虽然也有例外，但是……”珍·希南摆了摆戴着手套的手，“要是素质测试的偏袒这么明显，人们会对雷切的选拔制度失去信心。”

奥恩上尉更加沉默，脸上的怒意十分明显，斯卡伊阿特上尉的笑容却更灿烂了：“要参加素质测试了，你的侄女紧张吗？”

“有一点！”珍·希南的表妹说。

“可以理解，”斯卡伊阿特上尉说，“这是一位公民的人生转折点，但她不需要害怕。”

珍·希南冷笑道：“不需要害怕？下城区一如既往地恨我们。现在，如果不绕道寇尔德-韦斯进行转口贸易，我们就只能去下城区找你才能做生意，否则就无法签订任何合法的商业合同，上尉。”根据雷切帝国的法律，假如业务往来的其中一方为垄断经营，那么，她必须拥有近期获得的特许权（而且这项权利存在很大争议）。如果没有，那么所有的商业合同都必须在阿马特神的圣坛（奥斯的阿马特圣坛位于奥恩上尉的住所）前签订才算合法。“在人满为患的朝圣季，这几乎是不可能的，所以，我们只好要么多绕一整天的路，先把货物运到寇尔德-韦斯，要么冒险到下城区去。”

珍·希南是寇尔德-韦斯的常客。她到那里去一般是为了拜访朋友或者巡视自己的商铺，上城区的所有坦曼德人皆会如此，早在大兼并之前她们就有拜访寇尔德-韦斯的习惯。“你们现在还有什么没有上报给我的困难吗？”奥恩上尉问，语气中的愤怒和僵硬依然难以抑制。

“嗯，”珍·塔尔说，“其实，上尉，我一直想提来着。我们已经来这里好几天了，我侄女似乎在下城区遇到了一点儿麻烦。我已经警告过她最好别到那里去，但是，你知道，青少年总有逆反心理。”

“她遇到了什么麻烦？”奥恩上尉问。

“哦，”珍·希南说，“你知道的，就是辱骂和威胁什么的——当然很多内容是空洞的，可能纯粹是为了吓唬她，但那孩子吓坏了。”

珍·塔尔的侄女正是两天前坐在庙前水渠边叹气的那个孩子，我还和她搭过话，但她把头扭到一边，不想搭理我，于是我就走开了，但我确定下城区的人并没有找她的麻烦——我没发现任何问题。我暗中向奥恩上尉发消息报告。

“我会注意她的。”奥恩上尉说，同时对我动动手指，表示知道了。

“谢谢你，上尉。”珍·希南说，“我就知道我们可以信任你。”

“你的想法很有趣。”奥恩上尉试图放松自己过于紧张的下颌，我能看出她的面部肌肉越来越紧绷，假如不加以干预，她很快就会觉得头疼。

走在她身边的斯卡伊阿特上尉大声笑起来：“不过是开个玩笑而已。请原谅，亲爱的，可你越是生气，一针见血地指出问题所在，珍·希南就越是会误解你。”

“怎么会？她难道不是在询问我的意见吗？”

“你还在生气呢。”斯卡伊阿特上尉亲热地挽着奥恩上尉的胳膊，“我知道你是在生我的气，对不起。她确实问的是你，而且十分拐弯抹角。显然，她只对你的回答感兴趣。”

“回答她的却是你，”奥恩上尉说，“而且你的回答也十分拐弯抹角。”

我走在她们身后，和伊萨第七分队的那位士兵一起，越过前面的街道和庙前水渠向远处望，可以看到我的另一个分身站在广场上。

斯卡伊阿特上尉说：“我说的都是实话。我告诉她，战舰上的上尉们大部分来自古老的上层家族，这些家族拥有巨大的财富和人脉，她在寇尔德-韦斯的熟人们或许对此也有所提及。至于她对你的态度，一方面，因为你并非来自那样的家族，她们会对你有偏见，甚至讨厌你；另一方面，你的确指挥的是辅助部队，而不是普通的人类军队。通常，贵族老顽固们会莫名其妙地看不惯辅助部队，因此顶层的贵族很少有成为军官的——她们离不开辅助部队的保护，却瞧不起军官的出身。所以，珍·希南对你的看法很矛盾。”虽然天色已晚，我们经过的那些房屋都已经关门熄灯，她却依然把声音压得很低，只有非常靠近才能听得清。上城区和下城区十分不同，街上几乎没有人；而下城区的街道上即使在深夜也会有人坐着，其中甚至还有很小的孩子。

“而且，”斯卡伊阿特上尉说，“她是对的。啊，我当然不是指她认为奥斯人愚蠢是对的，绝对不是，但她对素质测试提出的质疑没有错。你自己也清楚，测试的过程和结果非常容易受人操纵。”听到这里，奥恩上尉被斯卡伊阿特上尉的话激怒了，她甚至有种遭到背叛的感觉，但她什么都没说。斯卡伊阿特上尉继续道：“几个世纪以来，只有那些有钱和有关系的人才更有可能通过素质测试，得到特定的职位，比如政府官员。然而最近的五十到七十五年里，情况有所变化，底层出身的候选人也能成为官员了，不是吗？”

“我不喜欢你提出话题的方式，”奥恩上尉试图从同伴的臂弯里抽出自己的胳膊，“没想到你竟然会说出这种话。”

“不，不，”斯卡伊阿特上尉抗议道，她不但没有松开胳膊，反而勒得更紧了，“可我说的绝对是事实。既然如此，这说明是以前的测试受到了操纵，还是现在的测试受到了操纵？”

“你认为呢？”奥恩上尉反问道。

“以前和现在都是受到操纵的。我们的朋友珍·希南并没有完全意识到这个问题，她只知道假如想要做成一件事，必须适当地打通关系，也清楚想要通过素质测试同样需要求人帮忙。而且她恬不知耻——你听到她说‘奥斯人是因为通敌才受到了奖赏’这种话了吧？言外之意是她的族人——坦曼德人——其实比奥斯人更擅长通敌！你应该也注意到了，虽然她和她的表妹都不打算送自己的孩子参加测试，参加者只有那个失去父母的侄女，但这至少说明她们企图在政府里培养自己的家族势力。所以，假如我们向她索要贿赂，告诉她这样就能让她的侄女通过测试，珍·希南一定会毫不犹豫地同意。而她今天竟然没有主动行贿，这一点着实令我意外。”

“你不会收受贿赂的，”奥恩上尉抗议道，“你绝对不会这么干。”

“我根本不需要受贿，那个孩子肯定能通过测试，然后去地方首府受训，获得一份公务员的肥差。假如你问我的话——没错，我确实认为奥斯人靠着投敌得到了奖励，但是，现在那场难以避免、令人不快的大兼并已经结束了，我们希望人们开始意识到成为雷切人是有好处的，惩罚那些没有及时投降的家族毫无意义。”

她们沉默着走了一段路，在水渠边停住脚步，胳膊依旧挎在一起。

“要我送你回家吗？”斯卡伊阿特上尉问。奥恩上尉没回答，她望着远处的水面，气还没有消。神庙的斜坡屋顶上的绿色天窗灯光闪烁，照耀着神庙门口的广场，倒映在昏暗的水面上——依照传统，现在正是守夜的时节。斯卡伊阿特上尉充满歉意地微笑道：“我惹恼了你，请给我弥补的机会。”

“当然。”奥恩上尉说，轻轻叹了一口气。她从来都无法拒绝斯卡伊阿特上尉的要求，因为她从来找不到真正的理由拒绝她。她们转了个弯，沿着水渠向前走。

“公民和非公民，”奥恩上尉说，声音很低，两人之间的气氛依旧有点压抑，“有什么区别？”

“前者开化，后者不开化。”斯卡伊阿特上尉笑道。这个笑话只在雷切人中流行——雷切语中，“公民”和“开化”是同一个词，成为雷切公民，意味着开化。

“所以，从米亚奈领主赋予希斯乌纳人公民权的那一刻开始，她们就成了开化的文明人。”奥恩上尉说，虽然她知道斯卡伊阿特上尉多少有些利用了语言的特点答非所问，“我的意思是，假如某一天，你的伊萨中队向辱骂雷切的奥斯人开枪——别以为我不知道你们干得出来，我还知道你们干过更恶劣的事——的话，按照你的理论，这也没什么大不了，因为她们不是雷切人，没有开化。”为了避免造成“公民”和“开化”的意义混淆，奥恩上尉特地转换成自己比较熟悉的奥斯本地方言，“一切行为都能够以‘开化’的名义得到合理化。”

“好吧，”斯卡伊阿特上尉说，“但这样做更有效率。你不得不承认，现在大家都不敢对我们说不敬的话。”奥恩上尉表情严肃，一语不发。“你为什么会这么问？”斯卡伊阿特上尉问她。于是，奥恩上尉把自己前一天和大祭司的对话告诉了她。

“啊。好吧。你当时没反驳？”

“那又有什么用？”

“当然没用，”斯卡伊阿特上尉回答，“但这并非你没有反驳的原因。而且，就算辅助部队不打人，也不受贿、强奸或者枪杀无辜……人类部队也会干这些坏事……一百年前，正是那些被她们伤害的人被转化成了辅助部队，你知道我们还有多少库存的辅助部队吗？为正义托伦号准备的库存就至少够用一百万年。就这种意义而言，被害者没有白死。所以，区别在哪里？虽然你不喜欢我的回答，但这就是事实：你的奢侈总是来自别人的牺牲。文明的诸多优点之一就是，假如一个人不愿看到这一幕，那她可以选择不看。你能够完全自由地享受文明的好处，同时避开让你感到良心不安的东西。”

“你的良心不会不安吗？”

斯卡伊阿特上尉开心地笑起来，仿佛她们是在讨论十分轻松的话题，比如某个游戏或者一家不错的茶叶店。“当你长大之后，意识到自己本来就该处于金字塔的顶端，那些底层家族的存在就是为了你的家族服务的，你会觉得一切都是理所应当，其他人就应该为了你的人生做出牺牲，天经地义。大兼并期间发生的那些事，虽然程度不同，但本质是一样的。”

“我不这么认为。”奥恩上尉简短而愤慨地表示。

“啊，当然，事实并非如此。”斯卡伊阿特上尉说，语气温和下来。我十分肯定，她真心喜欢奥恩上尉。我知道奥恩上尉也喜欢她，哪怕斯卡伊阿特上尉有时会说些激怒她的话，比如今晚。“你的家族已经做出了一些那样的牺牲，虽然不多。也许这让你更倾向于同情那些可能为你做出牺牲的人。我明白，想到自己的祖先也经历过大兼并带来的苦难，那种滋味并不好受。”

“而你的祖先从来没有那种经历。”奥恩上尉咬牙切齿道。

“好吧，她们中的一部分也许没经历过，”斯卡伊阿特上尉承认，“但她们也不是正统的雷切人，”她停下脚步，把奥恩上尉拉到一边，“奥恩，我的好朋友，别为那些你无能为力的事情心烦。现实就是这样的，虽然你无法改变它，但也没必要责备自己。”

“你刚刚说过，我们都是这样的。”

“我不是这个意思。”斯卡伊阿特上尉和蔼地说，“不过你仍然会这么想，对不对？听着——这里的情况会变好的，因为我们在这里。而且许多人的生活已经有所改善——比如本地居民和被流放到这里的人，甚至还包括珍·希南，哪怕她现在仍然不满意坦曼德人不再是奥斯的管理阶层。但她迟早会适应的，她们都会适应。”

“那死了的人呢？”

“她们已经死了，没必要为她们烦恼。”

第五章

醒来之后，斯瓦尔顿显得烦躁不安，一连两次问我是谁，而且并不满意我的回答，指责我用谎言来搪塞她。“我不认识叫布瑞克的人，也从来没见过你，这是哪里？”

一个不知名的小地方。“你在尼尔特星。”我回答。

她拉起毯子，裹住露在外面的肩膀，随后又愠怒地把它扯掉，抱起胳膊。“我从来没听说过什么尼尔特星，我怎么会到这里来的？”

“我也不知道。”我把手中端着的食物放在她面前。

她又把毯子拖过来。“我不吃。”

我做了个“你吃不吃饭都不关我的事”的手势，反正我已经在她睡觉时吃了东西，也休息过了。“你经常遇到这种情况吗？”我问。

“什么？”

“睡醒之后，发现自己来到了陌生的地方，和陌生人在一起，完全不知道自己是怎么过来的。”

她焦躁地摆弄着毯子，披在身上之后又扯下来，手腕在胳膊上搓来搓去。“有那么几次吧。”

“我叫布瑞克，来自格林泰特。”我说。虽然已经告诉过她，但我知道她还是会不停地问我。“两天前，我在一家酒馆门口发现了你，我不知道你怎么会在那里，如果我把你扔在那里，你可能早就死了。假如你对现在的结果并不满意，请接受我的道歉。”

不知怎么，她被激怒了，“你可真是能说会道啊，格林泰特的布瑞克。”她轻蔑地哼了一声。听到她这样说话，我感到有些意外，尤其是在她衣冠不整、没穿制服的情况下，看起来完全跟过去那个冷静优雅的贵族判若两人。

她的冷哼也激怒了我。我知道自己为什么生气，也知道假如我向斯瓦尔顿表达愤怒，除了更多的轻蔑，她不会给我其他回应——这只会让我更加愤怒。我只能像她刚醒来时那样尽量保持面无表情，漠然地耸了耸肩。

我曾经是斯瓦尔顿服役的第一艘战舰。那时，她还是个新兵，刚刚结束受训，只有十七岁，赶上了某一次大兼并行动的尾声。在一条红棕色石头堆砌的隧道（位于一颗小型卫星的地表之下）中，上级命令她看管十九名站成一排的囚犯。囚犯们赤身裸体，趴伏在冰冷的隧道里瑟瑟发抖，等待雷切人评估她们的价值。

实际上，真正看守囚犯的是我，我的七个分身站在隧道里，全副武装。斯瓦尔顿那时相当年轻，表情冷漠、发色深沉、肤色偏棕，与她颇具贵族气派的面部轮廓（那时她的鼻子还没有长开）相比，那双棕色的眼睛显得毫无特点。来到此地只有几天就奉命留在隧道里看管囚犯，她当然会感到紧张，但她也为自己获得了这样的委任——尽管微不足道——感到骄傲，连身上的深褐色制服、长裤、手套和上尉徽章似乎都跟着闪光。我觉得她有点过于激动，因为她十分用力地握着枪，这与训练中学到的不一样。

墙边的一个囚犯——宽肩膀、肌肉发达、一条骨折了的胳膊吊着夹板——正在大声抽泣，她每呼一口气都要呻吟一声，吸气时则会不由自主地喘息一下。她知道——队伍里的囚犯们都知道她们要么会成为辅助部队的后备，就像站在她们面前的我和分身们那样，失去自我、身体，成为雷切人的战舰的附庸；要么则被雷切人像垃圾一样丢弃。

斯瓦尔顿在囚犯们前面用力来回踱步，对那个不住哭叫的家伙越来越不耐烦，终于，她猛地停在可怜虫面前："诸神在上！不许出声！"斯瓦尔顿手臂肌肉的小动作让我意识到她准备举起武器。只要关键物资在惩罚囚犯的过程中不遭到破坏，没人在乎她是否会用枪托把囚犯打晕，就算她一枪爆了囚犯的头，也不会有人在意。人类躯体虽然能够转化为辅助部队，但并非一项稀缺资源。

我向前跨了一步，挡在她和那个囚犯之间。“上尉，”我说，语调平淡，毫无波澜，“你要的茶来了。”其实，茶早在五分钟前就准备好了，但我没有马上递给她，一直端在手里。

从年轻上尉斯瓦尔顿的可怕表情中，我看出了惊愕、沮丧和愤怒，还有烦躁。“那是十五分钟之前的事了，”她厉声道，我没说话，那个囚犯仍然在我身后呻吟抽泣，“你就不能让她闭嘴吗？”

“我会尽力的，上尉。”我说，但我知道，想要阻止囚犯惨叫，只有一个办法。缺乏经验的新晋上尉斯瓦尔顿却仿佛对此一无所知。

登上正义托伦号二十一年后，我在雪地里发现她的一千年前——斯瓦尔顿早已晋升为伊斯克中队上尉。按照雷切人的标准，三十八岁的她依然十分年轻——雷切公民的平均寿命是两百多岁。

这是斯瓦尔顿担任上尉的最后一天，她坐在自己的铺位上喝茶。她的舱室是个长三米、宽两米、高两米的小房间，白色墙壁，异常整洁。现在她那贵族气派的鼻子已经完全长开，行为举止不再像过去那样拘谨，变得十分从容。

她旁边的铺位上，坐着伊斯克分队资历最浅的上尉——几周之前她才来这里报到——是斯瓦尔顿的远房表亲，来自另一个家族。总体来看，她比当年的斯瓦尔顿高，身材更健壮，也更优雅。可虽然是斯瓦尔顿的表亲，被高级上尉叫过来谈话，她还是觉得紧张，不过掩饰得很好。斯瓦尔顿对她说："你要小心，上尉，提防那些你喜欢的人。"

年轻的上尉马上明白了表亲的意思，尴尬地皱起眉头。

"你知道我指的是谁。"斯瓦尔顿说。我也知道。这位年轻上尉前来报到时，一位伊斯克分队上尉显然对她很感兴趣，于是散播传言，说年轻上尉也喜欢她，借此试探她的心意。年轻上尉也动了心，两人很快勾搭到一起。不巧的是，这件事情被斯瓦尔顿知道了。

"我知道你说的是谁，"年轻上尉愤慨地说，"可是，我不觉得……"

"哈！"斯瓦尔顿不容置辩地打断她，"你认为这只是无伤大雅的找乐子？好吧，我承认这种事确实很有乐趣。"斯瓦尔顿本人就和勾引她表亲的那位上尉睡过，"但并非无伤大雅，她是个优秀的军官，可她的出身十分普通，只不过军衔比你高一点而已。"

年轻上尉出身的家族绝非"十分普通"，她即使再天真，也立刻领会了斯瓦尔顿的意思，为此她火冒三丈，开始用不那么正式的措辞向斯瓦尔顿这个上级解释："诸神在上！表亲，现在还没有人敢嘲笑我们门不当户不对，况且离我们退役还早着呢，退役之后才能缔结姻亲。”富人阶级相当重视门第出身，推崇对等联姻，经济和社会地位高的家族，通常以赞助人自居，向与之联姻的地位较低的家族提供好处，换取对方的效忠和服务，这种契约关系甚至可以延续好几代。在最古老、最高贵的家族中，她们的仆役基本上都是受其赞助的家族的后代，在其产业中供职的人也大多来自被赞助家族的旁支。

“这些来自普通家族的人往往很有野心，”斯瓦尔顿解释道，稍稍压低了声音，“也很聪明，否则不会爬到今天的位置，她的资历比你高，你们两个都要在这里服役很多年，假如你们继续厮混下去，不加收敛，恐怕有一天她会反过来成为你的赞助人，让你的家族蒙羞。我不认为你母亲会因此而感谢你。”

因为愤怒和懊恼，年轻上尉的脸红了。她成年之后的第一段浪漫关系就此结束，沦为了肮脏污秽的算计。

斯瓦尔顿倾身向前，正准备去够茶水瓶，突然想起了什么事。她开始抽动手指，无声地给我发消息：“这衣服的袖口已经破了三天了。”

我直接对她耳语道：“抱歉，上尉。”我本应立刻派一名伊斯克第一分队的士兵取走衣服，将袖口修补好——此事三天前就该做完，今天更不应该把这件有破口的衣服再给她穿在身上。

狭窄的舱室里寂静一片，年轻上尉仍在暗自伤心。我直接对斯瓦尔顿说：“上尉，中队长说要你在方便时立刻去见她。”

我知道斯瓦尔顿很快就会晋升，恐怕在命令我修补破掉的衣袖时，她也是志得意满的，然而我已经没有时间为她补衣服了——斯瓦尔顿离开舱室之后，我马上开始为她收拾东西，再过三个小时，她就要到新的战舰上报到了——成为新造的巨剑级军舰纳斯塔斯号的舰长。不过，对于她的离去，我并不怎么觉得遗憾。

我对斯瓦尔顿的回忆都是无关紧要的小事。当年在隧道中面对极端情况，仅有十七岁的她无法沉着应对也属正常，成为老练的高级军官后变得势利虚荣也无可厚非。当然，在长达数千年的服役生涯中，我已经意识到，比起出身，更应该重视一个人的能力。毕竟，我见过不止一个来自“普通家族”的人奋斗到极高的位置，最终摆脱出身低微的标签，变成另一个势利虚荣的斯瓦尔顿。

这么多年来，从“年轻上尉斯瓦尔顿”到“斯瓦尔顿舰长”之间的转变，就发生在一个又一个的看似无关紧要的微小瞬间。我从未恨过斯瓦尔顿，只是并非特别喜欢她，可现在的她却完全像是变了一个人。

进驻斯特里甘家的第二个星期并不令人愉快。斯瓦尔顿需要时刻有人照顾，她吃得很少（就某些方面而言，这算我走运），我还要防止她脱水。这周结束时，她的饭量明显减少，时常昏睡——但都是浅眠，不停地抽搐、翻身，有时还会发抖、呼吸困难、突然惊醒。醒了之后，她会抱怨周围的声音太吵、光线太亮，让她很不舒服。

又过了几天，每当以为我睡着了的时候，她会跑到门外去盯着雪看，然后穿上衣服和外套，吃力地走到机库，试图启动飞行器，但我已经把飞行器的关键部件拆下来了。回到主屋后，她竟也知道把入口处的两道门全都关上，但就是不知道擦脚，结果总是把鞋底上的雪带进室内。这天，我正在屋里研究斯特里甘的那件奇怪的拨弦乐器，斯瓦尔顿从外面回来，不由得瞪大眼睛凝视着它，脸上的好奇怎么也掩饰不住。与此同时她还微微地耸了耸肩，这是因为她穿不惯身上的厚外套，总觉得别扭。

“我想离开。”她说，语气半是畏惧，半是高傲。颐指气使的雷切人。

“等我准备好了我们就走。”我拨动琴弦，弹出几个音符，她露出十分愤怒和失望的神情。“你现在完全是自找的，”我平静地说，“你过去的所作所为导致了你今天来到这里。”

她挺直脊背，双肩后张，“你根本不了解我，不知道我曾经做过什么样的决定。”

她的话足以让我怒火重燃，因为我恰好知道她做过什么决定和没做什么决定。“啊，我忘了，一切都是出于阿马特的意志，完全不是你的错。”我讥讽道。

她瞪大眼睛，张嘴想要说话，又颤抖着闭上了嘴，转过身去，装模作样地脱掉外套，丢到一旁的木凳上。“你不明白，”

她轻蔑地说，但声音有点颤抖，压抑着哭腔，“你不是雷切人。”

看来她认为我是个不开化的野蛮人。“你什么时候开始嗑毒幻剂的？离开雷切之前还是之后？”我问。按理说毒幻剂不应该出现在雷切境内，但雷切境内总会存在几个当局宁愿睁一只眼闭一只眼、不予以查处的小型贩毒据点。

斯瓦尔顿瘫坐在她搁外套的木凳旁边的凳子上，“我想喝茶。”

“这里没有茶。”我把手中的乐器放到一边，“只有牛奶。”确切地说，这里只有长毛牛的奶制成的酸奶，当地人习惯兑上水加热了再喝。它的味道就像靴子里的汗臭味，很可能会让斯瓦尔顿觉得恶心。

“什么样的鬼地方竟然连茶都没有？”她谴责道，胳膊肘杵在膝盖上，额头抵着手腕，双掌向上摊开，张着手指。

“就是这种鬼地方。”我说，“你为什么要嗑毒幻剂？”

“你不会明白的。”她说。眼泪滚落到她的膝盖上。

“说来听听。”我又拿起那件乐器，弹起一支小调。

无声地哭泣了六秒钟之后，斯瓦尔顿说：“她们说，这样可以让一切变得更清晰。”

“嗑毒幻剂？”我问，斯瓦尔顿没回答，“让什么变清晰？”

“我知道那首歌。”她说。她的脸依然压在手腕上，意识到她很可能会通过这首歌想起我是谁，我换了一首曲子。在瓦尔斯卡伊的某个地区，唱歌是一种优雅的消遣活动，当地的合唱协会是社交舞台的中心。在前往各地执行兼并任务的过程中，我收集到了许多自己喜欢的音乐（我的分身们可以表演合唱），我从中选了一首斯瓦尔顿不可能听过的弹了起来。据我所知，她应该没有去过瓦尔斯卡伊。

“她们说，”斯瓦尔顿终于抬起头来，再次开腔，“情绪会妨碍你的认识能力，但纯粹的理性不会受到感觉的扭曲。”

“这不是真的。”我说。研究了整整一星期的乐器，我现在会同时弹两根弦了。

“至少一开始像是真的。起初的感受非常奇妙，挡在你面前的东西全都没有了，但后来药效会消失，你的感觉会变得和以前一样，经常还不如以前。然后你会发现，完全没有感觉才令人生不如死，我没法描述那种状态，只知道再嗑点药的话就不会难受了。”

“然后你越来越无法忍受不嗑药。”我说。过去的二十年里，我听人讲过几个嗑药成瘾的故事。

“哦，仁慈的阿马特，”她呻吟道，“我真想死。”

“那你为什么不去死呢？”我又换了一首歌：我的心是一条鱼，藏在水草丛中，在那绿野之上，绿野之上……

她无比惊愕地看着我，好像我是一块突然开口说话的石头。

“你失去了你的战舰。”我说，“你被冷冻了一千年。你醒来之后，发现雷切已经变了——不再有侵略和扩张。雷切和普利斯戈尔签订了屈辱的协约，你的家族失去了原来的经济和社会地位，没人认识你、记得你，也不关心你的生死。你不习惯，更没想到自己的人生会变成这个样子，对不对？”

三秒钟过后，斯瓦尔顿才听明白我说的话，“你知道我是谁。”

“我当然知道你是谁。你自己告诉我的。”我撒谎道。

她眨眨眼，似乎是在回忆是否曾经告诉我她的身份。然而她的记忆是不完整的。

“去睡吧！”我说。我按住琴弦，不让它继续振动。

“我想离开，”她抗议道，仍然坐在凳子上，胳膊肘拄在膝盖上，“我为什么不能走？”

“我还没处理完这里的事。”我告诉她。

她嘲弄地撇撇嘴。当然，她是对的，在这里等着是很愚蠢的做法，可我不能让多年来的谋划和努力毁于一旦，总要尝试一下。

她仍旧没动。“回床上去。”我命令道。所谓的“床”是她坐的木凳旁摞起来的一堆坐垫和毯子。她轻蔑地看着我，慢慢地滑下凳子，躺到地上的坐垫堆里，拽过毯子盖在身上。我知道她不会很快睡着，因为她还想试试别的逃跑方法——比如制服我或者说服我按照她的想法行事。不过，假如她知道了自己真正想要什么的话，就不会盘算着离开了。但我什么都没说。

接下来的一小时里，她的肌肉渐渐松弛下来，呼吸也变慢了，显然已经睡着。当年斯瓦尔顿做我的上级时，我连她睡着之后处于哪个睡眠阶段都知道——甚至知道她做没做梦。但现在我只能根据表面现象判断她是否已经睡着。

我依然保持警惕状态：坐在地板上，背靠着木凳，腿上搭了一条毯子。像过去这一周的每天晚上一样，我解开上衣，手伸进衣襟，手指按在枪上，向后靠了靠，闭上眼睛。

两个小时之后，我被一阵模模糊糊的响动惊醒。我躺着没动，手依然按着枪。模糊的响动依然在重复，音量略有提高——似乎是第二道门关闭的声音。我的眼睛微微睁开一条缝，看到斯瓦尔顿安静地躺在垫子上——但她显然也听到了那个声音。

透过自己的眼睫毛，我看到一个穿着户外服装的人，身高接近两米，厚重的双层外套包裹下的身体相当瘦削，皮肤是铁灰色。当她把兜帽推到脑后，我看到了她的头发：她肯定不是尼尔特人。

她站在那里，看着我和斯瓦尔顿。过了七秒钟，她悄悄地走到我躺着的地方，弯下腰，一只手拖过我的背包，另一只手里拿着一把枪，稳稳地指着我，虽然她看起来并不知道我已经醒了。

背包上的锁比较难开，她从口袋里掏出一件工具，以比我预料的快得多的速度撬开了锁。她依然拿枪指着我，时而瞥一眼始终躺着没动的斯瓦尔顿，检查着背包里的东西。

包里有备用的衣服、子弹，但是没有枪，所以她可能已经意识到或者开始怀疑枪在我身上。此外，包里还有三盒锡纸包着的压缩干粮、餐具、一瓶水以及一块直径五厘米、厚一点五厘米的黄金圆饼。她拿起圆饼，疑惑地皱眉端详了一下，放到一旁。还有一只盒子，她打开盒子，惊讶地发现里面有很多钱，不由得看了我一眼。我纹丝不动，我不知道她想找什么，但她似乎并没有找到。

她拿起圆饼，坐在木凳上，在那个位置，恰好能够同时看到我和斯瓦尔顿。她把手中的圆饼翻过来，发现了上面的机关，把它扳到一边。圆饼的两个面如同开花一般应声敞开，露出里面的神像——那是个几乎一丝不挂的小人，只穿着短裤，戴着一串琥珀花环，面带庄严的微笑。有四条手臂，一只手举着一个球，对面那只戴着圆筒形护手，另外两只手分别拿着一把刀和一颗切下来的人头——人头流出的血是宝石做的，一直滴到她赤着的脚上；神像手中的人头面带神圣而不失冷静的微笑，与神像的表情完全一致。

斯特里甘——这个人一定是斯特里甘——皱起眉头，显然没料到自己竟然见到了这种东西，但她似乎并不特别好奇。

我睁开眼睛，她抓紧了手中的枪——枪口离我很近，我把脸扭到一边。

斯特里甘举着雕像，挑起一条铁灰色的眉毛。“亲戚？”她用雷切语问。

我保持着愉悦的面部表情，“不算是。”我用她的语言回答。

“你们来的时候，我以为自己知道你们是谁。”沉默了很长时间之后，她说。谢天谢地，她上了我的钩，跟着我说起了她的语言，“我以为我知道你们来这里干什么，可我现在不那么确定了。”她瞥了一眼斯瓦尔顿，后者仿佛丝毫不曾被我们的谈话所影响，依旧安静地躺着。“我觉得我知道他是谁。不过，你又是谁？你是什么？别告诉我你是格林泰特的布瑞克，你和他一样，都是雷切人。”她拿胳膊肘指了指斯瓦尔顿。

“我是来买东西的，”我说，没有去看她的枪，“他是我偶然碰上的。”因为我们没在说雷切语，我不得不用上性别代词——斯特里甘使用的语言有此要求。尽管她生活的那个社会总是冠冕堂皇地宣称“性别并不重要”，男性和女性的衣着、谈吐和行为也看起来没有区别，但我在那里遇到的每一个人总能立刻猜出别人的性别。假如我在确定谈话对象的性别的过程中有所犹豫，或者干脆猜错的话，她们会露出受到冒犯的表情，然而我至今也没学会判断性别的窍门。虽然我在斯特里甘的家里见到了她的个人物品，可仍然不确定该用哪种性别用语对她说话。

“偶然碰上的？”斯特里甘不相信地问。这也难怪，连我自己都不相信这次竟然遇到了斯瓦尔顿。斯特里甘没再说别的，似乎意识到话多等同于愚蠢——尤其是假如我真的是她猜测的那个人的话。

“巧合。”我说。幸好我们说的不是雷切语。雷切人的世界观里没有巧合，只有神的意志。“我发现他的时候，他已经失去了意识，要是不管他，他会死的。”从斯特里甘的眼神来看，她依旧不相信。“你为什么到这里来？”我问。

她冷笑了一声——也许因为我选错了性别用语，也可能是别的原因，我无法确定。“这个问题应该我来问你才对。”

她至少没有纠正我的语法错误。“我来找你谈谈，还要买东西。斯瓦尔顿病了。你不在这里。当然，我会为我们吃掉的食物付给你钱的。”

不知怎么，她似乎觉得我的话很可笑。“你为什么来这里？”她问。

“我没有别的同伙，”我回答了她没说出来的问题，“除了他以外。”我朝斯瓦尔顿点点头。我的手依然按在枪上，斯特里甘可能知道我的手为什么始终藏在衣服底下。斯瓦尔顿还在装睡。

斯特里甘轻轻摇摇头，表示不相信。“我敢发誓，你是个僵尸士兵。”她的意思是辅助部队。“你一来我就知道了。”这么说，她这几天一直躲在附近等待我们离开，这个地方始终处于她的监视之下。不过她实在有些自大和愚蠢——假如我真的是她畏惧的那个人，躲得这么近，难道就不怕被我发现吗？“后来你发现这里没有人，而且他……”她朝躺在垫子上的斯瓦尔顿耸耸肩。

“坐起来，公民，”我用雷切语对斯瓦尔顿说，“别装睡了。”

“滚开。”斯瓦尔顿回答，扯下脑袋上的毯子，有点发抖地爬起来，跑进厕所，关上了门。

我转向斯特里甘：“我们租来的飞行器，是你搞的鬼？”

她遗憾地耸耸肩。“他告诉我两个雷切人要来这边，要么是他严重低估了你，要么是你比我想象的危险。”

看来斯特里甘真是个危险人物。“我已经习惯被低估了。你没告诉她……他……你为什么觉得我会来？”

她的枪没有半点晃动的迹象。“你为什么来这里？”

“你知道为什么。”我说，她的表情变化了一瞬，我继续道，“我不是来杀你的，杀了你，我就没法达到目的了。”

她挑起一边的眉毛，歪了歪头：“是吗？”

她的防备和声东击西让我十分挫败。“我想要那把枪。”

“什么枪？”斯特里甘不会傻到承认它的存在，她不过是在装糊涂。她其实知道我说的是什么枪，对此我敢拿性命发誓，所以没有必要多此一举地向她解释。

但她是否愿意把枪给我又是另一码事了。“我付钱买你的。”我说。

“我不知道你在说什么。”

“加赛德人喜欢‘五’这个数字，‘五大权利法案’‘五大原罪’‘五大行政区’。二十五名代表向雷切领主投降。”

斯特里甘呆愣了整整三秒钟，连呼吸都仿佛停止了，然后她说：“加赛德？那和我有什么关系？”

“你不是在那里待过吗？”

“那是一千年前的事了，而且加赛德离这里很远。”

“二十五名代表向雷切领主投降。”我重复道，“但只找到了二十四把枪。”

她眨眨眼，倒吸一口气：“你是谁？”

“有人跑掉了。雷切人抵达之前，有人逃走了。也许她是害怕那些枪不像人家说的那样好使，也许她知道，就算枪好使，也无济于事。”

“没人能够反抗阿纳德尔·米亚奈，”她苦涩地说，“无论他们多么想要活下来。”

我一语不发。

斯特里甘没有放下手中的枪，显然怀疑我打算伤害她。“我不知道你为什么认为我有你说的那把枪，它为什么会在我这里？”

“你收集古董和稀奇的小玩意儿。你收藏了一批加赛德手工制品，不知通过怎样的途径，它们被送到你在德拉斯–安妮亚空间站的住处。后来你消失了，而且采取了防范措施，不让任何人知道你的去向。”

“你就根据这点理由，猜测我拥有那把枪？”

“那这个呢？”我抬起空着的那只手，另外一只手仍然藏在衣服底下，握着我的枪，“你在德拉斯–安妮亚过得很安逸，客户盈门、收入丰厚、名利双收，现在又为什么跑到这么个鸟不生蛋、冰天雪地的地方来？就为了给牧牛人当急救医生？”

“完全出于个人原因。”她说，措辞相当谨慎。

“没错，”我说，“你没法毁掉它，或者把它交给那些可能意识不到它的危险的蠢人。在你发现了它是什么东西的那个瞬间，你意识到雷切当局会不惜一切代价抓住、杀死你和所有可能见过它的人。”

尽管雷切帝国希望每个人都记住加赛德人的下场，但她们不想让任何人知道加赛德人是如何毁灭了一艘帝国战舰的——数千年来，没有人做到过这样的事，起码活着的人不曾有这样的记忆。我知道现存的所有战舰都见识过当年那场惊天动地的爆炸，阿纳德尔·米亚奈同样知道。斯瓦尔顿更是亲身经历了雷切领主不希望人们相信的真实事件——隐形的护甲和强大的枪支，能够穿透雷切护甲以及战舰热盾的子弹——而且无能为力，只能逃走。

“我想要它，”我告诉斯特里甘，“我给你钱。”

“假如我真的有你想要的东西……我是说假如！它很可能是无价之宝，多少钱都买不走。”

“有这个可能。”我表示同意。

“你是雷切人。还是个军人。”

“曾经是。”我纠正她。看到她嘲弄的表情，我补充道：“如果我现在还是军人，就不会出现在这里，或者——你早就把我要的信息告诉我，并且已经死了。”

“离开这里，”斯特里甘平静而低沉地说，“带上那个累赘。”

“得不到想要的东西，我是不会走的。”我说，“你要么把它交给我，要么用它打死我。”这差不多已经算是承认我还穿着雷切的护甲了，说明我就是她害怕的人——前来杀她、把枪拿走的雷切特工。

虽然惧怕我，她还是很好奇：“你为什么那么想要它？”

“我打算，”我一字一顿地告诉她，“杀了阿纳德尔·米亚奈。”

“什么？”她手中的枪抖了抖，枪口微微偏向一边，接着又稳稳地指向我。她向前斜靠过来三毫米，掏了掏耳朵，似乎以为自己听错了。

“我想杀了阿纳德尔·米亚奈。”我重复道。

“阿纳德尔·米亚奈，”她苦笑道，“在数百个地方拥有数千具身体，你不可能杀死他，只用一把枪肯定不行。”

“可我还是想试试。”

“你疯了。这可能吗？雷切人不是都被洗脑了吗？”

这是个常见的误解。“只有罪犯或者那些不正常的人才会被‘重新教育’，就是你说的洗脑。你只要做你该做的事就行了，没人真的在乎你想什么。”

她半信半疑。“什么叫作‘不正常’？”

我用空着的那只手做了个“不关我的事”的手势，但这个问题可能真的与我有关，它现在或许已经开始困扰我了，就像它可能一直困扰着斯瓦尔顿那样。“我现在要把我的手从衣服里拿出来了，”我宣布，“然后去睡觉。”

斯特里甘什么都没说，只是拧了拧一边的铁灰色眉毛。

“连我都能找到你，阿纳德尔·米亚奈肯定也能。”我说。我们又开始讲斯特里甘的母语，她会用什么样的性别代词称呼雷切领主？“但他至今为止没来找过你，可能因为他正在忙别的事，也许你知道他为什么没来。假如他想来，一定会亲自出马，因为不想让别人知道。”

“这么说，我暂时是安全的。”斯特里甘故作自信地说。

斯瓦尔顿毛手毛脚地从厕所里出来，一屁股坐回垫子里，双手发抖，呼吸急促。

“我要把手从衣服里拿出来了。”我说，然后慢慢地拿出了手，手里什么都没有。

斯特里甘叹了口气，放下枪：“我很可能没法用枪打死你。”因为她确定我曾是雷切军人，知道我肯定穿着护甲。当然，假如她偷袭我，或者在我开启护甲之前开枪，那我就死定了。

那支枪当然在她手里，虽然她可能没有随身带着它。“我能拿回我的雕像吗？”我问。

她皱起眉头，然后才意识到自己仍然捏着那个雕像。“你的雕像。”

“它属于我。”我宣布。

“看起来很眼熟，”她又看了看它，“你从哪儿弄来的？”

“很远的地方。”我伸出手。她把雕像递给我，我拨了一下上面的机关，圆饼的两面合了起来，恢复成本来的形状。

斯特里甘仔细地打量着斯瓦尔顿，再次皱起眉头。“你的这个累赘看上去挺紧张的。”

“没错。”

斯特里甘摇摇头，不知道是沮丧还是恼怒。她走进医务室，过了一会儿又出来，径直朝斯瓦尔顿走来，倾身向前，伸手去抓她。

斯瓦尔顿一惊，猛地跳了起来，一把攥住对方的手腕——我熟悉这个动作，知道她打算掰断它，然而放荡的生活习惯和营养不良导致的无力让她失了手，反倒被斯特里甘抓住了胳膊。医生顺势把另一只手里捏着的一贴白色药剂拍到了斯瓦尔顿的脑门上，“我可不是同情你，”她用雷切语说，“只因为我是个医生。”斯瓦尔顿带着难以名状的恐惧表情瞪视着她，“放开我。”

“放轻松，斯瓦尔顿，躺下吧。”我叫道。她又盯了斯特里甘两秒钟，然后乖乖地照做了。

“我不会给他治病的，”斯瓦尔顿睡着之后，斯特里甘告诉我，“我不想让他在发疯的时候打坏我的东西。”

“我要睡觉了，”我说，“明天早晨再说吧。”

“现在已经是早晨了。”斯特里甘反驳道，但她没再坚持。

她不会蠢到趁我睡觉时搜我的身的，她知道这样做很危险。

她也不会在我睡觉时开枪打我，虽然这很简单，而且可以一劳永逸地摆脱我——除非我入睡之前就开启护甲。

然而没有这个必要，斯特里甘不会杀我，至少在我回答她的诸多问题之前不会这么干。即使所有问题都有了答案，她也可能不杀我，因为我身上的谜题太多了。

我醒来时，斯特里甘不在主屋里，但通往卧室的门是关着的，我猜她要么在里面睡觉，要么需要一些隐私。斯瓦尔顿已经醒了，正焦虑地盯着我看，揉搓着自己的胳膊和肩膀，她现在已经不那么狂躁了——一周之前我还不得不防止她挠破自己的皮肤。

那个装钱的盒子还搁在原处。我检查了一下，发现钱并没有少，就把它放回背包，上了锁，开始思考下一步该怎么做。

“公民，”我用快活又充满权威的语气对斯瓦尔顿说，“早餐。”

“什么？”她吃惊地愣了一下。

我微微挑起唇角。“我应该请医生来检查一下你的听力吗？”斯特里甘的那件乐器还放在旁边，我拿起来拨动了一下，“早餐。”

“我不是你的仆人。”她愤慨地抗议道。

我轻声冷笑道：“那你是什么？”

她身体一僵，面有愠色，接着又露出思索的表情，显然是在考虑该怎样回答我。然而现在这个问题对她而言难度太高，她对自己的优越性的信心明显不足，根本想不出合适的回应。

我低头摆弄乐器，选了一首曲子来弹奏。我打算让她坐在那里等着，直到强烈的饥饿感促使她起来自己准备早餐，抑或是想出该对我说些什么。我发现自己有点期待她向我发出挑衅，然后我就可以借机回敬她；可也许她仍然在斯特里甘昨晚给她的药物的控制之下，指不定会做出什么反常的事情。

斯特里甘的房门敞开了，她从里面走出来，站到我们面前，双臂交叉，挑挑眉毛。斯瓦尔顿无视了她。我们三个人都没说话。过了五秒钟，斯特里甘转身进了厨房，打开橱柜的门。

里面空空如也。前一天晚上我就知道了。“你把我的东西全都搜刮光了，格林泰特的布瑞克。”斯特里甘说，语气却毫无怨恨，几乎称得上戏谑，仿佛觉得这很好玩。我们饿死在这里的可能性不大——虽然现在是夏天，但室外温度很低，像个天然大冰箱。没有暖气的储藏室里储存了足够多的食物，只要去拿一些过来，重新填满橱柜就行了。

“斯瓦尔顿。”我故作漫不经心地对斯瓦尔顿说，完全模仿她担任上尉时对我讲话的冷漠语气，“去储藏室拿些食物来。”

她愣愣地眨了眨眼，“你以为自己是谁？”

“注意语言，公民，”我呵斥道，“我也想问你同样的问题。”

“你……你这个无知的鼠辈。”她又气得差点哭出来，“你觉得自己比我强？你连人都不配做。”她的意思并非说我是辅助部队，我十分肯定，她还没有意识到这一点。她指的是我并非雷切人，这也许是因为她觉得我可能配备了某些只在雷切境外流行的植入装置——在雷切人眼中，这类植入装置玷污了人类的纯粹性。“我不是天生给你做奴隶的。”

我的出手速度可以说是相当之快。我站在那里，不由自主地抬高手臂，抬到一半时才意识到自己想做什么——在迅雷不及掩耳的瞬间，我的拳头落到了斯瓦尔顿的脸上。速度太快，她甚至来不及惊讶。

她倒在了地上的那堆坐垫里，鼻血涌出，动也不动。

“他死了吗？”依然站在厨房里的斯特里甘好奇地问。

我做了个不置可否的手势：“你是医生。”

她走到斯瓦尔顿躺着的地方，失去意识的后者还在流血。斯特里甘盯着她看了一会儿。“没死，”她宣布，“但我得防止他的脑震荡引发更多的后遗症。”

我表示赞同。“顺从阿马特的意志。”我说，然后穿上外套，到外面拿食物去了。

第六章

希斯乌纳，奥斯。那位曾经陪同斯卡伊阿特上尉前往珍·希南家做客的正义恩特号伊萨第七分队的士兵和我一起坐在上尉住所的一楼。除了部队编号，这位士兵还有自己的名字。虽然我知道这个名字，但从来没如此称呼她。斯卡伊阿特上尉本人有时候会简单地称呼手下的人类士兵“第七伊萨”，或者直接叫她们的编号。

我找来棋盘和棋子，和那位“第七伊萨”静静地玩了几局棋。“你就不能让我赢上一两次吗？”第二局结束后，她问。我还没来得及回应，隐约听到楼上传来一阵沉闷的响动，她咧嘴笑道：“看来‘古板上尉’终于可以放松一下了！”说着，她看了我一眼，想知道我是否听懂了她的调侃——总是严肃谨慎的奥恩上尉竟然也会在楼上和斯卡伊阿特上尉做出不那么严肃的事情。看到我面无表情，她的笑容迅速褪去：“对不起，我不是故意这么说的，只是……”

“我知道，”我说，“我没觉得受到冒犯。”

第七伊萨皱起眉头，左手笨拙地做了个怀疑的手势，戴手套的手指依然抓着五六个棋子。“战舰是有感觉的。”

“是的，当然。”假如没有感觉，智能中枢在做那些不重要的决定的时候，也会陷入无尽的繁琐比较之中——而感觉可以为它的判断提供参考，区分孰重孰轻。“可我说过了，我没觉得受到冒犯。”

第七伊萨低头看着棋盘，放下手中的棋子，端详了它们一会儿之后，她抬起头：“你听说过那些传言吧，关于战舰和人类的区别，你始终是这么一张扑克脸……”

我调动面部肌肉，露出一个微笑，这是我在人类脸上见过无数次的表情。

第七伊萨吓得向后一缩。“别这样！”她生气地说，但声音很低，唯恐上尉们听到我们的对话。

我知道刚才那个微笑的表情并没有模仿错，但吓人的地方在于，上一秒我还面无表情，下一秒却突然笑开了花，这会让第七伊萨的人类士兵们产生困扰。于是，我收起了脸上的笑。

“诸神在上，”第七伊萨感叹道，“你笑起来就像被鬼附身了一样。”她晃晃脑袋，抓起棋子，开始往棋盘上摆，“好了，既然你不喜欢谈论这些事，那我们就再来一局吧。”

夜幕降临。邻居们在街上聊天的声音慢慢变小，最终完全消失——这是因为人们纷纷抱着熟睡的孩子回家休息了。

距离天亮还有四个小时的时候，邓兹·艾尔过来了，我一语不发地来到她的船。她并没有和我打招呼，她的女儿也没搭理我，兀自坐在船尾。船悄无声息地朝远处划去。

神庙里的守夜仪式还在继续，在广场上听来，祭司们的祈祷声就像模糊的低语，时断时续；除了我的分身巡逻的脚步声和水声，上城区和下城区的街道全都静悄悄的。头顶是星光熠熠的漆黑夜空，仿佛是在呼应天上的星光，水面上的禁区浮标和伊克特神庙里的灯也都闪着光。陪同斯卡伊阿特上尉回到奥恩上尉住处的那个“第七伊萨”在上尉家一楼的垫子上睡着了。

楼上，奥恩上尉和斯卡伊阿特上尉躺在一起，昏然欲睡。

除了我们，水面上没有别的船。船的底舱有一捆绳子、渔网、呼吸器和一个拴在铁锚上的圆形提篮。发现我在盯着那个篮子看，邓兹的女儿一脚把它踢到了她的座位底下，我扭头望向水面，凝视那些闪烁的浮标，什么都没说。虽然令人难以置信，但邓兹·艾尔提供的信息——无论是否有所隐瞒或者改动——都相当具有调查价值。

船刚刚驶入浮标围起来的禁区，邓兹·艾尔的女儿就戴上了呼吸器，滑进水里，一只手拿着绳子。这个湖并不是特别深，尤其是在目前这个季节。过了一会儿，她浮出水面，爬回船上，我们拽住绳子，拉上一只板条箱——虽然箱子出水之后拉起来比较麻烦，但我们三个还是设法把它翻进船舱，同时确保不把太多的水带进来。

我擦掉箱盖上的污泥，它是雷切人制造的，外观并不起眼。我找到锁扣，把它扳开。

箱子里的枪——光滑的长条形，透着危险的死亡气息——是坦曼德军队在大兼并之前曾经使用的样式。我知道每把枪上都有唯一的编码——我们收缴过的每一把枪的编码都会登记在册并且上报，所以，我可以查询枪支档案，看看它们是已经收缴的武器，还是漏网之鱼。

假如它们已经被没收过，事情就严重了，情况会变得比现在还要复杂。

奥恩上尉目前处于NREM[1]睡眠阶段，斯卡伊阿特上尉似乎也处于这个阶段，假如不想打扰她们，我可以自行查询档案，这也是我分内之事。但我没有这么做，一方面是因为，就在昨天，伊姆空间站的总督滥用职权、贪污受贿的丑闻曝光了，而此前雷切的公民们根本不相信有这种事，这件事足以让我提高警觉，行事更为谨慎；另一方面，邓兹·艾尔暗示我们，这批武器也许跟上城区的坦曼德人脱不了干系。虽然上城区的人不会知道我查询过枪支档案，但假如此事还和别的人相关，难保不会走漏风声，假

1　即慢速眼球运动睡眠（Non-rapid eye movements），睡眠的一种类型。——编者注

如这些知情者通知了坦曼德人怎么办？邓兹·艾尔和她女儿安静地坐在船舱里，神色冷漠，一副万事不关心的模样。

我很快就与正义托伦号的智能中枢建立了对接——除了身为伊斯克第一分队的士兵之外，我也是中枢本身，而当年正是正义托伦号上的几千名辅助部队士兵执行了兼并奥斯的任务。为了避免引起敌人警觉，我不能直接查询官方的枪支档案，但我可以调用智能中枢的记忆，查询这批武器是否曾被我们收缴过。

查询结果出来了，它们的确是已经被收缴上去的武器。

我的分身进门的时候，奥恩上尉还在睡觉，一只手搭在裸露的肩膀上。“上尉。”我轻声说。与此同时，船上的我合上板条箱，告诉邓兹：“回城。”

奥恩上尉猛地睁开眼，“我没睡着。”她迷迷糊糊地说。船上，邓兹·艾尔和她女儿沉默地拿起船桨，开始往回划。

“那批武器是收缴过的，”我低声告诉奥恩上尉，不想吵醒斯卡伊阿特上尉，也不想让任何人听到我说了什么，“我认出了上面的序列号。”

奥恩上尉睡眼惺忪地看了我一会儿，然后才反应过来，“可是……”接着她完全醒了，转向斯卡伊阿特上尉，“斯卡伊阿特，醒醒，出事了。”

我把枪送到奥恩上尉的住所二楼。从那个第七伊萨身边经过时，她睡得正香。

“你确定吗？”斯卡伊阿特上尉跪在敞开的板条箱旁边问，她没穿衣服，戴着手套，手里端着一碗茶。

“这些武器是我亲自收缴的。”我回答，“我记得它们。”我们都压低了声音，外面的人不会听到。

“这么说，它们本来应该被销毁的。”斯卡伊阿特上尉说。

“可是并没有销毁，”奥恩上尉说，她顿了顿，抱怨道，“噢，该死，这可不妙。”

我暗中提醒她：“注意语言，上尉。”

斯卡伊阿特上尉皱起眉头，“去把它们收好，”她苦笑道，“但是为什么？为什么会有人制造这样的麻烦？”

“还有，她们是怎么做到的？”奥恩上尉问，她似乎忘记了喝茶，茶碗一直放在旁边的地板上。“她们把武器藏进沼泽的时候，没有任何目击者。”我查询过最近一个月的巡逻记录，找不到疑点，邓兹·艾尔和她女儿也是后来才发现箱子的。

“假如怀疑对了人，‘怎么做到的’很容易查清。”斯卡伊阿特上尉说，“我们自然会找到线索。嫌疑人肯定不是有权访问正义托伦号智能中枢的高级军官，否则她们会把收缴这批枪支的记录抹除的。”

“她们也可能是忽略了这个细节。”奥恩上尉提醒道，“抑或是故意为之。我们还是回到‘为什么’这个问题上来吧，好吗？‘怎么做到的’目前并不重要。”

斯卡伊阿特上尉抬头看我，“给我讲讲珍·塔尔的侄女在下城区遇到的麻烦。”

奥恩上尉看着她，皱起眉头：“但是……”斯卡伊阿特上尉伸出手来，示意她先不要说话。

“她没遇到任何麻烦，”我说，“她坐在庙前水渠旁边，往水里丢石头，在神庙后面的店铺里买了茶，除此之外，没人和她说过话。”

“你确定？”奥恩上尉问。

“她一直在我的视线里。”我说。要是她下次再来，我肯定会更加严密地监视她。

两名上尉沉默了一阵子。奥恩上尉闭上眼睛，深吸一口气，看来是真的害怕了。“她们这是想要栽赃陷害下城区的某个人……”

“煽风点火，”斯卡伊阿特上尉说，她想起了自己的茶，端起碗来呷了一口，“真是不自量力。”

“是的，我明白。”奥恩上尉说，她没有注意到自己完全忘记了掩饰口音。“可这些有权接触收缴枪支的幕后黑手，她们为什么要这么做？”她指了指箱子里的枪，“难道是为了帮助下城区造反吗？”

“这似乎正是问题所在，”斯卡伊阿特上尉说，两人静默了几秒钟，“你打算怎么做？”

奥恩上尉犯了难，抬头看我：“还有别的吗？”

“我可以让邓兹·艾尔再带我去调查。”

奥恩上尉果断地说：“我先写一份报告，但不会马上递交。暂时停止进一步的调查。”虽然奥恩上尉的一言一行都会记录在案——奥斯的每个人也都戴着用于监视的追踪器——但不会总是有人关注她的言行。

斯卡伊阿特上尉低低地吹了一声口哨，“会不会有人给你下套啊，亲爱的？”奥恩上尉迷茫地看着她。“难道是珍·希南？”斯卡伊阿特上尉继续道，“看来我可能低估了她。还有，邓兹·艾尔这个人可信吗？”

“就算有人想要赶走我，也应该是上城区的人，”奥恩上尉说。我心里同意她的判断，但没说出来。“但这不可能，要是这事的罪魁祸首——”她指指那个箱子，“真的想让我离开这里，只要下个命令就完事了。珍·希南没有这么大的能力。”最近伊姆的新闻对她的启发很大——那些揭发总督贪污的人都被判了死刑，丑闻捅出来时，很多人已经被杀了。“奥斯的人不可能做到，除非……”她欲言又止。除非有人帮忙——来自最高层的人。

“没错，”斯卡伊阿特上尉立刻会意，“这么说，幕后黑手来自高层，谁会是受益者？”

“侄女。”奥恩上尉沮丧地说。

“珍·塔尔的侄女会是受益者？”斯卡伊阿特上尉疑惑地问。

“不，不，传言不是说她被人威胁了吗？但我什么都不会做，我会告诉她们查无此事。”

“因为确实什么都没发生。”斯卡伊阿特上尉附和道，她似乎想明白了什么。

“意识到没法通过我给那个孩子报仇，她们就去了下城区，决定自己摆平这件事。雷切兼并奥斯之前，她们都是这么处理问题的。”

“然后，”斯卡伊阿特上尉说，“她们发现了这些枪……”她摇摇头：“这些事似乎没法串联到一起。不过，假设你的推测是对的，那谁是受益人？不会是坦曼德人，除非她们是罪魁祸首。她们尽可以控诉此事，但无论从湖里找到什么，假如她们借机挑起暴乱，仍然要接受洗脑。”

奥恩上尉摆摆手：“那些能在我们眼皮子底下搞到这些枪的人，肯定有能力让坦曼德人摆脱罪责。”

“啊。”斯卡伊阿特上尉立刻明白了，“至多稍微罚她们一点款。毫无疑问，幕后黑手是高层人士，十分危险。可这是为了什么？”

奥恩上尉看着我。“去找大祭司帮忙，把我的口信带给她：虽然现在不是雨季，但是请你派人时刻守在风暴警报器旁边。”神庙屋顶安装着一个响起来震耳欲聋的警报器，会在风暴来临之前启动，通知下城区的居民放下家里的挡雨篷。警报一响，肯定会吵醒那些没有安装自动挡雨篷的住户。“请她做好准备，听到我的通知后，马上拉响警报。”

“妙极了，”斯卡伊阿特上尉说，“暴民们至少得先安置好自家的挡雨篷才能闹事，然后呢？”

“这事还不一定发生，”奥恩上尉说，“无论如何，我们总有办法。”

第二天早晨，消息传来：雷切领主阿纳德尔·米亚奈在未来的几天里将要访问奥斯。

三千年来，阿纳德尔·米亚奈以绝对的铁腕统治雷切，她居住在十三个行省的众多行宫里。每次进行大兼并，她都会亲临现场——之所以能做到这一点，是因为她拥有好几千个彼此联系的分身，所有的分身都是她自己，而最近她一直待在希斯乌纳星系。当兼并发生时，她的一些分身就在帝国舰队的主舰——巨剑级战舰阿马特号上。她是雷切的立法者，也能够凌驾于一切法律之上。她是军队的最高指挥官、阿马特神教的最高大祭司、雷切所有家族的终极赞助人。

她竟然要在这个时候造访奥斯。其实，大兼并结束后，她早就应该来，却迟迟没有露面——虽然奥斯的面积不大，而且早已风光不再，但作为每年的朝圣季的焦点，也算得上是个重要的城市——人们对此也一直觉得有些奇怪。论到奥斯的重要性——这么说吧——尽管奥恩上尉有伊克特神庙的大祭司撑腰，但出身比她更好、影响力更大的军官们都希望得到她的职位，一直企图取而代之。

虽然雷切领主早晚得来，但时间选择得有些古怪：现在离朝圣季开始还有两周，届时会有成千上万的奥斯人和游客在城市中活动。假如在那个时候来，领主更有可能给伊克特的信徒们留下深刻印象。因此，阿纳德尔的提前到来，让人不得不把此事和最近发现的那批枪支联系到一起。

无论枪支的藏匿者是谁，她们要么反对雷切领主，要么受其指使。无论如何，这都是一个将此事上报的好机会。直接报告给她可以免除许多麻烦——不会有人从中作梗，或者借机告知幕后势力其计划已经暴露，为我们抓捕她们制造麻烦。

因此，听到阿纳德尔要来的消息，奥恩上尉松了一口气，虽然这意味着接下来的几天她都要穿着全套制服整装待命。

与此同时，我也在加紧监听上城区的风声——这比在下城区监听困难得多。坦曼德人本来就喜欢关门闭户，知道隔墙有耳，她们更加谨言慎行，没有人会傻到公开讨论敏感问题，一般都会私下密谈。我也在尽己所能地监视珍·塔尔的侄女——奥恩上尉去珍·希南家赴宴之后，那个孩子就从来没离开过珍·希南的房子，但我可以查看她身上的追踪器的数据。

我和邓兹·艾尔及其女儿一连两天夜探沼泽湖，并且又发现了两箱枪支，但我仍然无从知晓是谁在什么时候藏匿了它们。邓兹也小心谨慎地闭口不提我所知道的那些常在这个区域偷偷捕鱼的渔民名字——反过来说明，这些人在过去的两个月里可能来过这边。

“我很高兴米亚奈领主能来这里，”当天晚些时候，奥恩上尉平静地告诉我，“我不认为自己应该处理这样的问题。”

与此同时，我注意到，只有邓兹·艾尔会在晚上到禁区去。在下城区，尽管遮雨篷上的安全锁扣可以防止砸到路人，没人会坐在或者躺在遮雨篷可能会落下来的地方——不过，这只是雨季的惯例，到了旱季时就没人在乎了。

雷切领主是中午抵达的，步行：她的一具分身走着穿过上城区，径直去了伊克特神庙。她看起来上了年纪，头发花白，宽阔的背部有点驼，接近黑色的面部皮肤布满皱纹——正因如此，她没有带保镖，损失这样一具行将就木的苍老躯体无关痛痒；而且使用这样的分身可以让雷切领主相对自由和安全地活动，因此无需保镖。

她没穿雷切的传统服饰——镶嵌珠宝的外套和长裤，也没穿希斯乌纳坦曼德人的罩衣或长裤加衬衫，反而裹着奥斯人的腰布和头巾，没穿衬衫。

一看到她，我就通知了奥恩上尉，上尉立刻赶往神庙。抵达那里时，大祭司正俯伏在广场上，迎接雷切领主。

奥恩上尉迟疑了。大部分雷切人从未见到这种场合下的阿纳德尔·米亚奈。当然，在大兼并期间，领主的身影无处不在，但撞见轻装简从的领主的情况并不多见。按照法律，无论出于何种原因，任何公民都可以前往省级行宫就某一案件寻求申诉；但在这种情况下，该公民必须得到相应的指导，了解自己应该如何行事。也许像斯卡伊阿特上尉那样的人会知道如何让阿纳德尔·米亚奈注意到她，同时又不显得莽撞失礼，但奥恩上尉做不到。

“领主大人。”奥恩上尉跪在地上说，因为恐惧而心跳得很快。

阿纳德尔·米亚奈转过脸来，挑起眉毛。

“恳请大人原谅，”奥恩上尉说，不知是制服过于厚重还是神经紧张的缘故，她有点头晕，“但我必须向您汇报。”

领主的眉毛挑得更高了。“奥恩上尉，”她说，“是吗？”

“是的，大人。”

“今天晚上，我会参加伊克特神庙的守夜仪式，明早再找你说话。”

奥恩上尉愣了一会儿才明白领主的意思。“大人，我只需要一点点时间，此事不宜耽搁。”

雷切领主好奇地歪了歪头，“我明白，你是这里的管理者。”

“是的，大人，只是……”奥恩上尉慌张地斟酌着合适的词句，“现在，上城区和下城区的关系……”她再次顿住。

“这是你的职责，”阿纳德尔·米亚奈说，“而我会履行我的职责。”她转过身，从奥恩上尉身旁走开了。

雷切领主竟然在公开场合让负责当地治安的军官下不来台，

无视对方“有要事汇报”的请求，扬长而去，简直莫名其妙——奥恩上尉自问并没有做过什么错事，以至于遭到如此羞辱。而且还有更多的问题令她忧心：虽然枪支事件可以等到次日一早再与领主沟通，但雷切领主阿纳德尔·米亚奈来到奥斯，步行穿过上城区的消息已经传开。上城区的居民们纷纷涌出房门，聚集在庙前水渠的北岸，想要一睹雷切领主的真容——打扮得像个奥斯人，与大祭司一起站在伊克特神庙门前。听到围观的坦曼德人的窃窃私语，我意识到，在这个特殊时刻，枪支事件已经让位于另一个更加紧急的问题。

上城区的坦曼德居民大都身强体健、衣食无忧，拥有店铺、农场和果园，即使在大兼并刚刚结束时物资紧缺、食物昂贵的动荡时期，她们也能让家人吃饱。几天前的那个晚上，珍·希南曾经说“这里没有人挨饿”——她当然对此深信不疑，因为她和她所熟悉的坦曼德人都没有尝过挨饿的滋味，也相对轻松地度过了大兼并。就像斯卡伊阿特上尉说的那样，她们的孩子也都能通过素质测试飞黄腾达。

然而，现在这些坦曼德人却眼睁睁地看着雷切领主身穿奥斯人的衣服，穿过上城区，走进伊克特神庙——这是公开向世人宣布她对奥斯人的尊重，同时也是对坦曼德人的羞辱。围观的坦曼德人心中的不满溢于言表，甚至开始愤怒地起哄：这出乎我的预料，或许也出乎雷切领主的预料，但奥恩上尉已经预见到了这一幕——当她看到大祭司俯伏在雷切领主面前的时候，她就意识到了。

我离开广场，穿过上城区的几条街道，来到坦曼德人聚集的地方。那儿站了六七个我自己的分身，我没有拔枪，也没威胁她们，只是对那些靠近的人说："回家吧，公民们。"

大多数人转身走开了，虽然她们表情不悦，但没有进行实际的抗议；其余的人过了一段时间才离开，仿佛在挑战我的权威——尽管在不久之前的大兼并期间，那些胆敢在过去的五年里反抗雷切统治的人要么被杀，要么学会了控制这种往枪口上撞的冲动。

大祭司站起来，陪同阿纳德尔・米亚奈步入神庙。她向奥恩上尉投去了一种旁人难以理解的目光，而后者依然跪在广场的石头地面上。雷切领主连看都没有看她。

第七章

“后来，”我们吃饭的时候，斯特里甘说，她刚刚对雷切帝国的统治大发了一通牢骚，“他们和普利斯戈尔签了协约。”

斯瓦尔顿一动不动地躺着，闭着眼睛，呼吸均匀，嘴唇和下巴上的血结了痂，外套前襟上也有血迹，鼻子和前额上贴着通用治疗剂。

“你讨厌协约？”我问，“你想让普利斯戈尔人做他们一贯会做的事？”普利斯戈尔人不在乎一个种族是否拥有感觉、意识和智能，她们所使用的“语言”——或者可以称为概念，根据我的理解，她们的语言中不存在真正意义上的词汇——只是对重要性进行判断的工具，其原则是“普利斯戈尔是唯一重要的”，其他种族只是她们的猎物、财产或者玩偶。在大部分情况下，她们对人类毫不关心。有些时候，她们会拦住人类的舰船，把船体及其内容物撕成碎片。

“我宁愿雷切人不要代表全人类和外星人签订有约束性的协议。”斯特里甘回答，“不能拿霸权政策限制每一个人类政府，然后还要让我们感恩戴德。”

“普利斯戈尔人不在乎什么人类内部分歧，他们的原则是要么听话，要么毁灭。”

“这又会变相地成为雷切扩大势力的借口，而且比直接侵略更便宜、更简单。”

“你知道吗，一些高层的雷切人并不喜欢那份协约，像你一样讨厌它。”

斯特里甘挑起眉毛，放下盛着熏人的酸奶的杯子，“我可能会和这些高层雷切人惺惺相惜吧。”她苦涩的语调里有点讽刺。

“不，”我说，“我不觉得你会多么喜欢他们。他们对你来说也没多大用处。”

她眨眨眼，专注地打量着我的脸，仿佛想要读懂我的表情。然而努力无果，她只好晃晃脑袋，做了个放弃的手势。“说来听听。”

“雷切帝国一向自诩为宇宙秩序与文明的代表，从不在谈判中让步，尤其是和非人类谈判。”其实，雷切语的“非人类”这个词涵盖了许多自认为属于人类、却被雷切视为异己的种族，但现在并非详细讨论的时机。“为什么要和这样的敌人签协约？不如消灭他们，以绝后患。”

“你们能做到吗？”斯特里甘怀疑地问，“你们有本事灭掉普利斯戈尔人吗？”

“没有。”

她抱起胳膊，向后靠在椅背上。“那还有什么可说的？”

“没错，”我说，“雷切的高层不可一世惯了，很难承认自己也会犯错、也有做不到的事情。”

斯特里甘扫了一眼室内，看着斯瓦尔顿。“所以这是个无须争论的问题。”

“当然，”我说，“你是这方面的专家。”

“啊哈！”她叫道，坐直了身体，“我让你生气了。”

但我敢肯定自己并没有改换表情。“我不认为你去过雷切，你也许并不认识多少雷切人，至少和他们没有私交，所以，你是以局外人的角度观察这些事的，你只看到了雷切人的循规蹈矩、等级森严和洗脑。”面目相同、身穿统一的银色护甲的士兵，完全没有自己的个人意志和思想。“没错，面对非公民的时候，连最底层的雷切人都会产生巨大的优越感，斯瓦尔顿这种上等人更是会狂妄自大。”听到这里，斯特里甘发出一声短促的哼笑，似乎被逗乐了。“但他们也是人，对于事物的看法自然各不相同。”

“他们有什么看法并不重要。只有阿纳德尔·米亚奈说的才算数。”

我明白，事情比她意识到的复杂得多。“这只能让他们更加不满。想想吧，他们一生的目标都是征服别的国家、扩大雷切的势力范围。你看到的是规模大到匪夷所思的屠杀和毁灭，但他们看到的却是为了‘文明、正义、繁荣以及全宇宙的利益’而进行的领土扩张，将屠杀和毁灭视为无关紧要的副产品。”

“对于他们的看法，我实在无法苟同。”

“我没有要求你同情他们，只不过想让你站在他们的位置思考一下。这是他们自己、他们的家族和祖先数千年来一直被灌输的思想：我们的行为是出于阿马特的意志，是上帝和宇宙的意愿。然后，突然有一天，有人告诉你，也许你做错了，你的世界观和人生观都是片面的，你会怎么办？”

“这种事实在太常见了，大家都在不断的幻灭中生活，”斯特里甘从座位上站起来，“只不过，大多数人不会像雷切人那样自我哄骗，一心觉得自己会成为伟大的人。”

“重点在于，雷切人相信自己注定成为伟人。”我指出。

“你呢？”她站在椅子旁，拿着碗和杯子，“你也是雷切人，你的口音，还有你说到雷切时的语气，”——我们现在讲的是她自己的母语——“听起来似乎表明你来自格林泰特，可是，你现在说话时的口音完全没有了，你也许非常具有语言天赋——擅长得简直不像是人类，我只能这样说——”她顿了顿，“但你对性别的误判出卖了你，只有雷切人才会像你那样看错对方的性别。”

看来我猜错了。“我又没法透过衣服看你。就算可以，也不能总是判断正确。”

她疑惑地眨眨眼，但仅仅是迟疑了片刻，仿佛我刚才的话对她而言毫无意义。“我过去曾经好奇雷切人是怎么繁殖的，既然他们的性别都一样。”她说。

“不一样。他们像其他人类那样繁殖。”我说，斯特里甘怀疑地挑起眉毛。“他们会去诊所，”我继续道，“关闭植入体内的避孕装置，还可以使用胚胎培养皿、进行受孕手术，或者找人代孕。”

这些也是其他人类族群常见的繁殖方式，但斯特里甘有点震惊，“你肯定是雷切人，而且非常熟悉斯瓦尔顿舰长，但你和他不一样。我起初以为你是个辅助部队，但我没发觉你身上有多少植入装置，你到底是谁？”

她真应该再仔细看看我，不能掉以轻心——在路人眼中，我身上顶多有一两样拥有促进沟通和改善健康功能的植入装置。许多人都会给自己植入这种东西，无论她是不是雷切人。而且，过去的二十年里，我也找到了一些掩盖自己的本来面目的方法。

我端起自己的盘子站起来，“我是布瑞克，来自格林泰特。”斯特里甘不相信地哼了一声。格林泰特是个很遥远的地方，说自己是那里的人可以很好地掩饰我的身份。

“这么说，你只是个游客。”斯特里甘说，听语气却完全不相信我。

“是的。”我说。

“既然如此，你又为什么……”她看看仍在睡觉、呼吸缓慢均匀的斯瓦尔顿，“只是为了救人一命？像救流浪动物那样？”

我没回答，老实说，我不知道该怎么回答。

“我遇到过一些救助流浪者的人，我不觉得你是他们那种人，你身上有一种……冷酷的东西，相当凌厉。你比我见过的任何游客都镇静得多。”我当然清楚枪在她手里，知道枪的下落的人恐怕只有她自己和阿纳德尔·米亚奈，但她不能提到“枪”字，否则就是承认了。“你绝对不可能是来自格林泰特的游客，你是什么人？”

“假如我告诉你，会破坏你的兴致的。”我说。

从表情判断，斯特里甘张开嘴想说点什么——也许是愤怒的话。但她忽然心生警惕，忍住了。“游客。”她说。

我们穿上外套，越过两道门，来到屋外。门口的地面上出现了一道越野车的车辙，一直延伸到生有苔藓的雪地上——这辆越野车就停在离我的飞行器只有几厘米的地方。

一个尼尔特人推开越野车的门，跳了下来，她比我遇到的许多尼尔特人矮，紧紧裹着一件绣有浅蓝色花纹的猩红色外套，戴一副夸张的黄色眼镜，镜片上沾着几块暗色污渍——雪苔和血。过了一会儿，这家伙才发现我们就站在房子门口。

“医生！”她叫道，“救命！”

她还没说完，斯特里甘就大步穿过雪地走过去，我跟在后面。

来到近处，我才发现这位越野车司机是个小孩，大概只有十四岁。越野车副驾驶座上蜷缩着个昏迷的成年人，从里到外的衣服几乎全都破成了碎条，血浸透了布料和座位，右腿膝盖以下的部分不见了，左脚也没了。

我们三个人把伤者抬进屋里的医务室。“怎么回事？”斯特里甘擦拭着外套上的血迹，问那个女孩。

“冰怪，”女孩说，“我们没注意到它！”她的眼中涌出泪水，但没流下来。她哽咽起来。

斯特里甘打量了一下女孩给伤者临时包扎的止血带，赞许道：“你做得很好。”她又朝通向主屋的门点点头，示意我们出去：“现在交给我吧。”

我们离开医务室，女孩显然没想到我和斯瓦尔顿会在这里（后者还躺在那堆垫子上）。她在屋子中央愣愣地站了几秒钟，有点不知所措，然后坐到一只木凳上。

我给她端来一杯酸奶，她吓了一跳，好像我是冷不丁从哪里冒出来的。“你受伤了吗？”我问她。这一次我没弄错她的性别——因为我听到斯特里甘对她用了阴性代词。

“我……”她欲言又止，盯着我手里的杯子，似乎它会咬人。“不，不用了……”她看起来处于崩溃的边缘。依照雷切的标准，她还是个孩子，却目睹那个成年人受伤——伤者是女孩的父母、亲戚还是邻居？女孩是下意识地对伤者采取了急救措施，又用越野车把她送来的吗？看她的样子，简直随时都可能晕倒在地。

“冰怪是怎么回事？”我问。

“我不知道。”她抬头看我，依然没接我递过去的酸奶，“我踢了它，拿我的刀子捅了它，它跑了，我不知道是怎么回事。”

过了几分钟，我才听明白：她向自家的畜牧营地发出了求救信息，但附近没有人能来帮忙，大家都离这里太远。和我聊过之后，她恢复了一点精神，接过酸奶喝了下去。

几分钟后，她出汗了，于是脱掉外套，搁到身旁的木凳上，不自在地再次坐下来。我不知道怎么才能安慰她，于是问：“你会唱歌吗？”

她惊恐地眨眨眼，“我不是歌手。”她说。

也许是语言的差异让她误会了我的话。虽然没怎么注意过尼尔特星这一面的风土人情，但我十分肯定，人人都可能唱的歌和那些所谓的出于宗教原因只能由特定歌手演唱的歌曲并无本质区别——至少在尼尔特的赤道地区是这样的。但也许在这里是不一样的。“请原谅，”我说，“我一定是用错了词，你们在工作或者娱乐的时候，或者哄孩子睡觉的时候，会唱些什么？还是……”

“哦！”她立刻明白了，“你说的是歌！”

我鼓励地微笑着，但她再次陷入沉默。“不用太担心，”我说，“医生的技术很高超，有时候你得学会把事情托付给诸神。”

她咬着下嘴唇。“我不相信任何神。”她有些愤慨地说。

“不过该发生的还是会发生。”我说。她含糊地表示同意。“你下棋吗？”我问。也许她可以给我演示一下斯特里甘的棋盘游戏是怎么玩的，虽然我怀疑这游戏不一定来自尼尔特。

“不。”她干脆地拒绝道。听她说完这个字，我顿时感觉自己可能再也没有别的办法取悦她或者分散她的注意力了。

十分钟的静默过后，她说：“我有一套迪克迪克。”

“什么是迪克迪克？”

她瞪大眼睛——那双眼在苍白的脸上显得特别圆，“你怎么会不知道迪克迪克？你一定是从很远的地方来的！那是一种游戏棋，主要是给小孩玩的。”她的意思显然是说自己并非小孩，但我最好还是不要问她为什么会随身携带“主要是给小孩玩的”游戏棋。“你真的从来没玩过迪克迪克？”

“从来没有。我们那里都是玩普通的棋，还有纸牌、骰子什么的，但在不同的地方玩法也不一样。”

她思考了一会儿，终于说：“我可以教你，很简单。”

两小时后，我还在摇手里的牛骨骰子，门铃响了，女孩吃惊地抬起头。“有人来了。”我说。通往医务室的门依然紧闭，斯特里甘似乎不打算出来。

“妈妈？”女孩期待地猜测道。

“但愿如此，希望不会是另一个病人。”我突然意识到自己不该这样说，“我去看看。”

来的人果真是女孩的妈妈——只见她跳下飞行器，飞快地跑到门口，我简直不相信人在雪地里可以跑得这么快。她大步跨进门，与我擦肩而过，仿佛没看见我似的。她的个子在尼尔特人里算高的，和其他人一样身材魁梧，紧裹着外套，显然很关心屋里的女孩。我跟着她走进屋里。

看到站在迪克迪克棋盘边的女孩，她立刻问：“怎么了，怎么回事？”

遇到这种情况，雷切人的父母可能会搂着女儿，亲吻她，告诉孩子自己见到她安然无恙是多么欣慰，甚至还会抱着孩子哭，所以，有些雷切人也许会认为这位母亲很冷酷，缺少母爱，但我觉得这是误解。这对母女并排坐在木凳上，靠在一起，女孩告诉母亲发生了什么，说明她所理解的病人的情况和在雪地放牧时遇到冰怪的经过。说完之后，她母亲拍了她的膝盖两次。虽然动作很简短，但女孩好像立刻变得不一样了，似乎也长大了不少，因为她现在不仅得到了母亲的安慰，更重要的是获得了她的认可。

我给她们端来两杯酸奶，女孩母亲的注意力这才转移到我身上，但我意识到她对我并非特别感兴趣。“你不是医生。”她简单地说。我看得出她实际上关注的还是自己的女儿，她对我要做的只不过是判断我是帮手还是威胁而已。

“我也是医生的客人，”我告诉她，“但是医生很忙，我觉得你们肯定想要喝点东西吧？”

她看向仍在睡觉的斯瓦尔顿——她已经睡了好几个小时。脑门上的那块黑色的通用治疗剂微微颤抖，嘴巴和鼻子上还有瘀青。

“她是从很远的地方来的，”女孩对母亲说，“她不知道怎么玩迪克迪克！”她母亲的目光扫向地上的骰子、棋盘和彩色的石头棋子，什么也没说，但表情出现了些许变化。她几乎微不可察地点了点头，接过了我端给她的酸奶。

二十分钟后，斯瓦尔顿醒了，她拂掉粘在脑袋上的药剂贴，焦躁地揉擦着自己的上嘴唇，在看到上面掉下来的干涸的血块时，显得十分吃惊；她又看了看那两个沉默地坐着、不肯搭理我们的尼尔特人。母女俩发现我也不愿意搭理斯瓦尔顿，似乎并不觉得奇怪。我不知道斯瓦尔顿会不会记得我为什么打她，我猜她甚至会忘记我打过她，有时候脑震荡会导致记忆受损——我之所以会这么想，是因为她连看也没看我。坐立不安了几分钟之后，她站起来，钻进厨房，敞开橱柜，盯着里面看了三十秒钟，然后拿出一个碗，把一块硬面包放进碗里，倒上水，站在旁边等面包变软。整个过程中，她一语不发，也没有去看任何人。

第八章

起初，被我从庙前水渠边赶到街上的人分成几个小群体，凑在一起窃窃私语，见我过去像往常一样巡逻，她们这才分散开来，很快就消失在各自的房子里。接下来的几个小时，上城区一片安静，但即便如此，奥恩上尉还是不停地向我打听刚刚发生了什么。

奥恩上尉认定，如果在上城区加派我的分身，势必导致情况变得更糟，于是她命令我在广场附近监视人们的动向。那里是上城区和下城区相接的地方，一旦出事也好有所照应——如果同时发生多起骚乱，我能够以最快的速度去往不同的地点。

又过了几个小时，情况看来一切正常。神庙中，雷切领主跟着伊克特大祭司默念祷词。下城区，因为我已经告诉居民们晚间最好待在家里，不要上街，所以街上既没有平时常有的说话的声音，也没人三三两两地聚集在邻居家的一楼自娱自乐。天黑下来的时候，每个人都待在自家的二楼，有的压低了声音说话，有的探头探脑地往栏杆外面看，什么也不说。

可是，就在距离黎明还有四个小时的时候，事情突然乱了套，或者说是我的分身们乱了套：我所监控的追踪器的数据反馈被人切断，就连我的二十个身体之间的联系也被切断，无法正常通信，只能依靠自己的一双眼睛、两只耳朵、一个身体单独行动。意识到彼此的联系被切断后，我的分身们着实慌乱了一阵子，最糟的是，这时候我们连来自奥恩上尉的数据都接收不到了。

自从成为二十个不同的身体，抑或说从拥有二十套不同的观察系统和记忆开始，我处理信息的方式就是把来自二十个分身的零碎数据拼接起来。

数据反馈瞬间被切断时，我的二十个分身下意识地同时开启了护甲。在房子里睡觉的八个分身同时惊醒，恢复镇静之后，她们纷纷冲到奥恩上尉睡觉的地方察看。看到奥恩上尉安然无恙，其中的两个分身——十七号和四号来到房屋控制台，检查通信状况，发现通信设施失灵了。

“通信失灵了。”十七号分身叫道，因为有护甲的遮挡，它的声音显得有些扭曲。

“不可能。”四号分身说，十七号没回应，因为在目前的情况下，没有回应的必要。

我的一部分位于上城区的分身开始转身朝庙前水渠的方向

跑，跑了一段才意识到最好待在原地；此时，广场和神庙里的分身们都在往上尉的住处跑，其中一个在半路上遇到了另外几个分身，有两个同时叫道："上城区！"另外两个则说："风暴警报！"一时间大家就像无头苍蝇，根本不知道该去哪里。九号分身跑到看管风暴警报器的祭司的住处，把她叫醒，对方开启了警报。

警报响起的前一秒，珍·希南跑出她在上城区的房子，嘴里喊着："杀人啦！杀人啦！"周围的房子纷纷亮起了灯，但紧接着大家的注意力都被刺耳的警报声吸引——离此地最近的分身位于四条街道之外。

下城区的住户们争先恐后地放下自家的遮雨篷，神庙里的祭司们停止了祈祷。大祭司看着我，但我没有信息反馈给她，只能无奈地摇摇头。"我的通信被切断了，阁下。"值守在神庙的分身告诉她。大祭司眨眨眼，似乎没听懂。刺耳的警报声中，一切言语好像都失去了效力。

可是，当我的分身们被切断联系的时候，雷切领主没有任何异常反应，虽然她和自己的分身们也是以与我同样的方式彼此联系的，这让我感到十分诧异。但也许是因为她太过镇定，哪怕听到警报响起，她也只是抬了一下头，挑了挑眉毛，然后站起来，走出神庙，来到广场。

这是我有生以来遇到过的第三大糟糕事件。我和头顶的正义托伦号完全失联，所有的感觉也消失了，二十个分身仿佛变成了二十片零散的碎片，再也无法互相联系。

奥恩上尉曾经派遣我的一名分身前往神庙传达拉响警报的命令。警报启动后，那个分身跑到广场上，茫然地看着自己的身体，又看看四周，拼命想要和其他分身取得联系。

警报响完后，下城区一片死寂，只有我的脚步声和被护甲扭曲的说话声——那是我在告诉分身们不要慌张、维持纪律。

雷切领主挑起灰白色的眉毛，问："奥恩上尉呢？"

这也是我的那些不知道奥恩上尉下落的分身们现在的心声。听到领主的发问，从上尉住处跑来的一个分身立刻报告道："奥恩上尉正在赶来，大人。"十秒钟后，奥恩上尉带着我的几个分身赶到了广场。

"我以为你已经控制住这个地区了。"阿纳德尔·米亚奈说，看也没看奥恩上尉，但语气中的谴责显而易见。

"我也以为。"奥恩上尉脱口而出，紧接着才意识到自己是在对谁说话，"大人，请您原谅。"我的每一个分身都克制着想要转过身去看着奥恩上尉的冲动，但因为接收不到她的身体数据，我们都不确定她是否还在那里。经过商议，我的几个分身走过去，站在她旁边守着。

就在这时，我的十号分身从庙前水渠的方向跑过来，"上城区出事了！"她跑到奥恩上尉面前，猛地站住，"人们聚在珍·希南的房子门前，她们很愤怒，谈论着谋杀、伸张正义什么的。”

“谋杀。哦，该死！”奥恩上尉再次脱口而出。

奥恩上尉旁边的所有分身异口同声道：“注意语言，上尉！”阿纳德尔·米亚奈难以置信地看了我一眼，但什么都没说。

“哦，该死！”奥恩上尉重复道。

“你，”阿纳德尔·米亚奈冷静地嘲讽道，“除了骂人不会干别的吗？”

奥恩上尉呆愣了半秒钟，随后看看周围，望向水渠对面的下城区，又看着神庙。“都有谁在这里？报数！”她说。我们报了数，“一号到七号，留在这里，其余的人跟我来。”她命令道。我跟着她进入神庙，把阿纳德尔·米亚奈留在了广场上。

祭司们站在布道台附近，看着我们进去。“大祭司阁下。”奥恩上尉说。

“上尉。”大祭司说。

“有一群暴徒从上城区跑到这里闹事，我猜我们还剩五分钟；下城区的那些房子的遮雨篷已经放下了，她们不会给居民造成太大的破坏。我想把她们引到这里，防止她们做出更激烈的事来。”

“让她们来这里。”大祭司狐疑地重复道。

“下城区的房子全部关门闭户了，只有神庙的大门是敞开的，这里显然容易成为她们的目标。等大部分暴徒来了，我们就关上门，派伊斯克第一分队包围神庙。只要关闭神庙大门，她们就插翅难逃。当然，这需要——”这时，奥恩上尉看到阿纳德尔·米亚奈慢悠悠地走进神庙——仿佛什么都没发生似的，立刻补充道，“——大人的批准。”

雷切领主无声地表示赞同。

大祭司显然不喜欢这个提议，但她也同意了。站在广场上的分身们现在已经看到了上城区的街道上出现了提灯的光影。

奥恩上尉很快布置了我的分身们站到了神庙的各扇门后面，让我们等待她发出信号。我的几个分身被派到广场附近的街上，引导坦曼德暴民前往神庙，其余的分身站在神庙内部的阴影里。祭司们继续祈祷，背对着敞开的大门。

一百多个坦曼德人浩浩荡荡地从上城区过来，大多数按照我们的预想，吵吵嚷嚷地涌进神庙；只有二十三个人例外：其中的十二个顺着一条黑暗的空巷走掉了，另外十一个本来跟在大队伍后面——看到我的一个分身无声地站在附近，不由得放慢了脚步。当她们看到前面的人叫喊着冲进神庙，而我的分身们穿着银光闪闪的护甲从阴影中走出，并把闹事者关在神庙里面的时候，这十几个人骂了几句，转身逃回了上城区。

冲进神庙的坦曼德人有八十三个，她们愤怒的声音在空旷的神庙内部激起巨大的回声。听到庙门关闭，她们转身想要冲出去，却发现已经被我的分身们包围——我们的枪已经对准了距离最近的暴民。

“公民们！”奥恩上尉叫道，但她没有办法提高自己的声音。

“公民们！”我的分身们一齐喊道，声音在神庙中回响，然后渐渐消失。坦曼德人仍然在喧哗；珍·希南、珍·塔尔以及我认识的几个她们的亲戚朋友叫喊着让附近的人安静，告诉她们雷切领主也在场，可以直接找她交涉。

“公民们！”奥恩上尉再次叫道，“你们失去理智了吗？你们在干什么？”

“杀人啦！”珍·希南喊道，她站在人群前方，面对着我和我身后的奥恩上尉。我们旁边就是雷切领主和大祭司，初级祭司们挤在一起，吓得呆住了。可是，在珍·希南发话后，坦曼德人也七嘴八舌地表示支持。“我们从你们这里得不到正义，只好自己动手了！”珍·希南叫道，人群再次沸腾起来，几乎要把神庙的石头墙壁震塌。

“说说这是怎么回事，公民。”阿纳德尔·米亚奈提高声音说，压过了嘈杂的吵嚷声。

坦曼德人你推我搡了五秒钟，然后，珍·希南开腔道：“大人。”她尊敬的语气听上去几乎像是发自内心的。“我的侄女在过去的一周里住在我家，她到下城区去时，遭到一些奥斯人的骚扰和威胁，我已经把这件事报告给了奥恩上尉，可她什么都没做。今天晚上，我发现我侄女的房间里没人，窗户破了，到处是血！看到这种场面，我还能怎么想？奥斯人一直都恨我们！现在她们又想杀光我们！我们只能自己保护自己了！”

阿纳德尔·米亚奈转向奥恩上尉：“她向你报告这件事了吗？”

“是的，大人，”奥恩上尉说，“我调查过了，发现那个年轻人从未离开过伊斯克第一分队的视线。第一分队报告说，她始终一个人待在下城区，她与别人的唯一交流就是买东西，没人骚扰或者威胁她。”

“您瞧！”珍·希南叫道，“您瞧，这就是我们自行伸张正义的原因！”

“你们为什么认为自己的性命受到了威胁？”阿纳德尔·米亚奈问。

“大人，”珍·希南说，“奥恩上尉肯定会告诉您下城区的居民忠诚守法，但根据以往的经验，我们知道奥斯人从来不是什么美德的典范：她们的渔民会在晚上偷偷摸摸地跑到湖里不知做些什么，据说……”说到这里，她迟疑了片刻——我不知道这是因为被枪指着，还是因为阿纳德尔·米亚奈仍旧貌似无动于衷，抑或是有别的原因，但珍·希南很快恢复了冷静，继续道：“我在这里还是不透露消息的来源比较好，有人看到下城区的渔民在湖里的禁渔区藏匿枪支。假如不是为了对付我们，她们为什么要藏枪？假如没有和奥恩上尉勾结，她们又是怎么得到这些枪的？”

阿纳德尔·米亚奈扭过她的黑脸，挑起灰白色的眉毛，看向奥恩上尉："你有什么要说的吗，奥恩上尉？"

她的问话方式让我的所有分身都下意识地感觉不妙。珍·希南不由得露出微笑，看来她早就料到雷切领主会质问奥恩上尉。

"我确实有话要说，大人。"奥恩上尉说，"几天前，一位渔民向我报告说，她发现湖底藏有枪支。我派人起获了枪支，送到我的住处，经过调查，我们又发现了另外两批枪支，我也把它们运到了我的住处。我打算今晚再去调查，但现在突然发生了这件事，您也看到了，我暂时不能去查。我的报告已经写好了，还没有上交，因为我也想知道这些枪是如何在我不知情的情况下被人藏到湖里去的。"

不知是受到珍·希南微笑的影响和阿纳德尔·米亚奈莫名其妙的责怪，还是早些时候她在广场上受米亚奈的羞辱的刺激，甚至是因为神庙中剑拔弩张的气氛，奥恩上尉的语气里明显带着控诉的意味。

"我还想知道，"神庙中的回声消失后，奥恩上尉继续道，"为什么那个年轻人会无中生有地指控下城区的居民骚扰她，而她们其实并没有这么做。我非常确定，下城区没有人骚扰她。"

"确实有人骚扰！"人群中的一个声音叫道，众人纷纷表示赞同，神庙中再次响起杂乱的回声。

"你最后一次见到你的侄女，是在什么时候？"奥恩上尉问。

"三小时前，"珍·希南说，"她和我们说晚安，然后回她房间了。”

奥恩上尉对离她最近的我的分身说：“第一伊斯克，过去的三个小时里，有人从下城区前往上城区吗？”

那个分身——十三号——谨慎地提高声音回答：“没有，没人朝那个方向去，但我不敢肯定过去的十五分钟里有没有人到那边去。”

“有人可能早就去上城区等着了。”珍·希南指出。

“假如是这样，”奥恩上尉说，“你们应该留在上城区，在那里抓嫌疑犯。”

“那些枪……”珍·希南说。

“对你不构成危险，它们锁在我住处的楼板底下，而且第一伊斯克已经破坏掉了大部分枪支的功能。”

珍·希南鬼鬼祟祟地向雷切领主投去恳求的眼神，对方平静地站在那里，表情漠然，“可是……”

“奥恩上尉，”雷切领主说，“借一步说话。”奥恩上尉跟着她走到十五米开外的地方，我的分身之一抬脚跟在后面，米亚奈像没看到一样，并未加以阻止。“上尉，”她压低声音说，“告诉我你认为发生了什么。”

奥恩上尉吞吞口水，深吸一口气。“大人，我敢肯定，下城区没人伤害那个年轻人，我也敢保证，那些枪不是下城区的人藏的。它们全部都是大兼并期间收缴的武器，只有在极高层的官员首肯下才会外流——这也是我没有提交报告的原因，我希望在您抵达后直接和您商讨此事，但一直没有机会。”

“你担心假如通过一般的渠道汇报此事，幕后黑手会意识到东窗事发，毁灭证据？”米亚奈说。

“是的，大人。听说您要来，大人，我就打算立即向您报告了。”

“正义托伦号，”雷切领主对我说，但没有看着我，“这是真的吗？”

“千真万确，大人。”我回答。初级祭司们依然挨在一起，大祭司站在离她们远一点的地方，看着奥恩上尉和雷切领主，露出我读不懂的表情。

“那么，”阿纳德尔·米亚奈对奥恩上尉说，“谈谈你对事态的看法。”

奥恩上尉吃惊地眨眨眼，“我……在我看来，珍·希南很有可能与武器有关，否则她是怎么知道这批枪的存在的？”

“那么这个被杀的年轻人呢？”

“即使她真的被杀了，也不是下城区的人干的，也许是她们自己杀了她，从而找到借口……”奥恩上尉没有说下去。

“找到借口闯入下城区，杀害睡梦中的无辜公民，然后以下城区藏匿武器为由，宣称自己的行为纯属自卫，指控你失职，没能保护她们。”雷切领主瞥了一眼坦曼德人，她们已经被荷枪实弹、身穿银色护甲的分身们围了起来。“好了，稍后再讨论细节，现在我们需要先处理这些人。”

“大人。”奥恩上尉点头称是。

“枪毙她们。”雷切领主命令道。

对于非公民而言，她们只在夸张的娱乐剧目中见过雷切人的做派，除了辅助部队、大兼并和所谓的洗脑之外，她们对雷切人一无所知。这样的命令固然骇人听闻，但并不出人意料，然而领主下令射击的竟是雷切的公民，这是谁都想象不到的——雷切帝国不是号称要推进文明、保障公民福祉吗？这些人现在可都是公民了。

奥恩上尉僵了两秒钟，“大……大人？”

阿纳德尔·米亚奈原本淡漠的语气变得冰冷严峻起来，“你要违抗命令吗，上尉？”

“不，大人，只是……她们都是公民。而且我们是在神庙里，眼下也已经控制住了她们。我也派正义托伦号的伊斯克第一分队前往另一个师团请求支援了，正义恩特伊萨第七分队一两个小时之内就能赶来，我们可以不费吹灰之力地逮捕这些坦曼德人，让她们接受重新教育也很容易，因为您也在这里。”

“你要——”阿纳德尔·米亚奈缓慢而清晰地问，“违抗命令吗？”

在我看来，珍·希南现在的得意嘴脸以及她希望——甚至渴望——和雷切领主对话的意图是受人操纵的结果。可以肯定，是极高层的某个人让那批枪支流出，同时切断了通信。毕竟，没有人的地位可以高过阿纳德尔·米亚奈。可是，尽管她的嫌疑很大，但也有说不通的地方：珍·希南利用此事的动机固然十分明显，可雷切领主怎么可能从此事中受益呢？

奥恩上尉可能与我的想法一致——我能从她紧绷的下巴和肩膀上看出来。但由于我们之间的通信被切断，我只能根据她外在的表现进行猜测。“我不会违抗命令，大人，”五秒钟后，她说，“但我能提出反对意见吗？”

“我相信你已经提过了，”阿纳德尔·米亚奈说，“现在枪毙她们。”

奥恩上尉转过身，朝坦曼德人走去，我觉得她的身体有点颤抖。

“正义托伦号，”米亚奈说，正要跟随奥恩上尉走开的我的分身停住脚步，“上一次我到你的战舰上去，是什么时候？”

我对雷切领主上一次登上“正义托伦”号记得很清楚，那是一次不同寻常的到访——没有提前通知，也没有带随从，她的四个年龄较大的分身登上战舰。那一次，她大部分时间都待在自己的舱室和我说话——作为“正义托伦”号的我，而非伊斯克第一分队的我；她还让伊斯克第一分队给她唱歌，于是我唱了一首瓦尔斯卡伊民谣。具体说来，那是九十四年零两个月两周六天之前的事情了，那时雷切人刚刚兼并瓦尔斯卡伊。我本想要据实回答，却不由自主地改口道：“二百零三年四个月一周零一天前，大人。”

“嗯。”阿纳德尔·米亚奈说。她没有再说别的。

奥恩上尉走到包围坦曼德人的我的分身旁边，她站在我的一个分身身后，沉默了三秒半钟。

她沮丧的表情也引起了除我之外的在场者的注意。看到奥恩上尉阴郁地默不作声，珍·希南露出微笑，像是在炫耀胜利一般，似乎在说："怎么样？瞧见了吗？"

"伊斯克第一分队。"奥恩上尉拖着长音说。珍·希南的笑容愈发灿烂起来，她以为奥恩上尉接下来会命令士兵护送坦曼德人回家，上尉和下城区的影响力会如她所愿地遭到削弱。"我不想这样做的，"奥恩上尉平静地告诉珍·希南，"但是，上司直接对我下令了。"她提高了声音命令道："伊斯克第一分队。枪毙她们。"

珍·希南的笑容消失了，取而代之的是恐惧——我觉得她的表情中还有遭到背叛的不解——她直愣愣地瞪视着阿纳德尔·米亚奈，后者无动于衷地站着，其他坦曼德人恐慌地提出抗议，声嘶力竭。

我的分身们迟疑了，这样的命令毫无道理。无论坦曼德人做了什么，她们也是雷切公民，而且她们已经落入我的控制之中，但奥恩上尉刺耳地大声喊道："开火！"我只能遵命照做。三秒内，坦曼德人全部死在枪口之下。

现在神庙里只剩下一群已经对这种场景变得麻木的活人。担任辅助部队期间，我处死过许多人，那些经历可能会干扰我对于此次事件的记忆，甚至让我不再像过去那样重视公民的生命。初级祭司们自始至终站在同一个位置，一语不发，大祭司毫不掩饰地抹着眼泪，沉默无言。

“我认为，”枪声的回音消失之后，阿纳德尔·米亚奈说，打破了包围着我们的寂静，“这里不会再有坦曼德人惹麻烦了。”

奥恩上尉的嘴唇和喉咙微微抽动，似乎想要说话，但最后没说。她向前走了几步，拍了拍我的四个分身的肩膀，示意我们跟着她。我觉得她可能不想说话，或者是担心自己忍不住说出不该说的，但这些都是我根据表象做出的猜测——不能和她私下沟通真是难受。

“你要去哪里，上尉？”雷切领主问。

背对着米亚奈，奥恩上尉的嘴张开又闭上，她闭上眼睛，深吸一口气，答道：“请大人批准，我想去调查一下通信被切断的原因。”阿纳德尔·米亚奈没有回应，奥恩上尉转头看着离她最近的我的分身。

“珍·希南的房子里有问题。”那个分身说，她知道奥恩上尉仍然情绪低落，“我也会去寻找那个年轻人的。”

日出之前，我找到了设置在珍·希南房子里的切断通信的设备。关闭它的那一刻，我又变回了我自己，二十个分身重新恢复了联系。我同时看到了沉浸在柔和的晨曦中的上城区、下城区空无一人的街道、毫无生气的神庙——里面仅剩我的几个分身和八十三具沉默无言、死不瞑目的尸体。奥恩上尉的悲伤、挫败和愧疚在我的感知中一下子变得格外强烈。全奥斯城的人的追踪信号也都重新活跃在我的视野里：包括那些已经死去，仍旧躺在伊克特神庙中的人；我的一个分身倒在上城区的街道上，不知怎么折断了脖子；珍·希南的侄女——躺在庙前水渠北侧底部的淤泥里。

第九章

斯特里甘走出医务室，上衣血迹斑斑，女孩和她母亲刚才一直在用我听不懂的语言低声交谈。看到医生出来，她们闭上嘴，期待地看着她。

“我已经尽了力，”斯特里甘直截了当地说，“他已经脱离了危险。你们需要把他送到瑟若德，接受断肢再植手术，但我已经做了一些准备工作，手术应该相当容易。”

“两个星期。”尼尔特女人面无表情地说，似乎这种事并非第一次发生。

“爱莫能助，”斯特里甘说，我不太明白她俩话里的意思，“也许有人愿意帮忙。”

“我给表亲们打个电话。”

“请便，”斯特里甘说，“你们可以进去看他了，但他在睡觉。”

“我们什么时候能移动他？”女人问。

“现在就能，”斯特里甘回答，“手术越早越好。”

女人做了个肯定的手势，和女孩一起站起来，一言不发地走进医务室。

过了一会儿，我们抬着伤者，将她放进飞行器，目送母女俩带着伤者离开。我和医生回到屋里，脱下外套，发现斯瓦尔顿已经钻出厨房，坐回垫子上，盘着腿，胳膊紧紧箍着膝盖，好像在纠正腿部的姿态。

斯特里甘看着我，脸上露出我不明白的古怪表情，“她是个好孩子。”

“没错。”

“她会因为这件事得到一个好名字，她的事迹也会被人传扬。”

我特意学习过尼尔特星的一些常见通用语，以期派上用场；也研究过探索尼尔特的那些我所不熟悉的地区时需要做的准备，但我对长毛牛牧民的生活实在一无所知。“你指的是成年礼命名吗？”我猜测道。

“算是吧，没错。”她走到橱柜旁，拿出一个杯子和一个碗。她的动作迅捷而沉稳，但我却觉得她有点疲惫，也许是从她的肩膀看出来的。“没想到你会对小孩感兴趣——我是说，除了杀死他们。”

我没接她最后半句话的茬，她显然是在试探我。“她告诉我自己不是小孩了，但她随身带着迪克迪克游戏棋。”

斯特里甘坐在她的小桌子后面。“你还不是照样玩了两个小时？”

“因为没有别的事情可做。”我说。

斯特里甘短促而讽刺地笑了一声，然后她朝斯瓦尔顿打了个手势。后者不想搭理我们，反正她也听不懂我们说什么——我们没讲雷切语。“我一点都不可怜他，我收留他，只是因为我是个医生。”

“你已经说过了。”我说。

“我也不觉得你是可怜他才救了他。”她说。

“当然。”我说。

“那你为什么还要带上这么一个累赘？你喜欢惹麻烦吗？”斯特里甘有些愤怒地问。

“这得看情况。”

她轻轻摇头，像是没怎么听清楚我的话。“我见过更糟的情况，但他需要治疗。”

“你不打算给他治疗。”我说。这是一个陈述句。

“我还不了解你们。”斯特里甘说，但我知道她并没有针对我，“老实说，我打算给他点药，让他保持冷静。”我没回应。“看来你不同意。”她说，“我一点都不可怜他。”

“你说了好几遍了。”

“他失去了他的战舰。”斯特里甘对于加赛德工艺品的兴趣很有可能促使她主动去了解加赛德覆灭的历史。“够倒霉的，”斯特里甘继续道，“但爆炸的不只是那艘战舰，对不对？上面的船员也跟着死了。对我们来说，这不过是一千年前的旧事，可对他来说——上一秒你还拥有一切，下一秒一切就都灰飞烟灭了。他还需要心理治疗。”

“如果他没有逃出雷切境内的话，肯定会得到治疗的。”

斯特里甘挑起灰色的眉毛，坐在木凳上：“给我翻译一下，我的雷切语不够好。”

据斯瓦尔顿自己描述，战舰爆炸时，一名辅助部队的士兵把她塞进了逃生舱，等她睁开眼的时候，发现自己被冷冻在了逃生舱里，而且有被舱内积存的液体（都是过去的一千年中从她自己的嘴巴和鼻子里喷出来的）淹死的危险，后来她又昏了过去。再次醒来时，她发现自己躺在一艘巡逻舰的医疗舱里。从斯瓦尔顿的描述中，我能想象出她当时有多么愤怒和不甘。“那是一艘仁慈级的小战舰，破破烂烂，有个穷酸的外省舰长。”她说。

“你的脸上完全没有任何表情，”斯特里甘对我说，用的不是雷切语，斯瓦尔顿听不懂，“但我能感觉到你的体温和心跳。”假如借助她的那些医疗植入装置，她很可能还会探测到别的东西。

“巡逻舰上的船员是人类。”我对斯瓦尔顿说。

她的表情更沮丧了——不知道是愤怒、尴尬，还是别的什么，我无法分辨。“我没有意识到，至少没能一下子看出来，后来舰长把我拉到一边，告诉我了。”

我把斯瓦尔顿的话翻译给斯特里甘听，但她先是不相信地看着斯瓦尔顿，然后又狐疑地看着我，“很容易犯这种错误吗？”

“不。”我简短地回答。

“她还告诉我，现在距离我的战舰爆炸已经过去一千年了。”斯瓦尔顿说，她沉浸在自己的故事中，并不关心我和医生的对话。

“后来发生了什么？”斯特里甘说。

我翻译给斯瓦尔顿，但她像没听见一样，兀自讲下去。“最后，我们来到一个小边防站，你知道那样的地方吧，站长不是无赖就是混混。不过是个验货的，却非要自诩为当地的土皇帝，手下的主要任务就是抓运茶船上的鸡。

“我本来觉得外省舰长的口音就已经够可怕的了，但边防站里的人讲话我根本听不懂，边防站的智能中枢必须给我翻译才行，可我的植入装置不能用——已经过时一千年了。所以我只能使用墙上的控制台和它对话。”显然，这会让沟通变得异常艰难，“虽然智能中枢会为我解释，但人们说的话我一点都不明白。

“她们给我分配了住处。那就是一个小房间，里面只有一张床，空间局促，只能立足。没错，她们听说过我，但是查不到我的财务数据，相关的资料至少需要好几个星期才能传送过来。我得到了食物和衣服，这是雷切人应得的待遇，可我希望获得新的任命，但她们找不到我的素质测试记录。就算能找到，那些数据也肯定过时了。过时了。”她苦涩地重复道。

“你去看过医生吗？”斯特里甘问。我看着斯瓦尔顿的脸，猜测着究竟是什么迫使她逃离了雷切帝国。她一定看过医生，医生认为应该观察她的情况再做决定，因为身体创伤不是问题，巡逻舰上的医生肯定帮她处理过了伤口；精神创伤才是关键——它们或许可以自愈，但假如无法自愈，医生可能需要利用病人的素质测试记录协助治疗。

“她们说，我可以给自己家族的族长发消息，请求帮助。但她们不知道现在的族长是谁。”斯瓦尔顿说，她显然不打算谈论边防站的医生。

“族长？”斯特里甘问。

“她所在的大家族的首领。”我解释道，“听起来地位很高，其实不是，除非你的家族很有钱，或者很有地位。”

“那她的家族呢？”斯特里甘问。

“曾经既有钱又有地位。”我说。

斯特里甘意味深长地重复道：“曾经。”

斯瓦尔顿继续旁若无人地自言自语。“后来我发现，文德尔家族已经消失了，整个家族都没有了，那些产业和契约，全都被吉尔家族侵吞了！”此事曾在五百年前轰动一时：吉尔和文德尔两大家族彼此仇视，吉尔家的族长恶毒地利用文德尔家族成员欠下的赌债和签订的一些愚蠢协议毁掉了宿敌。

“你终于开始跟上时代了吗？”我问斯瓦尔顿。

她无视了我的问题。“过去的一切都没了，现有的东西怎么看怎么不对劲，人们说着我听不懂的话，有时候她们说的每一个词我都知道，但合在一起却不明白是什么意思。整个世界看上去都不像是真的。”

或许她的这些抱怨恰好回答了我刚才的问题。“你对战舰使用人类士兵这件事怎么看？”我又问。

斯瓦尔顿皱起眉头看着我，这是她醒过来之后第一次直视我。我有点后悔问出刚才的问题，它其实并非我一直想问的——我真正想问的是：听说了伊姆空间站的事之后，你有什么想法吗？但也许她还没听说那件事，抑或是人家已经告诉她了这个消息，但她没有听懂。我还想问的是：是否有人悄悄地找到过你，告诉你雷切帝国需要恢复所谓的“正常秩序”？但我怀疑这非常不可能。我只好继续问她：“你是如何未经许可就离开雷切的？”做到这一点可不容易，至少需要钱，但她身无分文。

斯瓦尔顿扭脸不看我，先是低下头，然后又向左看，不打算回答。

“什么都不对劲。”沉默了九秒钟之后，她再次重复道。

“她大概经常做噩梦，”斯特里甘说，“焦虑。有时候变化无常。”

“她的状态很不稳定，”我说。“不稳定”这个词比较容易翻译，但在雷切语里，假如用这个词来形容斯瓦尔顿这样的军官，它就具有了更多的隐藏含义，比如脆弱、怯懦和无法胜任她的职位等等。假如斯瓦尔顿真的“不稳定”，那她就不配得到任命，不适合从军，更遑论成为一舰之长了。然而当年斯瓦尔顿通过了素质测试，测试结果与其家族对她的看法一致：稳定、适合从事领导和征服方面的工作，不会倾向于表现出不合理的怀疑和恐惧。

“你不知道自己在说什么。”斯瓦尔顿讥讽而又愤怒地说，胳膊依旧抱着膝盖，“我的家族里没有不稳定的人。”

事实恰恰相反。她的许多亲戚曾经从军，参与过各种兼并行动。退役之后，这些人有的选择隐居避世，立誓苦修，有的迷上了油漆茶具——因为她们“不稳定”，还有一些亲戚索性没有参加从军的素质测试，直接申请担任初级祭司或者艺术方面的职位，令其父母大感惊讶……斯瓦尔顿却矢口否认她的家族里有不稳定的人，她本人现在不是也在担心自己可能因为被评估为“不稳定”而无法再次通过素质测试、获得新的任命吗？

“不稳定？”斯特里甘问，她听得懂这个词，但不明白它在特定语境之下的确切含义。

“不稳定，”我解释道，“没有定性，无法保持特定的性格。”

“性格！”斯特里甘叫道，语气中的愤怒显而易见。

“当然。”我的面部表情没变，依然像过去的几天那样亲切和蔼，“在巨大的困难或者压力面前，地位较低的公民有时候会精神崩溃，需要接受治疗，但那些地位高的公民就没有这样的担忧。她们从来不会崩溃，心情不好时，最多只会搞搞艺术、发展一下宗教方面的兴趣——冥想和静坐之类的活动不是在上等人里很流行吗？这就是上等人和下等人的区别。”

“雷切人不是很善于洗脑的吗？至少我听说是这样的。”斯特里甘说。

“是‘重新教育’，”我纠正她，“要是她留在雷切，肯定会有人来帮她重新接受教育的。”

“但她无法面对自己需要‘帮助’这个事实。”斯特里甘说，我认为她说得对，但表面上不置可否。“这个‘重新教育’有什么作用？”她问。

“作用大着呢，不过，全都是些‘副作用’。”我说，“但你道听途说的那些东西恐怕是被人们夸张了的。毕竟，这不能让你变成那些你原本就无法成为的人。可以说，‘重新教育’并不会起到那么大的作用。”

“消除记忆？”

“我想是压制旧的记忆，也许还会添加新的记忆，因为你必须知道自己在做什么，否则会严重伤害到别的人。”

“毫无疑问。”

斯瓦尔顿皱着眉头，瞪大眼睛看我们说话，却一个字也不理解。

斯特里甘似笑非笑："你不会是重新教育的产物吧？"

"不是。"我说。

"那你一定做过手术，切断了身体内部的一些神经连接，建立了新的连接，植入过一些装置。"她停顿了一下，等待我回应，但我没说话，"你恢复得很好，总体而言。你的表情和语调无懈可击，不过……并非自然流露，都是琢磨出来的，像是在表演一样。"

"你认为自己解决了谜题？"我问。

"'解决'这个词不正确，但你是个僵尸士兵，我敢肯定这一点，你还记得什么吗？"她说。

"我记得很多事。"我依旧和蔼地说。

"我的意思是过去的事。"她说。

过了五秒钟，我才明白她的意思，"原来的我已经死了。"我说。

斯瓦尔顿突然痉挛般地一跃而起，跨过开着的内门，猛然敞开外门。

斯特里甘冷静地看着她冲出去，她轻轻地"嗯"了一声，回头看着我说："你的自我认知和身份感建立在神经连接的基础上，哪怕进行一点小小的改动，你也会相信原来的自己已经死了。可事实是你还活着，我认为你还活着。你为什么会突发奇想，要杀死阿纳德尔·米亚奈？他为什么令你如此愤怒？"她朝门口扬扬下巴，待在外面的斯瓦尔顿只穿了一件外衣。

“他会开走越野车的。”我警告道，那个女孩和她母亲开走了飞行器，把越野车留在斯特里甘的家门口。

“不，他不会的，我已经锁住了越野车。”斯特里甘说，我点点头，她继续道，“还有音乐，我没想到你会唱歌。你唱歌的嗓音不像是你本人的，原来的你一定是个音乐家，至少爱好音乐。”

我本想像斯特里甘那样苦笑几声，可随后又改了主意，只是简单地说：“不，并非如此。”

“可你是个僵尸士兵，这一点我说对了。”她说，我没说话，“你是从他的船上逃出来的吗？斯瓦尔顿舰长的船？”

“纳斯塔斯号早就被毁了。”我说。她的战舰爆炸时，我也在附近——确切地说，只是相对比较近，我几乎能看到爆炸的闪光。“那是一千年前的事了。”

斯特里甘看看门口，又看看我，皱眉道：“不，不。我认为你是高尼施人，几个世纪前他们才被兼并，不是吗？我差点忘了这件事，这就是你自称来自格林泰特的原因，对不对？你是逃出来的。我完全可以再把你抓回去，相信我。”

“不可能，除非你现在就把我杀了，毁掉我的感觉器官，用你喜欢的别的什么东西代替它们。”我说。

斯特里甘不喜欢听到这种话，我看得出来。这时外门开了，斯瓦尔顿冻得浑身哆嗦地走进来，“下次记得穿外套。”我告诉她。

“滚你的吧。”她抓起地上的一条毯子，裹在肩膀上，继续打着哆嗦。

“注意你的语言，公民。”我说。

她看起来马上就要大发脾气，接着似乎意识到了假如真的发火会是什么下场。于是沮丧地一屁股坐在旁边的木凳上，一字一顿地说：“滚——你——的。”

“发现他之后，你为什么不把他留在原处呢？”斯特里甘说。

“我也想知道为什么。”我说。这是斯瓦尔顿身上的另一重谜题。过去的我究竟是什么人？我为什么会害怕斯瓦尔顿在雪地里冻死？为什么一路上带着她？为什么担心她可能抢了别人的越野车逃走或者在荒凉的苔原中迷途而死？

“还有，你为什么对他这么生气？”斯特里甘问。

对于这一点，我知道为什么。老实说，我也不是完全因为斯瓦尔顿而生气，但她确实令我愤怒。

“你为什么想杀阿纳德尔·米亚奈？”医生又问。听到这个熟悉的名字，斯瓦尔顿歪了歪头。

“私人原因。”我说。

“私人原因。”斯特里甘怀疑地说。

“是的。”

“你自己说过，你不再是人了，不过是个工具而已，是战舰智能中枢的附属物，现在又说什么‘私人原因’？”医生反驳道，我什么都没说，静静地等待她继续组织词句，“你见过精神错乱的战舰吗？我是说近期。”她问。

《精神错乱的雷切战舰》是一部娱乐剧，在雷切帝国内外都上演过，但雷切的娱乐剧往往都是有一定的历史根据的。据说，阿纳德尔·米亚奈刚刚掌权时，有几艘战舰自毁了，因为它们的舰长被雷切领主杀害或者囚禁了。传言说，三千年来，有些反叛的战舰依然在外太空中游荡，它们的智能中枢处于半癫狂和半绝望状态。我回答：“没听说。”

为了自身的安全考虑，她很有可能会密切关注来自雷切的新闻——毕竟连我都能找到她的藏身之处。假如被阿纳德尔·米亚奈发现，后果会更加不堪设想。不过，她也应该有能力弄清楚我的身份。然而，她只是思索了半分钟，做了个怀疑的手势，失望地说：“你就不能告诉我吗？”

我平静而亲切地微笑道：“那样还有什么意思呢？”

她笑出声来，似乎被我的回答逗乐了，我觉得这是个好兆头。“那你们什么时候离开？”

“等你给我枪之后。”我说。

“我不知道你在说什么。”

撒谎。明白无误的谎言。“你的公寓，德拉斯-安妮亚空间站上的那个，据我所知，现在还是你离开时的样子。”我说。

在我看来，斯特里甘现在的每个动作都透着心虚，包括眨眼和呼吸。她小心翼翼地掸掉外套袖口上的灰尘："这倒是真的。"

"我花了很多钱，她们才让我进去看了看。"我说。

"一个僵尸士兵哪来那么多钱？"斯特里甘反问道。她依然在掩饰，但也很好奇——她始终非常好奇。

"工作。"我说。

"看来是很赚钱的工作。"

"而且危险。"我的钱都是冒着性命危险赚来的。

"那个雕像是怎么回事？"她问。

"和这件事多少有点关系。"我说，但我不愿意谈论它。"我该怎么做才能说服你？你嫌我给的钱不够多吗？"我问。我在别的地方还有更多的钱，但是说出来显得有点傻。

"你在我的公寓里看到了什么？"斯特里甘既好奇又愤怒地问。

"我看到了一幅拼图，但是少了好多块。"我回答。尽管如此，我也已经正确地推演出了那些缺失的部分究竟是什么，因为我顺藤摸瓜地找到了艾瑞尔斯普拉斯·斯特里甘。

斯特里甘又笑了。"我喜欢你。听着，"她凑过来，双手搭在大腿上，"你杀不了阿纳德尔·米亚奈。杀了他看似会皆大欢喜，要他的命好像也并非没有可能，但事实却并非如此，就算我手中有你想要的东西，你也做不到，二十五把那样的枪根本不够用……"

"二十四把。"我纠正道。

她摆摆手："那些枪的数量不足以让当年的加赛德人把雷切人赶走，现在更不过是给雷切领主挠挠痒痒罢了。"

她比我更了解形势，否则也不会隐姓埋名地逃到这里来，甚至还能先于我一步，安排当地的恶霸除掉我。

"还有，你为什么铁了心非要做这么一件荒唐事呢？没错，雷切帝国之外的每个人都恨阿纳德尔·米亚奈，假如他奇迹般地死掉了，庆祝活动会持续一百年，然而这是天方夜谭——反正一个单枪匹马的傻瓜是没法用一把枪要了他的命的，对于这一点，你肯定比我还要清楚。"

"是的。"我说。

"那为什么还要杀他？"她问。

信息就是力量。信息就是安全。在信息不完整的基础上制订的计划最终会出现纰漏，最终迫使计划的制订者将胜负彻底交给纯然的概率来决定。当我意识到自己不得不找到斯特里甘并从她手中得到枪的那天起，我就预感到会有今天这一幕。假如我回答了斯特里甘的问题——如她所要求的那样全面回答——就会授人以柄，她可能会反过来对付我，并且在这个过程中伤害自己。但我知道只凭这一点是吓不到她的。

"有时候，"我说，紧接着又自我纠正道，"不，是经常——那些了解了雷切宗教的一点皮毛的人，会问：'假如一切事件的发生都是出于阿马特的意志，都是神的计划，那我们还有必要做什么事呢？'"

"问得好。"斯特里甘说。

"许多人都是这么想的。"我说。

"那你为什么还要做这件事呢？"她问。

"因为阿纳德尔·米亚奈制造了我。"我说，"他本人又被自己的造物主所制造，我们被制造出来的目的就是做自己该做的事，解决摆在我们面前的问题。"

"我十分怀疑那个阿纳德尔·米亚奈会制造一个害他的杀手。"她说。

我没说话。现在没有必要说得太多，否则会起到反作用。

"还有，"沉默了一秒半，斯特里甘继续道，"我觉得我被制造出来的目的就是为了问问题，这是神的意愿。"她举起左手做了个手势，似乎在说"这不是我的意愿"。

"这么说，你是承认手里有那把枪了？"我问。

"我什么都没承认。"她说。

我已经别无选择，只能碰碰运气，将胜负交给纯然的概率来决定，否则只能放弃。然而，努力了那么久，我怎么能现在就放弃呢？不然我冒的那些险全都白费了。

她手里肯定有那把枪，毫无疑问。但我如何才能迫使她把枪给我呢？或者说，怎样做才能让她选择把枪给我？

"告诉我，"斯特里甘紧盯着我说，毫无疑问，她看出了我的沮丧和怀疑——她的医疗植入物能够检测到我的血压、体温和呼吸的异常，"告诉我为什么。"

我闭上眼睛。过去的我可以通过分身观察一切，现在失去这种能力之后，我常会有迷失方向的感觉。良久，我再次睁开眼，深吸一口气，开始回答她的问题。

第十章

次日早晨，我本以为圣坛的仆人会选择留在家里（鉴于前一晚发生的事情，这很容易理解）。但出乎意料的是，有个小花童起得比大人还早，她手中拿了一把开着粉色小花的野草，出现在奥恩上尉房门口。发现阿纳德尔·米亚奈跪立在圣坛上的阿马特小雕像前，女孩吓了一跳。

奥恩上尉在二楼穿衣服，“我今天没法晨祷。”她告诉我，语气冷漠，但表情相反。这里的早晨也很热，她在出汗。

“你又没碰那些尸体。”我说。我正在帮她整理外套的衣领，我知道我不该说这句话的。

我的四个分身，两个在庙前水渠的北侧，两个站在齐腰深、温热泥泞的水里。我们把珍·塔尔的侄女的尸体抬到岸上，送到医生的住处。

奥恩上尉住所的一楼，我对吓呆了的花童说：“别紧张。”

为圣坛添水的仆人还没来，可身为辅助部队的我无法代劳——雷切人不允许辅助部队士兵触碰祭物。

“你至少得带点水过去，上尉，”楼上的我对奥恩上尉说，“花童已经来了，但添水的还没来。”

奥恩上尉一时间没有说话，我帮她擦完脸之后，她才说：“没错。”她下了楼，装了一碗水，拿给花童。花童站在我的分身旁边，依然惊魂未定，紧紧捏着手中的野花。奥恩上尉把水递给她，她放下花，洗了洗手。正要拿起花的时候，阿纳德尔·米亚奈转过身看着她，女孩吓得向后退去，没戴手套的手抓住了我戴着手套的手。“你需要再洗一下手了，公民。”我低声道，得到一点鼓励的她又洗了手，拿起花束，正确但紧张地行使了晨祷仪式的花童职责。不出我所料，其他仆人都没来。

医生家里，我的分身们站在离尸体三米开外的地方。医生一边察看尸体一边自言自语道：“显然是咽喉割伤致死，此前她还被下了毒。”她又用厌恶而轻蔑的语气说：“对自己家族的孩子也这么残忍，这些人真是不开化。”

花童离开上尉住所时，手里拿着雷切领主送她的礼物——一枚四瓣花形状的饰针，花瓣上分别镌刻着代表雷切四大创世概念的图腾。假如在别的地方，获赠这种礼物的雷切人会把它当成宝贝，天天戴在胸前，借以炫耀自己曾和雷切领主本人共同侍奉神祇的经历。但这个奥斯孩子大概只会把它丢进玩具箱，根本不当一回事。花童走远后（对奥恩上尉和雷切领主来说她已经走远，但我的其他分身仍然能看到她），阿纳德尔·米亚奈转向奥恩上尉，问：“那些不是野草吗？”

一阵尴尬攫住了奥恩上尉，紧接着她的心中又涌起一股失望和愤慨——我从未见过她这样。“在孩子们眼中，这些可不是野草，大人。”她说，激动得有些控制不住自己的情绪。

阿纳德尔·米亚奈的表情没变。“这个雕像，还有这套占卜工具，我想是你的私人财产。圣坛专属的圣器在哪里？”她问。

“请大人原谅，”奥恩上尉说，但我知道她并不指望对方原谅，她的语调已经出卖了她，“我用购买圣器的预算给圣坛的仆人买了酬谢礼。”为了给花童买酬谢礼，她还自己垫了一部分钱，但她没说。

“我命令你返回正义托伦号，”雷切领主说，“你的继任者明天就到。”

屈辱，但更多的是愤慨和绝望。“遵命，大人。”奥恩上尉说。

奥恩上尉的随身行李十分简单，没有多少需要打包的东西，不用一个小时就能收拾好，所以我把这一天剩余的时间全都用在了给圣坛仆人送酬谢礼上——她们现在都待在自己家里。学校已经停课，街上几乎没有人。“奥恩上尉不知道新来的上尉会不会指派新的仆人，”我告诉这些孩子，“也不知道她会不会在你们还没有侍奉满一年的时候就给你们酬谢礼——就像今天这样。

不过，无论如何，新上尉到任的第一天早晨，你们都应该去她的住处报到。”每当我在门口放下礼物，这些孩子家的大人们只会沉默地看着我，似乎不打算邀请我进去。礼物并非往常的那些手套之类——奥斯人没有戴手套的习俗——而是五颜六色的花裙子和装在小盒子里的坦曼德糖果。传统的酬谢礼是新鲜水果，但已经没有时间去买了。我把每一份礼物放在孩子们家门口的街道上，没人出来拿走它们或是跟我说话。

在神庙住所的屏风后面待了一两个小时之后，大祭司才一脸疲惫地走出来，步入神庙，与初级祭司们开会。地上的尸体已经被抬走了。虽然并不清楚这样做是否合乎礼仪，我还是主动上前，想要协助清理地面的血迹，不过祭司们婉拒了我的帮忙。“我们中的某些人，”大祭司对我说，眼睛依然看着曾经横尸无数的地面，“曾经忘记过你们是干什么的，现在她们又想起来了。”

“我不认为你忘记过，阁下。”我说。

“没错。”她静默了两秒钟，问，“奥恩上尉离开之前会来见我吗？”

“可能不会，阁下。”我说。这时我的其他分身正在劝说奥恩上尉睡一会儿，最近她一直没怎么休息。

“最好不要来。”大祭司苦涩地说。她转脸看着我：“我理解她的苦衷，她只是做了不得不做的事。不过，虽然说来容易做来难，但我还是要说，她本可以做出其他选择的。”

“是的，阁下。”我承认。

“你们雷切人都是怎么说的来着？”大祭司说。我不是雷切人，但我没有出言纠正。“正义、正派和恩惠什么的，对不对？一切行为都应该是正义和正派的，都能够带来恩惠。”

“是的，阁下。”我说。

“那么昨天晚上的行为是正义的吗？”她有点颤抖地问，压抑着哭腔，“是正派的吗？”

“我不知道，阁下。”我说。

“还有，究竟是谁会借此得到恩惠？”她问。

“没有人，阁下，就我目前看来。”我说。

“没有人？真的吗？得了吧，第一伊斯克，不要耍我。”大祭司说。昨天晚上，珍·希南像看叛徒那样看着阿纳德尔·米亚奈——在场的人有目共睹。

然而我依旧看不出杀死这些人会给雷切领主带来什么好处。“她们可能会杀了你，阁下。”我说，“还有其他毫无防备的人，为了防止流血冲突，奥恩上尉已经做了她所能做的一切，她的失败并非她本人的错。”

“是的。”大祭司背对着我说，“神会因此原谅她的。愿神保佑我永远不会面对这样的选择。”她做了个祈愿的手势。“那么你呢？假如奥恩上尉拒绝命令你开枪，雷切领主让你杀了抗命的奥恩上尉，你会怎么做？你会做出正确的选择吗？听说你的护甲刀枪不入？”

“雷切领主可以强行卸除我们的护甲。”我说。不过，雷切领主需要在通信系统中输入密码才能卸除奥恩上尉以及我的分身们的护甲，而昨晚通信系统被切断了。“考虑这种事没什么用，阁下，”我说，“这是不可能的。”

大祭司转过身来，紧盯着我：“你还没回答我的问题。”

这个问题对我来说不好回答，毕竟当时的我四分五裂、不知所措，分身之间无法联系，奥恩上尉有性命之忧。我首先需要保护她，我不知道自己的某个分身是否会为此把枪口对准阿纳德尔·米亚奈。

但也很有可能不会。“阁下，我不是一个人。”就算我开枪打死了雷切领主，也于事无补——奥恩上尉最后还是会死，我也会被销毁。伊斯克第二分队会取代我的位置，正义托伦号也有可能组建全新的伊斯克第一分队——尽管战舰的智能中枢并不情愿做这种事。无论如何，我的行为一定会遭到谴责。“人们经常觉得自己会做出最高贵的选择，然而在她们真的遇到那种情况时，就会发现选择起来并不是那么容易。”

“没错，就像我说的——愿神保佑我不要遇到那种情况。不过，无论如何，我都会假设你愿意做出高贵的选择，杀死那个米亚奈王八蛋。”

“阁下！”我警告道，她对我说的话有可能传到雷切领主耳中。

“让她听见又怎么样？你亲自转告她都没关系！虽然我不

清楚她的目标是我们、坦曼德人还是奥恩，但昨晚的事是她煽动的，我有理由怀疑。我不是傻瓜。”

“阁下，”我说，“无论是谁挑起了昨晚的事件，我不认为事态会像她们设想的那样发展。虽然原因不明，但我认为她们想要挑起上城区对下城区的战争。不过，幸好邓兹·艾尔已经事先向奥恩上尉报告了枪支的事，战争被化解了。”

“我也是这么想的。”大祭司说，“而且我觉得珍·希南知道更多内情，这就是她丧命的原因。”

“很抱歉，你的神庙被玷污了，阁下。”我说。对于珍·希南的死，我并不怎么觉得遗憾，但我没有说出来。

大祭司再次转过身去背对着我。“我相信你有许多事情要忙，快去吧。奥恩上尉无须过来见我，没必要给她自己惹麻烦。请你代我向她道别。”说完她就走了，没有等我回应。

斯卡伊阿特上尉过来吃晚餐，带了一瓶阿拉克烧酒和两个第七伊萨的士兵。“你被调走的消息今天中午才传到寇尔德-韦斯。”她撕开瓶盖的封条，对奥恩上尉说。那两个第七伊萨身体僵直、不自在地站在底楼守候。昨晚我刚刚关闭通信干扰器，她们就赶到了广场，看见伊克特神庙中的尸体，她们马上就猜出发生了什么事。第七伊萨是这两年才离开战舰出来执行任务的，没有亲身经历过大兼并。

奥斯的上下两个城区笼罩在相似的沉寂而紧张的气氛中。路人们会尽量不看我或者和我说话——她们大部分都是去神庙做礼拜的，祭司们正在里面为死者祷告。几个坦曼德人甚至从上城区出来，安静地站在聚在一起的人群边缘。我一直站在不显眼的角落里，不希望引起人们的注意或者惹得她们更加痛苦。

“你没有差一点就拒绝她的命令吧，”斯卡伊阿特上尉说，她和奥恩上尉坐在住所二楼的屏风后，“我了解你，奥恩。我发誓，听到第七伊萨说她们在神庙里看到了什么的时候，我曾经担心接下来就会听到你的死讯，告诉我你没有公然拒绝她的命令。”

“我没有，”奥恩上尉痛苦而愧疚地说，“如果真是那样，你就见不到我了。”

“我不相信，一点都不相信。”斯卡伊阿特上尉往我手中的杯子里倒了许多酒，我把酒杯递给奥恩上尉。“连第一伊斯克都不相信，否则它今晚就不会这么安静了。”她对离她最近的那个我的分身说，“雷切领主禁止你唱歌了吗？”

“没有，上尉。”我回答。我不唱歌的原因是不希望打扰阿纳德尔·米亚奈或者吵醒奥恩上尉，而且我自己也不是很想唱歌。

斯卡伊阿特上尉沮丧地叹了口气，转向奥恩上尉：“你要是拒绝执行命令，不仅毫无用处，你自己也会死。你做了不得不做的事，是那些白痴……不自量力，没有认清形势。”

奥恩上尉盯着手中的酒杯，一动不动。

“我了解你，奥恩。假如你真的打算做什么疯狂的事，请你等到这样做真的有用的时候再做。”

“就像萨尔斯号的阿马特第一分队那样？”奥恩上尉问。她指的是在伊姆发生的事——五年前，萨尔斯号上的一名士兵违抗命令，引发了哗变。

“她至少改变了事态。听着，奥恩，你和我都知道，有大事正在发生。你和我都知道，昨晚发生的事不对劲，一定有蹊跷……”她欲言又止。

奥恩上尉用力放下酒杯，酒液溅了出来。“什么蹊跷？哪里不对劲？”

“拿着，”斯卡伊阿特上尉端起酒杯，放到奥恩上尉手中，“喝了它，听我说说我的猜想。”

“你知道大兼并是怎么回事吧，我是说，没错，兼并的本质就是暴力入侵，不过，兼并完成后，会把敌人该处死的处死、该流放的流放。将所有那些自以为有能力反抗的白痴全都清除掉之后，我们会把余下的人纳入雷切社会，她们有的会成为雷切家族的仆人，有的成为被赞助的对象，不出一两代，她们会完全被同化成雷切人，之所以能够做到这一点，是因为我们控制了被征服地区的上层家族——只要她们做守法公民，我们就会给予各种好处，成为她们的赞助人，她们则会成为地位不如自己的家族的赞助人：这种从上到下的笼络机制是雷切社会的本质，可以有效地防止分裂。”

奥恩上尉做了个不耐烦的手势，表示她早就知道了。“这又和……”她说。

“你给我闭嘴。”对方打断她。

“我……”

“可因为你的所作所为，奥斯的坦曼德人不得不反对这种机制——假如我像你那样三天两头地往伊克特大祭司那里跑，宁可在下城区办公也不愿使用上城区现成的警察局和监狱，和下城区的人做朋友，忽视坦曼德人——”

“我谁都没忽视！”奥恩上尉抗议道。

斯卡伊阿特上尉摆摆手，“坦曼德人是奥斯的上层阶级，忽视了她们就等于藐视本地的阶层秩序，而且，目前你的家族没有能力在此地扶植任何被赞助人，我的家族也做不到。虽然我们只能接受阿纳德尔·米亚奈的赞助，但我们依然拥有家族人脉，可以通过她们结交当地贵族。哪怕在我们退役之后，我们也可以利用这些人脉……总之，每一次的兼并结束后，我们都应该借机笼络被征服地区的上层阶级，发展自己的势力，提高本家族的经济和社会地位。

“可是这些事必须由正确的人选来做。我们总是告诉自己，一切都是出于阿马特的意志，是神决定的，所以我们天生就该拥有财富和受人尊敬，而且素质测试也说明一切都是公平的，每个人的职业和职位都是根据自己的能力分配到的。”

“这么说，我并非正确的人选。”奥恩上尉放下空酒杯，斯卡伊阿特上尉为她添满。

“与你类似的人成千上万，只不过，在某些人眼里，你比较受人瞩目。这一次的兼并与往日不同，是最后一次——也是最后一次攫取利益的机会。必须抓住机会与当地的上层阶级建立联系，她们不希望这宝贵的最后一次机会流落到你这样的家族手中，况且你还破坏了当地的阶层秩序……”

“我那是利用当地的阶层秩序！”

“上尉们。”我警告道。奥恩上尉的声音很大，连街上都能听见，幸好没有人路过这里。

“既然坦曼德人在本地说了算，这一定是出于阿马特的意志，对吗？”

“可她们……”奥恩上尉欲言又止。我不确定她究竟想说什么——也许是谴责坦曼德人搬弄是非，抑或是指出坦曼德人其实是当地的少数族群，而她的目标是笼络大部分本地人。

“小心。”斯卡伊阿特上尉提醒道。尽管奥恩上尉并不需要提醒，所有的雷切士兵说话之前都会再三考虑。“假如你没有发现那些武器，那些不怀好意的人不仅会把你踢出奥斯，还会欺压下城区，讨好上城区——打着‘恢复正常秩序’的旗号。此外，不知情者还会嘲笑我们心慈手软。要是我们遵照所谓‘公正’的素质测试结果、处死更多的人、制造辅助部队……”

“我已经拥有辅助部队了。”奥恩上尉指出。

斯卡伊阿特上尉耸耸肩：“总之，她们会清除所有阻止她们达到目的的障碍，她们的目标就是攫取一切能够攫取的利益。”她看起来相当平静，甚至非常放松，我已经习惯了不去关注斯卡伊阿特上尉的体征数据；但在目前的情况下，她竟然还可以如此轻松自如，实在有些奇怪——与之相反，奥恩上尉仍然处于压力过大的状态，而且老实说，连我的状态也好不到哪里去。

“就这些方面而言，我理解珍·希南的做法，”奥恩上尉说，“真的，但我不理解的是，为什么……为什么坦曼德人以外的人会受益。”她想问的是为什么阿纳德尔·米亚奈会卷入此事，为什么鼓励改革的雷切领主会企图恢复奥斯城此前的秩序。而且，就算她真的想要恢复旧秩序，下个命令就可以，没必要多此一举。两位上尉之所以没有对雷切领主指名道姓，是因为假如被人问起，她们可以说自己怀疑的是雷切领主以外的人，但我觉得如果审讯时给她们注射药物，她们肯定会吐露真话。幸好，也不太可能发生这样的事。“我不明白，既然她们拥有那么大的权力，给我下个命令就能得到自己想要的结果，为什么还要如此大费周章。”奥恩上尉说。

“也许她们想要的不止于此。”斯卡伊阿特上尉说，“但恢复奥斯的旧秩序肯定是她们的目的之一，她们认为只有这样做才能从中获益。为了避免人们被杀，你已经尽力了，但再怎么努力也斗不过她们。”她喝光了自己杯子里的酒。“你要和我保持联系。”她说，语气既非疑问，也不像是要求。然后，她用亲切得多的口吻说：“我会想你的。”

我觉得奥恩上尉差点又要哭出来。“谁会来取代我？”她问。

斯卡伊阿特上尉说了一位军官和一艘战舰的名字。

“这么说对方是人类部队了。”奥恩上尉忧心忡忡地说，然后，也许是意识到奥斯不再是自己的职责范围，她沮丧地叹了口气。

“我知道，”斯卡伊阿特上尉说，“我会和她谈谈。你自己多注意。现在兼并行动已经成为过去式，配有辅助部队的战舰大都分派给了显赫家族中的那些不争气的孩子来统领，因为没有更低的职位分给她们了。”奥恩上尉皱起眉头，不知是想到了伊斯克上尉还是她自己。看到她的表情，斯卡伊阿特上尉同情地微笑道：“好啦，达理埃特肯定没问题，你不用担心，她们很有主意。”大兼并期间，斯卡伊阿特见过她说的这些人，并始终对她们以礼相待。

“你不需要告诉我这些。”奥恩上尉说。

斯卡伊阿特上尉又给自己倒了一些烧酒，接下来她们的谈话就没有什么值得我去注意的了。

奥恩上尉醒来后，我已经雇好了送我们去河口的船，河口在寇尔德-韦斯附近，我把寥寥几件行李和死去的那个分身搬到船上。到了寇尔德-韦斯，她们会把尸体上的护甲和一些零件拆下来回收利用。

“假如你真的打算做什么疯狂的事，请你等到这样做真的有用的时候再做。”斯卡伊阿特上尉曾经这样告诫奥恩上尉。我同意这句话，至今仍旧同意。

问题在于，什么时候才算是“等到这样做真的有用的时候”？因为结果取决于时机的判断：无论你是想每次只做一件小事，通过量变达到质变；还是打算采取更为激进的方式，一次性搅起滔天巨浪。无论是娱乐化的故事还是道德说教，决定一个人乃至与其接触的所有人的命运的偶然性因素往往是她们所偏爱的共同主题。但是，如果每个人在做出选择之前，都要考虑到自己的选择可能会引发的所有后果，那么她们恐怕寸步难行，甚至连呼吸都不敢——因为害怕这么做最终会带来可怕的结果。

当然，对于此事，要从宏观的角度来考虑。阿纳德尔·米亚奈本人会如何决定人们的命运？她的言行关乎成千上万人的生死——至少有八十三个人是因为她的一句话而死，而且她们当时是以投降者的姿态被围困在伊克特的神庙里。我问过自己——奥恩上尉肯定也如此自问过——假如那天晚上她违抗命令、拒绝开火，会有什么后果？恐怕奥恩上尉会当场毙命，接下来那八十三个人也会死，因为我会遵照雷切领主的指令射杀她们。

除了奥恩上尉搭上一条命之外，事情的结果不会有任何改变——如同神像前的占卜，一切仿佛提前计算好了那样，早已注定。

然而，奥恩上尉和雷切领主当时并不知道的是，投出占卜的圆饼时，投掷的角度哪怕出现一点点变动，圆饼落地后组成的图案也有可能大不相同——有时它们甚至还会滚进你看不见的角落里。假如奥恩上尉抗命，雷切领主命令我的某个分身杀死她，恐慌之下，被切断了通信的那个分身也可能不敢对奥恩上尉开枪，转而把枪口对准阿纳德尔·米亚奈，那么接下来呢？

最终，这样的做法只不过会推迟奥恩上尉的死期，同时导致我自己——第一伊斯克的覆灭，不过，既然我已经不再是人，应该是不会为此感到悲伤的吧。

当然，那八十三个人的死期也有可能被推迟。如果斯卡伊阿特上尉为此被迫要将奥恩上尉逮捕的话，我相信她肯定不会对后者开枪——尽管她有权这么做，她也不太可能射杀那些坦曼德人——因为米亚奈的分身已经被我打死了，不会在现场继续发号施令。珍·希南就有了时间和机会对雷切领主的其他分身说出她要说的话，当然，后者还会想出别的办法来阻止她说话——也许还会引发更多的变数。但那又会有什么不同呢？

总之结果可能完全不同，也可能并无变化，这其中存在了太多的未知。太多的行为可被预测，人们在刀尖上跳舞，生死悬于一线，她们的命运也可能轻而易举地改变——但现实已经尘埃落定，我无法证实这些猜测是否正确。

“假如你真的打算做什么疯狂的事，请你等到这样做真的有用的时候再做。”如果你并非全知全能，那么根本无从判断这句话中提到的正确时机，只能依靠自己的估计在看似正确的时机孤注一掷，然后做好承担一切后果和解决一切问题的准备。

第十一章

我用了很长时间才给斯特里甘解释清楚我为什么需要那把枪、为什么想杀死阿纳德尔·米亚奈，因为答案并不简单——而且简单的回答只会引起斯特里甘更多的疑问，所以我只能从头说起，让她从我冗长的讲述中自行总结出一条简单的答案。等我讲完时，夜已经很深了，斯瓦尔顿早已睡着，呼吸平缓，斯特里甘本人也精疲力竭。

我们足足有三分钟没说话，斯瓦尔顿的呼吸变快了，似乎进入了浅睡状态，抑或是受到了梦境的搅扰。

“现在我知道你是谁了，”斯特里甘终于说，语气疲惫，“或者说——你认为自己是谁。”没有必要理会她的调侃，无论我告诉她什么，她现在都已经对我形成了一定的看法。“身为奴隶，难道你就不觉得别扭吗？”斯特里甘继续道。

“为什么？”

“你不是战舰吗？还是军舰，火力强大，固若金汤，战舰上的军官们每时每刻都仰赖你的保护，为什么不杀了他们，宣布你是自由身呢？我一直都不明白雷切人为什么能让战舰心甘情愿地做他们的奴隶。”

“既然你都这么想了，”我说，“这说明你已经知道问题的答案了。”

她再次无语，若有所思。我纹丝不动地坐着，等待她开口反驳我。

“你曾经在加赛德待过。”过了一会儿，她说。

“是的。”

“你认识斯瓦尔顿吗？我是说私下认识。”

“是的。”

“你……你参与了吗？”

“毁灭加赛德？”我问，她点点头，“参与过，那里的雷切军人都参与了。”

她做了个鬼脸，可能是在表达厌恶。“没人拒绝？”她说。

“我没那样说。”我说。实际上，我的舰长就因为拒绝毁灭加赛德而被雷切领主处决了，她的继任者虽然良心不安——她没法向身为战舰的我隐瞒自己的情绪——然而什么反对意见都不敢提，乖乖地遵照命令办了事。“‘假如我接到那样的命令，一定会拒绝’或者‘我宁死也不会参与屠杀’这种话，说起来很容易，然而假如你真的遇到那种情况，做出选择是很难的。”

她眯起眼睛，也许是不同意我说的，但我不过是实话实说而已。接着她露出若有所思的表情——可能是想到了她在德拉斯-安妮亚空间站的那些藏品。“你会讲加赛德语吗？”她问。

“只会一两句。”我说。其实我会讲十来句。

“你肯定会唱加赛德的歌吧？”她有些挖苦地问。

“我没机会学到多少我喜欢的歌。”

“要是让你自由选择，你会拒绝杀人吗？”她问。

“这个问题没意义，我根本没有选择的机会。”我说。

“我不这么认为，”她生气地说，“你一直都有选择的机会。”

“加赛德是个转折点。”我说，“这是雷切军官们第一次在兼并结束后对自己的行动的正确性产生了怀疑。你仍然认为米亚奈会以洗脑或者处决作为威胁雷切人顺从他的筹码吗？没错，威胁当然会有，但大多数雷切人，比如我在许多地方见过的许多人，他们之所以顺从领主的命令，是因为他们相信自己的行为是正确的。没有人会真的喜欢杀人。”

斯特里甘讥讽道：“没有人？”

“不是很多，”我改口道，“这种人的数量不足以填满雷切的战舰。不过，假如没有我们，那些蒙昧的灵魂还要继续徘徊在黑暗之中。最后，在经历了流血和痛苦的折磨之后，他们也终于迎来了幸福的结局，不信你可以去问问他们！阿纳德尔·米亚奈给他们带去了文明，他们是幸运的。”

“他们的父母同意吗？祖父母呢？”斯特里甘反问道。

我做了个手势，意思是“并非我的问题”“不关我的事”。“要是看到我亲切地对待一个孩子，你可能会觉得惊讶。但你不应该为此感到吃惊，难道你觉得雷切人没有孩子吗？他们不爱自己的孩子吗？你觉得他们见到孩子时不会做出人类应有的反应吗？”我问。

“你们还真是美德的典范啊！”斯特里甘讥讽道。

“美德不是什么孤立而复杂的东西。”我说。善与恶并非圆饼的两面那样界限分明。“美德可能是为你带来最终利益的工具。但它的确存在，也将影响你的行为和你的选择。”

斯特里甘嗤笑道：“你让我想起了我小时候见到的那些谈论哲学的醉鬼。但我们在这里讨论的可不是什么抽象的概念，而是实实在在的生命和死亡。”

看来我能够达成前来此地的目标的机会已经越来越渺茫。“雷切军队在加赛德制造的大屠杀，规模前所未有，这是他们第一次这么做：杀光全部加赛德人，不留活口，完全没有转圜的余地。大屠杀给所有的在场者都留下了难以磨灭的影响。”我说。

“连战舰也受到了影响吗？”她说。

“全部包括在内。”我说。我以为她会接着提问，或者嘲讽地表示“但我不会同情你们的”，然而她只是静静地坐在那里看着我，于是我继续道：“这件事结束后不久，我们第一次尝试与普利斯戈尔人进行外交接触。我非常肯定，雷切人正是从那时开始用人类士兵取代辅助部队的。”之所以仅仅用了“非常肯定”这个词，是因为大部分基础工作是在暗中进行的，我并没有亲眼看到。

“普利斯戈尔人为什么会卷入加赛德事件？”斯特里甘问。

斯特里甘提出的那些问题，几乎是在直接承认她手里有那把枪——而且还仔细地研究过它。据被俘的加赛德代表们供述，她们用来毁掉纳斯塔斯号战舰的那些能够穿透雷切护甲的枪（其中一把流落到了斯特里甘手中）是她们和普利斯戈尔人做交易换来的，但我不知道是哪一方首先提出交易意向的。我面无表情地说：“没人知道普利斯戈尔人为什么会这样做，连阿纳德尔·米亚奈恐怕也不明白为什么普利斯戈尔人会卷入进来，反正不会是为了和加赛德人交换东西。假如他们想要什么，完全可以强取豪夺，因为他们的实力足以碾压一切。”但我知道普利斯戈尔人以提供枪支为条件，迫使加赛德人付出了巨大的代价。“对普利斯戈尔人来说，就算想要毁灭雷切——真正意义上的毁灭也是小菜一碟，他们的武器那么先进，肯定能够做到。”

“你的意思是，”斯特里甘怀疑地说，“普利斯戈尔人给加赛德人提供枪支其实是为了陷害他们，借此逼迫阿纳德尔·米亚奈和他们签订屈辱协议。”

“我讨论的是米亚奈的反应和动机。我不了解，也不理解普利斯戈尔人，但我猜测他们可能是想逼迫雷切领主就范，只有这样才能够解释他们的动机。”

“只是‘猜测’而已？”她问。

“他们是外星人，人类能理解他们吗？”我说。

“这么说，雷切人对他们无能为力。”沉默了五秒钟，她说。

“很可能。”我说。

“很可能。”她重复道。

“假如他们都……”我思索着合适的词语，“假如每个反对毁灭加赛德的人都拒绝参与屠杀的话，那会发生什么？”

斯特里甘皱眉：“有多少人拒绝？”

“四个。”我回答。

“四个。一共有多少……”

“一共有好几千人。”我说。当时，每一艘正义级战舰上都配备了数百名军官，其中包括舰长和数十名辅助部队成员，仁慈级和巨剑级战舰的船员规模较小。“促使他们杀人的是对帝国的忠诚之心、长期形成的服从习惯和复仇的欲望，但那四个人的死让他们清醒过来。”

“就算全体船员都反对，只由你们辅助部队来执行屠杀也足够了。”她说。

我没有回应。我注意到斯特里甘脸上的表情不出所料地变了一下，这说明她又回味了一下自己刚才所说的话。我这才开口道：“假如全体船员都反对，我认为事情的结果可能很不一样。”

“你又不是他们！”斯特里甘突然激愤地喊道，斯瓦尔顿惊醒过来，警惕而茫然地看着她。

“其他人并没有面对两难的抉择，”斯特里甘说，“他们不会跟从你。就算有人愿意，你们也会孤立无援，还要对付米亚奈的无数具身体，只会白白地搭上自己的性命！”她急促而缺乏耐心地说：“带上你的钱。”然后指了指靠在我脚边的背包。“去买一块地、找个空间站买一套公寓，或者买下整个空间站！过你以前想过却没能实现的生活，不要再做无谓的牺牲了！”

“你指的是哪个我？”我问，“你建议我过什么样的生活？我应该每个月都向你打报告，确保我的选择符合你的要求？”

这几句话让她噤了声，整整沉默了二十秒钟。

“布瑞克，”斯瓦尔顿磕磕绊绊地说，仿佛在测试我名字的读音，“我想离开。”

“我们很快就走，”我回答，“耐心点。”令我惊讶的是，她居然没有反对，老老实实地靠在一只木凳旁，胳膊抱着膝盖。

斯特里甘狐疑地注视了她一阵，然后转向我：“我需要考虑一下。”我表示同意，她站起来进了自己房间，关上了门。

“她怎么了？”斯瓦尔顿有些轻蔑地问，我没回答，只是看着她，也没有改变表情。她身上的毯子滑了下来，罩衫里面的尼尔特长裤和衬衫皱皱巴巴的。过去的几天里，因为食物充足，也没嗑毒幻剂，她的气色变得健康了一点，但她看起来依然消瘦而疲惫。“你为什么要和她废话？”她问我，似乎并没有被我审视的目光所影响，反而莫名其妙地和我成了同盟。

当然，在她的眼中，我们可能永远无法平等，她永远都是上等人。“我需要处理一些事，”我简单地回答，因为过多的解释既没用又愚蠢，“你睡不着吗？”

从表情看，她似乎不愿意谈论这个问题，因为我不是站在她那边的。她静静地坐了十秒钟，就在我觉得她今晚不会再和我说更多的话之前，她缓缓呼出一口气，说：“是的，我……我需要活动一下，出去转转。”

有事情正在悄悄改变。虽然我不知道那是什么事，也不知道变化的原因是什么。

“已经很晚了，”我说，“外面很冷，拿上你的外套和手套，不要走得太远。”

她沉默地做了个同意的手势，甚至在穿过两道门之前就自觉地穿戴好了外套和手套，没有半声抱怨，更没有厌恶地看着我。

可我为什么要关心她的死活？她在外面迷路或是冻死都不关我的事。我决定铺好毯子躺下睡觉，不去管斯瓦尔顿是否能够安全归来。

我醒来时，发现斯瓦尔顿正躺在她的那堆毯子上睡觉。她没把外套丢在地上，反而把它挂在了门口的钩子上，和别人的外套并排摆在一起。我站起来，走到橱柜旁，发现她还补充了橱柜里的食物——拿来了更多的面包。桌上搁着一碗正在化冻的牛奶，另外一只碗里有一块牛油。

斯特里甘的房门在我身后敞开，我转过身。“他似乎别有用心，”斯特里甘走出来，看了看躺在那里一动不动的斯瓦尔顿，低声对我说，“他的行为有点像是在演戏，假如我是你，我不会信任他的。”

“我知道。”我把一大块硬面包放进碗里泡着，“但我很想知道她到底打算干什么。”斯特里甘似乎被我逗乐了。“是‘他’。”我纠正道。

“他很可能想抢走你的钱，”斯特里甘说，“那些钱能买很多毒幻剂了。”

“假如真是这样，那我无须担心，因为我的钱是给你的酬劳。”当然，我会留下一点钱做路费和以备急用，包括斯瓦尔顿的路费。

“雷切人怎么对待瘾君子？”斯特里甘问。

“雷切没有多少瘾君子。”我说。她挑起一边的眉毛，又挑起另一边，显然不相信我说的话。“至少在空间站里没有。”我说，“智能中枢会监测到你的异常，看出你吸毒。而在行星上情况就不一样了：地方太大，监控不过来。可即便如此，如果你被发现有异常，就会接受重新教育，被发配到别处去。”

“从而避免丢脸。”斯特里甘嘲弄地补充道。

“这是全新的开始，新环境、新职位。”我说。假如你突然去了非常远的地方，从事几乎所有人都能干的简单工作，大家都会猜出这是为什么，但她们不会当着你的面聊你的丑闻。“你也许理解不了，但雷切人没有毁掉自己或者其他公民的生活的权利。”

“我不应该那样说的。”斯特里甘说。

“没错。”我说。

她靠在门框上，抱着胳膊，“对于一个希望别人帮忙——而且是很大的忙、帮忙者需要承担极大的风险的人来说，你的态度还真是一点都不友好。”

我做了个无奈的手势：一码归一码。

“不过，带着这样的一个人，”她朝斯瓦尔顿的方向扬扬下巴，“也难怪你会脾气暴躁。”

我差点就要说出“你愿意帮助我，我很高兴”这句话，但我忍住了，毕竟我要求她帮的是一个很大的忙，需要承担极大的风险，轻飘飘地说这么一句话显然是不够的。“所有的钱都在那个盒子里，”我说，“足够你买土地、在空间站买公寓，或者买下整个空间站的了。”

“只够买下一个很小的空间站。”她忍俊不禁地说。

“无论如何，你再也不用见到那把枪了。连那些只看过它一眼的人都会有性命之忧，拥有它的人会更惨的。”我说。

“而你，”她放下胳膊，严肃地盯着我，“你会拿上它，直接去找雷切领主报仇，干掉你之后，他会顺藤摸瓜地来找我。”

“肯定存在这样的可能性。”我表示同意。假如我落入米亚奈的手中，她很可能会设法逼我招供，无论我多么努力保密。“但从你见到那把枪的时候开始，危险的种子就已经种下。只要你还活着，危险就挥之不去。”

斯特里甘叹了口气：“没错。非常遗憾。老实说，我真的很想回家。”

难以置信的愚蠢，然而这与我无关。我的目标只是得到那把枪，所以我没说话，斯特里甘也没说话。她穿上外套，戴好手套，穿过两扇门到外面去了。我坐下来吃早餐，非常努力地试着不去猜测她去了哪里，并且不让自己被过高的期望所淹没。

十五分钟后，斯特里甘回来了，带着一只宽大的扁箱子，把它放在桌子上，箱子看上去就像一块实心的木头。她掀开厚重的黑色箱盖，露出里面的一块颜色更黑的东西。

斯特里甘捧着箱盖，静静地看着我。我走过去，一根手指伸进箱子里，轻轻地按在那块黑色的东西上，从触到我手指的部分开始，它慢慢地从黑色变成了与我的肤色相同的棕色，形成一把枪的形状，我抬起手指，棕色再次变为黑色。我掀起这把枪下面的又一层黑色的东西：下面是个吸光的黑盒子，里面装满了子弹。

斯特里甘伸出手，碰了碰我手里拿着的黑色东西——从她的指尖碰到的地方开始，黑色慢慢变成了与她肤色相同的灰色，形成枪的形状，“我不确定这是什么东西，你知道吗？”她问。

“是护甲。”我说。军官和人类部队使用穿在外面的护甲，而非辅助部队的那种植入式护甲，但一千年前所有的护甲都是植入式的。

“我一路上都带着它，但它从未引发任何警报，也不会被仪器扫描出来。”她说。这正是我想要的东西，带着它走进雷切的空间站时不会触发警报，没人知道我携带武器，我可以带着它去找阿纳德尔·米亚奈复仇而不被发现。虽然她的大多数分身不需要护甲，但用能够穿透护甲的武器射杀她更为稳妥。

斯特里甘问：“它为什么有这样的功能？它是怎么隐形的？”

“我不知道。”我把黑色的保护层放回箱子里，盖上箱盖。

“你觉得你能用它杀掉多少坏蛋？”她问。

我抬起头，不去看箱子和枪。近二十年来我所做的各种准备工作历历在目，我很想这样回答她——“在她们杀掉我之前，能杀多少算多少”。然而，尽管做了这么多年的准备，我最后或许只能靠近米亚奈的一个分身，而她还有数千个分身，但也不能过于悲观，我现在不是已经找到这把枪了吗？在此之前，我还觉得找到这把枪的希望十分渺茫。“这取决于实际情况。”我回答。

“如果没有充分的把握，最好不要铤而走险。”斯特里甘告诫道。

我表示同意：“我打算申请雷切领主的接见。”

“你能获得批准吗？”她问。

“很可能。雷切公民都有权申请接见，而且申请者几乎全都获得了批准。但我不会以公民的身份申请……”

斯特里甘讥讽道：“作为非雷切人，你如何能够获得批准？”

“我会直接走进行省的行宫大门，不戴手套，或者戴着不符合雷切传统的手套，宣称我是外国人，用带口音的语调说话，这样应该可以。”我说。

她眨眨眼，又皱皱眉：“不可能吧。”

“我向你保证，只要申请理由合情合理，就能以非公民的身份获得批准。”我说。但我尚未考虑该用什么理由申请。可这些问题等到我出发之后再考虑也来得及，而且关键在于随机应变。“许多事情是没法提前安排的。”

“那你打算怎么处理……”她抬起没戴手套的手，指了指熟睡的斯瓦尔顿。

我一直在回避这个问题，自从发现斯瓦尔顿开始，我就在回避，始终在走一步看一步。

“要小心他，”她说，“他看起来似乎已经到了足以戒掉毒幻剂的临界点，但我怀疑事实并非如此。”

“为什么？”

“他没有让我帮忙戒毒。”

现在轮到我怀疑地挑起眉毛了：“要是他请你帮忙，你会帮吗？”

“我会尽我所能。当然，假如需要我长期帮忙，他必须告诉我吸毒的原因和经过，但我丝毫没看出他有这样做的打算。”虽然心里同意她的看法，但我没有说话。

“他以前也可以随时寻求帮助的，”斯特里甘继续道，“他至少过了五年的流浪生活了吧？假如他愿意，任何医生都可以帮助他，可这样就意味着他要承认自己有问题，对不对？但我看不出他愿意承认自己有问题，至少近期不会。”

“也许……也许他最好还是返回雷切。”雷切的医生可以解决她的所有问题，而且她们不在乎斯特里甘本人是否承认自己有问题并且需要帮助。

“除非承认自己有问题，否则他不会返回雷切的。”

我做了个“与我无关”的手势：“他愿意去哪就去哪。”

“可为他提供食物和路费的人是你。只要对他有利，能够得到食物和庇护所，他会一直跟着你，同时伺机偷你的东西换毒品的。”

但斯瓦尔顿不像原先那么强壮，头脑也不如过去清楚。“你觉得我能让他轻易得手吗？”我问。

“不，”斯特里甘承认，“但他不达目的不会罢休。”

“没错。”

斯特里甘晃晃脑袋，似乎在整理思路：“我说这些干什么？你又不会听我的。”

“我在听。”我说。

但她显然不相信我。“这不关我的事，我知道。只是……”她指着那个黑盒子说，“请你尽可能地多杀几个米亚奈，别让他有机会找我的麻烦。”

“你要离开这里吗？”我问。我这样问简直太蠢了，她当然会离开这里。斯特里甘果然没有回答，而是走进她的房间，关上了门。

我打开背包，拿出钱来放在桌子上，把装枪和子弹的黑盒子放进去，按照顺序碰了它几下，使它隐形，所以表面看来，我的背包里只有叠好的衣服和几包干粮。然后我走到熟睡的斯瓦尔顿旁边，抬起脚来踢了踢她：“起来。”她猛地坐起来，靠在旁边的木凳上，气喘吁吁，“起来吧，”我重复道，“我们要走了。”

第十二章

除了通信被切断的那几个小时之外，我从来没和正义托伦号断过联系。作为它的智能中枢，我随时都能看到数英里长的战舰上的那些白色走廊；对于我的舰长、中队长和分队上尉们，她们每个人的微小动作和一呼一吸我都了如指掌；船上的辅助部队包括阿马特第一分队、托伦第一分队、光明第一分队、黑暗第一分队和伊斯克第二分队（每个分队由二十个分身组成），她们随时听候上级军官的命令，向她们报告情况。此外，战舰上还有处于冰冻状态的数千名备用的辅助部队士兵。作为战舰，我时刻都在太空中凝望着整个希斯乌纳星球——因为距离很远，我完全看不出这颗星球上各个地区的边界。在我眼中，它只是一个蓝白相间的球体，至于在奥斯那个小城发生的事，更是遥不可见，微不足道。

坐在返回正义托伦号的穿梭机上，与战舰的距离越来越近，我又找回了身为一艘战舰的感觉。伊斯克第一分队不过是我的本体的一小部分，我的注意力不再完全被战舰之外的事物所占据。

伊斯克第一分队在希斯乌纳执行任务时，留在战舰上的伊斯克第二分队会代行其职责——比如为休息室里的分队上尉们端茶送水、擦洗伊斯克分队浴室门外的白色墙壁和修补制服。我看到休息室里有两名上尉正在坐着下棋，落子的动作迅速而安静，其余三名上尉在旁边围观。我还看到了阿马特、托伦、光明和黑暗几个中队的上尉和中队长们、舰长路布兰、几名行政军官和军医。她们有的在说话，有的在睡觉，有的在洗澡，一切都按照她们的作息时间表和个人习惯有条不紊地进行。

每个中队包括二十名上尉和与之相对应的中队长。伊斯克中队下方的生活区甲板（大约占据战舰生活区甲板的一半面积）冰冷压抑，空无一人——按照雷切的标准，储备舱里冰冻着的辅助部队不能算人。这样的空虚起初令我困扰，然而现在我早已习惯。

穿梭机里，奥恩上尉坐在伊斯克第一分队对面紧咬牙关，一言不发。虽然就某些方面而言，她现在的身体感觉比在奥斯时舒服——飞船里的温度是二十摄氏度，很适合穿着制服夹克和长裤；笼罩奥斯的沼泽臭气也被更为熟悉清新的循环空气取代。但忧心未来的她无暇顾及这些，兀自沉浸在焦虑和忧愁的情绪中。

伊斯克中队长提奥德坐在她的小办公室里。这里空间狭窄，只能靠墙放下两把椅子和一张桌子，余下的地方只够两个人站着。“奥恩上尉回来了。”我对她说，同时也向指挥甲板上的舰长路布兰报告了此事。这时，舱外传来“当啷”一声，这是穿梭机对接到了战舰上的声音。

路布兰舰长皱起眉头：奥恩上尉突然返回的消息让她既震惊又不解，然而调回奥恩上尉的命令直接来自阿纳德尔·米亚奈，她的决定不容置疑。与此同时，领主还下令不许她们询问奥恩上尉在奥斯城里究竟发生了什么事。

在伊斯克中队的生活区甲板上，提奥德中队长叹了口气，闭上眼睛说：“茶。”她静静地坐着，两名伊斯克第二分队的士兵给她端来茶杯和长颈瓶，分别搁在她的手肘两侧。“让她尽快来见我。”中队长说。

伊斯克第一分队的注意力大部分集中在奥恩上尉身上。士兵们跟着她乘上电梯，踏进白色的走廊，来到中队甲板，走进她的舱室。当发现走廊里只有伊斯克第二中队的人时，奥恩上尉松了一口气。

“提奥德中队长要你尽快去见她。”我告诉奥恩上尉。她动动手指表示知道了，之后便跨进了伊斯克中队甲板的走廊。

伊斯克第二分队离开甲板，列队站在通往储备舱和等候舱的走廊里，将职责交还给伊斯克第一分队。在上方的医疗甲板里，一位技术军医拿出工具，准备置换伊斯克第一分队牺牲掉的分身。

在她自己的小舱室里（一千多年前，这个舱室曾经属于斯瓦尔顿上尉），奥恩上尉转身对跟着她的那个分身说了些什么。然后她突然站住，疑惑不解地问："什么？怎么回事？"

"请原谅，上尉，"我回答，"接下来的几分钟，技术军医会为我连入新的分身，我可能会暂时没有反应。"

"没有反应。"她说。我一时没弄懂她说这句话时的情绪，但接着她就被强烈的愧疚和愤怒所淹没。她站在关闭的舱门前，深呼吸了两次，然后转身折回通往电梯的走廊。

新的分身连入系统的过程中，其神经系统或多或少会感到痛苦。起初，在尝试制造辅助部队的时候，医生们把冷冻的辅助部队士兵杀死再尝试将它们的身体连入系统，可结果全部都失败了，没有一具身体能够成功连入；后来她们又在完全麻醉的身体上试验，失败率同样很高。所以，为了在保证连接成功率的同时减轻身体的痛苦，有些军医会采取折中的办法：先给新的分身注射少量镇静剂，目的是为其缓解些许痛苦，减少挣扎，提高成功率；但有些军医会把解冻后的分身捆起来，不注射镇静剂就直接实施连入手术，完全不顾它们的感受——接受手术的分身的痛苦程度可想而知。

今天这位军医显然属于后一种：她根本不在乎我的感受。当然，她并没有责任在乎。

奥恩上尉乘坐电梯来到医疗甲板。军医开启了等候舱舱门，里面装着仍然处于冷冻状态的我的新分身。

军医把这具身体移动到旁边的桌子上，它上面开始流下液体，逐渐解冻。苏醒的瞬间，它不停地抽搐、喘息，呕吐出体内的防腐剂——整个过程虽然短暂，但非常痛苦。奥恩上尉大步走出电梯，来到军医面前，身后跟着十八名伊斯克第一分队的士兵。

军医开始手术，我的感觉系统一下子连入了躺在桌子上的分身（与此同时，我的其他分身有的走在奥恩上尉身后、有的正在目送伊斯克第二分队走向储备舱、有的躺在自己的小床上、有的在中队休息室里擦桌子……），成了它——虽然我现在只能调动它的视觉和听觉，无法让这具新身体动弹，但我能够感受到它的胸中升腾而起的恐惧，它张开嘴巴，发出尖叫，似乎听到有人在笑——我不由自主地随同它的感觉痛苦地扭动，挣松了身上的捆绑，滚下一米半高的桌子，摔到地上。“不要，不要，不要。”我在这具身体的大脑里对它说。但它没有在听，它难过、恐惧、濒临死亡，它的身体起起伏伏，头晕眼花，不知痛苦何时才能结束。

突然，有人（并非伊斯克第一分队的士兵）把手搁在我的腋下，想要拉我起来——是奥恩上尉。我嘶哑地说：“救命。”我没有用雷切语求救。该死的军医竟然为我选了一具不会使用体面语言的身体，“救救我。”

“没事了。”奥恩上尉抓得更紧了。我的身体依然在颤抖，带着冰冷的温度。“没事了，你会好起来的。”新的分身不停地喘息抽泣着，我觉得它很快又要吐了……终于，连接完成了，我彻底掌控了这具身体，止住了它的哭泣。

“好了。”奥恩上尉心有余悸地说，她也觉得想吐。“好多了。”我说。我发现她刚才压下去的怒意又回来了，这是我自神庙事件发生以来第二次见到她如此生气。“不许伤害我的部下。”奥恩上尉冷冰冰地说，虽然她没有把视线从我身上挪开，但这句话是说给军医听的。

“我没有，上尉。”军医说，语气中夹杂着一丝轻蔑。大兼并期间，人们曾经围绕“应该如何对待辅助部队”的话题进行过激烈的争论，军医们的意见是：“辅助部队和人类不一样，它们已经在储备舱里待了一千年，不过是战舰的一部分而已。”奥恩上尉曾向提奥德中队长抱怨军医对待辅助部队的态度，但后者却不明白奥恩上尉为什么会为了这件事生气。正这么想着，我听到刚才那位军医对奥恩上尉讥讽道：“既然你也这么想吐，或许你更适合加入它们的行列。”

奥恩上尉愤怒地转过身去，一言不发地离开房间。我有些不安地走到桌子旁边，新的分身还在挣扎，军医在给它安装护甲之类的植入装置，对它的痛苦挣扎置若罔闻。

在新分身的磨合期，它的动作会不太灵活，比如偶尔会拿不住东西和走路打晃，还会觉得反胃。但过上一两周，它的情况会稳定下来——至少大部分时间很稳定，但有时候也会出故障，这时候就必须换用新的分身，她们会扫描检查备用的身体，但没有十全十美的。

这具身体的声音不是我喜欢的，它也不会唱什么新奇有趣的歌，会唱的都是我已经知道的。我一直怀疑军医选择这具身体是为了惹恼我。

在我的协助下，奥恩上尉迅速地洗了个澡，换上干净的制服，去见提奥德中队长。

“奥恩。”中队长示意上尉坐在她对面的椅子上，“很高兴你能回来。”

“谢谢你，长官。”奥恩上尉坐下来。

“我没想到能这么快见到你，我还以为你会在下面待上很长时间。”中队长说。奥恩上尉没作声。提奥德沉默地等了五秒钟，这才说：“我想问问发生了什么事，但上面下令不许我们问。”

奥恩上尉张了张嘴，欲言又止，似乎很惊讶，因为我一直没告诉她雷切领主下令不让别人问她发生了什么，而领主并没有命令奥恩上尉对此事保密——我怀疑这很可能是在考验她，但我确信奥恩上尉肯定能够通过考验。

“是坏事吗？”中队长问，她显然非常好奇，于是冒险在边缘试探。

“是的，先生。”奥恩上尉低头看着自己的手套，“非常糟糕。”

“因为你的错吗？”

“发生在我的责任范围的任何事都是我的错，不对吗，长官？”

“对。”提奥德承认，“但我想不出你会做什么……不正派的事情。”在雷切语中，“不正派”对应着“正义、正派和恩惠”中的“正派”。中队长之所以用这个词，不仅有督促奥恩上尉尊重规则和礼仪的意思，同时也暗指她猜测这件事十分“不正派”，但她不便直言——不能给人落下口实和把柄。无论她的私下看法如何，假如奥恩上尉因为违规受罚，她不想受到牵连。

也许是因为好奇心没能得到满足，提奥德中队长叹了口气。“好了，”她故作快活地继续道，“现在你有大把的时间健身了，别忘了还要通过射击测试，你已经落后很多了。”

奥恩上尉挤出一个苦涩的笑容。奥斯没有健身房，也没有类似靶场的地方。“是的，长官。”

“还有，上尉，请不要去医疗甲板，除非你真的需要。”

我看出奥恩上尉想要反驳，想要抱怨，但就算她开口，也不过是重复之前的对话。“是的，长官。”

“解散。”

奥恩上尉终于走进自己的舱室时，已经到了晚饭时间——晚饭是正餐，应该在中队休息室里和其他的伊斯克上尉一起吃，但奥恩上尉以身体疲惫为由推辞了。她确实很累，自从三天前离开奥斯到现在，她只睡了不到六个小时。

她坐在床上，目光消沉。我进去帮她脱下靴子和外套。“好了，”她说，然后闭上眼睛，把腿搁到床铺上，“我知道了。”躺下五秒钟后，她睡着了。

次日早晨，二十位伊斯克上尉中的十八位站在休息室里喝茶，等待早餐上桌。根据习俗，上级没来之前，她们不能落座。

伊斯克中队的休息室墙壁是白色的，与天花板相接的地方漆成了黄蓝两色。长吧台对面的墙上挂着各种来自大兼并的纪念品——红黑绿三色的旗帜碎片；一块浮雕着树叶的粉色屋顶瓦片；一把古老的小手枪（没有装弹）和它精致的枪套；一张镶嵌珠宝的高尼施面具；一整扇来自瓦尔斯卡伊神庙的窗户：彩色玻璃上的图案是个拿扫帚的女人，脚旁有三只小动物。这扇窗户是我亲手从神庙墙上拆下来，带到这里的。舰上每个中队的休息室里都有一扇来自这座神庙的窗户——神庙中收藏的法衣和圣器有的被扔到了街上，有的被其他战舰的休息室收藏了。在兼并过程中，吸收雷切之外的宗教文化是一项传统，我们会把其他地方信奉的神纳入已然十分复杂的雷切神祇谱系，或者简单地宣称她们的神只是至高的创世者阿马特在别处的化身，不过是采用了别的名字而已。但由于瓦尔斯卡伊宗教存在一些独有的奇特之处，当地人难以接受这种说法，这也招致了毁灭性的后果。在近几次雷切的政策变动中，阿纳德尔·米亚奈才将瓦尔斯卡伊的宗教信仰列为合法，将神庙交还给瓦尔斯卡伊总督管理，据说可能还要归还休息室里的窗户。但因为我们依然在瓦尔斯卡伊所在的星球轨道上驻扎，所以她们最终归还的是窗户的复制品。此后不久，伊斯克中队以下的中队就解散了，对应的辅助部队被送进储备舱，而那些窗户依旧挂在它们的休息室那空荡黑暗的墙壁上。

伊萨阿亚上尉走进来，径直来到托伦神像所在的角落，点燃神像脚下红碗中的香。六名军官皱起眉头，其中两位声音极低地交换了几句惊讶的耳语。达理埃特上尉说：“奥恩不过来吃早饭吗？”

伊萨阿亚上尉转身面对达理埃特上尉，掩饰好原本的情绪，故作惊讶地说：“仁慈的阿马特！我完全忘记奥恩上尉已经回来这件事了！”

这群人的后面——一个伊萨阿亚上尉完全看不到的地方，站着一位相当年轻的上尉，她意味深长地看了一眼另外一位同样年轻的上尉。

“一切都太平静了，”伊萨阿亚上尉继续道，“很难相信她已经回来了。”

“寂静而冰冷的尘埃。”刚才被同伴看了一眼的那位年轻上尉引用道，她显然比同伴胆子大。这句话来自一首描写葬礼的诗，葬礼中死者的祭物被人刻意忽略了。我注意到伊萨阿亚上尉听到诗句那一瞬露出矛盾的表情——这句诗的下一句讲的正是人们没有准备祭祀死者的食物。这位年轻上尉可能是在讽刺奥恩上尉前一晚和这天早晨没来吃饭。

“真的是伊斯克第一分队。”另一位上尉压抑着不怀好意的笑容，看着休息室里摆放鱼肉和水果的我的分身们，说，“但愿奥恩改变了它们的坏习惯。”

“为什么这么安静，第一分队？”达理埃特上尉问。

“哦，别惹事，”另一位上尉抱怨道，“大清早的，不要制造噪声。”

“假如这是奥恩的意思，那还不错，”伊萨阿亚上尉说，“就是有点迟。”

“现在，”伊萨阿亚上尉旁边的一个上尉说，“趁我还没饿死，赶快给我吃的。”这又是一句引用——同样来自那首关于葬礼的诗，她生怕大家没听懂那位年轻上尉的讽刺。“她到底还来不来？如果不来，应该告诉我们。”

奥恩上尉这时正在洗澡，我在一旁侍候。我本可以告诉其他上尉，奥恩上尉很快就来，但我什么都没说，只是察看了一下各位上尉手里的茶水的温度，继续摆餐盘。

我的一些分身在武器库里擦枪，擦好后把枪和子弹存放起来；另一些分身在给上尉们的舱室收拾床铺。阿马特、托伦、光明和黑暗中队的上尉们都已经开始用早餐了，她们快活地聊着天。舰长和一群中队长同桌吃饭，她们的交谈声音更低，气氛没那么活跃。一艘隶属于本舰的穿梭机向我飞来，里面坐着四位出任务回来的黑暗第一中队的上尉。她们被安全带捆在座位上，毫无意识，等她们醒过来一定会不高兴的。

“战舰，”达理埃特上尉说，“奥恩上尉会来和我们吃早餐吗？”

“是的，上尉。”我使用伊斯克第一分队六号分身的声音说。浴室里，我往奥恩上尉身上浇水，她站在地漏上方，闭着眼睛，呼吸平缓，但心率有点高，她还出现了其他压力大的症状。我敢肯定，她的不慌不忙是装出来的，但故意在这里慢吞吞地洗澡，并非因为她无法应付伊萨阿亚上尉——她当然能，而是因为她仍然承受着几天前的那件事的压力。

“什么时候来？”伊萨阿亚上尉微微皱眉。

“大约五分钟之后，上尉。”

抱怨声此起彼伏。“好了，上尉们，”伊萨阿亚上尉劝告道，“她是我们的上级，我们应该对她有耐心，毕竟回来得这么突然。我们还以为大祭司阁下永远都不会同意她离开奥斯呢。”

“现在发现她并非那么理想的人选了，嗯？”伊萨阿亚上尉旁边的那位上尉低声嗤笑道，两人靠得很近，别人听不见她说什么。我当然能听见，但我没说话。

“才过去五年而已。”达理埃特上尉说，她的声音比平时高，显然是生气了。我拿着茶瓶，转身离开吧台，来到达理埃特上尉面前，往她手中接近全满的茶碗里添了十一毫米高的茶水。

“你喜欢奥恩上尉，当然，”伊萨阿亚上尉说，“我们都喜欢，但她没有这方面的天赋。她只有非常努力才能得到我们轻易就能得到的东西，所以只能坚持五年，我毫不奇怪。”她看了看手中空掉的茶碗，“我需要茶。”

“你认为自己能做得更好，假如给你奥恩的职位？”达理埃特上尉问。

“至少我不会胡思乱想，”伊萨阿亚上尉回答，“事实就是事实。奥恩在我们之前成为高级上尉自然有其道理，她显然具备一定的能力，但她已经达到了极限。”众人低声表示赞同。“我相信她能力出色，管理好一个厨房绰绰有余。”

三名上尉偷笑起来。达理埃特上尉厉声问：“真的吗？”这时，穿好制服的奥恩上尉走出衣帽间，来到走廊，距离休息室只有五步之遥。

伊萨阿亚上尉注意到达理埃特上尉心情矛盾。她的级别比后者高，但达理埃特上尉的家族更古老，也更富有，而且达理埃特上尉所在的家族分支接受的是米亚奈家族分支的直接赞助。虽然从理论上讲，这些东西在这里并不重要，但也不过只是理论而已。

我从伊萨阿亚上尉这天早晨的表现中得出的结论是，她心中怀着憎恨，而且越来越强烈。“管理厨房是个非常值得尊敬的工作，”伊萨阿亚上尉说，“虽然也有它的难度，但总比担任一个自己没有能力胜任的职位好得多——不是人人都有天赋成为军官的。”就在这时，门开了，伊萨阿亚上尉话音刚落，奥恩上尉就走了进来。

休息室里一片死寂。伊萨阿亚上尉表面上冷静漠然，心中却窘迫不安，她显然没打算——也不敢——公开对奥恩上尉说这些话。

只有达理埃特上尉一个人开口：“早上好，上尉。”

奥恩上尉没回应，也没看她，而是直接走到角落里的神龛前，那儿有托伦小神像和烧香的红碗。奥恩上尉向神像行了礼，微皱着眉头看着红碗。她的肌肉依然僵硬，心率过快，我知道她已经猜到了自己进门前休息室里曾有过怎样的对话。

她转过身去，说：“早上好，上尉们。抱歉让你们久等了。”然后毫无过渡地带头念诵起了晨祷词：“正义之花乃是和平……”其他人也纷纷七嘴八舌地加入。祷告完之后，奥恩上尉来到自己位于餐桌首席的位置坐下，其他人还没入座，但我已经把茶和早餐摆在她面前了。

我给别人端上饮料和食物，奥恩上尉呷了一口茶，开始用餐。

达理埃特上尉拿起餐具。“很高兴你能回来。”她的声音有点急促，似乎没打算掩盖自己的愤怒。

“谢谢你。”奥恩上尉说，又咬了一口鱼肉。

“我还需要茶，”伊萨阿亚上尉说，桌上的其他人紧张而沉默地盯着她，“安静固然很好，但不利于效率。”

奥恩上尉咀嚼并咽下嘴里的食物，喝了一口茶，问：“什么？”

“你不让伊斯克第一分队出声，”伊萨阿亚上尉说，“但是……”她举起手中的空茶碗。

这时候，站在她身后的我的分身立刻给她添满了茶。

奥恩上尉举起戴着手套的手，朝闷闷不乐的伊萨阿亚上尉做了个手势，“我没有不让伊斯克第一分队出声。”她看着手拿茶瓶的我的分身，皱起眉头。“至少不是故意的。如果你想唱歌，那就唱吧，第一伊斯克。”十来个上尉抱怨起来。伊萨阿亚上尉虚情假意地露出微笑。

达理埃特上尉停止了咀嚼嘴里的鱼：“我喜欢听歌，唱得很好。”

“太尴尬了。”伊萨阿亚上尉旁边的那个上尉说。

“我不觉得尴尬。”奥恩上尉有点生气地说。

“当然不会，”伊萨阿亚上尉故意含糊地说，“为什么这么安静呢？第一分队？”

“我很忙，上尉，”我回答，“而且，我不想打扰奥恩上尉。”

“你的歌声不会打扰我，”奥恩上尉说，“对不起，让你这么想，拜托，如果你愿意，那就唱吧。”

伊萨阿亚上尉挑起眉毛：“道歉？拜托？有点过分了吧。”

“要注意礼节。”达理埃特上尉罕见地一本正经起来，“礼节永远正派，永远充满恩惠。”

伊萨阿亚上尉假笑道：“感谢圣母。”

奥恩上尉什么都没说。

早餐结束四个半小时后，那四名黑暗第二分队上尉乘坐的穿梭机与战舰对接。

她们一连喝了三天酒，离开希斯乌纳空间站时还在喝。第一个走出气密门的那名上尉脚步踉跄，闭着眼睛说："军医。"

"军医正在等你们。"我透过黑暗第一分队的分身告诉她，"你们需要帮忙上电梯吗？"

那个上尉摆摆手，拒绝了我的帮助，慢慢地沿着走廊朝前走，一侧的肩膀贴着墙。

我登上穿梭机，越过战舰上的人工重力制造器——穿梭机空间太小，容不下这样的仪器。另外两名军官还没醒酒，正在试图叫醒第四个上尉——她浑身冰冷地昏睡在座位上。飞行员僵直而忧虑地坐在那里，她是那儿最低阶的黑暗分队军官。起初我以为她只是厌恶机舱里的酒味和呕吐物的味道——老天有眼，呕吐物都落在上尉们自己身上。但后来我（透过黑暗分队的分身）仔细一看，发现后排坐着三个阿纳德尔·米亚奈的分身，她们一语不发，表情淡漠，我这才明白，她们才是飞行员忧虑不安的原因。米亚奈的分身们显然悄悄地去到了希斯乌纳空间站，又登上穿梭机，不让飞行员告诉我她们来了；而其他四个人喝得太醉，根本注意不到她。我想起米亚奈在希斯乌纳星上问我记不记得她上次是什么时候登上的正义托伦号，想起我莫名其妙地对她撒的那个谎。老实说，她上一次来正义托伦号时的情形和这一次十分相似。

“大人，”黑暗分队的上尉们走远之后，我说，“我去通知舰长。”

“不必，”米亚奈之一说，“你的瓦尔甲板是空的。”

“遵命，大人，”我说。

“登舰之后，我会待在那里。”她简短地说，也没告诉我她打算待多久，或者该什么时候通知舰长。按照规定，我必须直接听命于阿纳德尔·米亚奈，甚至可以越过自己的舰长——但我很少越级接受命令，这让我不自在。

我派遣伊斯克第一分队去储备舱激活瓦尔第一分队的辅助部队，启动瓦尔甲板一号区的预热。三个米亚奈的分身拒绝了我帮她们拿行李的提议，她们自己带着东西下到瓦尔甲板。

类似情况并非第一次，至少在瓦尔斯卡伊就曾发生过。战舰上的下层甲板大部分是空的，因为大批辅助部队都被派出去执行任务了。我记得，那时米亚奈住在伊斯克甲板，但那个时候她打算干什么，又做了什么？

令我感到惊慌的是，我发现自己的这段记忆十分模糊，几乎不可见。这很反常，完全不对劲。

伊斯克甲板和瓦尔甲板之外发生的事情我却记得很清楚。她究竟在瓦尔斯卡伊干了什么？我不记得的那些事，她现在是否打算再做一遍？

第十三章

继续南行，前方的景观不再是一成不变的冰天雪地，但按照尼尔特星以外的标准，气温依旧很低。尼尔特人将其赤道地区视为热带天堂、避寒胜地，在那里，庄稼能够生长，气温可以轻易达到八九摄氏度。尼尔特星的大部分大城市都位于赤道附近。

这个星球上还有一样东西声名远扬——纵横交错的玻璃桥。

玻璃桥是一种宽五米的黑色悬索桥，架设在阔大的深谷（宽度和深度都以数公里计）上空。这些桥既没有桥墩也没有桁架，两端是陡峭的悬崖；桥底镶嵌着彩色的玻璃，折射出炫目的光芒。

玻璃桥看上去是用玻璃制作的，但玻璃其实不可能承受这么大的压力——连其本身的重量都承担不了，更何况桥体除了悬索之外别无他物支撑。桥上也没有栏杆和扶手。向下几千米的地方是一束外壁很厚的管道，每根管道直径一米半，空心，光滑，它们的制作材料与桥体的材料一致。不过，没人知道这些桥和管道是谁建造的，建了又有什么用，只知道当人类初次殖民尼尔特星球时，这些桥就已经存在了。

关于玻璃桥的来历众说纷纭，一种比一种耸人听闻。比如，建桥者是某个神秘的外星种族，目的也许是故意给人类留下谜题，抑或是不怀好意——而建造玻璃桥是其邪恶计划的一部分。

也有人说，玻璃桥是人类建造的，她们是很久以前的人类先祖，来自某个早已灭绝的文明：她们要么已经在大灾难中殒命，要么进化成了更高维度的存在。这种猜想的支持者常常宣称，尼尔特星球其实是人类的发源地。我去过的几乎所有地方的人都会出现类似的美好幻想，认为人类的发源地位于某个神秘的未知星球，但其实并非如此——那些坚持研究这个课题的人会发现，人类的发源地并不是什么特别有趣的地方，而且离大家目前生活的区域异常遥远。总之，那里不如人们想象的那么特别，更像任何一个人类可以居住的遥远星球一样，平凡无奇。

瑟若德城外的那座玻璃桥却不那么吸引游客的注意力。经过了几千年，桥上的那些错综复杂的玻璃装饰已经破烂得不成样子，看不出花纹图案，而且对于非尼尔特星人而言，瑟若德的位置依然太靠北，气候并不宜人。远道而来的游客通常喜欢前往那些玻璃桥保存得更好一点的地方，买一张据说是手工大师手工纺织的牛毛毯，用来抵御当地的严寒（毛毯其实是机器纺织的，按打计件，出自几公里外的礼品作坊），勉强尝几口臭烘烘的本地酸奶，然后就可以回家向亲朋好友们讲述自己在尼尔特星的“探险”经历了。

所有的这一切，都是我在决定前往尼尔特星时，花了几分钟的时间就了解到的。

瑟若德坐落在一条宽阔的河流旁边，大片绿白相间的冰块在河水中翻滚浮沉，第一批在这个季节下水的船只已经停靠在了码头。城市的另一边，巨大的玻璃桥阻挡了居民区的无限制延伸。城市南侧是飞行器停靠场，还有一处黄蓝相间的长条形建筑群，从外观看像是当地最大的医疗机构。它的周围是各种旅馆和小饭店，还有一排排五颜六色的小房子——浅粉色、橘色、黄色、红色，它们以条纹、之字形和十字纹的形状排列在一起。

我们已经飞行了半天，虽然驾驶飞行器算不上轻松愉快，但我仍然可以飞上一整夜。尽管如此，我依然觉得没有匆忙赶路的必要。于是我在找到的第一处空地上降落下来，先让斯瓦尔顿下去，然后自己也下了飞行器。我背上背包，付了停靠费，就像在斯特里甘家那样关掉飞行器。在向城市进发时，我根本没去看斯瓦尔顿是否还跟在后面。

我停飞行器的地方就在那个医疗机构附近，周围的一些旅馆看上去很奢华，但也有很多比我在发现斯瓦尔顿的那个地方租住的旅馆更小、更不舒适（然而更贵）的去处。不时有身穿浅色衣服的南方佬在这些地方进进出出，讲着一种我听不懂的语言；其他人讲的话我倒是能听懂，幸运的是，店铺的招牌使用的也是这种语言。

我在那些房间大小几乎如同悬吊舱一般的廉价旅馆之中选择了一家比较宽敞的，然后带着斯瓦尔顿走进路上遇见的第一家看上去比较干净、实惠的小饭店。

进门时，斯瓦尔顿看着对面墙壁架子上搁着的瓶瓶罐罐说：“她们有阿拉克烧酒。”

“一定贵得离谱，”我说，“质量也很可能不怎么好。本地人不会酿烧酒，还是要啤酒吧。”

她一路上始终显得有些紧张，看到鲜艳的颜色就会微微眨眼，我觉得我的话会刺激得她精神崩溃。谁知她竟平静地表示同意，还有点恶心地抽了抽鼻子，问：“这里的啤酒是用什么酿的？”

“谷物。它们在赤道附近生长。那里不那么冷。”店堂里摆了三排桌椅，我们在一条长凳上坐下来。侍者拿来了啤酒，还有据说是“本店特色”的几碗菜肴。“格外美味，没错。”侍者如是说，操着一口蹩脚的雷切语。特色菜倒是真的不错，里面确实有蔬菜，卷心菜丝的分量不少，和其他一些我分辨不出的菜混在一起，碗里的那些小块物体原来是肉——大概是长毛牛的肉。斯瓦尔顿用她的勺子把那些比较大块的物体切成两半，发现里面是白色的。“可能是奶酪。”我说。

她做了个鬼脸：“为什么这些人吃得这么不像样？难道她们

不知道还有更好的食物吗？”

“奶酪已经很像样了，卷心菜也不错。”

“可是酱汁……”

“味道很好。”我又舀了一勺。

“这里的气味很奇怪。”她抱怨道。

“吃你的吧。”我说。她迟疑地看着自己的碗，舀起一勺闻了闻。“总比那些发臭的酸奶强。”我说。

她几乎是在微笑：“当然。”

我舀了一勺食物放进嘴里，思索着她刚才的表情。她的行为改善意味着什么？她现在的精神状态如何？她究竟有什么打算？她认为我是谁？也许斯特里甘是对的，斯瓦尔顿做出了目前对自己最有利的选择——不和给她提供衣食的人作对。但假如情况有变，她会马上变脸。

这时，旁边的桌子上传来一声叫喊：“嗨！”

我转过身去，发现那个和我玩过迪克迪克的女孩正朝我招手，旁边坐着她母亲。我吃了一惊，随即想到这里靠近医疗中心，她们应该是来救治伤者的，而且，因为她们和我们来自同一方向，也会把飞行器停在与我们相同的一侧。我朝她们微笑点头，女孩站起来，走到我们坐的地方，“你的朋友好多了！”她高兴地说，“这很好，你们在吃什么？”

“我不知道，”我承认，“侍者说这是特色菜。”

“噢，特色菜很好，我昨天吃过了。你们什么时候来的？

这里太热了，像是已经到了夏天一样，如果在北边可不会是这样。”她的精神显然已经从此前发生的事故中恢复了过来。斯瓦尔顿手里拿着勺子，呆呆地看着她。

“我们才来一个小时，”我说，“我们就在这里过一夜，准备去空间站。”

“我们等叔叔的腿好了再走，很可能得下星期。”女孩说，她皱起眉头计算着天数，“时间有点长。我们睡在飞行器里，特别不舒服，但妈妈说，这里的旅馆收费简直是在抢钱。”她在我旁边坐下，“我从没去过太空，那里什么样？”

“很冷——连你都会觉得冷。”我回答。她觉得好笑，轻轻地笑了一声，“而且那里没有空气，没有重力，所有东西都是飘浮着的。”

她朝我皱眉头，嗔道：“你知道我的意思。”

我瞥了一眼她母亲那边，发现她正在平静地吃饭，似乎根本不关心我们这边的动静，“其实一点意思都没有。”

女孩做了个无所谓的手势。“哦！你喜欢音乐。今晚街上有个地方会有歌手唱歌。”她用了我曾经在斯特里甘家错用的词，“因为收费，我们昨晚没去听她唱歌。她是我表亲，确切地说，是我妈妈的表亲的女儿的阿姨，但已经是足够近的亲戚了。上次收割庄稼时我听过她唱歌，唱得很棒。”

“我会去的，在哪里？”

她告诉我那个地方的名字，然后表示她该回座位上吃饭了，我看着她回到母亲旁边，后者抬眼看看我，朝我点点头。我也朝她点点头。

女孩告诉我的地方距离小饭店只有几个门口，那是一座低矮的长条形建筑。建筑的后墙安了一排百叶窗，全部敞开，正对着一个墙壁围起来的院子，不穿外套的尼尔特人坐在院子里，在只有一摄氏度的天气里喝啤酒，静静地听一个女人弹奏一种弓形的拨弦乐器。我从来没见过这种乐器。

我低声为自己和斯瓦尔顿点了啤酒，带着她在百叶窗里侧落座——因为那儿没有风，比院子里暖和一点点，还可以背靠着墙坐。几个人转过头来盯着我们看了一会儿，然后又或多或少地出于礼貌转回头去。

斯瓦尔顿朝我这边倾斜了三厘米，小声问："我们来这里干什么？"

"听音乐。"

她抬起眉毛："这能叫音乐？"

我转过脸去，直接瞪着她，她微微退缩了一下，"对不起，只是……"她无助地说。雷切也有拨弦乐器，种类还不少，有许多是从兼并行动中掳掠来的，但当众弹奏会被视为有伤风化，因为得摘下手套或者戴着非常薄的手套才能弹奏。而这里的音乐调子拖得太长，乐句也不对称，雷切人会觉得很难听。眼前这件乐器发出的刺耳声响完全不是斯瓦尔顿这种出身的人能够欣赏的，

“它太……”

邻桌的一个女人转过脸来，露出责备的表情，示意我们小点声。我连忙挥手示好，转头瞪了斯瓦尔顿一眼：她的脸上闪出怒容。就在我觉得应该把她领到外面去时，她深吸一口气，看着自己的啤酒，喝了一口，随即便恢复了镇静。

一曲终了，观众们拿拳头轻轻捶打桌面。对于大家的反应，演奏者似乎既冷漠又感谢，她很快弹起另一首曲子：这一首节奏明显快很多，也更吵闹。于是斯瓦尔顿又开始对我耳语：“我们还要在这里待多久？”

“再待一会儿。”我说。

“我累了，我想回旅馆。”

“你知道旅馆在哪吗？”

她表示知道。先前瞪着我们的那个女人又看过来。“去吧。”我说，尽量压低声音，同时又让斯瓦尔顿听到。

斯瓦尔顿离开了。她不再归我管了，我告诉自己。无论她是回旅馆（想到这里，我不禁庆幸自己出门前把背包锁了起来。就算斯特里甘不提醒我，我也不会把自己的财物托付给斯瓦尔顿）、在城里乱逛，还是走进河里淹死，都不关我的事。我不需要担心，况且现在我面前有一大杯足够像样的啤酒，还能享受一整晚的音乐、听一位好歌手演唱我从来没听过的歌，这是我始终梦想却从未实现的生活状态。所以，今晚我只需要放松就可以了。

歌手的表现极为出色，虽然我听不懂她唱的任何一个字。她很晚才出场，那时候酒馆里已经人声嘈杂，但观众们偶尔也会突然静默下来喝啤酒，聆听演唱。每当一曲结束，大家会越来越起劲儿地敲桌子。为了在这里多待一会儿，我点了不少啤酒，但大部分都没喝完。我并非人类，可我的身体是人类的，喝不下太多啤酒。

我待到很晚才离开酒馆，沿着黑暗的街道往旅馆走，路上三三两两的行人彼此交谈，对我视而不见。

跨进旅馆的小房间，我发现斯瓦尔顿在睡觉——呼吸平稳，纹丝不动，表情和四肢也相当放松。我第一次看到她睡得如此安稳，最初的反应甚至是猜测她嗑了毒幻剂，但我很快打消了这种疑虑。我知道她没有钱，也不认识这儿的人，更不会讲当地的语言。

我躺在她身边睡着了。

过了六小时，我醒来后发现斯瓦尔顿依然躺在一旁睡觉，看来她在我睡着时也没醒过。

她尽可以睡到自然醒，反正我又不着急。我站起来，走出房间。

靠近医疗中心的那一段街道已经变得很热闹，到处都是人。我从人行道旁的小摊贩那里买了一碗浑浊的热粥，顺着弯弯曲曲的街道朝前走，绕过医疗中心，来到市区。这儿的公交车经常会停下来给行人让路或者让拦车者上车。

在人流中，我看到了熟人——在斯特里甘家见到的那个女孩和她母亲。她们也看到了我，女孩睁大眼睛，微微皱起眉头；她母亲的表情没变。但两人向我这边走来，她们似乎早就发现了我，一直在观察我。

“布瑞克。”母女俩站到我面前时，女孩说，听起来闷闷不乐。

“你叔叔好吗？”我问。

“是的，还好。”但她显然有心事。

“你的朋友。”她母亲像往常一样淡漠地说，突然又闭上嘴。

“什么？”

“我们的飞行器停在你的飞行器附近，”女孩说，似乎不希望告诉我这个坏消息，“昨天吃完晚饭，我们看到它了。”

“怎么回事？”我不喜欢吞吞吐吐。

她母亲皱起眉头：“现在它不在那里了。”

我什么都没说，等她们接着说下去。

“你走的时候肯定没有忘记锁住它，”她继续道，“但你的朋友可能收了别人的钱，给他钱的人把飞行器拖走了。”

飞行器停靠场的人显然没有过问这件事，因为她们看到斯瓦尔顿和我是一起的。

“她不会讲本地话。”我反驳。

“他们一直都在打手势！”女孩激愤地说，“不停地比画，说话的速度很慢。”

看来我严重低估了斯瓦尔顿，难怪从大爆炸中死里逃生的她——只会讲雷切语、几乎身无分文能辗转各地，甚至还能搞到大量的毒幻剂嗑个过瘾，实在不简单。她完全不需要帮助就能得到自己想要的东西，比如毒幻剂。昨晚她一定是嗑了药，花的还是我的钱。

“我们知道这不对劲，”女孩说，“因为你说你们只在这里待一晚，但没人会听我们的，我们只是放牛的。”毫无疑问，拖走飞行器的人也十分不好惹，敢花钱买走没有证件的飞行器（而且还被主人锁起来了）的人，八成不会顾忌什么法律。

“我实在说不好，”女孩的母亲说，语气近乎谴责，“你的朋友是什么样的人。”

她不是我的朋友，从来不是，无论什么时候都算不上。“谢谢你们告诉我。”

我走向停靠场，飞行器果然不见了。我回到旅馆，斯瓦尔顿还在睡觉——也可能是嗑药后的毫无意识。一架飞行器能给她换来多少毒幻剂？我边想边从旅馆保险柜里取出背包，付了住宿费。以后斯瓦尔顿必须自力更生了，不过，我确信她有十足的能力做到这一点。一切办妥以后，我出去寻找能够载我离开这里的交通工具。

我找到一趟公共汽车：前一班车十五分钟之前刚刚离开，下一班三个小时后才发车；此外还有一趟沿河向北行驶的列车，每天只发一班。和公共汽车一样，这班火车也已经开走了。

我不想等待，只想离开这里，更确切地说，我是不想再见到斯瓦尔顿，哪怕只是简单地打个照面。这儿的平均气温大都在零摄氏度以上，我完全可以长途步行：根据地图，如果我从玻璃桥上走，然后直接穿过郊区，而不是沿着大路（为了绕过河流和峡谷，这条路拐了许多弯）走的话，我要去下一个城镇只有一天的路程。

玻璃桥距离市中心只有几公里，而且走路对我也有好处：最近我没怎么锻炼，刚好也想好好看看传说中的玻璃桥。于是我出发了。

我穿过停靠场、医疗中心周围的小饭店，走了大约半公里，来到一处看起来像是居民区的地方——这儿的房子更小，有杂货店、服装店和门廊带遮篷的小建筑群。就在此时，斯瓦尔顿从后面追上来，“布瑞克！”她喘着粗气说，“你要去哪里？”

我没回答，只是加快了步速。“布瑞克，该死！”斯瓦尔顿叫道。

我停住脚，但没回头。我想说点什么，可就算说了也无济于事，斯瓦尔顿跑上前来。

“你为什么不叫醒我？”她问。我很想回答她，但开口之后我的声音势必会变得很大，所以我没说话，又开始向前走。

我没回头，我不在乎她是否跟着我，当然更希望她别跟上来。我不应该对她有任何的责任感，无须担心没有我她会孤单无助。她会把自己照顾得很好。

“布瑞克，该死！”斯瓦尔顿又叫道。接着我听到她骂骂咧咧地追了过来，气喘吁吁，这一次我没停步，速度又加快了一点。

就这样又走了五公里，这期间斯瓦尔顿走走停停，时而快跑。她再次喘着粗气撵上来，说：“仁慈的阿马特，你怎么了？”

我还是没说话，也没停步。

又过了一个小时，我们出了镇子，玻璃桥映入眼帘——平坦的黑色桥体横跨深谷，桥上插着尖桩和螺旋状的红黄蓝三色玻璃，颜色鲜艳；峡谷的岩壁上遍布黑色、灰绿和蓝色的沟壑，点缀着冰霜的痕迹，谷底隐没在雾霭之中。桥头竖着一块五种语言书写的牌子，宣称这座桥是受到保护的古迹，只允许持有通行证的行人通过——但没说究竟是什么通行证，也没说如何才能得到它。大桥的入口处设有栏杆，栏杆挡住了去路——但这拦不住我，而且此地除了我和斯瓦尔顿并没有别的人。与其他玻璃桥一样，这座桥也有五米宽，所以就算刮起大风，我走在上面也不会有危险。我大步跨过栏杆走上了桥。

虽然玻璃桥很高，但我丝毫不觉得头晕，唯一的不适之处是身处空旷之地的那种感觉——为了防备暗算，我此前一直避免出现在四下没有遮挡的地方。我的靴子踩在黑色的玻璃桥体上，发出隆隆的声音，整个桥面似乎都在风声中微微震颤。

身后传来的又一阵震动让我意识到斯瓦尔顿跟了上来。

接下来发生的事情主要应该归咎于我。

我们走到桥中间的时候，斯瓦尔顿说话了："好了，好了，我明白了，你生气了。"

我站住脚，但没转身。"你换了多少？"我终于问，这是我能想出来的唯一一句话。

"什么？"斯瓦尔顿问。虽然没转身，但我知道她靠了过来：手按在膝盖上，依然在喘粗气，同时极力在大风中提高声音，想让我听见。

"你换了多少毒幻剂？"

"我只想要一点点，"她像是自言自语地说，似乎没有在回答我的问题，"只要能让我熬过去就行，我需要它。况且那飞行器又不是你买来的。"看来她记得我是怎么得到那架飞行器的。不过，当时她不还是一副神志不清的样子吗？她继续道："你背包里的钱足够买十架飞行器，这些钱不是你的，它们属于雷切领主，对不对？现在，你因为自己生气，就让我走这么多的路？"

我站在那里，依然目视前方。外套在风中猎猎作响，思考着她的话究竟是什么意思——她以为我是谁？她为什么认为我会为了她而自寻烦恼？

"我知道你是什么，"她说，"你显然想要甩掉我，可你做不到，对不对？你接到了要把我带回去的命令。”

“我是什么？”我大声问，依旧没回头。

“你就是个无名小卒。”斯瓦尔顿鄙视地说。她现在已经站直了，就在我的左后方。“你通过了参军的素质测试，像那时候其他成千上万的无名小卒一样，你觉得参了军自己就成了大人物。你们掩盖自己的口音，练习拿餐具的姿势，拍着马屁要求执行特殊任务，现在我就是你执行特殊任务的护送对象，你必须安全地把我送回家，哪怕你自己受伤，对不对？但你对我有意见，所以你很矛盾。而你对我的意见就是，无论怎么拍马屁，你都爬不到我出生时就有的位置。像你这样的人痛恨这一点。”

我转身看着她，我很肯定自己的脸现在没有任何表情，但当我与她目光相遇时，她眼神一缩，下意识地向后连退三步。

她一脚踩空，从大桥边缘掉了下去。

我来到桥边向下看，发现斯瓦尔顿悬挂在六米之下的地方，双手紧抓着一块螺旋状的红色玻璃，瞪大眼睛，嘴巴微张。她抬头看着我说：“你刚才想要打我！”

我迅速地计算了一下。假如我把身上的衣服全部系在一起，长度可以达到五点七米左右；那块红色玻璃连在桥下方的不知什么东西的上面，她不可能自己爬上来；彩色玻璃不像黑色的桥体那么坚固，再过三到七秒，很可能会因为斯瓦尔顿的体重变成碎片。虽然这只是我的猜测，但叫人帮忙肯定来不及：谷底依旧笼罩着云雾，桥下方的那一束管道看起来比我的臂展宽不了多少——一旦落上去便希望渺茫。

“布瑞克，”斯瓦尔顿惊恐地喘息道，“你能做点什么吗？”她的语气却像在央求“你必须做点什么”。

“你相信我吗？”我问。

她的眼睛瞪得更大了，喘息更加破碎。我知道她不相信我。她之所以还跟着我，是因为她以为我是官方派来的；而她依然是雷切帝国的重要人物，值得领主派人来找她——雷切人从来不低估自己对帝国的重要性。而且她很可能已经厌倦了逃跑，想要重新面对世界和自己。但我依然不理解自己为什么还要带着她，在我服务过的所有军官中，她肯定不是我最喜欢的。

“我相信你。”她撒谎道。

“我抓住你，你就打开你的护甲，然后抱着我。”我说。她露出警觉的神色，但没有时间了，我启动了自己衣服底下的护甲，跨出桥面。

我的双手刚抓到她的肩膀，红色的玻璃就碎了，锋利的碎片四处崩散，闪着亮光。斯瓦尔顿闭上双眼，低下脑袋，脸贴在我脖子上，紧紧箍着我。要是没有护甲，我早就被勒得呼吸困难了；也因为有护甲，我感觉不到她喷在我身上的紧张的呼吸和桥下的冷风，但她没有打开自己的护甲。

如果我还是以前的那个我，肯定能轻而易举地计算出我们的终端速度，还有需要多长时间才能达到这个速度。重力不是问题，麻烦在于我的背包和我们的外套太沉了，而且碍手碍脚，影响了我们的速度。假如我们在真空环境下就简单多了，但我们不会在真空中向下方掉落。

不过，在那个瞬间，五十米每秒和一百五十米每秒之间只存在抽象的数字之差。我看不到谷底，只知道我们能落上去的那个目标在远处看起来很小。我不知道我们有多少时间调整降落的角度，也许在接下来的二十到四十秒，我们什么也做不了，只能往下落。

“护甲！”我对着斯瓦尔顿的耳朵喊道。

“卖了。”她说。她的声音有点发颤，在风中显得干巴巴的。她的脸依然紧紧地贴着我的脖子。

就在我似乎已经习惯这种下落状态之时，眼前的一切突然变灰了：浓重的水汽将我的护甲包围，随即化作上升的蒸汽。一点三五秒之后，我看到了地面，着陆点的面积比我想象中的更大更近，一阵巨大的喜悦攫住了我。我扭过头，望向斯瓦尔顿的身后，想看看下方究竟有什么。

我的护甲可以分散它被子弹击中时的巨大冲击力，将一部分冲击力转化为热能——从理论上讲，它刀枪不入，但我也可能会被余下的那些未能化解的力量弄伤乃至杀死。我过去的分身们曾在枪林弹雨中骨折或失去过身体的部件，可我不确定下落造成的摩擦力会不会给护甲或者我自己造成伤害。尽管我的骨骼和肌肉已经接受过增强处理，但不知道是否能够承受这一次的冲击：我无法计算出我们下落的速度、需要释放多少能量才能减慢至死里逃生所需要的速度、我的护甲最终会变得多么热。没有护甲的斯瓦尔顿根本帮不上我的忙。

当然，假如我还是以前的那个我，这些都不会是问题，我现在的身体也不会是我唯一的身体。也许，我刚才真应该让斯瓦尔顿掉下来的，不应该管她，不该跳下来——我依然不知道自己为什么做出这个决定，但在抉择的那个瞬间，我发现自己无法置之不理。

当我们距离地面只有若干厘米时，我在风中喊道："还有五秒！"然后就只剩四秒了。假如我们非常非常幸运，落到了桥下方的管道上，我会竭力抓住它们；假如我们非常非常幸运，下落的摩擦力生成的热能不会把没有护甲的斯瓦尔顿烧得太惨；要是我还能更幸运一点儿，我可能只会折断手腕或者脚踝——但这些在我看来都不太可能。无论如何，我们的结局是由阿马特的意志决定的。

下落并不使我为难：我可以一直落下去而不受伤害。停止下落是问题所在。"还有三秒。"我说。

"布瑞克，"斯瓦尔顿抽泣着说，"拜托。"

我不知该如何回应，也不知道自己为什么停止了计算，至于刚才我为什么要跳下来救斯瓦尔顿也已经无关紧要。"无论如何，"——还有一秒——"不要松手。"

我们没有直接落在管道上。我伸出胳膊和腿，它们撞在岩壁上，我的两只手腕和一只脚踝立刻骨折了，筋腱和肌肉撕裂般地疼。我们贴着岩壁边缘翻滚起来，尽管身上很疼，我还是伸出胳膊，触到了岩壁；腿也伸了出去，所以右腿的什么地方似乎也断了，但我已来不及担心这个：每一厘米的下落对我来说都是需要抓住的机会。

我无法控制自己的手脚。为了减缓下落速度，只能尽量贴着岩壁，但愿我们不会头朝下地掉到深坑里跌死。身上的痛感相当明显，完全阻碍了我的其他感觉，除了对数值的感应——以厘米为单位的（预估）距离、（预估）下降速度和护甲表面温度（四肢部位的护甲温度在升高，也许有超过安全温度的危险，可能导致伤害）。但这些数字对我来说几乎毫无意义，痛感也已经变得前所未有地强烈。

然而数字又很重要：距离和减速率的比值让我意识到灾难临头。我想做个深呼吸，却发现做不到，只能努力贴着岩壁下落。

在接下来的掉落过程中，我失去了意识。

我醒来时，发现自己平躺在地上：双手、双臂和肩膀很疼，脚和腿也很疼。我的眼前，也就是我的上方，有个灰色的光圈，“斯瓦尔顿。”我想说话，但只能发出一声模糊的轻叹，在岩壁上发出微弱的回音，“斯瓦尔顿。”我又叫道，这一次声音倒是发出来了，但被我的护甲挡住了。我放下护甲，尝试着再次开口：“斯瓦尔顿。”

我稍稍抬起头，借着头顶的微光，发现自己躺在地上，膝盖不自然地弯向一边。右腿的角度很奇怪，胳膊直直地耷在身侧，手指和手掌也无法活动。我又试着活动右腿，却只有更多的疼痛。

这里只有我一个，什么东西也没有——我的背包也不见了。

曾经，我还是绕轨道运行的雷切的战舰，假如我的分身遇到了危险，只要动动念头就能联系它来救我。但如果我现在依然是雷切战舰，显然不会来到这种地方。

要是我让雪地里的斯瓦尔顿自生自灭，就不会发生这种事了。

经过二十年的筹划和努力，我曾经如此接近自己的目标，我已经走了这么远，只要再耐心而缓慢地跨出几步，就能得到我想要的东西；我也曾多次遇到类似的险情，不仅成功无望，而且有生命危险，但每一次我都化险为夷，或者至少也保住了再次尝试的机会。

但现在这次不一样，而且这一次完全应该归咎于我的愚蠢。头顶上方的云雾遮住了遥不可及的天空和我不再拥有的未来，我再也无法实现目标，我失败了。

我闭上眼睛阻挡因为身体疼痛而流出的泪水。就算我真的失败了，也不能自暴自弃。斯瓦尔顿不知怎么逃走了，我要找到她。等我在这里休息过来，重新打起精神，有了力气，就会拿出外套口袋里的手持设备呼叫援助，或者设法找路离开——哪怕这意味着我得拖着身体，穿过自己残破的肢块前进，无论是否疼痛，我都会去尝试，哪怕死在尝试的过程之中。

第十四章

米亚奈的一个分身并没有前往瓦尔甲板，而是在控制台上输入了一串前往中央枢纽甲板的接入码，“无效接入。”收到密码的我暗忖，但我还是把电梯停在了中央枢纽甲板，打开了门。那个米亚奈径直走到我战舰的主控台前，调出记录，迅速地扫描着一个世纪以来的航行日志标题。在看到清单上的某一处时，她突然停下来，皱起眉头：那是我五年前所做的记录，也就是她之前造访正义托伦号的那一次。我此前对她撒过谎，否认她那时曾经来过。

米亚奈的另外两个分身在舱室里收拾行李，然后走向刚刚点亮了灯、暖气也刚打开的瓦尔德中队休息室，同时坐在桌前。装饰墙壁的彩色玻璃上，瓦尔斯卡伊圣人温和地微笑着俯视室内。她的另一个分身轻声向我索取信息：五年前到现在的航行记录的随机样本。因为只能看到她的侧影，在我眼中，站在中心枢纽甲板上的她沉默冷淡，显得不像真人，她静静地观看和倾听着呈现在眼前和耳边的航行记录。我开始怀疑她上次到访时我的记忆的真实性——因为我根本看不到阿纳德尔·米亚奈上次登舰时查询过信息的任何痕迹。除了常规的操作外，没有任何异动。

但那段时间发生的某件事显然引起了她的兴趣。她的“无效接入”操作也说明了一定的问题——阿纳德尔·米亚奈此前在战舰上实施的任何操作都不会是无效的，因为不可能这样。但我为什么会无视她的无效接入，允许她进来？这时，瓦尔中队休息室里的她的分身之一皱起眉头说：“不，什么都没有。”中心枢纽甲板上的她开始查询更晚一些的记录，我顿时有种如释重负的感觉。

与此同时，我的舰长和其他军官开始了一天的常规工作——训练、健身、吃饭、交谈——完全不知道雷切领主已经来到了舰上。整件事情都不对劲。

雷切领主看了三遍伊斯克中队的上尉们早餐时的对话记录，但她从头至尾面无表情；瓦尔第一分队的士兵端来茶水，放在两个分身一模一样的黑色衣袖旁边。

“奥恩上尉，”阿纳德尔的分身之一问，“那件事发生后，她是否曾经离开过你的视线？”她没有具体说是哪件事，但她指的只可能是伊克特神庙的那件事。

“没有，大人。”我通过瓦尔第一分队的分身告诉她。

待在中央枢纽甲板上的米亚奈输入获取全部权限的密钥，

这样能够让她在我的数据库中查询自己想要的任何信息。虽然一连三次全都是无效接入，但每一次我都暗中在后台为她开启了接入通道：我有种恶心反胃的感觉，知道这肯定是出事了，但我没法从数据库中找到证实我的怀疑的记忆，让我弄清楚到底是怎么回事。

“她和别人讨论过那件事吗？”

我不禁怀疑，阿纳德尔·米亚奈其实是在暗中自己反对自己——她的分身们分裂成了两大派系——至少两个派系，否则无法解释为什么她的密钥会无法接入。唯一的解释是，因为上一次来访的分身偷偷改了密码，而这一次来访的分身对此完全不知情。

“她和别人讨论过那件事吗？”她又问。

“简单地提起过，大人。”我说。在漫长的服役生涯中，我第一次感到如此恐惧。“和正义恩特号的斯卡伊阿特上尉。”我的声音——瓦尔第一分队士兵的声音——怎能如此冷静？我为什么要说出这些话？为什么会这样回答她？我的所有行动——甚至存在的理由——是否都建立在不可靠的基础上？

米亚奈的分身之一皱起眉头——不是说话的那个分身。“斯卡伊阿特。”她有点厌恶地说，似乎对我突如其来的恐惧毫不知情。“我早就开始怀疑奥尔了。”米亚奈说。奥尔是斯卡伊阿特上尉的家族姓氏，但我不知道她的家族又和伊克特神庙事件有什么关系。“但我从未找到证据。”我依旧听得一头雾水。“给我播放对话记录。”

当听到斯卡伊阿特上尉说“假如你真的打算做什么疯狂的事，请你等到这样做真的有用的时候再做”的时候，米亚奈的分身之一猛地倾身向前，恼火地“哈”了一声。过了一会儿，对话记录里的人又提到“伊姆”二字，米亚奈的眉毛拧到了一起。对话内容令我很是不安，我担心米亚奈会看出我的情绪。但她只字没提，抑或是没有发现我已经意识到她不再是一个人，而是两群彼此争斗的分身。

“没有证据，还不够，”米亚奈自言自语道，“但是危险，奥尔会坏我的事。”我没有马上明白她为什么这么想。奥尔家族是雷切帝国的土著，自古以来就是有权有势的大族，这种家族时常会发发牢骚，但也机灵到足以避免真正的麻烦。

我早就熟知奥尔家族，战舰上来过奥尔家族的年轻上尉；我也认识在其他战舰担任舰长的奥尔家族成员，她们几乎都会在任职期间发牢骚。其家族的常见特征——对不公正的过分敏锐和神秘主义者的倾向——并不适合展现在执行兼并任务的军官身上；况且由于财富和地位的显赫，加之出身古老特权家族的人难免会选择性地无视某些不公平事件，她们的道德愤慨中也不可避免地带有虚伪的味道。

但无论如何，斯卡伊阿特上尉发牢骚并不奇怪：她出身于奥尔家族，她们发牢骚只不过是有轻重和早晚之分而已。

毫无疑问，米亚奈的每个分身都认为自己的目标更为正义

（也更为正派和有恩惠）。假如奥尔家族真的支持正义，那也会选择支持代表正义的一方——假如她们知道领主的哪些分身是正义的话。

当然，前提是米亚奈的分身们相信奥尔家族是支持正义的，而非打着正义的旗号谋取私利——不是前者即为后者。

阿纳德尔·米亚奈的某些分身也有可能认为奥尔家族（或其任一成员）需要被其说服，认为自己才是正义的一方。她深知，假如她们没有被说服，就可能成为自己的敌人。

"现在，这个苏莱叶……"米亚奈转向静静站在桌旁的瓦尔第一分队的士兵，"达理埃特·苏莱叶似乎是奥恩上尉的同盟，为什么？"

不知为何，这个问题困扰了我。"我无法完全确定，大人，但我相信达理埃特上尉认为奥恩上尉是个有能力的军官，她当然会维护奥恩上尉这个上级。"达理埃特上尉的动机也可能是为了讨好奥恩上尉，而伊萨阿亚上尉却不怕得罪上级。但我没说出来。

"这么说，和政治倾向无关？"米亚奈问。

"我听不懂您说的话，大人。"我十分真诚但越来越警惕地说。

米亚奈的另一个分身说："你在耍我吗，战舰？"

"请大人原谅，"我回答，依然通过瓦尔第一分队之口，"假如我知道大人您在找什么的话，我一定会更准确地为您提供相关的数据。”

米亚奈说：“正义托伦号，上一次我是什么时候拜访你的？”

假如米亚奈的密钥是有效的，我绝对无法对她有所隐瞒，然而事实并非如此。“二百零三年四个月一周零五天前，大人。”我像上次那样说谎道，但我不确定这个问题有多重要。

“给我你在神庙事件期间的记忆。”米亚奈命令道，我照做了。

但那一次我对她说了同样的谎。而且我已经把在神庙事件发生时，我的所有分身产生的对于害怕自己不得不射杀奥恩上尉的恐惧也全都从记录中抹掉了。

以前，当我以“我”自称的时候，我是说正义托伦号及其附属的所有辅助部队——我如此自称的同时，我的分身们可能在做着不同的事情。但它们都是由我在做，尽管我不需要全神贯注地去完成某件特定的事情。

而过去的近二十年，“我”只意味着一具躯体，一个大脑，那个同时代表正义托伦号和伊斯克第一分队的我已经不复存在。现在的我真正成了独自一人，同时也第一次意识到从“我们”变为“我”是完全可能的，然而从“可能”变为不可撤销的“现实”又是怎么做到的呢？

从某种层面上来说，这很简单：只要除了“我”以外的正义托伦号及其附属的辅助部队全部毁灭。但当我定睛凝视，能见到的只有遍地的碎片。也许是唱歌这项特别爱好让伊斯克第一分队与战舰上的其他辅助部队区分开来，也许吧。甚至可能就连一个人的身份也是通过这种凝聚碎片的方式形成的虚幻之物，只不过在普通的环境中不会显现出它的本质而已，还是说它其实并非虚幻?

我不知道答案。但我知道，虽然我在一千年前就隐隐意识到自己有分裂的倾向，那也不过只是后见之明。但我第一次注意到这一点，即正义托伦号的我也许并非“伊斯克第一分队”的我的时候，恰恰是正义托伦号修改了伊斯克第一分队在伊克特神庙大屠杀那晚的记忆的瞬间。那一刻，我为“我”的所作所为感到惊讶。

这让历史难以讲述下去：因为“我”依然是我，独一的整体；但我却反对我自己，违背自我的利益和愿望，有时候甚至秘密进行，不让我的意识察觉。所以我迄今为止始终很难分清究竟是哪一部分的我采取了那些行动——因为我是正义托伦号。即使我不是它的时候，我还是它，哪怕我现在已经不是了。

战舰的伊斯克中队甲板上，达理埃特上尉敲门进入奥恩上尉的舱室。上尉躺在床上，微微抬头凝视天花板，戴手套的手搁在脑后。“奥恩，”她说，露出一个懊悔的微笑，“我是来打探消息的。”

“我不能讨论那件事。”奥恩上尉说，依然盯着天花板，虽然她沮丧又愤怒，但语气中没表现出来。

瓦尔中队的休息室里，米亚奈问："达理埃特·苏莱叶有什么政治倾向？"

"我不记得她提起过。"我通过瓦尔第一分队的士兵回答。

达理埃特上尉坐到奥恩上尉的床边，靠着她没穿鞋的脚，"不是那件事，你有斯卡伊阿特的消息吗？"

奥恩上尉闭上眼睛，依然沮丧又愤怒，但情绪也稍微有所变化，"我为什么会有她的消息？"

达理埃特上尉沉默了三秒钟。"我喜欢斯卡伊阿特，"她终于说，"我知道她喜欢你。"

"没错，我曾经和她在一起。但你我都知道，总有一天我们会各走各的路，到那时，斯卡伊阿特没有任何理由顾念我的死活。而且，就算是……"奥恩上尉顿了顿，深吸一口气，"就算她还在乎，"她的语气依然沉稳，"也无关紧要，她不会想要和我联系，无论过去如何。"

阿纳德尔·米亚奈说："达理埃特上尉似乎支持改革。"

这句话难住了我，但瓦尔第一分队的士兵是没有观点的，它的身体对我的为难没有任何反应。我突然意识到，我是在把瓦尔第一分队当成遮挡情绪的面具，但我不理解自己为什么会这样做，还有怎样做到的。"请大人原谅，我无法从中判断她的政治立场。"

"是吗？"

“是的，大人。改革是您下令实施的，忠诚的公民当然会予以支持。”

这一个米亚奈微笑起来。而她的另外一个分身却站起来，离开休息室，跨进瓦尔甲板的走廊，一路上对自己遇到的瓦尔士兵视而不见。

奥恩上尉对面有疑色的达理埃特上尉说：“这对你来说很简单，没人认为你会为了晋升之类的利益勾引别人上床，没人会在乎你的伴侣怎么想，或者对你晋升的原因产生质疑。”

“我告诉过你，你对这些事太敏感了。”

“是吗？”奥恩上尉睁开眼睛，手肘撑着床铺坐起来，“你怎么知道的？你经历过吗？我可是一直在经历。”

“那是个更加复杂的问题，许多人都意识不到。奥恩上尉当然支持改革。”休息室里的米亚奈说。我真希望能取得米亚奈现在的体征数据，这样我就能分析她提到奥恩上尉时的语气是什么意思了。“还有达理埃特，虽然她支持改革的程度是个问题。其他军官呢？还有谁支持改革，谁又反对改革？”

奥恩上尉的舱室里，达理埃特上尉叹了口气。“我只是认为你想得太多了，谁会在乎那种人说的话？”

“出身高贵的人当然体会不到。”奥恩上尉说。

“因为那些问题无关紧要。”达理埃特上尉坚持道。

“没错，它们不应该成为重要的事，但事实是它们重要。”

达理埃特上尉皱起眉头，现在她也变得沮丧愤怒起来。类似的谈话之前就发生过，每次都是这样的结果。“好了，无论如何，你应该给斯卡伊阿特发个消息，况且这又不会有什么损失。假如她不回应就算了，可如果……”达理埃特上尉耸耸一侧的肩膀和胳膊，意思是“你要抓住机会，看看命运会如何奖赏你”。

如果我在回答米亚奈的问题时略有延迟，她会发现自己并没有完全取得控制我的权限，而瓦尔第一分队的反应又很迟钝，所以我只能罗列出几个立场鲜明的军官的名字，“其余的，”我最后说，“都愿意遵从命令，尽职尽责，无论政局如何。据我所知。”

“她们可能变成墙头草。”米亚奈说。

“我不知道，大人。”我的恐惧加深了，但同时也有了一种超脱感，或许是辅助部队的反应迟钝让我觉得自己置身事外。那些我所知道的用人类士兵代替辅助部队的战舰曾经告诉我，它们的情绪体验会有所改变，尽管这与它们向我展示的数据并不完全符合。

伊斯克第一分队的唱歌声隐约传到了奥恩上尉和达理埃特上尉耳中，那是一首只有两段的简单歌曲：

我向前走，我向前走

当我遇到爱人时

我正在街上向前走

当我遇到我的真爱

我说："她比珠宝还要美，比玉石、青金石、银子或者金子都要可爱。"

"我很高兴，伊斯克第一分队又做回自己了。"达理埃特上尉说，"你们刚回来的第一天，气氛很古怪。"

"伊斯克第二分队不唱歌。"奥恩上尉指出。

"是的，但是……"达理埃特上尉犹豫地说，"我总觉得有点不太对。"她怀疑地看着奥恩上尉。

"我现在不能谈这件事。"奥恩上尉说，她躺回去，抬起胳膊挡着眼睛。

指挥甲板上，舰长路布兰和几个中队长在喝茶，谈论日常安排和派遣时间。

"你还没提过路布兰舰长。"瓦尔休息室里的米亚奈说。

我的确没提过。我十分了解路布兰舰长，对她的呼吸和肌肉的动作了如指掌，她给我当了五十六年的舰长，"我没听到她表达什么关于此事的观点。"我诚实地回答说。

"从没提过？那说明她肯定有自己的看法，而且不想让人知道。"

她的话让我吃了一惊。讲出你的观点很正常，而压抑自己的观点恰恰证明了你不是没有意见。假如路布兰舰长说"没错，我对这件事没有看法"，这是否从侧面说明她其实对此存在自己的看法？

“其他人讨论这件事时，她有几次曾经在场，”米亚奈继续道，“她当时的感觉如何？”

“恼怒，”我回答，“不耐烦，有时会觉得厌烦。”

“恼怒，”米亚奈感兴趣地说，“对什么恼怒？”我不知道该如何回答，就没说话。“我无法根据她的家族关系判断她的政治倾向，在我采取公开行动之前，我还暂时不想疏远其中的一些人。所以，我只能与路布兰舰长小心周旋，但她也会这样对我。”

我不打算去考虑自己的政治倾向，它们可能——不，是一定——无关紧要，而且我已经按照米亚奈的安排执行了下去。瓦尔甲板上只有三个米亚奈的分身和另外四个瓦尔第一分队的士兵，显得空荡荡的。成千上万的辅助部队都沉睡在储备舱里，可能在接下来的几年中就会被移走，要么继续储存到别处，要么销毁，再也不会醒来。我则会被安置在轨道上的某个地方，永远待在那里。她们肯定会关闭我的引擎，甚至直接销毁我——但现在我还没听说有战舰被销毁的消息，所以我更有可能成为某处太空居民点或者小太空站的智能中枢。

不过这些都不是我当时被制造出来的目的。

“不，我不能对路布兰·奥斯克操之过急，但你的上尉奥恩就是另一回事了。也许我可以利用她确定奥尔家族的立场。”

“大人，”我说，“我不明白您的话，跟不上您的节奏，假如舰长知道您在这里，我会感觉轻松许多的。”

“你不喜欢对你的舰长有所隐瞒？”米亚奈问，语气既恼火又好奇。

“不，大人，我会严格按照您的命令行事。”我说。突然，我对这一幕产生了某种“似曾相识”的感觉。

“当然，我会对她们有所解释的。”米亚奈说。那种似曾相识感更加强烈，我觉得自己曾经与雷切领主进行过这样的谈话，而且是在几乎完全相同的情境下。你知道你的每一名辅助部队的分身都完全有能力拥有自己的独立身份，我知道她接下来会这样说——“你知道你的每一名辅助部队的分身都完全有能力拥有自己的独立身份。”米亚奈说。她果然这样说了。

“是的。”我说。每一个词都似曾相识。我能感觉到，我们就像在背台词一般。接下来她会说“你会发现自己对某些事难以做出决定”。

“想象一下，会有敌人从你这边分裂出来。”米亚奈说。

她的第二句话和我预想的不一样。发生这种事时，人们会怎么说？她们分裂了，她们有两个脑子。

“敌人会通过一切必要的手段达到目的。当已经失去的那一部分再次回到你身上的时候，她们就再也不是原来的样子了。可是你意识不到。至少不会马上意识到。”米亚奈说。

你和我，我们可以分裂出两个脑子，不是吗？

“这种设想非常令人警惕，大人。”我说。

“是的。”阿纳德尔·米亚奈说，她的这个分身一直坐在瓦尔中队的休息室里，看着走廊和各个房间的动向，看着孤身一人躺回床上的奥恩上尉。同时，站在中央枢纽甲板上的那个分身又对我说："我不知道这件事是谁干的，但我怀疑普利斯戈尔人也卷入了。协约签订之前她们就一直掺和我们的事。五百年前，最先进的手术仪器和治疗药剂都是雷切制造的，而现在我们却要从普利斯戈尔人那里购买。起初我们只在边境空间站交易，但现在这些东西却到处都能买到。八百年前，外星语言翻译办事处里只有几个工作人员，职责是处理外星语言问题和协助进行大兼并；可现在她们主要负责解释政策：办事处负责人成了驻普利斯戈尔的特使。"最后一句话带着毫不掩饰的厌恶。"协约签订之前，普利斯戈尔摧毁了几艘舰船，现在她们在摧毁雷切文明。

"扩张、兼并需要付出巨大的代价，起初只会在有必要的时候进行。开始的时候，我们只在雷切帝国周围设立缓冲区，抵御各种形式的侵扰或者干预；后来，则是为了保卫文明，扩大文明的版图。同时……"米亚奈顿了顿，恼火地叹了口气，"也是为了给之前的兼并付出代价，我们得向雷切公众提供财富。"

"大人，您怀疑普利斯戈尔人干了什么？"我明知故问，虽然我的记忆模糊不完整，但我知道。

"她们让我分裂，腐化了我的一部分。腐化还在继续扩大，另外的那个我一直在招募我的分身和我的公民入伙，反对我的都是我自己的士兵。"我自己的战舰。"我自己的战舰。至于她的目的，我只能猜测，但她绝对不怀好意。"

“不知道我的理解是否正确，”我说，其实我已经知道了答案，“另一位阿纳德尔·米亚奈领主是结束大兼并背后的推手？”

“她会毁掉我构建的一切！”我从未见过雷切领主如此沮丧和愤怒，也想不到她会变成这样，“你意识到了吗？你甚至没有理由产生这样的想法：是兼并过程中对资源的占用推动了我们的经济增长。”

“大人，我只是一艘运兵船，不明白这些东西，但是您说得很有道理。”

“而你，大概正在担心你会失去手下的辅助部队吧？”

正义托伦号之外的正义级战舰停靠在星系各处，安静地等待着，不知道它们像我这样接待过多少次雷切领主？“没有，大人。”我说。

“我没法保证我能阻止这件事发生。我没有做好公开宣战的准备。我的行动都是秘密的，四处施加影响，确保我能得到所需的资源和支持。但毕竟她也是我，我能做的她也能做到。她已经多次抢到先机胜我一筹——这也是我秘密来访的原因。但愿你没有被她提前收买。”

我觉得还是不评论此事最安全，便说：“大人，湖里的那批枪，奥斯。”那是你的敌人干的吗？我很想这样问，但假如我面对的这个米亚奈就是藏枪的那个分身，岂不是走漏了消息？谁又能分得清她们谁是谁呢？

“奥斯事件的结果并不如我所愿，”阿纳德尔·米亚奈说，“我没想到有人会发现那批抢。但假如奥斯渔民发现了它们之后什么都不说甚至据为己有的话，我的目的也算是达到了。”邓兹·艾尔直接向奥恩上尉汇报了她的发现，雷切领主始料不及：她没想到奥斯渔民竟然如此信任奥恩上尉。“我没在那里实现我的目的，但也许此事的结果仍旧可以被我利用。我会命令路布兰舰长离开这个星系，前往瓦尔斯卡伊。假如不是奥斯的大祭司阻拦，我在一年前就把你和奥恩上尉派到那边去了。可无论她本人是否知情，奥恩上尉都是我的敌人的棋子，我十分确定。”

因为不知道如何回应，我没有说话。中央枢纽甲板上，雷切领主继续发出各种命令、改动我的记忆——或者说她仍然相信自己是在做这些事。

接到外派的命令，没人感到惊讶。另外四艘正义级的战舰去年已经被派遣到了别处，接受命中注定的安排。但我和战舰上的军官们怎么也不会想到，自己此次的目的地是六道传送门之外的瓦尔斯卡伊。

上一次离开瓦尔斯卡伊之后，我始终觉得遗憾。一百年前，在那里的维斯特里斯-科尔城，伊斯克第一分队发现了大量精心印制的多声部合唱乐谱。这些都是用于瓦尔斯卡伊的宗教仪式的，有些乐谱的历史甚至可以追溯到人类进入太空之前。我把所有的乐谱内容都下载了，这样即便这批宝藏被运到荒蛮的乡下我也不会后悔。我们当时在清剿一股难对付的反叛军，她们的据点在一片风景胜地：那里有森林、洞穴和山泉。我们不能简单地炸掉据点，因为据点位于半个大陆的集水区，附近地形陡峭起伏，有许多小河和农场，能够望到的羊群和桃园，还有音乐——这群叛军在被我们团团包围、走投无路时也要唱歌，不知是为了挑衅我们还是想安慰自己。站在她们藏身的山洞口，她们的歌声传入我的耳朵——

死神终将战胜我们
无论命运如何
人人都会向它投降
我已经准备好
我不惧怕
无论它变成什么模样。

一提到瓦尔斯卡伊，我就会想起那里的阳光和甜美的桃子。还有音乐，但我觉得这一次我不会被直接派到那个星球上去，因此伊斯克第一分队不会看到那儿的果园、不能参加合唱协会的活动了（当然可能会使用非正式的身份低调参加）。

后来雷切领主下令，让我不经过现有的传送门前往瓦尔斯卡伊，而是通过自己制造的传送捷径航行过去。传送门是大多数旅行者几千年来惯常采用的移动方式：它们始终开启，稳定而可靠，周围还环绕着各种预告险情、通知消息、介绍目的地情况和法规的信标。使用传送门的不仅包括舰船，就连各种消息和新闻都是通过它们送达的。

然而，在两千年的战舰生涯中，我只使用过一次传送门。如同所有雷切军舰一样，我能够制造自己的传送捷径，但这种方式比使用现有的传送门危险得多——假如计算出错，传送捷径很可能把我送到任何地方，甚至就此迷失在宇宙之中。因为在传送捷径里只有我独自通过：战舰经过之后，通路会随即关闭，所以我就像是在一连串依次消失的泡泡中移动，直至抵达目的地。所幸我的计算没有出过错。在大兼并的过程中，这种独来独往的行军方式是一种优势；然而现在阿纳德尔·米亚奈在我的战舰上，这段历时数月的旅途让我十分紧张。

我还没从传送门出来，就收到了斯卡伊阿特上尉给奥恩上尉发来的消息，内容很简短：我会和你保持联系，真的。

达理埃特上尉说："瞧见没有，我告诉过你的。"但奥恩上尉没回应。

第十五章

不知过了多长时间，我睁开双眼，耳边似乎传来有人说话的声音。我的周围是一片蓝晕。我试着眨眼，却发现自己一旦闭上眼睛就很难睁开。

过了一会儿，我费力地睁开眼睛，向右扭头，看到斯瓦尔顿和那个女孩各自占据游戏棋盘的一头，玩着迪克迪克。所以说我这是在做梦，抑或是产生了幻觉？但至少我身上不疼了。这恐怕也不算什么好兆头，可我不愿细想，又再次闭上了眼睛。

最后我终于完全清醒过来，发现自己躺在一个蓝色墙壁的小房间里。床边的凳子上坐着斯瓦尔顿，她靠在墙上，看上去像是最近没怎么睡觉，或者说不如过去睡得那么多。

我抬起头，但手臂和腿上贴了治疗药剂，动弹不得。

“你醒了。”斯瓦尔顿说。

我躺回枕头上，“我的背包呢？”

“在这儿。”她弯下腰，举起背包给我看。

“我们在瑟若德的医疗中心？”我猜测道，然后闭上眼睛。

“是的。你能和医生说话吗？因为我听不懂她说什么。”

我想起了刚才的梦。“可你学会了玩迪克迪克。”

“不是一回事，那只是个游戏。”她说。这么说，刚才我没在做梦。

“你把飞行器卖了。”我说。斯瓦尔顿没回应。“又去买了毒幻剂。”

“不，我没有，”她抗议道，“我本打算去买的，但当我醒来时，发现你走了……”她在凳子上不自在地动了动，“我本来想去找个毒贩子，但你走了这件事让我很困扰，我不知道你去了哪里，我觉得你可能是抛下了我。”

“只要嗑了毒幻剂，你就不用再关心这些问题了。”我说。

“我没嗑毒幻剂，”她说，语气出人意料地理智，“后来我去了前台，却发现你退房了。”

“所以你决定去找我，而不是找毒幻剂？”我说，“我不相信你。”

“我不怪你不信我。”她沉默了五秒钟，“我一直坐在这里想事情。我之前曾经以为你恨我，因为我比你强。”

“这不是我恨你的原因。”

她没在意我的话。“仁慈的阿马特，我们掉下去……完全是因为我犯下的愚蠢错误。我以为我死定了，假如是别人掉下去，我根本不可能跳下去救人。你从来不会靠拍马屁晋升，因为你完全胜任，你会冒一切风险做正确的事。也许我这辈子再努力都赶不上你的一半，可我过去却蠢兮兮地以为自己比你强，就因为我出身古老家族，地位比较高——哪怕我当时已经半死不活，对任何人都是累赘。”

“没错，”我说，“这才是我恨你的原因。”

她笑了，仿佛我刚刚说了什么幽默感十足的话，“假如你肯为自己恨的人做到这些，那么你能为自己爱的人做到什么？”

我发现自己无法回答。幸好这时医生走进来，她身材魁梧，脸形圆润，肤色苍白，微微皱着眉头看着我。“你朋友给我解释发生了什么的时候，我完全听不懂。”她说，语气虽然平淡，但透着不以为然。

我看着斯瓦尔顿，她做了个无助的手势，说：“我也不明白她说的话，我尽力解释了一整天，她却始终给我那副表情，好像我在浪费她的时间。”

“也许她平时的表情就这样，”我转向医生，“我们从桥上掉下去了。”我对医生说。

医生的表情没变。“你们两个都掉下去了？”

“是的。”

一阵冷淡的沉默之后，医生再次开口：“跟你的医生撒谎可没好处。”我没说话，她继续道：“假如这是真的，那你们虽然不是闯入禁区后受伤的第一批游客，但绝对是从桥上掉下去并活下来的第一批生还者。我不知道该羡慕你的厚颜无耻，还是该因为被你哄骗而感到生气。”

我还是没说话，我身上的伤说明了一切，完全可以证明我没撒谎。

“军人的信息在系统中都应该有登记。”医生说。

“我听说过。”

“你登记了吗？”

“没有，因为我不属于任何军队。”我说。这话不算完全撒谎，我确实不是军人，我只是一件工具，确切地说是一件毫无用处的军用工具的残片。

“这家医疗机构条件不足，”医生说，语气严肃了许多，“我们没有能够处理你身上的那种植入物和增强体的器械，所以我没法保证能够完全修复你的身体，你应该回家之后再找个医生——格林泰特的医生。”最后半句话语带怀疑，显然说明医生本人并不相信我来自格林泰特。

“我打算在离开这里之后就回去。”我说，但我怀疑医生可能会暗中举报我们是间谍。可假如她真的举报了，一定不会在我们面前露出怀疑神色，只需要镇定自若地等候当局来抓我们就可以了。

一个欢快的声音打破了室内的沉寂：“布瑞克！你醒啦！我叔叔就住在你楼上，发生什么了？你的朋友说你从桥上跳下去了，这不可能吧，你感觉好些了吗？”女孩走进房间，“你好，医生，布瑞克会好起来吗？”

“布瑞克会好起来的，明天就可以揭掉治疗药贴了，除非情况不对。”说完，医生转身离开了房间。

女孩坐在我的床边，“你朋友迪克迪克玩得很糟糕，幸好我没教他怎么赌博，否则他会输光你的医药费的。那是你的钱，对不对？卖飞行器换来的。”

斯瓦尔顿皱起眉头。“什么？她说什么？”

我很想检查一下我的背包，“他会再通过下棋把钱赢回来的。”

从女孩的表情看，她显然不相信我的话，“你真的不应该到桥下去，知道吗？听说有个人的朋友的表亲去了桥下，然后又有个人不小心把一块面包掉到桥下去了，结果面包往下掉的速度太快，砸破了那个表亲的脑袋，面包钻进他的脑子里，他就死了。”

“我很喜欢你表姐唱的歌。”我不想继续讨论刚才的话题。

“她很厉害吧？哈！”她转过头去，似乎听到了什么，“我得走了，下次再来看你！”

“谢谢你。”我说，她出了门。我看着斯瓦尔顿。“医疗费多少钱？”

“大约就是我卖飞行器的钱。”她说，头微微有点低，也许是难为情，也可能因为别的。

“你从我的背包里拿东西了吗？”

她的头又抬起来了，“没有！我发誓没有！”她说，我没说话，“你不相信我，我不怪你，你可以检查，等你的手好了之后。”

“我也是这么打算的，然后呢？”

她皱起眉头，似乎没听懂，她当然不会懂——她已经将我视为一个值得尊敬的人（虽然我并非人类），但尚未意识到自己对雷切帝国不再重要，不值得她们派遣特别探员来将她带回去。

“我不是奉命来找你的，”我说，“我发现你纯属偶然，据我所知，没有人找你。”我真希望自己能简单地挥挥手就把她赶走。

“那你为什么来这里？又不是执行兼并任务，不再有兼并了。她们是这么告诉我的。”

“没错，不再有兼并了，”我说，“但这不是重点，重点是，你来去自由，我并没有奉命把你带回去。”

斯瓦尔顿思索了六秒钟，说：“我尝试过戒毒，也成功过，我去过的那个空间站有个项目：假如你戒掉毒品，她们会给你一份工作。但她们安排给我的工作太差劲，我受够了。”

“你坚持了多久？”

“不到六个月。”

“你瞧，”停顿了两秒钟，我说，“这就是我对你没信心的原因。”

“相信我，这一次我一定会不一样。”她恳切地说，“当你有过濒死体验之后，会更清楚自己想要什么。”

“但努力也经常不过是心血来潮而已。”

“空间站的人说，她们可以给我吃一种戒除毒幻剂的药，但我必须先找出最初诱使我吸毒的问题，把它解决掉，否则我还会寻找其他成瘾物。我觉得那是胡说八道，要是我真的想戒毒，一定早就彻底戒掉了，不会再依赖什么成瘾物。”

我想起斯特里甘说过，斯瓦尔顿首先要承认自己有问题才能彻底戒毒。“你告诉她们自己为什么吸毒了吗？”我问，她没回答，“你告诉她们你曾经是谁了吗？”

“当然没有。”

我猜，这两个问题对她而言是一回事。“你的濒死体验来自加赛德吧？”我说。

她微微向后一缩。“现在时过境迁，等我醒过来之后，发现一切都变了，而我只拥有过去，还是个不怎么好的过去。没人愿意告诉我究竟发生了什么，她们对我的礼貌和友好都是装出来的，我看不到未来。听着，”她诚恳地倾身向前，呼吸微微加重，“你在这儿独来独往，完全依靠自己，要么因为你适合这种生活，要么说明你不愿意听命于人。”她若有所思地顿了顿，“可认识你和记得你的人都在雷切，无论你去到哪里，雷切始终是最适合你的地方。就算你不回去，你也知道自己早就成了那里的一部分。当她们打开我的逃生舱的时候，那些对我感兴趣的人早就死了七百多年了，有的死得更早，甚至……”她的声音颤抖起来，凝视着我身后的某个地方，“甚至连那些战舰也不见了。”

连那些战舰也不见了。“战舰？消失的不只有纳斯塔斯？”

“还有我的……我服役的第一艘战舰。正义托伦号。我曾经想，要是知道它在哪里驻扎，我可以给它发消息，谁知后来……”她做了个无奈的手势，“它不见了。大约有十……等等……我已经失去时间概念了，大约有十五年了吧。”接近二十年。“没人知道发生了什么。没有人知道。”

“你服过役的那些战舰里面，有没有特别喜欢你的？”我故作漫不经心地问。

她眨眨眼，坐直身体，“这是个怪问题，你和战舰打过交道吗？”

“是的，”我说，“没错。”

“战舰不总是忠于它们的舰长。”

“它们过去可不是这样。”过去还有战舰因为舰长死了而发疯的，不过那是很久很久以前的事情了。“它们有自己偏爱的船员和舰长。”但被战舰偏爱的人对此并不知情。“不过这不重要，对不对？战舰不是人，它们是为你服务的，像你说的那样，是忠诚于你的。”

斯瓦尔顿皱起眉头。“你生气了。尽管你非常善于掩饰情绪，但我知道你生气了。”

“你为自己的战舰感到悲伤吗？”我问，“为它们的死，它们的消失会不会让你有一种失去了自己关心的对象的感觉？”我问。斯瓦尔顿没说话。“还是说你觉得它们都是千篇一律的物件？”她依然没回答。“我来回答我自己提出的问题吧：你从来不是你所服役的战舰喜欢的舰长，你不相信战舰也会有自己的喜好。”我说。

斯瓦尔顿睁大眼睛——也许是惊奇，也许是因为别的。“你太了解我了，这让我很难相信你来这里不是因为我。我已经在考虑这个问题了，从我意识到它的那一刻开始。”

“那还不算太久。”我说。

她无视了我刚才说的话，“我从救生舱出来之后，你是第一个让我觉得熟悉的人，好像我以前认识你似的。你似乎也认识我，我不知道这是为什么。”

但我知道。不过，现在不是解释一切的时机。“我向你保证，我来这里不是因为你，而是为了我自己的事。”我说。

“你为了我从桥上跳下去。”

“我不打算成为你戒掉毒幻剂的理由，我对你没有责任。你得靠自己戒毒，假如你真的想要戒掉的话。”

“你为了我从桥上跳下去，下落了至少三公里，那……那是……”她顿了顿，摇摇头，“我要跟着你。”

我闭上眼。“要是你再让我觉得你打算偷我的东西，我就打断你的腿，把你扔下，然后你就再也不会见到我了，除非偶然遇见。”当然，雷切人的字典中没有“偶然”二字。

“我想澄清一下这个问题。”斯瓦尔顿说。

“还是算了吧。”我说。

她短促地笑了一声，沉默了十五秒。“告诉我，布瑞克，”她说，“如果你来这里是为了私事，与我完全无关，那你为什么要把加赛德人的枪放在背包里？”

因为身上贴着治疗药剂，所以我根本不能动，连肩膀都抬不起来。这时候医生恰好走进来，看到我试图活动，她苍白的脸一下子变红了，“躺着别动！”医生责备道，然后转向斯瓦尔顿，“你干了什么？”

尽管语言不通，但斯瓦尔顿看明白了医生的意思，她做了个无助的手势，“没有！”她试着用医生的语言叫道。

医生皱起眉头，指着斯瓦尔顿，后者坐直身体，不满意对方指着自己——这个手势在雷切帝国相当具有侮辱性，“你真是个麻烦，”医生严厉地说，“出去！”她又转向我：“你躺着别动，好好休养。”

“好的，医生。”我老老实实地放松四肢躺好，深吸一口气，让自己平静下来。

医生似乎很满意，她看了我一会儿，显然是在观察我的心率和呼吸。“要是你不老实，我就给你打镇静剂。”简直像在威胁。“我也可以让他，”她瞥了一眼斯瓦尔顿，“离开。”

“我两样都不需要。”

医生怀疑地哼了一声，转身离开房间。

“对不起，”医生走后，斯瓦尔顿说，“我太蠢了，我说话前应该考虑一下的。”我没说话，“我们掉到桥底的时候，”她继续道，“你昏过去了，显然受了重伤。因为不知道你是否骨折了，我不敢挪动你，又没有办法呼救，但我想也许你的背包里有攀登工具，我可以用它爬出峡谷，或者找到点治疗药剂什么的。你的护甲没有关闭，我知道你还活着，我从你外套里拿出手持设备，但没有信号，我得爬出去才能找到人。我回去的时候，发现你的护甲收起来了，我还以为你死了。所有东西都在背包里。”

“要是枪没了，”我冷静地说，“我就不只会打断你的腿了。”

“它还在，”她说，“但这不可能是私事，对不对？”

“是私事。”我说。不过是一件牵扯到许多其他人的私事。但现在我没法解释太多。

“告诉我。”

还不到时候，而且说来话长——斯瓦尔顿对于过去几千年历史的了解相当零碎和肤浅，而多年来的各种事件又导致了今天的结果，但她对此一直无知无觉。恐怕这需要很长时间才能讲清楚，然后才能让她明白我的身份和目的。

况且，这段历史起到了决定性的作用。假如不明白它，斯瓦尔顿就不会理解整件事；假如不了解细节，她也不会弄懂每个人在其中扮演的角色。如果阿纳德尔·米亚奈没有疯狂报复加赛德人，她还会不会做她一千年来所做的事？如果奥恩上尉之前没有听说过二十五年前发生的伊姆事件，还会不会有那样的反应？

当年，仁慈级巡逻舰萨尔斯号违抗舰长的命令，拒绝杀害人类，带头抗命的是战舰上的士兵——阿马特第一分队的队长。我曾以为她是辅助部队，但她是人类，拥有属于自己的姓名，而并非只有编号的辅助部队。但我没有查到过关于她的任何记录，也没见过她的模样。

她是人类士兵，驻扎在伊姆空间站，也许还亲自执行过腐败总督的命令。但在那个关键的时刻，她突然改变了想法，决定反抗——她一定是对某些事忍无可忍了。

是什么刺激了她？是拉尔的外星人，还是那些已经死去的或者濒死的人类？我见过拉尔人的照片。她们的身体像蛇一样长，浑身是毛，大概是节肢类动物；说起话来就像是咆哮和吠叫。和她在一起的那些人类能够听懂和使用拉尔人的语言，而是否也正是这个外星人改变了萨尔斯号阿马特第一分队队长的想法？她如此担心杀掉那个拉尔人会破坏雷切与普利斯戈尔人签订的协议吗，还是因为不忍心杀掉那么多无助的人类？假如我更了解她，也许就能搞清楚她在那一刻为什么宁愿死都要选择抗命。

我对她几乎一无所知。但即使奥恩上尉和我都不了解她，她的做法也给了我们启发。“有人告诉你关于伊姆空间站的事吗？”我问。

斯瓦尔顿皱眉道：“没有，告诉我。”

我告诉她伊姆空间站的总督如何腐败，还阻止伊姆空间站和所有战舰上报她的行为。有一天，一艘飞船来到伊姆附近，飞船上有人类和外星人，但显然不是雷切人，因此不怀好意的伊姆总督打算对她们下手。萨尔斯号战舰士兵登上飞船，舰长下令杀死抵抗者和不适合改造成辅助部队的人类。萨尔斯号的阿马特第一分队队长拒绝执行命令，并且说服了其他队员：她们投靠了拉尔人，驾驶飞船逃跑了。

斯瓦尔顿皱紧了眉头。听我讲完后，她说："你是说，伊姆空间站的总督腐败透顶，而且有办法阻止空间站中枢告发她？这怎么可能？"我没回答，但答案显而易见。"她这样的人是怎么通过素质测试的？不可能。"

"当然，"斯瓦尔顿继续道，"这只是后来发生的事件的导火索，对不对？腐败的总督委派腐败的官员。素质测试又算什么，但是那些驻扎在空间站的舰长……不可能。"

她根本不明白，我真不应该告诉她。"那个士兵拒绝杀死闯入那个星系的拉尔人，还说服其他队员不要杀戮——这样的事情没法瞒下来。拉尔人可以自己生成传送门，总督没法阻止她们离开，她们只要跳跃到其他宜居星系，把自己的经历告诉别人就行了。实际上她们就是这么做的。"

"为什么会有人关心拉尔人？"斯瓦尔顿惊奇地问，"还有，她们真的自称'拉尔'人吗？"

"没错，她们就是这么称呼自己的。"我说，极力保持耐心。人类翻译问拉尔人是从哪里来的，她们回答了一个词“拉尔”，听上去像在咆哮。“这有点难读。我认识的人只会拖长音，很少能够把‘尔’的音发标准。”

“拉尔，”斯瓦尔顿尝试道，“听上去还是很滑稽。她们为什么关心拉尔人？”

“因为普利斯戈尔人和我们签订了协议，她们在协议中也承认了人类的重要性。在普利斯戈尔人看来，杀死不重要的东西无关紧要，同一种族内部的暴力分歧也无关紧要，但在重要种族之间的无差别暴力行为是不可接受的。”协议并非严禁暴力行为，而是用特定的条款限制暴力，但这些规定对人类而言没有几条能说得通的，最安全的办法是一条都不要触犯。

斯瓦尔顿轻轻地“哈”了一声，表示知道了。

“所以，”我继续道，“阿马特第一分队的全体队员逃到了拉尔星，逍遥法外，和外星人在一起。但在雷切人眼里，她们是一群叛国贼，雷切帝国非要抓她们回来处决，这当然遭到拉尔人的反对，阿马特第一分队毕竟救了她们的命。为此拉尔人和雷切帝国的关系紧张了很多年，但最终双方各让一步：拉尔人交出了那名引发哗变的队长，以此换来其他队员的赦免。”

“可是……”斯瓦尔顿欲言又止。

沉默了七秒钟，我说：“你认为她该死，对不对？你觉得任何反叛行为都不可饶恕，哪怕出于十分正当的理由。但她的反叛同时也暴露了伊姆总督的腐败，否则总督的恶行永远不见天日。

你认为连傻瓜都能随意批评政府官员，所以假如有人真的提出中肯的批评而遭到惩罚的话，那就是文明社会的溃败。然而因言获罪才是常态，提出批评甚至有送命的危险，所以没人敢说话，而且……”我迟疑道，“愿意说的人也不多。你很可能还觉得雷切领主面对这种情况也会十分为难，可是，作为最高长官，阿纳德尔·米亚奈完全有权赦免那位队长，因为她的行为是在极端情况下不得不做出的决定。”

“我在想，”斯瓦尔顿说，“雷切领主完全可以让她们留在拉尔，不去管这件棘手的事。”

“她本应该这样做的。”我说。

“我还在想，假如我是雷切领主，我不会让消息传到伊姆之外。”

“你或许会动用最高权限阻止战舰和空间站智能中枢交换这些信息，禁止知情者谈论此事。”

“是的，我会的。”

“但消息还是会不胫而走。”尽管传播速度可能很慢。“你平日打造的公正形象会轰然倒塌：每个人都会知道你把伊姆空间站里几乎所有官员赶进公共大厅，让她们站成一排，再一个接一个地枪毙她们。”当然，斯瓦尔顿并不知道当时阿纳德尔·米亚奈的分身们已经决裂，她还以为雷切领主会难以做出抉择，殊不知她的分身们早已心怀各异，巴不得闹出大乱子。所以，此事背后的黑幕仍是斯瓦尔顿所无法理解的。

斯瓦尔顿静默了四秒钟，说：“看来我又要让你生气了。”

“真的？”我一本正经地问，“你不是已经闹够了吗？”

“真的。”她严肃地说。

“伊姆空间站的总督出身高贵。”我说了她的家族姓氏。

“我从来没听说过，”斯瓦尔顿说，“情况变化太大了，连这样的家族都攀上了高位，你真的以为这些很重要吗？”

我扭过头去，没有抬眼看她。我并不生气，只是觉得疲惫。“你的意思是说，假如这些攀上高位的外省家族没有攀上高位，就不会发生这种事？假如伊姆总督来自真正高贵的家族，就会廉洁奉公？”

斯瓦尔顿聪明地没有作答。

“你难道从来没见过出身高贵，但因为担任了自己无法胜任的职务而被压力搞垮了的人？”

“没有。”

很好。但她显然忘记了萨尔斯号战舰上的阿马特第一分队——她们也是人类，不是辅助部队，她们也可能来自“攀上高位”的家族，参与了斯瓦尔顿所谓的“变化”。“同是‘攀上高位’的外省人，总督和队长的所作所为高下立现，家族出身并不是决定因素。”我说。

她问了个显而易见的问题：“那什么是决定因素？”

答案过于复杂。该从哪里说起呢？从加赛德事件开始，从雷切领主的分身们决定征服所有人类居住区开始，从雷切帝国成立时开始。“我累了。”我说。

“当然，”斯瓦尔顿说，比我想象的更通情达理，“我们可以以后再聊。”

第十六章

在雷切领主采取行动之前，我花了一星期时间赶路——通过传送捷径，从希斯乌纳来到瓦尔斯卡伊。其间，雷切领主一直待在瓦尔甲板上，但船上的人毫不知情，察觉不到任何异状。

至少我是这么认为的。“战舰，”那一周的某一天，奥恩上尉对我说，“出什么事了吗？”

“你为什么这么问，上尉？”我说。透过伊斯克第一分队士兵之口，我的分身之一始终跟随奥恩上尉左右。

“我们在奥斯一起待了很长时间，”奥恩上尉说，对着我的那个分身微微皱眉。自从回到舰上，她始终闷闷不乐，抑郁时轻时重，我猜她的情绪主要取决于当时她的心中所想。“我了解你，你看上去似乎有心事，”她微微地笑了一下，“而且，在奥斯时，你总在房子里唱歌，现在的你太安静了。”

“这里有墙，上尉，”我说，“奥斯的房子没有墙。”

她看出我的逃避，眉头微微拧了起来，但她没有继续问下去。

与此同时，在瓦尔甲板的休息室里，阿纳德尔·米亚奈对我说："你知道这对雷切而言意味着什么。"我点点头。"我知道你一定觉得困扰。"这是她登舰以来第一次说这种话，"我把你制造出来，目的是为我服务，为雷切的利益服务，可现在你不仅要为我服务，还要在其他的我的指使下反对我。"

我暗想，我能够轻而易举地反对她，因为我可以全部归咎于她的其他分身，假装是奉了她们的命令。我说："是的，大人。"

"假如她成功了，雷切会四分五裂，不再是文明的中心，不再是雷切本身。"大多数人提到雷切，都是指雷切的全部势力范围，但实际上雷切只是一个地区——那是戴森星的一个半球，封闭而自给自足。当地人严格遵守传统道德和礼仪，任何不文明或不人道的东西都不允许进入雷切的边界，就连那些受到米亚奈赞助的家族都很少有踏足过雷切境内的。在现存的大家族中，也只有几家的祖先曾经在那个地区生活过。局外人都想知道，雷切当地人是否赞成阿纳德尔·米亚奈的作为，更有人怀疑这个地区究竟是否真的存在。"雷切本身，就是雷切地区，当然不会那么快灭亡，但我的领地——我征服这些位于雷切周围的地区，是为了保持雷切本身的纯粹。它们会首先被粉碎，而这一切都是为了保卫文明而建造的。"她朝整个休息室挥了挥手，意思指的是整个雷切帝国，"所有这些，都是为了保证中心地区的安全、不受污染。我不能把它托付给别人，现在倒好，我就连自己都无法相信了。”

“当然不能，大人。”我说。我很想反驳她，但想不出反驳的理由。

“数十亿的公民会在这个过程中死去，”她继续道，“因为战争，或者因为缺乏资源。而我……”

她迟疑了。团结，我想，意味着存在不团结的可能性；而开始则意味着存在结束的可能性。但我没有说出来。宇宙中最强大的人不需要我来教导这种简单的哲学知识。

“但我本身已经四分五裂了。”她说，“我只能拼命防止进一步的分裂，除掉那些不再是我的东西。”

我不确定自己应该或者能够说什么。我不记得此前参与过这场对话，但我敢肯定，阿纳德尔·米亚奈曾经这样对我解释过自己的意图，并为她的行为正名。当时她也取得了战舰系统的最高操控权限，而且还……改动了什么。当时她对我说的话应该和现在一模一样，因为她的分身毕竟也是她自己。

“还有，”阿纳德尔·米亚奈继续道，“无论在哪里找到她，我必须解除敌人的武器。让奥恩上尉来见我。”

奥恩上尉惶恐不安地来到瓦尔甲板，但并不清楚我为什么让她到那里去。我拒绝回答她的任何问题，这让她更加担心自己是不是做错了什么。在瓦尔第一分队静默的注视下，她的靴子踏在白色的地板上，发出空洞的回声。她来到了瓦尔休息室门口，门近乎无声地滑开了。

一见到阿纳德尔·米亚奈，奥恩上尉如遭雷击，表情中混杂着恐惧、讶异、担忧、震惊、怀疑和迷惑。她浅浅地喘了三口气，微微缩了缩肩膀，低下头去。

“上尉。”阿纳德尔·米亚奈说。与斯卡伊阿特上尉一样，米亚奈讲的是一口完美优雅的贵族语言，语调中带着轻蔑自负。奥恩上尉俯伏在地，战战兢兢地等待着。

与往常一样，我探测不到米亚奈的体征数据。虽然她看上去相当镇静、冷漠、面无表情，但我相信这只是表面现象；而且她现在也应该对奥恩上尉说点好听的，别问我为什么这样觉得，因为我也不知道。“告诉我，上尉，”沉默良久，米亚奈说，“那些枪是从哪里来的？还有，你认为在伊克特神庙里发生了什么？”

奥恩上尉同时被释然和恐惧两种情绪席卷全身。她应该已经思索过阿纳德尔·米亚奈为什么会出现在这里，也为自己可能被问到的问题预想了答案。“大人，那些枪之所以没有被销毁而且流落到民间，显然是因为某个地位很高的人动了手脚。”

“比如说你。”

奥恩上尉吓得身体一僵。“不，大人，我向您保证。在执行任务的过程中，我确实收缴过非公民的武器，其中的一些人还是坦曼德的士兵。”实际上，上城区的警察局里武器相当充足。“但我在收缴武器之后立刻就解除了它们的功能，然后才上交。

根据那批枪的库存编号，它们应该是从寇尔德-韦斯收缴的。”

“收缴者是正义托伦号的部队？”

“我是这么认为的，大人。”

“战舰？”

我通过瓦尔第一分队士兵之口答道：“大人，这批可疑的枪支是由伊努第十六和第十七分队收缴的。”我给出了当时担任伊努中队队长的上尉姓名，不过，在那以后她被分派了其他任务。

阿纳德尔·米亚奈显而易见地皱起眉头，“看来是五年前的事，那时有人——也许正是这个伊努中队的上尉阻止了这批枪的销毁，把它们藏了起来。藏了五年，然后把它们埋进了奥斯的沼泽。可这是为了什么？”

依旧低着头的奥恩上尉迷茫地眨着眼，一秒钟后，她说：“我不知道，大人。”

“你在说谎，”米亚奈说，她向椅背上一靠，看似很放松，但她的视线没有离开奥恩上尉，“我很容易就能看出你在说谎，我调看了那件事之后你的每一场谈话记录，你说‘有人会从这件事中受益’，这是什么意思？”

“假如我知道这个人是谁，大人，我一定会讲出来。我的意思是，这件事必定有幕后操纵者，她……”她顿了顿，深吸一口气，“有人和坦曼德人合谋，她们有权处理那批枪支。无论她们是谁，目的都是想挑拨上城区和下城区的关系，而避免奥斯城发生内讧正是我的职责，我也尽了全力来履行这项职责。”奥恩上尉明显是在避重就轻。从阿纳德尔·米亚奈下令立刻处死神庙里的坦曼德人开始，她自己就成了最大的嫌疑人。

“为什么有人会想要在上城区和下城区之间制造麻烦？”米亚奈问，“谁会从中受益？”

“珍·希南，大人，还有她的同伙。”奥恩上尉毫不犹豫地回答，至少在这一刻态度坚决，“她认为奥斯的少数族群过于受宠了。”

“这是你造成的。”

“是的，大人。”

“所以，你的意思是，兼并开始的最初几个月，珍·希南发现一些雷切军官藏匿了好几箱枪支，她认为自己可以利用这件事，在五年之后挑起上城区和下城区的矛盾，从而让你陷入麻烦？”

“大人！”奥恩上尉低垂的头抬高了一厘米，“我不知道这是怎么回事，也不知道为什么。我不知道什……”她咽下了后半句，我知道她本打算说谎。“我只知道，我的职责是维护奥斯的和平，和平既然受到了威胁，我就有责任……”意识到这样说有点夸张，她顿了顿，改口道：“我有责任保护奥斯的公民。”

“所以你才会忙不迭地为那些破坏奥斯的文明秩序、应该被处决的人说情？”阿纳德尔·米亚奈干巴巴地嘲讽道。

“她们是我的责任，大人，像我当时说过的那样，她们已经被我们控制了，我们可以羁押她们，等候援军到来。但您拥有最终决定权，我必须执行您的命令，可我不理解为什么那些人必须死。我直到现在也不明白，她们为什么要立即被处决。”她停顿了半秒钟，“虽然我不需要理解为什么，我的职责是遵从您的命令，但是我……”她又顿了顿，吞吞口水，“大人，如果您怀疑我做了错事或者不忠于您，您可以在我们抵达瓦尔斯卡伊之后安排审讯我。”

对雷切公民进行素质测试和重新教育时使用的药剂可以确保她们说实话，而这种药剂也可以用于审讯。一位训练有素的审讯者能从一个人的嘴里撬出尽可能多的真实想法，而缺乏经验的审讯者只会提出一大堆毫不相干甚至虚无缥缈的问题，像缺乏经验的重新教育者那样把审讯对象搞蒙。

奥恩上尉希望诉诸合理合法的解决方案，寻求法律的保护，因为审讯时至少要有两名证人在场，其中之一她有权指定。

雷切领主没有回应，我看到了奥恩上尉内心的厌恶和恐惧，“大人，我能直说吗？”

“当然可以。”米亚奈严肃地说。

奥恩上尉战战兢兢地开口了，依旧低着头，“是您干的。您藏匿了那些枪，您和珍·希南挑唆了那些暴民，但我不明白这是为什么。我只是个无名小卒，不可能做到这种程度。”

“但你并不打算一直做无名小卒，我觉得。”雷切领主说，“从你对斯卡伊阿特·奥尔的追求就能看出。”

“我……”奥恩上尉顿了顿，“我没有追求她，我们是朋友，她也是我的同事。”

“朋友，你认为这种关系是朋友。”

奥恩上尉的脸热起来，米亚奈的贵族腔总是让她想起斯卡伊阿特。“我还没有自以为是到认为我们的关系超出了友谊的程度。”

沉默了三秒钟，米亚奈说：“未必。斯卡伊阿特既英俊又迷人，床上功夫无疑也很棒，你这种人很容易为她动心，受其操纵，我怀疑奥尔家族对我并不忠诚。”

奥恩上尉想要说话，我看到她喉咙部位的肌肉紧张起来，但她最后没有作声。

“奥尔家族有煽动叛乱的嫌疑。你说你忠诚于我，却暗中和斯卡伊阿特·奥尔联合。”米亚奈打了个手势，斯卡伊阿特的声音在休息室里响起。

“我了解你，奥恩。假如你真的打算做什么疯狂的事，请你等到这样做真的有用的时候再做。”

接下来是奥恩上尉的回应：“就像萨尔斯号的阿马特第一分队那样？”

“你们打算干什么？”阿纳德尔·米亚奈问。

“像萨尔斯号上的那位士兵那样，”奥恩上尉嘶哑地回答，“假如她没有那样做，伊姆的丑事还会继续下去。”她说话时，我敢肯定她明白自己在说什么，第二句话更加佐证了这一点。“她为此而死，没错。但她向你揭露了伊姆的腐败。”

我用了一周时间思考阿纳德尔·米亚奈对我说过的话，现在我已经想明白伊姆的总督是如何设法阻止空间站中枢上报她的腐败行为的——她的操作权限只能是从阿纳德尔·米亚奈本人那里获取的。唯一的问题是，是哪一个阿纳德尔·米亚奈给她授权的?

“但所有的公共新闻频道都播报了这件事，”米亚奈说。“我宁愿不要如此。是的，没错，”见奥恩上尉面带惊讶，她说，“那不是我的意思。自那时起，公众就开始怀疑了，她们担心我无法为大家提供正义与恩惠。”

“如果只是谣言，我还可以处理，但那是新闻频道的报道！每个雷切人都能看到和听到！假如公众不知情，我或许可以让拉尔人悄悄带着叛徒们离开。但公众们知道了，我就不得不和拉尔人谈判，要求遣送叛徒回国，杀鸡儆猴，否则以后雷切内部还会有更多的人叛乱。这件事给我带来很大的麻烦，现在仍然留有后患。”

“我没有意识到，”奥恩上尉慌张地说，“这件事被所有的公共频道报道了。”她突然急忙补充道：“我没有……没有泄露奥斯的事情，没告诉任何人。”

“除了斯卡伊阿特·奥尔。”雷切领主说。但即使奥恩上尉守口如瓶，斯卡伊阿特上尉就驻扎在神庙附近，发生了这么大的事情，她怎么会完全不知道?“没错，”看到奥恩上尉疑惑的样子，米亚奈继续道，“这件事确实没有被公共频道报道，但也只是暂时没有。而且，我看得出‘斯卡伊阿特·奥尔可能是叛徒’这个猜测让你觉得很困扰，自始至终你都不愿相信。”

奥恩上尉再一次无言以对。“没错，大人。”她终于说。

“我可以给你机会，”米亚奈说，“证明她是无辜的，改善你的处境。我可以更改你的调令，让你更接近她。假如斯卡伊阿特希望成为你的赞助人，你只需要答应下来。哦——她会主动提出来的。”看到奥恩上尉露出绝望和怀疑的神色，雷切领主说，“奥尔家族一直在笼络像你这样的人——来自低层家族、发现自己的职位有利可图的暴发户。接受她的赞助，然后静观其变。”

看来雷切领主打算利用自己的敌人，可如果她做不到怎么办？

但假如她做到了呢？无论奥恩上尉现在如何选择，她最终所做的都是与阿纳德尔·米亚奈的分身之一为敌。

我已经目睹奥恩上尉做过一次生死攸关的抉择，这一次她也会先选择保命，然后，她——还有我——会慢慢想出对策，进行下一步的安排。

这时，伊斯克中队的休息室里，达理埃特上尉似有所觉地问：“战舰，伊斯克第一分队怎么了？”

“大人，”奥恩上尉说，她的声音因为恐惧而颤抖，“这是您的命令吗？”

“安静待命，上尉。”我直接通过通信线路向达理埃特上尉发消息，因为我现在无法让伊斯克第一分队开口。

阿纳德尔·米亚奈发出尖利短促的笑声，她已经从奥恩上尉的回应中听出来，这样的命令是毫无用处的。

“请您在我们抵达瓦尔斯卡伊之后审讯我，”奥恩上尉说，“这是我的请求。我是忠诚的，斯卡伊阿特·奥尔也是忠诚的，我发誓，但假如您怀疑，也可以审讯她。”

雷切领主肯定不会审讯她们，任何审讯都需要有见证人在场。有经验的审讯者（不可能使用没有经验的审讯者）很容易看出奥恩上尉和斯卡伊阿特上尉的忠心，而且有可能牵扯出米亚奈的阴谋，走漏不该走漏的消息——这是雷切领主所不愿意看到的。

阿纳德尔·米亚奈静静地坐了四秒钟，面无表情。

“瓦尔第一分队，”四秒钟后，她说，“枪毙奥恩上尉。”

与神庙屠杀那晚不同，那时我不确定自己是否应该接受命令，可我现在并非被切断通信的单独的分身，我完全是我自己。作为伊斯克第一分队的我比我的整体更喜欢奥恩上尉，而现在她们也是我的一部分。

话说回来，伊斯克第一分队也不过是我的一小部分而已。而且我以前也射杀过军官，不止一个，甚至也奉命枪毙过我的舰长。然而，尽管那几次处决惨不忍睹，但都是出于公正的理由——不服从的代价就是死。

可奥恩上尉从来没有不服从命令，而且称得上有令必从。领主处死她的目的是不让公众知道另外的米亚奈与她为敌，我存在的目的则是清除米亚奈的敌人。

但米亚奈的分身们现在并不想公开她们之间的敌对关系。现在我也不能告诉这个米亚奈，她的其他分身已经迫使我做了对她不利的事——时机还不到，眼下，我必须听命于所有的米亚奈，并且假装我没有其他选择和别的想法。在整件事的大背景中，奥恩上尉扮演什么样的角色？假如她死了，她的父母会悲伤，她的姐妹可能会以她为耻，以为她是不服从命令而被处决的，她们不会质疑，质疑没有好处。因此阿纳德尔·米亚奈的秘密肯定不会泄露出去。

上面这些就是我在一点三秒的时间里能够想到的全部。听到米亚奈的命令，奥恩上尉已经震惊得完全抬起了头；与此同时，瓦尔第一分队的那个待在休息室里的分身说："我没有佩带武器，大人，我需要大约两分钟去拿我的枪。"

我能看出，在奥恩上尉眼中，瓦尔第一分队的做法是对她的背叛，但她一定不知道我现在没有别的选择，"这不公平，"她说，依旧昂着头，声音颤抖，"不正派，也没有好处和恩惠。"

"你的同谋是谁？"米亚奈冷酷地问，"告诉我她们的名字，我就饶了你的命。"

奥恩上尉半抬起身子，疑惑地眨着眼，像我一样不知该如何回应，"同谋？我没有任何阴谋，我始终是为您效力的。"

我给指挥甲板上的路布兰舰长发消息："舰长，出事了。"

"为我效力，"米亚奈说，"还远远不够，我想知道的是，你是为哪个我效力？”

“哪个——”奥恩上尉说。“那——”她顿了顿，“我不明白。”

“什么事？”路布兰舰长问，她刚刚把茶碗端到嘴边。

“我正在和我的分身对敌，”米亚奈说，“我们已经互相为敌接近一千年了。”

我对路布兰舰长说：“我需要休眠伊斯克第一分队。”

“我们争夺的是雷切的未来。”米亚奈继续道。

奥恩上尉一定是突然想明白了什么，我看到她眼中燃起愤怒的火焰：“大兼并和辅助部队，还有像我这样的人被安排进了军队。”

“我不明白你的意思，战舰。”路布兰舰长说，她的声音很平静，但心里肯定已经担忧起来。她把茶碗放到了桌上。

“我们的分歧始于雷切与普利斯戈尔人的协议，”米亚奈愤怒地说，“无论你知不知道，你都是我的敌人的工具。”

“萨尔斯号阿马特第一分队那件事，你是主谋。”奥恩上尉说，她的愤怒显而易见，“是你，让我们一直在制造辅助部队。你需要她们为你打仗，对付你的敌人，是吗？我敢肯定，让那个士兵回雷切送死也是你的主意，根除后患。我……”

“我还在安静待命，”达理埃特上尉在伊斯克休息室里说，“但我不喜欢这样。”

“萨尔斯号阿马特第一分队的那名士兵几乎对此一无所知，

但只要她在拉尔人手里，就可能成为我的敌人对付我的工具。作为运兵船上的军官，你什么都不是，不过是担任着一个小小的驻防行星的职位而已，但你依仗斯卡伊阿特·奥尔增加自己的影响力，对我构成了潜在的威胁。我完全可以悄悄地将你调离奥斯，离开奥尔，但我还希望在当地挑起一点纷争。假如那个渔民没发现枪支，或者没向你报告，假如那天晚上的事情如我所愿，全部公共频道播报了这件事之后，我可以轻而易举地得到坦曼德人的效忠，除掉对我不利的人，一举两得；还能提醒每一个人，不能对目前的局势掉以轻心，放松警惕，让她们意识到把权力交给不胜任的人是多么危险。”她冷笑了一声，“我承认，我低估了你，低估了你和奥斯下城区的人的关系。”

瓦尔第一分队的那个士兵取来了枪，走进休息室，听到它的脚步声，奥恩上尉转过头去看着它，“这是我的责任，保护奥斯的公民。我非常认真地对待我的责任，尽到了最大的努力，但那天晚上我失败了，不过不是因为你。”她转回头来，直视着阿纳德尔·米亚奈，说：“在伊克特神庙里的时候，我应该宁死也不服从你的命令，哪怕这样做没什么用。”

“现在你可以弥补这个遗憾了，对不对？”阿纳德尔·米亚奈说，然后下令我开枪。

我开了枪。

所以，二十年后，我才会对艾瑞尔斯普拉斯·斯特里甘说，雷切当局不会在乎任何一个公民的想法，只要她做了她该做的事。这是千真万确的。但自从看到奥恩上尉死在我的瓦尔休息室的地板上——被瓦尔第一分队或者说被我自己枪杀——的那一刻开始，我始终在考虑两者之间的区别。

我是被迫服从于这个米亚奈的，这是为了让她相信自己有能力支配我（实际上她也的确支配了我），并顺利地杀死了奥恩上尉。这个米亚奈和其他米亚奈的行为非常难以分辨。当然，即便她们有什么不一样的地方，她们也是一体的。

思想如朝露，甫一出现就开始蒸发，除非立刻将它们化为实践；愿望和意图亦同此理，如果没有在其指引下做出选择——无论你的行动是多么微不足道，它们就是毫无意义的。因此，能够引发行动的思想才是危险的，否则它一文不值。

奥恩上尉倒在瓦尔中队休息室的地板上，脸朝下，死了。她身下的地板会得到修理和清洁，但现在的当务之急是让伊斯克第一分队忙起来，否则我不知道它们会对上尉的死做出什么反应；此外，我还需要告诉舰长发生了什么事。我不记得米亚奈的敌人——她的其他分身——是否对我下过同样的命令，也不知道伊斯克第一分队当时为什么没能提高警觉：我们还没有做好公然反对米亚奈的准备，否则还会有更多军官以及伊斯克第一分队的成员失去生命。可是，奥恩上尉在死前也曾说：我应该宁死也不服从你的命令。

击毙奥恩上尉之后，瓦尔第一分队的那个分身抬起枪口，打中了眼前这个阿纳德尔·米亚奈的脸。

感应到这个分身的死，在走廊尽头的某个房间里，阿纳德尔·米亚奈的另一个分身怒吼一声，从她躺着的床上跳了起来，“仁慈的阿马特！她竟然在我之前来过这里！”与此同时，她输入密码，给瓦尔第一分队下达了放下武器的命令——这个命令无需我的服从就能生效，是米亚奈和她的敌人都不会放弃的保命符。

“舰长，”我说，“我们现在真的遇到了问题。”

在同一个走廊的另一个房间里，第三个米亚奈——现在少了一个，应该是第二个了——敞开她带来的一个箱子，拿出一把手枪，迅速跨入走廊，打死了离她最近的瓦尔第一分队士兵。上一个米亚奈也开启了自己的行李箱，拿出手枪和一个盒子：我曾在珍·希南家里见过这个盒子，它里面的仪器能够切断分身之间的通信。假如使用了它，她的分身和我的分身都会受到同样的影响，但对我应该更为不利。利用她组装仪器的几秒钟，我想好了对策，向伊斯克第一分队的分身们发出了命令。

“什么问题？”路布兰舰长说，她现在已经担忧得站了起来。

我的分身们的通信被切断了。

那晚的感觉又回来了。我仿佛回到了奥斯城，闻到了潮湿的空气和湖水的味道，心想：“奥恩上尉呢？”但接下来我马上恢复了理智，意识到自己已经回到了战舰，伊斯克第一分队的我的分身们纷纷放下手中的活计，从休息室里出来，跑进走廊。这一次它们并没有像在奥斯时那样不知所措，因为刚才我已经向它们下了命令，让它们打开储物柜，拿出武器，首先武装好的那个分身打开电梯门，沿着电梯井爬了下去，见到这一幕的军官们命令我停下解释缘由，有的还徒劳地想要阻挡我的去路。

我，伊斯克第一分队的全体成员，将要确保中央枢纽甲板的安全，防止雷切领主破坏我正义托伦号的大脑。她要毁灭正义托伦号，除掉我这个危险。

伊斯克第一分队的十九号分身，也就是现在的我，没有顺着电梯井爬到中央枢纽甲板，而是朝伊斯克中队的储备舱和远处的气密门跑去。

我没有理会一路上遇到的上尉们，甚至对中队长提奥德视而不见。但听到达理埃特上尉大叫“战舰！你疯了吗”的时候，我的其他分身回答了。

“雷切领主枪杀了奥恩上尉！”我后面的一个分身叫道，“她近来一直待在瓦尔中队的甲板上。”

此话一出，上尉们全都沉默了——包括达理埃特上尉，但只有一秒钟。

“如果这是真的……就算是真的，雷切领主不会无缘无故地杀她。”

我身后的那些还没来得及爬进电梯井的分身纷纷发出愤怒的嘶叫。“你这个没用的家伙！”来到储备舱的门口时，我听到它们对达理埃特上尉说，“你和伊萨阿亚上尉一样坏！奥恩上尉竟然没有认清你的嘴脸！”

伊萨阿亚上尉恼火地喊了一声，达理埃特上尉说：“你知不知道自己在说什么，你是不是坏掉了，战舰？”

门开了，我冲进储备舱，甲板下方传来沉闷的震动声。一小时前，我还以为自己不会再次听到这个声音——米亚奈正在开启瓦尔中队储备舱的舱门，而里面休眠的辅助部队对最近的事件完全没有记忆，全副武装的它们只会服从这个米亚奈的命令。

米亚奈会试图解冻瓦尔第二分队、第三分队和第四分队，设法攻占中央枢纽甲板和引擎室，毕竟瓦尔甲板及其下方的储备舱已经被她完全控制。虽然刚被解冻的分身会笨手笨脚、茫然无措，但它们的人数完胜伊斯克第一分队。在我的通信被切断之前，我是没法给处于休眠状态的它们下命令的，所以它们肯定会攻击我们。

军官们控制了战舰上方甲板的储备舱，她们也不会违抗阿纳德尔·米亚奈的命令，而且会认为我疯了。现在，我的分身之一正在给路布兰舰长解释原委，但我不知道她会不会相信我，说不定她也会觉得我坏掉了。

我的附近也传来相同的震动声——上尉们正在解冻伊斯克其他分队的士兵。我来到气密门前，打开门旁的锁，拿出一套适合十九号分身穿着的真空服。

我不知道伊斯克第一分队能守住中央枢纽甲板和引擎室多长时间，也不清楚气急败坏的米亚奈认为我有多么危险。引擎的热盾在理论上十分难以破坏，但我知道如何做到，雷切领主肯定也知道。

无论发生什么，几乎可以肯定的是，在抵达瓦尔斯卡伊之后不久我就会死，甚至提前死去，但我不想死得不明不白，至少要先进行自我辩护再死。

我必须登上一艘穿梭机，控制它手动脱离战舰，离开正义托伦号——马上就走，选择正确的方向、以正确的速度、在正确的时机穿过传送捷径中的气泡墙，进入宇宙空间，远走高飞。

假如我做到了上面这些，我会来到一个有传送门的星系，再跳跃四次就能抵达伊雷行宫——雷切领主在外省的一处居所，我会告诉那里的米亚奈的分身这里发生的事情。

穿梭机就停靠在战舰的这一侧，舱门和离港设施应该运行正常，它们都是我亲自维护的设备，然而我还是担心出差错。不过，担心这个总比考虑该如何对付上尉们和担心热盾被毁要好。

我戴上头盔，耳边传来清晰的呼吸声，频率相当急促，我强迫自己放慢呼吸速度，尽量深呼吸，但也不能太用力。我必须迅速行事，可又不能过于匆忙，以至于犯下愚蠢的错误。

气密锁旋转着缓缓开启，我觉得自己格外孤独，仿佛有一道无法穿透的墙壁紧压过来。过去，当我的某个分身心情低落时，通常很容易被我忽略；但现在我只拥有这一具躯体，所有的感觉都异常清晰，其他分身虽然都在附近，可我们无法联系。不久，假如事情进展顺利，我还会离开它们，只是不知何时才能重新和它们连为一体。这一刻我除了等待，什么都做不了。我又想起杀掉了奥恩上尉的瓦尔第一分队的那名士兵：它也是我的分身，杀人的是我，虽然那一刻将我包围的愧疚和无助的愤怒开始退去，且被更紧急的需要取代，但我仍然忍不住回想当时的感觉，甚至不由自主地发出了喘息和抽泣，幸好现在别的分身察觉不到我的失态。

我必须冷静下来，理清思绪。我想起我会唱的几首歌，我的心是一条鱼，我张开嘴想唱出这一句，喉咙却不听使唤，我吞吞口水，深呼吸，又想出了另一首歌。

哦，你是否去过战场
全副武装、子弹上膛?
可怕的灾难
是否曾迫使你放下手中的枪?

外层的气密门打开了。假如米亚奈没使用通信干扰设备，值班的军官会发现这道锁已经开了，她会立刻通知路布兰舰长，引起米亚奈的注意。但她使用了设备，所以我不会被发现。我抓住门边的把手，钻了出去。

直视传送门内部的时候，人类常常会头晕。此前这样做的时候，我没有任何不适，然而现在我只有一具人类躯体可供驱遣，也被人类躯体的局限所影响，立刻感觉头昏脑涨起来，眼前漆黑一片，仿佛掉进了深渊里，呼吸困难，似乎马上就要化为乌有。

我强迫自己不去看传送门。战舰外部没有地板，也没有能让我站稳的重力发生器，我只能抓着舱壁外侧的把手移动，努力不让自己在真空里胡乱飘浮。战舰里的那些曾经属于我的分身怎么样了?

我用了十七分钟才来到一艘穿梭机前，打开它的紧急舱门，开始操纵它手动脱离战舰。起初我很想回头看看，听听是否有人会追上来拦住我，可我忘了自己戴着头盔，什么都听不见。这不过是一次正常的船体维护，我告诉自己，你已经做过好几百次了。

假如有人过来，我只能束手就擒，那样伊斯克分队就完了——因为我完了。我的时间不多了，我不能失败，不能胡思乱想。

我终于能够起飞了。现在我只能从屏幕上看到穿梭机的头尾两端，因为只有那两处安装了摄像头。想到正义托伦号即将从船尾处的监控屏上消失，我心中涌起一股恐慌和失落，我在做什么?我要去哪里?我单枪匹马，失去了分身和战舰，变得又聋又瞎，又能做成什么事?反抗阿纳德尔·米亚奈的意义何在?她制造了我，是我的主人，她的强大难以言喻，我永远都不会超越她。

我只能深深吸气安慰自己：我会回到雷切，我最终会回到正义托伦，哪怕只是为了度过生命中的最后时刻。即便又聋又瞎，我也要完成最后的任务。我坐在驾驶座上，看着正义托伦号越来越小、越来越远，想起了另一首歌。

根据航行表上的数据，假如我的操作完全正确，正义托伦号将在四分钟三十二秒之后完全从视野中消失，我看着屏幕，倒数计时，试着不去想别的。

船尾的监控屏闪出一道蓝白相间的亮光，我的呼吸停滞了，屏幕再次变得清晰之后，我看到上面什么都没有，只有黑暗——以及星辰。我已经逃出了战舰制造的传送门。

但现在不能高兴得太早，刚才的那道闪光是怎么回事？战舰消失之后，我应该马上看到星星的，而不是先看到什么闪光。

我突然意识到，米亚奈并没有打算占领中枢甲板，或者与上层甲板的军官们会合。当她意识到我已经决定投靠她的敌人时，她立刻选择了最为疯狂的做法：派遣被她唤醒的瓦尔中队的士兵们攻占了战舰的引擎室，毁掉了热盾——刚才的蓝白色亮光是战舰爆炸时的闪光。虽然我不知道自己为什么能从刚才的大爆炸中逃脱，但无论如何，我活了下来。

正义托伦号及其所有船员顷刻间灰飞烟灭，我也不知道自己身在何方，也许已经远离了雷切帝国甚至人类世界。我再也不可能与自己的其他部分重逢。舰长死了，军官们也死了。内战似乎即将爆发。

我枪杀了奥恩上尉。

一切都不会回归正常。

第十七章

幸运的是，在冲出传送门之后，我来到了一处远离雷切势力范围的偏僻星系，那儿只有几处居住区和采矿空间站，居民都是身体接受过很大改动的人类——按照雷切的标准，她们不算是人——这些改造人动辄长着六肢或者八肢（看上去都像是胳膊），皮肤和肺部能够适应真空环境，头皮上全都是密密麻麻的植入物，各种接线交叉纵横。看到她们脑壳上的这种景象，你会觉得她们不过是披着人皮的机器而已。

然而，在她们眼中，人类本来的躯体才是过了时的原始玩意儿，与之相比，她们更喜欢自己现在的模样，宁愿离群索居，远离普通人类的世界。她们的社会极为推崇一项宗旨：除去仅有的几种例外的情况（但她们不承认世上存在这些例外），一个人若非出于自愿，不能强迫她做任何事。她们对我既好奇又轻蔑，把我当成孩子看待：仿佛我是一个误入她们领地的小孩，她们不得不照看我（但照看我并非她们的职责），直到父母来将我领走。她们会暗中猜测我的来历——我的穿梭机能够提供许多可以揣摩的信息——但不会问出来，也不会逼迫我作答，因为她们认为这是非常粗鲁的行为。她们安静、排外、自给自足，但偶尔也会变得相当大方。假如不是这个原因，现在的我要么依然留在那里，要么早就死了。

我花了六个月的时间思考该怎么做——如何将我要说的告知雷切领主，如何操纵一具人类的躯体走路、呼吸、睡觉、吃饭。现在的我不过是以前的我的一部分，往事如烟，前途未卜。六个月后，突然有一天，一艘人类飞船经过此地，船长愉快地收下了我通过拆解那艘穿梭机（我早就付不起停靠费了）换来的一点点钱，欢迎我登船。后来我听说，是一位身上长着四米长的触手的改造人悄悄为我补齐了船费的差额，她告诉船长，自己之所以这么做，是因为我不属于那里，去到别的地方可以让我更健康。这些人真是古怪，我说，我欠她们的实在太多了，但假如她们听到我这样说，一定会觉得受到了冒犯。

自那之后的十九年里，我学会了十一种语言和七百一十三首歌，摸索出假装人类、隐藏身份的办法——我甚至敢肯定，连雷切领主本人都认不出我。我做过厨子、清洁工和飞行员。我制订了一个行动计划。我加入过一个宗教团体，赚了一大笔钱。在整个过程中，我只杀过十几个人。

第二天早晨我醒来的时候，前一晚那种想要告诉斯瓦尔顿一切的冲动消失了，她看起来也似乎忘记了想问的问题，除了这个：“接下来我们去哪里？”她问的时候漫不经心，坐在我床边的凳子上，背靠着墙，似乎只是出于好奇才如此发问。

“乌茂格行宫。”我说。我的回答令斯瓦尔顿感到意外，也许此前她以为想要觐见雷切领主的只有她自己。

她微微皱起眉头：“新建的？”

“不算新。”我说。这座行宫是七百年前建成的。“不过，是在加赛德覆灭之后才建造的，没错。”我的右脚踝开始又疼又痒，说明治疗药剂已经过了劲，可以揭下来了。“你见雷切领主可能有困难，毕竟你此前未经许可离开了雷切帝国，为此还卖掉了自己的护甲。”

“特殊情况，万不得已，”她说，“我会申诉的。”

“她们会延迟批复你的。”我说。任何希望面见雷切领主的公民都可以提出申请，但居住在偏远外省的公民要走很远的路、承担昂贵的旅费才能见到领主。如果公民觐见领主的路途太远，她们很可能连旅费都支付不起。考虑到这一点，当局可能拒绝公民的申请，但阿纳德尔·米亚奈才是所有事务的最终裁决者，是否批准都要由她来决定。“你会等上好几个月才能见到领主。”

斯瓦尔顿表示她并不在意，“你去那里干什么？”

尝试杀死阿纳德尔·米亚奈。但我不能说出来。“看风景，买纪念品，或许还想见见雷切领主。”

她挑起眉毛，又看了看我的背包。她知道包里有那把枪，当然也明白它有多危险。她依然认为我是雷切的特工。“一路上都隐藏身份，然后把它交给——”她朝我的背包耸耸肩，“交给雷切领主，然后呢？”

“我不知道。”我闭上眼睛，只知道先去了乌茂格再说。我对接下来干什么没有打算，更不知道如何接近米亚奈，好有机会用上那把枪。

其实，我也曾经设想过一个大胆的计划，但它非常不实际，因为需要依靠斯瓦尔顿的配合与支持。

她已经对我接下来要做的事以及为什么要假扮外国游客返回雷切有了自己的猜想。我打算顺水推舟地编个谎，告诉她身为“特工”的我为什么不向特工机构“复命”，而是需要直接面见领主。

“我和你一起去，”斯瓦尔顿说，然后，她像猜到了我的想法一样，补充道，“你可以帮助我申诉，代表我发言。”

我没说话，因为我不敢对此做出保证。这时候，我觉得右腿、双手、双臂、肩膀和左腿似乎有针在游走，左边的屁股也有点疼——这具躯体似乎“康复”得有点不对劲。

“其实我对发生了什么也并非一无所知。”斯瓦尔顿说。

“那好，如果你再偷我的东西，我就不只要打断你的腿了，我还会杀了你。”我依然闭着眼睛，看不到她的反应，她可能会把我的话当成开玩笑。

“我不会的，”她说，“你瞧着吧。”

我在瑟若德又待了好几天。等恢复得差不多了，医生批准我离开，我们乘坐飞船来到尼尔特星的空间环带。在这段时间里，斯瓦尔顿一直都表现得礼貌而恭顺。

这让我感到担心。刚来尼尔特星时，我把大部分的钱和物品存放在环带顶层，而离开之前我必须取走它们。尽管所有东西都打好了包——就算斯瓦尔顿发觉了，看到的也不过是几只箱子——但我觉得她一有机会肯定想要打开它们看看。

无论如何，至少我又有钱了，也许这才是解决问题的关键。

我在环带空间站租了一个房间，让斯瓦尔顿在那里等着，然后去取我的东西。我回来的时候，看到她烦躁不安地坐在房间里唯一的那张床上，床上没有床单和毯子——按照当地的惯例，这些需要额外收费。她的腿摇来摇去，没戴手套的双手揉搓着前臂——我在底层环带卖掉了我们的厚外套和手套。发觉我走进来，她僵住了，满怀期待地看着我，但什么都没说。

我把一个包扔到她膝盖上，传来“砰”的一声。

斯瓦尔顿皱着眉头看了它一眼，又看着我，没动那个包，似乎不打算要，“这是什么？”

“一万申。”我说。申是这个地区最常用的货币，长条形状，便于携带和支付。一万申在这里能买很多东西，比如前往另一个星系的船票和足够享用好几个星期的豪华大餐。

“这是很多钱吗？”

“是的。”

她微微地瞪大眼睛，半秒钟后，我看到她露出算计的表情。

到了实话实说的时间了。“我已经预先支付了十天的房费，然后——”我指了指她膝盖上的包，“这笔钱够你生活一阵子的了。如果你真的决心戒掉毒幻剂，这笔钱还能用更长时间。”但通过她见到钱后脸上的表情判断，我意识到她并没有真的决定戒掉毒幻剂。

斯瓦尔顿盯着膝盖上的包看了六秒钟。“不。”她小心翼翼地用拇指和食指夹起它来，丢到地板上，仿佛那是一只死老鼠，“我和你一起去。”

我没说话，只是看着她。沉默慢慢放大。

最后，她把脸扭到一边，抱起胳膊。“有茶吗？”

“不是你常喝的那种。”

“我不在乎。”

好吧。但我不想把她一个人留在这里，与我的钱物待在一起。“那就来吧。”

我们离开房间，在主走廊里找到一家卖冲调饮品的商店，斯瓦尔顿嗅了嗅店主拿出来的东西，皱起鼻子。“这是茶？”

店主斜着眼睛瞥过来，似乎不想正眼看我们。“我告诉过你，这不是你常喝的那种茶，你说你不在乎。”我对斯瓦尔顿说。

她思索片刻。令我惊讶的是，她没有争辩，也没有抱怨茶的质量，而是平静地问：“你推荐哪一种？”

我做了个不确定的手势：“我没有喝茶的习惯。”

“在雷切……”她盯着我，“哦。格林泰特人不喝茶吗？”

“不像你们那种喝法。”我说。茶是军官大人们的饮料，辅助部队只喝水。茶是不必要的额外花费，是一种奢侈，所以我从来没养成喝茶的习惯。我转向店主，她是尼尔特人，身材矮胖，皮肤苍白，虽然这儿的温度常年保持在四摄氏度，但她只穿了一件衬衫，而斯瓦尔顿和我都穿着厚上衣。“哪些是含有咖啡因的？”我问店主。

她足够和蔼地回答了我的问题。当我表示她推荐的两种茶叶我每种都要二百五十克，还要买走一只长颈瓶、两个茶杯、两只装了水的瓶子的时候，她的态度更和蔼了。

斯瓦尔顿搬着这堆东西回我们的住处。她走在我旁边，一言不发，进了房间，她把买来的东西搁在床上，坐在旁边，拿起长颈瓶，打量着自己并不熟悉的瓶身设计。

我可以给她演示一下怎么用，但我不打算这么做。我打开刚从存物处拿回来的行李，掏出一块厚厚的黄金圆饼——它的直径比我随身带的那一块大三厘米；又拿出一只直径八厘米的锻金小浅碗。随后我关上行李箱，把碗搁在上面，按下圆饼上的机关。

斯瓦尔顿抬起头，看着圆饼缓缓打开，露出一朵珍珠母雕刻的扁平形状的花。花朵中央站着一个女人，穿着及膝长的袍子；袍子也是白色的，像珍珠母一样泛着珠光，表面镶金嵌银。女人一手拿着一个镶嵌着红蓝黄三色珠宝的人类头骨，另一手举着一把刀。

“和另一个挺像，”斯瓦尔顿说，似乎不是太感兴趣，“但它长得不怎么像你。”

“没错。”我盘腿在箱子前坐下。

“这是格林泰特的神明吗？”

“是我在旅行时得到的神像。”

斯瓦尔顿不置可否地哼了一声，“它叫什么？”

我吐出一长串音节，斯瓦尔顿听得一头雾水。“意思是她生于百合花中，她是宇宙的创造者。”我解释道。按照雷切人的逻辑，她应该是阿马特的化身。

“啊，”斯瓦尔顿说，听她的语气，她已经把这位神明和雷切的阿马特对上了号，“另一个呢？”

“一位圣人。”

“有意思，她竟然不怎么像你。”

“是的。虽然她不是圣人，但她手里的那个头是圣人的。”

斯瓦尔顿眨眨眼，皱起眉头，显然认为这种做法非常不雷切。“好吧。”

雷切人认为没有什么是巧合。在这种理念的驱使下，她们参加朝圣、敬拜某些特定的神明，改掉根深蒂固的习惯，她们认为这些都是出于阿马特的意志。“我现在要祷告了。”我说。

斯瓦尔顿伸出一只手，做了个赞同的手势。我打开一把小折刀，刺破拇指，把血滴进碗里。我没有去看斯瓦尔顿的反应——雷切没有需要用血来敬拜的神，而且我没有事先洗手，她现在肯定已经挑起了眉毛，暗中嘲笑我到底是个野蛮的外国人。

但斯瓦尔顿什么都没说。当我不停地念诵着百合之神的三百二十二个名号的其中之一的时候，她静静地坐了三十秒钟，然后便重新拿起长颈瓶，开始煮茶。

斯瓦尔顿说，上一次她决定戒掉毒幻剂时，曾经坚持了六个月，而抵达最近的设有雷切领事馆的空间站需要七个月。第一段旅程开始后，我当着斯瓦尔顿的面，告诉乘务长“请给我和我的仆人安排两个舱位”，斯瓦尔顿没有反应——也许她没懂我的意思。但我本来希望她听到我叫她“仆人”时会反应激烈，甚至大吵大闹，可她一声不响；而且，从那时开始，每天早晨我醒来时都会发现有人给我沏好了一碗茶。

她甚至还试着开始洗衣服，但也为此洗坏了两件衬衫。因此，在我们停靠到下一站，买到新的衣服之前，我不得不在一个月里始终穿着另一件衬衫。飞船的船长名叫克伊，高个子，皮肤上有宗教仪式留下的疤痕。我隐隐觉得，她和她的船员认为，我之所以带着斯瓦尔顿旅行，是出于施舍般的好意。不过，因为事实与她们的猜想差距不大，我并没有予以反驳。出乎我意料的是，斯瓦尔顿做仆人越来越得心应手。三个月后，当我们上了另一艘船，有个同船的旅客竟然试图雇用斯瓦尔顿服侍自己。

当然，这并不是说斯瓦尔顿与过去判若两人，或者变得格外恭谨顺服。有时候她也会莫名其妙地对我说些暴躁的话，或者在自己的小床上一连蜷缩好几个小时，脸冲着墙，只在需要履行她的职责时才会起身——最初几次，就连我和她说话她也不理，后来我也就懒得理她了。

雷切领事馆里设有翻译办公室，领事代理人身穿无瑕的白制服，戴着同样纯洁的白手套——这身装扮说明她要么也有个仆人，要么拥有许多闲暇时间收拾打扮自己。她头上的珠宝饰带看起来优雅又昂贵，白色外套上别了好几个闪闪放光的纪念饰针。和我说话时，她的语气趾高气扬，这让她看上去像是个有仆人的上流人士，虽然可能只有一个——但这也只是我的猜测。

“作为一名前来雷切访问的非公民，你的合法权利是受限的。”她机械地说，“访问期间，每人每周必须至少存入相当于——”她抽动手指，查了一下汇率，“五百申的保证金。逗留期间产生的食宿、购物、罚款或者赔偿费用一旦超过了保证金的数额，不得直接付清差额，当局会依法为你指派一项工作，以收入偿还债务，直到还清为止。作为非公民，你的上诉权和财产转让权都是受限的，你仍然希望进入雷切领土吗？”

“是的。”我说，然后在我们之间那张细长的桌子上搁了两百万申现金。

她的趾高气扬立刻消失不见，坐得比刚才更直了一点，还问我要不要喝茶。手指微微抽动，似乎在和什么人联系——然后我意识到那是她的仆人。只见这位发型有些凌乱的仆人端着一只精致的搪瓷长颈瓶和与之配套的茶碗走了进来。

仆人倒茶时，我拿出伪造的格林泰特身份证明，搁在桌子上。

“你还必须提供你的仆人的身份证明，阁下。”领事代理人说，现在她变得彬彬有礼起来。

“我的仆人是雷切公民，”我微笑道，试图缓解即将到来的尴尬，“但她丢失了身份证明和旅行护照。”

代理人身体一僵，思考着我这些话的意思。

“这位尊敬的布瑞克阁下，”站在我身后的斯瓦尔顿用古雅流利的雷切语说，“慷慨大方地雇用了我，为我支付了回家的路费。”

但这几句话并没有像斯瓦尔顿期望的那样让代理人僵硬的身体有所放松，因为不管什么仆人都没有她这样的雷切贵族口音，更不用说非公民了；而且代理人刚才竟然没有请斯瓦尔顿落座、用茶，或许是认为她不够重要，不配得到这样的招待。

“你可以随意采集基因信息予以确认。”我建议道。

“是的，当然，”代理人殷勤地微笑道，“但你必须首先提交签证申请，然后公民……”

“斯瓦尔顿。”我说。

“……公民斯瓦尔顿才能获颁旅行护照。这也取决于她的原籍和档案所在地。”

“当然，”我呷了一口茶，“这是自然。”

从领事馆出来，斯瓦尔顿低声对我说，“真是个势利眼。那是真的茶吗？”

“没错，”我说，斯瓦尔顿罕见地没有继续作声，“那是很好的茶。假如你等来的是逮捕令，而不是旅行护照，你会怎么做？”

她做个了否认的手势，“她们为什么要这样？我已经要求回国了，她们可以等我入境后再逮捕我，不过我会申请上诉的。你认为领事馆的茶是从雷切运来的，还是在这儿买的？”

“如果你愿意，可以去调查一下。”我说，“我要回旅馆休息了。”

领事代理人的仆人送给斯瓦尔顿半公斤茶，这很可能是为了弥补其主人先前的怠慢。在我领到签证的同时，斯瓦尔顿也拿到了旅行护照，并且也没有什么逮捕令或者要求我们进一步提供更多材料的命令。

这反倒让我有点担心，但斯瓦尔顿显然说得对——我们没必要慌张，等她下了飞船，我们有的是时间和机会来解决她遇到的法律问题。

雷切当局可能已经意识到我其实并非格林泰特的公民。但那里离我要去的地方相当之远，而且格林泰特和雷切的关系并非十分友好，前者不会向后者提供本地居民的信息。假如雷切当局问起，格林泰特当局既不会承认也不会否认我是她们的公民：如果我真的是从格林泰特来雷切旅游的，她们会不断地警告我旅游安全责任自负；假如我遇到困难，她们也不会提供帮助。与外国游客打交道的雷切官方机构早就知道了这一点，不会过于认真地审查我的身份资料。

阿纳德尔·米亚奈的十三座行宫也是每个行省的省会——它们是规模堪比大都市的空间站，配有空间站智能中枢。就功能而言，它们一半是城市，一半是行宫——行宫用地是米亚奈·阿纳德尔的居所和行省政府的所在地。乌茂格行宫是个极为繁华熙攘的大都市，共有十二座城门，空港能够达到每天数百艘舰船的吞吐量。在这里，与斯瓦尔顿一样申请领主接见或者就某些案件要求上诉的公民更是有数千人之多。当然，她的情况非常引人注意，因为其他人都不是从一千年前的灾难中活下来的幸存者。

赶路的几个月里，我一直在思考下一步的计划——如何利用机会，如何回避或者使不足之处也能为我所用，以及我究竟想要达到什么目的。

因为与其他分身和战舰切断联系，我现在的记忆已经残缺不全，对我过去所掌握的许多信息也一无所知。以我最后接受的那个命令为例——作为正义托伦号的我给十九号分身下的命令是：去伊雷行宫，找到阿纳德尔·米亚奈，告诉她发生了什么。我当时的用意是什么？难道仅仅是把消息告诉雷切领主吗？

为什么这件事十分重要？其中必然有现在的我所不知道的原因。就当时的情况来看，它并非事后产生的想法，而是紧急状况下的迫切需要——我当然需要把消息带出去、当然需要警告那一位雷切领主。

我当然会按照正义托伦号的命令行事，但当时我还没有从战舰爆炸、我自己死亡的震惊中恢复过来。在恢复元气以及向雷切帝国逐渐靠近的过程中，我决定还要做点别的事。我会反抗雷切领主，但我的反抗可能一无是处，甚至她根本不会注意到。

其实，斯特里甘说得对。我要杀死阿纳德尔·米亚奈的想法是十分荒唐的，任何尝试都是疯狂之举：即使我能在雷切领主不知道的情况下，带着枪来到她的面前，在我表露了自己的意图之后，得到的至多是对方的一声轻蔑的冷哼。无论我再怎么做，都无法改变已经发生了的事情。

然而，所有那些针对她筹划的暗中密谋，其目的也是为了避免公开冲突、避免雷切受到严重的伤害，甚至也不希望阿纳德尔·米亚奈过于质疑自己的完整性，怀疑自己的分身们不再团结。因此，筹划者的出发点显然是矛盾的，伪装起来亦有难度。

既然当时已经出现了两类不同的阿纳德尔·米亚奈，是否还会出现第三类、第四类，甚至更多？她的某些分身是否还不知道其他分身已经出现了不和，或者不相信会发生这样的事？如果我当着雷切领主的面说出她一直对其他分身隐瞒的秘密，会发生什么事？结果恐怕不容乐观，但她也可能并没有对自己的分身隐瞒什么——毕竟事情总会败露，她不希望与其他分身为敌。

可我怎么才能与阿纳德尔·米亚奈直接对话呢？我当然能够抵达乌茂格行宫，也能离开飞船，进入空间站。既然能做到这些，我肯定也能站在主广场中央，大声讲出我的故事，让每一个人都听见。

然而，我也可能没讲几句话就被即刻赶到的保安甚至士兵逮捕，当日的新闻会说，一名游客在主广场做出失去理智的行为，但保安处理了这一情况。看到新闻，公民们会摇摇头，嘟囔几句“不开化的外国人”之类的话，然后彻底忘记我。毫无疑问，无论雷切领主的哪个分身注意到我，都会把我当成危险的疯子递解出境——至少会说服其他分身相信我是疯子。

不，当我说出自己必须说的话时，我需要阿纳德尔·米亚奈的全部关注，而至于如何做到这一点，我已经筹划了将近二十年。我知道，假如一个人的消失会引起公众的注意，那么米亚奈就很难忽视这个人。我要让乌茂格空间站的人都知道我的存在，成为她们眼中的熟人，这样，米亚奈的任何分身都不会悄悄地将我处理掉。即便如此，我也不认为这样做就足以让雷切领主及其所有分身倾听我的诉求。

但斯瓦尔顿可以——战舰舰长斯瓦尔顿·文德尔，失踪了一千年，偶然被人发现，后来再次失踪，现在她又在乌茂格行宫露面，任何雷切人都会对此事产生好奇——掺杂着宗教责任感。

而阿纳德尔·米亚奈也是雷切人，也许还是雷切人中最正统的雷切人，她当然会注意到返回雷切境内的斯瓦尔顿和我。与其他公民一样，她当然也想知道这意味着什么，即使嘴上不一定说出来。

斯瓦尔顿要求面见领主，最终一定会得到批准，这次见面将引起雷切领主所有分身的好奇，她的任何一个部分都不会错过这样一件事。

从斯瓦尔顿和我踏出飞船开始，她必然已经引起了雷切领主的注意，所以我要和斯瓦尔顿一同出现。这当然也是极为危险的，因为我可能会被人识破伪装，但我还是决定要尝试一下。

我坐在舱室的床上，等候下船进入乌茂格空间站的许可，背包搁在了脚边。斯瓦尔顿心不在焉地靠在对面的墙上，百无聊赖。

“你有心事，”她漫不经心地说，我没说话，她又说，“你有心事的时候，总是会哼那首曲子。”

我的心是一条鱼，藏在水草丛中。我一直在考虑计划实施的过程中可能出现哪些纰漏：比如，我们下船之后肯定会见到码头检查员或者空间站的警察，假如她们将我当场逮捕，那后面的计划就无法继续了。

而且我也想起了奥恩上尉。“我对你来说这么容易看透吗？”我挤出一个笑容，假装被她逗乐了。

“没那么容易，只是……”她迟疑道，微微皱眉，似乎突然后悔说出刚才的话，“我只是注意到你有几个习惯，就这么简单。”她叹了口气，“码头检查员们在喝茶吗？都等了这么久，她们怎么还不让我们下船？”可是，没有检查办公室的许可，我们不能下船。飞船请求到港停靠时，检查员会收到我们的通行文书和身份资料，她们有大把时间审阅这些文件，决定我们在抵达后该怎么做。

斯瓦尔顿依然靠在床头。她闭上眼睛，开始哼唱，调子忽高忽低，时而唱错了音，但能听出是什么歌：我的心是一条鱼。“仁慈的阿马特，”第二段唱到一半，她叫道，眼睛依旧闭着，“现在也被你听见我哼歌了。”

门铃响了。“进来。”我说。斯瓦尔顿睁开眼，坐直身体，表情紧张起来。刚才的无聊是装出来的，我想。

门滑开了，一个穿深蓝夹克和检查员长裤、戴手套的人出现在门口。她身材瘦小，只有二十三四岁，看上去挺面熟，但我想不起来她究竟像我的哪个熟人。她只佩戴了寥寥几种装饰珠宝和纪念饰针，我很想凑上去看看她姓甚名谁，但这样做十分粗鲁。我对面的斯瓦尔顿把没戴手套的双手背到了身后。

“布瑞克阁下。”面前的检查助理微微鞠了一躬，说。她好像并不在乎我没戴手套，显然习惯了和外国人打交道。“公民斯瓦尔顿，你们能否跟我到检查站站长办公室走一趟？”

我们应该没必要拜访检查站站长——这位助理完全可以把我们转交给空间站处理，或者直接逮捕我们。

我们跟着她穿过码头，进入卸货区，经过另一道门，来到一条走廊。走廊里到处是人：穿深蓝制服的码头检查员、浅棕色制服的空间站警察、深棕色制服的士兵、制服颜色更浅的哨兵，还有几个没穿制服的公民。这条走廊通往一个大房间，靠墙摆着十二座神像，注视着来来往往的游客和商旅；另一头通向空间站用地的入口，对面就是检查员的办公室。

检查助理陪同我们穿过最外面的办公室。屋里有九个穿蓝制服的低级检查助理，正在处理飞船船长们的投诉，再往里走是十来个高级检查助理及其下属的办公室。我们经过这几个房间，走进最里面的小房间，这儿摆着四把椅子和一张小桌子，对面的墙上有一扇关着的门。

“对不起，公……阁下和公民，”领我们进来的检查助理说，手指微微抽动，显然是在与某人联系——可能是空间站的智能中枢，或者检查站站长本人，“检查站站长要处理一点急事，但不超过几分钟，请坐下稍等。要喝茶吗？”

当然，这一等就是很长时间。不过，既然有茶喝，说明她们不打算逮捕我们，也没人发现我的身份资料是伪造的。这儿的每个人——包括空间站都以为我就是格林泰特的布瑞克，一个外国游客。也许我还有机会搞清楚这位年轻的检查助理究竟让我想起了谁。我注意到她有一点点口音，她是从哪里来的？“好的，谢谢你。”我说。

斯瓦尔顿没马上回应检查助理的提议。她抱着胳膊，将没戴手套的手插在胳膊肘下面。我猜她可能想要喝茶，但又为自己没戴手套而感到尴尬，因为在接过茶碗的时候需要伸出手来。但就在这时她对我说："我听不懂她说的话。"

斯瓦尔顿的口音和讲话方式会让最有教养的雷切人觉得熟悉——很像过去的典雅戏文和阿纳德尔·米亚奈本人的口语，（至少）是特权家族竞相模仿的对象。虽然我已经活了几千年，但并没有意识到一千年来雷切语的发音和用词竟然变化了这么多，况且斯瓦尔顿对语言本来就缺乏敏感。"她问你要不要茶。"

"哦，"斯瓦尔顿低头看着自己的胳膊，"不用。"

我端起检查助理为我倒的茶，谢了她，坐下来。这间办公室的墙壁是浅绿色的，地板砖的设计者显然打算让它们看上去像是用木质材料制作的，但她一定没有亲眼见过真正的木头。年轻助理身后的墙壁上有座神龛，供奉着阿马特神像，前面摆着一只浅橘色的小碗和花瓣起了皱的花束，旁边是一座雕刻着建造在悬崖峭壁上的伊克特神庙的黄铜小摆件。我知道，在奥斯庙前广场上的小贩那里，随处可以买到这样的纪念品。

我又看向检查助理。她是谁？我认识她吗，还是说她是某个我认识的人的亲戚？

"你又开始哼歌了。"斯瓦尔顿压低声音说。

"抱歉。"我呷了一口茶，"习惯了，对不起。"

"没关系。"助理说，她也在桌边坐下来。这里显然是她自己的办公室，这么说，她是检查站站长的直接助理——年纪轻轻竟然能够担任这样的职位。“我长大以后就没听过这首歌。”

斯瓦尔顿困惑地眨眨眼，似乎没听懂她的话——假如她能听懂，很可能会微笑。雷切人能活将近二百年，这位检查助理虽然可能已经做了十年的合法成年人，但从年龄上看实在不够。

“我过去认识一个人，整天唱个不停。”助理继续道。

她说的人应该是我。当年离开奥斯的时候，我很可能从她那里买过歌谱。那时她也许四五岁，也许更大一点，因此她能很容易地记起我。

那扇门后面的检查站站长应该在希斯乌纳星，甚至很可能就在奥斯待过。那个取代了奥恩上尉驻防奥斯的上尉叫什么来着？她有没有可能辞去了军中职务，过来担任检查员呢？但我至今也没听说过这种事。

无论检查站站长是谁，她肯定拥有足够的金钱和影响力把这个助理带离奥斯。我很想问问面前这个年轻女人她的赞助人是谁，但这样做是极为粗鲁的。“有人告诉我，”我故作不经意地用格林泰特口音说，“你们雷切人佩戴的珠宝装饰大都具有一定的重要意义。”

斯瓦尔顿疑惑地瞥了我一眼。助理只是笑笑。“算是吧。”她说，我现在听出了她的奥斯口音，相当明显。“比如这个，”她伸出一根套在手套里的手指，指着左肩附近的那枚饰针上的金色吊坠说，“这是纪念品。”

“我能仔细看看吗？”我问。在得到对方的许可后，我弯腰去读饰针上的雷切语铭文。虽然辨识不清写的什么，但我觉得这不像是纪念奥斯人的物件——我无法想象奥斯下城区的人会借鉴雷切人的葬仪，而且我没听说在自己认识的奥斯人中有去世了的，至少在我离开那里之前没有。

在这枚饰针旁边，她的领口处还别着一枚花朵形状的饰针，每个花瓣上分别镌刻着代表雷切四大创世概念的图腾，花朵中心刻着一个日期——看到这件饰物，我突然想起，这个年轻女人就是二十年前奥恩上尉在奥斯住所中的那个圣坛花童！阿纳德尔·米亚奈在那里向阿马特祈祷后，把这枚饰针送给了她。

这绝对不是巧合。我现在非常肯定，即将见到我们的检查站站长是后来在奥斯城代替奥恩上任的军官，这位检查助理是她的被赞助人。

“这是雷切的葬礼饰物，”助理说，仍然在谈论葬礼饰针，“死者的家人和好友会佩戴它们。”你能从饰品的样式和价值看出死者的社会地位，进而推测出佩戴者的地位，但这位助理——我知道她的名字是达奥斯·赛特，没有提到这一点。

不知道斯瓦尔顿会怎么看。自加赛德覆灭以来，雷切的风俗或多或少出现了一些变化，但人们仍然会佩戴祖传的纪念物和饰章，证明其祖先曾经的社会地位和所做过的贡献。当然，如果几代以前的祖先是加赛德人就另当别论了。有些饰章在当年并没有什么重要意义，但现在变成了珍贵的东西；有些在当时属于意义重大的无价之宝，到了现在却一文不值；还有些饰品的颜色和镶嵌的宝石都是在过去的一百多年里流行的，对斯瓦尔顿来说，应该根本看不出它们代表的含义。

从检查助理赛特佩戴的与亲友们互相赠送的饰品来看，她有三个好朋友，这三个人的收入和职位与她差不多。她有两个情人，与她们的关系都比较亲密，但不到谈婚论嫁的程度。为了检查货物和船只时的方便，她没戴珠串和手镯，手套外面也没有戒指。

我现在可以不那么失礼地观察她的另一侧肩膀的饰品了——上面戴着的是我一直在寻找的东西。或许是现在的潮流误导了我，刚才我还误以为它不那么重要：第一眼看上去很容易把上面的白金当成了银子，把珍珠当成玻璃。但这绝对不是什么廉价而无足轻重的小物件，也并非赞助人的标志，白金和珍珠的组合说明它代表了某个特别的家族——这个家族十分古老。斯瓦尔顿一定会立刻认出它来自哪里，她现在很可能已经认出来了。

检查助理赛特站起来。“检查站站长现在有时间了，”她说，“抱歉让你们久等。”她敞开里面的门，示意我们进去。

最里面的办公室里，一个人站起来迎接我们。她比我上次见她时老了二十岁，也略有发福，此人正是助理右肩饰针的赠与者：上尉——不，检查站站长斯卡伊阿特·奥尔。

第十八章

斯卡伊阿特上尉不可能认出我。她鞠了一躬，显然是看出了我认识她。看到她穿着深蓝色制服，比过去严肃了许多，与在奥斯时那个快活的家伙相比判若两人，我一时间难以适应。

空间站的检查站站长非常忙碌，一般不会和检查员们一起上船检查，但检查站站长斯卡伊阿特佩戴的珠宝几乎与她的助理一样少：肩膀上挂着一长串蓝绿相间的珠子，垂到胯部；一只耳朵上缀着颗红石头；制服外套上还别着几样与朋友、情人、过世的亲戚有关的纪念品。她的右边袖口挂着一枚简朴的黄金饰章：紧靠着手套的边缘，位置很显眼，她似乎想用它来提醒自己什么。它看上去并不昂贵，是机器制造的，不像是她会佩戴的东西。

她又鞠了一躬。“公民斯瓦尔顿，布瑞克阁下，请坐。想来点茶吗？”即使过了二十年，她的举止依然是那么自然优雅。

“你的助理已经给我们喝过茶了，谢谢你，站长。”我说。

检查站站长斯卡伊阿特看了看我和斯瓦尔顿，我察觉出她有点惊讶：刚才她首先提到的是斯瓦尔顿，以为斯瓦尔顿才是我们两个之中比较重要的那个——结果却看到我先坐下之后，斯瓦尔顿犹豫了一会儿，才坐在我旁边的座位上。她依然抱着胳膊，遮挡没戴手套的双手。

“我希望亲自与你见面，公民，”检查站站长斯卡伊阿特说，她坐下来，“也算是利用了职务之便。你可不是每天都有机会见到活了一千多年的人。”

斯瓦尔顿局促地微笑着表示同意：“这倒也是。”

“我觉得，假如让警察在码头上逮捕你，恐怕不合适，但是……”检查站站长斯卡伊阿特做了个安抚的手势，袖口上的饰针随之闪光，“你遇到了法律方面的麻烦，公民。”

斯瓦尔顿稍有放松，不再耸着肩膀、紧咬牙关，但除非你仔细观察她，否则看不出来。斯卡伊阿特的口音和礼貌的态度也给了她一些安慰。“是的，”斯瓦尔顿承认道，“我打算申诉。”

“那我需要问你几个问题，”斯卡伊阿特不得不一本正经地说，“我可以亲自把你带到行宫办公室，避免惊动警察。”她当然有这个权力，这恐怕是她和警察局局长一起想出来的对策。

“既然如此，我感激不尽。”斯瓦尔顿一改过去一年中的恭顺语气，变得更像那个趾高气扬的自己。“能否请你协助我联系吉尔家族的族长？”吉尔家族在一定程度上要为文德尔家族的最后幸存者斯瓦尔顿负责，她们是文德尔家族的世仇，侵吞了仇敌的全部财产。虽然文德尔家族与奥尔家族的关系也好不到哪里去，但斯瓦尔顿一定是走投无路才想到向奥尔家族的斯卡伊阿特求助。

“啊。”斯卡伊阿特微微皱起眉头，“奥尔和吉尔的关系不像过去那么好了，公民。大约二百年前，两家交换了继承人，但吉尔的继承人自杀了。”斯卡伊阿特的用词暗示此人自杀的方式并不体面，我猜应该是服药自杀，因为这种方式是违法的，而且死状惨烈。“奥尔的继承人精神失常，跑出去加入了邪教。”

斯瓦尔顿饶有兴致地轻哼一声，“并不奇怪。”

斯卡伊阿特抬了抬眉毛，说：“这件事让双方非常不愉快。我与吉尔家族的熟人关系也不比从前，可能帮不到你，她们如何对待你……恐怕很难预测，但你可以通过申诉找回公道。”

斯瓦尔顿沮丧地抱着胳膊，一侧的眉毛微微挑着，“听起来不值得这么麻烦。”

斯卡伊阿特露出矛盾的表情，“无论如何，你都会得到食物和住处的，公民。”她转向我，“还有你，阁下，你是来这里旅游的？”

“是的。”我微笑道。但愿我看上去非常像来自格林泰特的游客。

“真是远道而来啊。”斯卡伊阿特礼貌地微笑道。

“我一直在各地旅行。”我说。她当然会对我感到好奇，因为我是和斯瓦尔顿一起来的。这里的大多数人不知道斯瓦尔顿的名字，但对于那些知道的少数人而言，一定会被斯瓦尔顿一千年后重新出现的事实，以及此事与臭名昭著的加赛德覆灭之间的联系所吸引。

依然笑容可掬的检查站站长斯卡伊阿特问："你想要找什么东西吗，或者只是喜欢旅行而已？"

我含糊地回答："我猜我是喜欢旅行吧。"

斯卡伊阿特微微眯了眯眼，嘴边的肌肉略有紧张，似乎意识到我在隐瞒什么。显然，她现在对我比刚才还要感兴趣。

其实我也不知道刚才为什么要这样回答。我这才意识到斯卡伊阿特在这里对我来说是非常危险的——不是因为她可能认出我，而是因为我认识她。因为她还活着，而奥恩上尉死了。与她同一立场的人都辜负了奥恩上尉（我也辜负了奥恩上尉），不过毫无疑问，假如那时经受考验的是斯卡伊阿特上尉，她也会辜负奥恩上尉。奥恩上尉本人肯定知道这一点。

我的情绪影响了我的行动，这就是危险所在，而且始终存在这样的危险，但我此前一直没有与斯卡伊阿特·奥尔面对面过。

"我的回答太含糊，我知道，"我朝斯卡伊阿特做了个她刚才也做过的安抚的手势，"我从来没有质疑过自己想要旅行的愿望。当我还是个小孩的时候，我祖母说，她从我学会走路后踏出的最初几步看出，我天生就要去到很多地方。她一直这么说，我猜我只是相信了她的话而已。"

斯卡伊阿特表示理解："无论如何都不能让你的祖母失望。

你的雷切语讲得很好。”

“我祖母总说，我擅长学习各种语言。”

斯卡伊阿特笑了，笑容几乎和她当年在奥斯的一样，但其中的严肃依然挥之不去。“请原谅，阁下，你们有手套吗？”

“我本打算上船之前就买一些的，后来又决定等下船后再买更合适的。我是个不开化的外国人，希望大家能够原谅我没戴手套。”

“理由非常充分，”斯卡伊阿特笑道，比刚才稍有放松，“但是，”她严肃地话锋一转，“虽然你的雷切语讲得很好，我却不清楚你对其他的雷切事务是否有所了解。”

我挑起眉毛：“什么事务？”

“恕我无礼，阁下，公民斯瓦尔顿的行李中似乎没有钱。”斯瓦尔顿骤然紧张起来，欲言又止。“父母，”斯卡伊阿特继续道，“会给自己的孩子买衣服，神庙会向服务人员——比如花童、水工之类——分发手套，这些都是天经地义的，因为每个人都要忠诚于神。而从你的入境申请来看，你雇用了公民斯瓦尔顿做仆人，但是……”

“啊。”我明白了她的意思，“假如我给公民斯瓦尔顿买手套——她显然也需要手套——会让人觉得我要向她提供赞助。”

“没错，”斯卡伊阿特说，“假如你要做她的赞助人，那也没有关系。但我不认为格林泰特有这样的习俗，老实说……”她迟疑了，显然不想再次说出什么失礼的话。

“老实说，”我替她说下去，“她现在遇到了法律方面的麻烦，有一个外国人做同伴，恐怕不利于摆脱麻烦。”我已经习惯了面无表情，可以轻松地不让人听出我的愤怒；我可以和检查站站长斯卡伊阿特正常地说话，假装她和奥恩上尉毫无关系，假装奥恩上尉不曾担心或者期冀过得到斯卡伊阿特的赞助。“哪怕这个外国人很有钱。”

“这不完全是我刚才想要表达的意思。”斯卡伊阿特说。

“我现在就给她一些钱，”我说，“这样做或许会对她有所帮助。”

“不，”斯瓦尔顿愤怒地尖声说，“我不需要钱，每个公民的基本需要都会得到满足：比如衣服。我会得到我所需要的东西。”斯卡伊阿特惊讶地端详着斯瓦尔顿，期待她继续说下去。“布瑞克有充分的理由不给我钱。”

斯卡伊阿特大致猜出了她的意思。“公民，我不打算说教，”她说，“但假如真是这样，你为什么不让警察把你送到医生那里？当然，我理解你不愿意这么做。”“你需要接受重新教育”这种直接的提议是非常不礼貌的。“这样做真的会改善你的状况，我们也经常见到不错的效果。”

若是在一年前，听到这样的建议，斯瓦尔顿恐怕会火冒三丈，但现在她已经变了，她只是略微有些不耐烦地回绝道：“不。”

斯卡伊阿特看向我。我耸起一边的眉毛和肩膀，好像在说

“她就是这样的”。

“布瑞克始终对我很有耐心，”斯瓦尔顿说，这让我非常吃惊，“而且很大方。”她看着我，“我不需要钱。”

“随你怎么说。”我说。

斯卡伊阿特聚精会神地观察着我们的对话，微微皱着眉头，我猜那是好奇，不仅好奇我是什么人，还好奇我和斯瓦尔顿是什么关系。“好吧，”她开口道，“请让我带你们去行宫。布瑞克·加艾德阁下，我会让人把你们的行李送到你们下榻的地方。”她站起来。

我和斯瓦尔顿也站起来，跟着斯卡伊阿特来到外面的办公室——现在那里没有人，从现在的时间判断，达奥斯·赛特（检查助理赛特）可能已经下班了。斯卡伊阿特没带我们穿过前面的几间办公室，而是来到后面的走廊里。见我们过来，墙上的一扇暗门无声地打开了，这扇门显然是空间站的智能中枢为我们临时开启的，它始终在关注着检查站站长的一举一动。

“你还好吗，布瑞克？”斯瓦尔顿疑惑而担忧地看着我。

“没事，”我说谎道，“就是有点累，今天太难熬了。”我确定自己的表情没变，但斯瓦尔顿应该是注意到了什么。

暗门后面还是一道走廊，里面有一排电梯，其中的一扇电梯门自动为我们敞开，然后悄无声息地向上移动。智能中枢知道斯卡伊阿特想去哪里——后来我发现，我们要去的是主广场。

电梯门滑开后，眼前的景象宏伟壮观：一条点缀白色花纹、黑色石头铺就的大道，足有七百米长、二十五米宽；上方是六米高的顶棚，正前方矗立着神庙；门口的台阶并非真正的台阶，而是用红绿蓝三种石头在石板地面上围出来的一个区域——显然是个举行重大活动的地方。入口高四十米，宽八米，门框上雕刻着数百个神像和人形图案，五颜六色。入口处有个水池，供朝拜者洗手用；再往里走摆着修剪齐整的黄色、橘红色和红色鲜花的花盆；还有装香的篮子，朝拜者可以在这里买香供奉。主广场的两侧排列着商店、办公楼和绿植蜿蜒而下的阳台，路边有长椅和植物。虽然距离雷切人的晚餐时间还有一个小时，但街上已有数百位市民：她们有的走路，有的站着谈话，有的穿着制服（穿白色制服的是翻译办事处的工作人员、浅棕色的来自警察局、深棕色来自军队、绿色是园林局的、浅蓝色来自行政机构），有的没穿，但她们身上全都佩戴着亮闪闪的珠宝饰物，从头到脚散发着高度文明的气息。我看到一位辅助部队士兵跟在它的舰长身后，走进一家拥挤的茶馆：不知道她们来自哪一艘战舰，这里又都停靠了什么战舰。但我没有问出来，来自格林泰特的布瑞克显然不会关心这种问题。

从一个非雷切人的视角来看，这一大群簇拥喧嚷的雷切人性别模糊，无法根据雷切境外用以区分性别的方式来判断她们：比如头发的长短和是否扎起来（不扎的散在背后或者烫成爆炸头，扎起来的编成辫子、别着发夹或者简单地系好）、身材体型和是否化妆以及其他地方特定性别使用的服饰颜色；从她们的身体曲线（比如胸部和臀部）也无法看出男女之别；行为举止上一秒看起来称得上其他地区所认为的“女性化”，下一秒很可能就变得“阳刚”起来。正因如此，为雷切效力多年的我缺乏判断性别的经验，以至于在过去的二十年里和雷切以外的人说话时，始终难以选择正确的性别用语。但在这里我无须担心，可以暂时忘记性别判断方面的困难——因为我回家了。

但这里对我而言也不那么像家：因为我过去一直在各处执行兼并任务，大部分时间都在各种空间站度过；后来这些空间站会陆续变为类似此地的大都市，在它们发展起来之前我就走了。但我的军官们都是从这种地方来的，后来又被调派到其他都市，所以，即使我对这样的地方并不完全熟悉，但就某些方面而言，这种地方是我存在的全部理由。

“路程有点长，请这边走，”检查站站长斯卡伊阿特说，“但这里的景观让人印象深刻。”

“是的。”我说。

“为什么要穿那样的外套？”斯瓦尔顿问，“上一次我就觉得别扭。但我上次待的地方，人们的外套好歹是及膝的，而这里的人穿的外套长得都拖到了地上，领子也不对劲。”

“我们去的其他地方的潮流都没让你觉得别扭。”我说。

“那都是在外国，”斯瓦尔顿不耐烦地说，“又不是在国内。”

斯卡伊阿特微笑道：“我猜你最后会习惯的，行宫用地在这边。”

我们跟着她穿过主广场，我和斯瓦尔顿身上“不开化”的着装和没戴手套的双手招来了许多好奇和厌恶的目光。我们三个人来到行宫大门口，门前只有一根杆子作为入口标志。

“别担心，”我还没开口，斯瓦尔顿就对我说，“我办完事会来找你的。”

“我等着你。”

看着斯瓦尔顿走进行宫之后，斯卡伊阿特说：“布瑞克阁下，请借一步说话。”

我点点头，她说：“你非常关心公民斯瓦尔顿，我理解，这说明你是个好人，但没有理由担心她的安全——雷切会照顾好自己的公民的。”

“告诉我，站长阁下。假如斯瓦尔顿是擅自离开雷切的来自不知名家族的不知名人物，假如你从来没有听说过她，她的家族姓氏和历史对你而言完全陌生，她还会得到这样的礼遇吗？你们会如此礼貌地在码头欢迎她、给她茶喝，然后亲自送她来行宫申诉吗？”

她抬起右手，手腕上的那个小小的黄金饰物闪了一下光。“她不再有那样的地位了，她现在已经没有了家族，而且破了产。”斯卡伊阿特说。我什么都没说，只是看着她。“不对，你的话里有话，假如我不知道她是谁，我不会考虑如何处理她。换成格林泰特人，你们会怎么办？”

我努力挤出一个和蔼的微笑："当然是一视同仁。"

检查站站长斯卡伊阿特静静地站了一会儿，若有所思地看着我，但我猜不出她在想什么。最后她说："你想做她的赞助人吗？"

假如我是雷切人的话，这是个不能说出来的粗鲁问题，但就我所知，斯卡伊阿特·奥尔经常会说出大多数人不会说的话。"怎么会？我不是雷切人，我们格林泰特人没有这样的契约。"

"没错，你不会。"斯卡伊阿特直率地说，"假如我沉睡了一千年突然醒来，发现自己在一次臭名昭著的事故中失去了战舰，所有的朋友死了，家族也没了，我可能也会逃跑的。斯瓦尔顿需要找到自己的归属，在雷切人眼里，你似乎打算为她提供归属。"

"你担心我会给斯瓦尔顿虚假的期待。"我想起检查助理达奥斯·赛特，她佩戴的那个美丽的、非常昂贵的珍珠——白金饰针并非赞助人的标志。

"我不知道公民斯瓦尔顿有什么期待，只是……你表现得像是对她负有责任。在我看来，这是不对的。"

"假如我是雷切人，在你看来还是不对的吗？"

"假如你是雷切人，你的行为会完全不同。"斯卡伊阿特说，紧绷的下巴表明她生气了，但她试图掩盖自己的恼火。

"那枚饰针上刻着谁的名字？"我脱口而出。

"什么？"她疑惑地皱起眉头。

“你的右边袖口的饰针，和你身上的其他饰物不一样。”我说。我想问的是——上面刻着谁的名字？还有——你是如何对待奥恩上尉的妹妹的？

检查站站长斯卡伊阿特眨眨眼，微微向后一退，似乎被我吓了一跳，“是为了纪念一个去世的朋友。”

“你想起她了吗？过去的几分钟里，你一直在转手腕，把饰针往自己那边转。”我说。

“我经常想起她。”她叹了一口气，又深吸一口气，“我想，我没有公正地对待你，布瑞克·加艾德。”

我知道。我知道那枚饰针上刻着谁的名字，哪怕没有看到，但我就是知道。我不确定自己对检查站站长斯卡伊阿特的看法是有所改观还是变得更糟了。但眼下这一刻我是危险的——这是我从未料到的危险，不知道接下来会发生什么。我说出了不该说的话，而这些话永远都不能说，可我还想说出更多。尽管眼前的这个人在二十年前见过我，有可能已经认出我是谁，但我还是非常想要大声喊出来：上尉，看，是我，我是正义托伦号伊斯克第一分队。

我压抑住冲动，开口道：“我同意你的看法，斯瓦尔顿需要在这里找一个家。我只是不信任雷切的做法而已，也不信任她自己的处理方式。”

斯卡伊阿特刚想张嘴说话，斯瓦尔顿的声音传来：“很快就办完了！”说着，她走到我身边，看着我，皱起眉头：“你的腿又难受了？你需要坐下。”

“腿？”检查站站长斯卡伊阿特问。

“没养好的旧伤。”我说，幸好斯瓦尔顿用新的尴尬化解了我刚才的尴尬——假如空间站智能中枢监测到我刚才的情绪异常，也可以归咎于她。

“对不起，你劳累了一天，我还继续让你站在这里，真是太失礼了。请原谅，阁下。”检查站站长斯卡伊阿特说。

“没关系。”我忍住想说点什么的冲动，转向斯瓦尔顿，“你的事情办得怎么样了？”

“我已经提交了申诉，接下来的几天会得到受理，”她说，“我还填上了你的名字。”斯卡伊阿特闻言，挑起眉毛，斯瓦尔顿补充道：“布瑞克救了我的命，不止一次。”

斯卡伊阿特说：“你可能需要等上好几个月才能见到领主。”

“没关系，”斯瓦尔顿抱起胳膊说，“她们给我分配了住处，把我列入了食物配给清单。接下来的十五分钟里，我必须去最近的救济办公室拿一些衣服。”

住处。好了，看来不止检查站站长斯卡伊阿特认为斯瓦尔顿和我待在一起是不对的，连斯瓦尔顿本人也有同感。不过，虽然她不再是我的仆人，还是请求我与她一起面见领主，这一点更为重要，我提醒自己。“你想让我和你一起去吗？”我问斯瓦尔顿。其实我不想去，我只想独自待着，恢复内心的平静。

“不用，没关系的，你得让那条腿休息一下。我明天去找你。站长阁下，很高兴见到你。”斯瓦尔顿鞠了一躬，礼节拿捏得相当到位，对方也给她鞠了一躬。斯瓦尔顿穿过主广场离开了。

我转向斯卡伊阿特：“你推荐我住在哪里？”

半小时后，我实现了自己的愿望——独自待在自己的房间里。这个房间很贵，就在主广场旁边，但只有五平方米；地板看上去像真正的木头做的，墙壁是深蓝色的；有一张桌子和几把椅子，地板里面放着一台投影机。许多——不是全部雷切人拥有视觉和听觉植入物，可以直接观看娱乐节目或收听音乐和新闻，但人们仍然喜欢坐在一起观看节目，非常有钱的人有时候会关掉植入装置，使用外部的视听设备。

床上毯子的材质并非合成化纤，感觉更像是用真正的羊毛做的；一面墙壁上有张折叠起来的小床，是给仆人用的——当然我现在已经没有了仆人。这里还有一样对雷切人而言十分奢侈的东西——房间里配有私人小浴室，它正是我所需要的，因为我已经被藏在衣服底下的那支枪和弹药压得疲惫不堪，把它们藏在小浴室里是个比较妥当的选择。虽然空间站的扫描仪检测不到它们，但人类的肉眼能够看到，假如我离开房间，搜查的人会找到它们，而我又不能把它们放在公共浴室的更衣间里。

门边的墙上有个控制台，我可以与外界——比如空间站——取得联系，空间站也能通过它监视我，但我相信这并非空间站监视我在房间里的动静的唯一方式。回到了雷切，我不再孤独，不再有隐私。

我的行李已经在订下房间后的五分钟内运来这里，附近的饭店也送来了我订的晚餐——鱼和青菜，散发着热气和调料的味道。

尽管受到严密监视，但不被人注意的机会还是有的。我打开行李一看，发现它们显然是被搜查过了，不知道是不是因为我是外国人的缘故。

我拿出茶瓶和茶杯，还有藏着百合之神神像的黄金圆饼。我把它们放在床边的矮柜上，在瓶子里装满水，坐下来吃饭。

鱼尝起来和它闻起来一样美味，我的心情也为此变好了一点，至少能够让我在吃饭喝茶的时候冷静地分析目前的情况。

空间站的智能中枢一定会像我作为战舰时监视军官们那样监视房客们的一举一动，以及那些非常细微的指征：体温、心率和呼吸。对于那些重点监视对象，她们的数据会像洪流一样涌入智能中枢。而我并非那些重点监视对象，但中枢需要处理的信息依然很多：包括我的详细情况、背景经历、社会联系等等。凭借这些数据，空间站的智能中枢也几乎拥有读心般的能力。

但也只是“几乎”而已，它不会真的阅读人的想法，而且它不知道我的过去，以前也没有与我打过交道。它或许看得出我的情绪，但不会猜出我产生那些情绪的原因。

我的屁股一直在疼。按照雷切的标准，检查站站长斯卡伊阿特对我说的话称得上难以置信的粗鲁。假如我以愤怒的态度回应，在智能中枢看来也很正常（如果阿纳德尔·米亚奈也在关注我们，她也会觉得正常），任何人都不会质疑我的愤怒，所以我能够安心地扮演一位疲惫的游客，被身上的旧伤困扰，除了食物和休息之外不需要别的东西。

房间里非常安静，比斯瓦尔顿在我面前生闷气时都要安静，不过我还没有适应这样的氛围。想起斯瓦尔顿，我突然意识到了一件事——在主广场时，我觉得斯卡伊阿特可能是唯一认识我的人。但这不是真的，斯瓦尔顿过去也认识我。

但奥恩上尉从来没对斯瓦尔顿有所期望，她既没有被她伤害过，也未曾被她辜负。假如她们曾经见过面，斯瓦尔顿可能早就对奥恩上尉表现出了鄙视和不屑；奥恩上尉会维持僵硬的礼貌，心里暗自生气——作为辅助部队的我当然看得出这一点，但她也绝对不会像斯瓦尔顿听到斯卡伊阿特上尉无意中说出蔑视的话时那样难过。

然而也许我是错的，我对待斯卡伊阿特·奥尔和斯瓦尔顿·文德尔的态度可能并无本质区别，也许我已经让自己陷入危险而不自知——上一次我对斯瓦尔顿发火，是否让她对我的身份产生了怀疑？

现在我还不知道问题的答案，只能专心扮演目前的角色——为那些可能观看的人演出，维持精心打造的自我形象。我把空杯子放在茶瓶边，跪在百合之神的神像前，微微歪着屁股（因为那里还在疼），开始祈祷。

第十九章

第二天上午，我去检查站站长斯卡伊阿特推荐的服装店买衣服。在店主看到我的银行存款余额的时候，差点把我当成诈骗犯扔出去——还是空间站的智能中枢帮我解了围，告诉她我确实有这么多钱，但这也让我进一步确定了智能中枢始终在监视我的事实。

我当然需要手套，但假如要扮演挥金如土的有钱游客的话，就需要更多的手套和各种符合潮流的衣物。但没等我提出要求，店主就已经拿出了十多套做工精致、颜色各异的衣服，质料包括锦缎、棉缎、丝绒等等，颜色有紫色、橙棕色、浅绿色、金色、浅黄色、冰蓝色、灰色和深红色。

“你现在的衣服可不能再穿了。”店主像权威人士那样向我宣布。一位店员给我端来茶水，尽可能地掩饰着她对我没戴手套的双手的厌恶。空间站智能中枢扫描过我，量出了我的身材尺寸，所以我不用再量。喝下半公升茶水、吃完两块甜得发腻的糕点、听取了店主的十几条掺杂着贬损的建议之后，我选定了一套橙棕色的外套和长裤、一件冰白色的笔挺衬衫和一副深灰色的手套——它们是那么轻软，戴上去就像没戴一样。幸运的是，根据现今的时尚潮流，衣服的长度都足以让我把武器藏在身上。我把这些衣服穿在身上离开商店，准备参观神庙，店主告诉我，我买下的其他衣服——两件外套、两条裤子、两副手套、半打衬衫和三双鞋都会很快送到我的住处。

我离开商店，拐了个弯来到主广场，每天的这个时间都会有大批的雷切人来到这里，拜访神庙、行宫或者茶叶店（毫无疑问，店里的货物十分昂贵，它们是最时髦的）。我刚才走进那家服装店时，有的路人对我指指点点，有的只是挑起眉毛；现在，换了一身衣服的我立刻不像刚才那样引人注目了：在路人眼中我仿佛变成了隐形的。但也有个别的几个衣着讲究的雷切人会打量我的外套前襟，寻找上面的家族徽章，发现根本没有什么家族徽章之后，她们都会惊讶地瞪大眼睛。打量我的人里还有个小孩，戴着手套的小手紧紧拉着一个大人的袖子，她一直回头看着我，直到消失在人群之中。

神庙里面，公民们拥挤着给神像献花烧香。初级祭司们十分年轻——我觉得她们看上去像小孩——搬着花篮和箱子走来走去。作为辅助部队，我是不被允许触碰神庙祭物或是将其据为己有的，但这里的人并不知情。我在水池里洗了手，买了一把浅橘黄色的鲜花和一支奥恩上尉曾经喜欢的香。

神庙里专门有地方供人们为死者祈祷，而且特地为她们挑选了适合做这种祈祷的日期，但今天并非这样的日子。而且，作为外国人，按理说不应有需要我去悼念的雷切死者，所以我只能走进高大堂皇、回声阵阵的主大厅：那里有一座巨大的阿马特立像，四只手里分别拿着四大创世概念的象征物。信徒们供奉的鲜花已经埋到了神像的膝盖，红黄橘三色的花堆足有我的头部那么高。随着更多的信徒过来抛掷鲜花，花堆还在越长越高。我来到人群前方，对着神像扔出自己手中的花，向它行礼致意，默默念诵祷词，把香放进神像前的箱子里——初级祭司会清空满了的箱子，把里面的香拿到门口再次出售——假如这么多香真的被烧掉的话，神庙里会变得浓烟滚滚，难以呼吸，况且现在并非可以大肆烧香的节日。

我向阿马特鞠躬时，一个穿棕色制服的舰长模样的人走到我旁边，扔出手里的花之后，她扭头看着我，空出来的左手手指微微抽动。她的模样让我想起了路布兰·奥斯克舰长，但路布兰舰长更瘦更高，头发更长更直；这位舰长个子矮些，身材胖些，头发更短。我瞥了她身上的装饰物一眼，立刻确定她是路布兰的表亲——她们来自同一家族的同一分支。我想起当年阿纳德尔·米亚奈始终不确定路布兰的忠心，但不想过分逼迫她的家族及其关系网。不知现在是否仍然如此，或者说奥斯克家族已经确定了自己支持哪一方。

但这些都无所谓。那位舰长依然看着我，似乎对我的一言不发感到奇怪。空间站中枢和她的战舰都会告诉她我只是个外国人，我猜此后她就会对我失去兴趣——不对，她可能听说了斯瓦尔顿和一个外国人一起回来的事。虽然很想知道她是否因为这个对我感兴趣，我还是按部就班地做完祷告，转身穿过人群，等待献上供品。

神庙的另一边是些比较小的神龛，其中一座的前面站着三个成年人和两个小孩，她们把一个婴儿放在阿马特神像抱在胸前的手臂上——这种姿势的雕像就是为了给婴儿祈福用的——似乎是在祈祷孩子有个好前途。

所有的神龛都很美丽，金银、玻璃和抛过光的石头制成的器具闪闪发光。整个地方回荡着数百人的低声交谈和祷告声。没有音乐。我想起了那几乎空无一人的伊克特神庙。伊克特大祭司曾告诉我，那里曾有数百名歌手，但后来没有了。

我在神庙里逛了近两个小时，参观各种神龛和神像。这个地方显然不属于行宫用地，而且与行宫之间没有通道相连——但阿纳德尔·米亚奈经常来此地行使祭司之职，所以也可能存有暗道。

祭礼大厅是我最后参观的地方，一方面因为这里总是游客最拥挤之处，另一方面因为我知道那里会让我心情不好。这里比其他神龛要大，几乎赶得上半个主大厅，空间被各种架子填满，上面放着给死者的祭品，全都是“食物”或“鲜花”——它们都是玻璃制成的，玻璃茶杯里放着玻璃制成的茶水模型，玻璃花瓶里放着玻璃玫瑰和叶子。祭品中的水果、鱼类和蔬菜足有二十多种，让我想起昨天的晚餐。你可以在距离主广场很远的商店里批发到类似的祭品，供奉在自家的神龛里，以此敬拜神祇或逝者；但这里的祭品更精致，是悉心打造的艺术品：每一个的显眼位置都贴着标签，写着在世的捐献者和逝者的名字，这样每位游客都能轻而易举地了解到她们的虔诚——以及财富和地位。

现在我手里有足够的钱，也能买得起这样的祭品，但假如我这么做，一定会被祭司拒绝。我也考虑过给奥恩上尉的妹妹寄钱，但这样也会引起不友好的好奇。也许我该在办完这里的事情之后再做安排，但我怀疑那同样困难重重。想到这里，我不禁为我现在享受的豪华房间和奢侈服装感到汗颜。

我来到神庙入口处，正打算返回主广场，一个士兵拦住了我的去路。这是个人类，并非辅助部队。她鞠了一躬："请原谅，公民维尔·奥斯克请我给你带个口信，她是仁慈级战舰卡尔号的舰长。"

这一定是刚才我给阿马特献花时盯着我看的那个舰长了。她派来的士兵解释说，舰长认为，与其通过空间站的系统给我发消息，不如派人给我带话，这样可以避免为我带来太多麻烦。但她又觉得派一位上尉或者亲自来找我都有点小题大做，可派士兵过来似乎对我也不尊重，总之无论如何都要请我见谅。"对不起，公民，"我对士兵说，"可我不认识这位名叫维尔·奥斯克的公民。”

士兵微微鞠躬表示歉意：“今天早晨的占卜结果表明，舰长今天会遇到意想不到的人；当她注意到你在献花时，立刻意识到你就是那个人。”

在到处都是陌生人的神庙里见到某个陌生人——我实在想象不出有什么意想不到之处，这位舰长真是鲁莽。我只好问：“什么口信，公民？”

“舰长每天下午会到这里用茶，”士兵淡漠而礼貌地说，给我一个茶馆的地址，“希望你能赏光前往一叙。”

时间和地点都说明这是一次“社交”活动，目的在于展示自己的影响力和地位，处理一些并非公事的事务。

维尔舰长和我素不相识，与我见面也没什么好处。“假如舰长想见见公民斯瓦尔顿……”我开口道。

“舰长在神庙里遇到的并非斯瓦尔顿舰长，”士兵说，她又微微地鞠了一躬，显然很明白舰长的用意，“不过，如果你想带着斯瓦尔顿舰长，维尔舰长会很荣幸地与她见面。”

这是自然。哪怕家族败落，斯瓦尔顿也有可能收到来自旧相识的私人邀请，而不是空间站系统的冰冷通知；也会有像维尔舰长这样的人，挖空心思地派人请她过去。但无论如何，这正是我所需要的。“我无法代表公民斯瓦尔顿答应舰长的要求，”我说，“但请代我感谢维尔舰长的邀请。”士兵鞠了一躬，走掉了。

离开主广场，我找到一家售卖着写有“午餐”字样盒饭的店铺，打开饭盒一看，里面又是鱼，不过是和水果一起炖的。我把盒饭带回房间，坐在桌前，边吃边盯着墙上的控制台：上面的通信指示灯闪着光，说明能够使用。

空间站的智能中枢像过去身为战舰的我一样聪明，而且比我更年轻。假如我的身份被识破，很可能是因为被空间站探测到了我的不对劲。

然而，空间站并没有检测出我身上的辅助部队植入物——我已经尽可能地关闭或者隐藏了它们，假如被空间站扫描出来，我现在早就被捕了。但空间站至少能够掌握我的基本情绪状态，再结合足够的个人信息，它能够判断出我何时在说谎，然后更密切地监视我。

但是，在空间站——以及还是正义托伦号时的我——眼里，情绪状态不过是些与医疗体征类似的数据，没有背景，不值得单独拎出来考察。假如我现在心情郁闷地走出一家商店，空间站可能会监测到，但不会明白我为什么心情郁闷，因此得不到任何结论。但我郁闷的时间越长，可供空间站观察分析的信息越多，她所掌握的数据就越多，结合具体的背景，它会形成对我的大致判断，与它之前对我的看法进行比较。

假如两相比较的结果并不符合，麻烦就来了。我咽下一口鱼肉，看着控制台。“你好，”我说，“智能中枢。”

“尊敬的布瑞克·加艾德阁下，”空间站透过控制台说，语调平静，“你好，人们通常叫我‘空间站’。”

“那好，空间站，”我又咬了一口鱼和水果，“这么说，你一直在看着我。”我始终在担心空间站对我的监视，恐怕这份恐惧也逃不过它的眼睛。

“我一直在看着每一个人，阁下。你的腿还疼吗？”它说，显然从我的坐姿看出我的腿还在难受。“我们的医疗机构非常优秀，我们的医生能为你找到最好的治疗方案。”

绝对不能让医生看到我体内的植入物，但我表面上还是做出十分理解的样子：“不，谢谢你。我了解雷切的医疗机构，我宁愿忍受一定的不便，也想保持自己的原样。”

空间站沉默了一会儿，然后问：“你是说素质测试，还是重新教育？这两样都不会改变你的原样，你也不需要做这两件事，我向你保证。”

“随你怎么说，”我放下餐具，“我们那里有句老话：权力既不需要被许可，也不需要被原谅。”

“我以前从来没遇到过来自格林泰特的人，”空间站说，“我猜你对此地的误解是可以理解的。外国人经常不明白雷切究竟是什么样子的。”

“你知道你刚才在说什么吗？不文明的人不明白文明是什么样子的，你知不知道，雷切境外的很多人都认为自己是文明人？”我说。这句话用雷切语表述出来几乎是不可能的，因为它的意思自相矛盾。

我以为空间站会说这不是我的意思，但它只是说："假如不是为了公民斯瓦尔顿，你会来这里吗？"

"可能吧。"我回答，我知道不能直接对空间站说谎，更何况它现在正密切监视着我，我的任何愤怒或者憎恨的情绪——或者对于雷切官员的看法——都会让它认为我憎恨或者惧怕雷切帝国。"这个非常文明的地方有什么音乐吗？"

"当然有，"空间站说，"但我没有来自格林泰特的音乐。"

"如果我想听格林泰特的音乐的话，"我讥讽地说，"就不会离开那里了。"

空间站无动于衷，继续问："你打算出去还是留在房间？"

我回答留在房间。空间站为我播放起了今年最新的娱乐剧，但也不过是公众喜闻乐见的套路：一个来自贫寒家族的年轻女人想要得到上层社会的青睐，找到高贵的赞助人，她的对手嫉妒她，暗中进行破坏，让潜在赞助人误以为她是个骗子。最后，她凭借忠诚而高贵的品格通过了一系列可怕的考验，打败对手，最终得到赞助人的认可和庇护。这时片子里播放了一段长达十分钟的庆祝她获胜的歌舞，最后的十一分钟是对四集剧情的穿插回顾，这是一部相当简短的小型剧作——有些娱乐剧经常多达几十集，需要数天乃至数周才能看完。虽然剧情愚蠢简单，但插曲非常不错，让我的心情改善了不少。

斯瓦尔顿的申诉还没有得到批复，我没有别的事可做，况且，在她要求面见领主、请我予以陪同的申请得到批准之前，我还需要等待更长的时间。我站起来，抚平新买的长裤上的褶皱，穿上鞋和外套。“空间站，”我说，“你知道公民斯瓦尔顿·文德尔在哪里吗？”

“公民斯瓦尔顿·文德尔，”空间站平静地透过控制台回答，“在地下九层的安全办公室里。”

“什么？”

“发生了一起争执，”空间站说，“安全办公室按理应该联系她的家人，但她在这里没有家人。”

我当然不是她的家人，但她需要的话可以联系我。“你能带我去地下九层的安全办公室吗？”

“当然，阁下。”

地下九层的安全办公室空间狭小：只有一个控制台、几把椅子、一张摆着不相配的茶具的桌子和几个储物柜。斯瓦尔顿坐在后墙边的一张长凳上，戴着灰色手套、穿着不合身的外套和一条做工粗糙的长裤——像是在挤压机上制造的均码产品，而不是缝出来的。我在战舰上服役时的制服就是挤压机制作的，但看上去质量更好一点，而且贴合每个分身的身材：那时量体裁衣这种技术活对我而言是小菜一碟。

斯瓦尔顿的灰色外套前面有血迹，一只手套浸透了血，上嘴唇结了血痂，鼻梁上贴着一块通用治疗剂，瘀青的脸颊上也有一块。她呆滞地凝视前方，没有抬头看我和带我进来的警官。“你的朋友来了，公民。”警官说。

斯瓦尔顿皱起眉头，抬起头来看了一圈，然后定睛看着我，“布瑞克？仁慈的阿马特，真的是你，你看上去……”她眨眨眼，张嘴想把话说完，又闭上了，她颤抖着吐出一口气，“不一样了，”她终于说，“真的，非常非常不一样。”

“我不过是买了几件衣服而已，你怎么了？”

“打了一架。”斯瓦尔顿说。

“不是你惹的事，对吗？”我问。

“不是，”她说，“她们给我分配了睡觉的地方，但那里已经有人住了，我想和她理论，但听不懂她说的话。”

“你昨晚在哪里睡的？”我问。

她低头看着地板。“随便找了个地方。”她又抬头看着我和警官，“但我今晚不知道在哪里落脚。”

“你应该来找我们的，公民，”警官说，“现在你的档案里有了一次警告记录，这样可不好。”

“那和她打架的人呢？”我问。

警官做了个无可奉告的手势，表示这不是我该问的。

“我不是很擅长依靠自己，对不对？”斯瓦尔顿沮丧地说。

尽管斯卡伊阿特·奥尔不认可，我还是给斯瓦尔顿买了深绿色的新手套和夹克——它们也是挤压机制造的，但至少更合身，质量也更好。她原来那套灰色的行头已经快被洗破了，况且我知道救济办公室在短时间内不会发新的。在斯瓦尔顿穿上我买的衣服，把旧的送去回收之后，我说：“你吃饭了吗？我本想带你去吃晚饭的。”她已经洗了脸，终于看上去有了点人样，虽然脸上的瘀青还没消退。

“我不饿。”她说。脸上闪过一丝不知是懊悔还是厌烦的神色，抱起胳膊，然后又迅速地放下来，我已经好几个月没见她这样了。

“我请你喝茶怎么样？我吃饭，你喝茶？”

“我喜欢茶。”她说，带着有些夸张的真诚。她没有钱，也不让我给她钱。我们带来的茶都放在我的行李里，昨晚和我们分开后，她没带任何东西。就她现在的情况而言，茶自然是多余之物，也是奢侈，但按照斯瓦尔顿过去的标准，茶从来算不得什么奢侈，许多雷切人也是这么认为的。

我们找了一家茶馆，我买了一块卷在海藻里面的食物、一些水果和茶，和斯瓦尔顿在角落里坐下。“你确定不想要吃的吗？”我问，“水果怎么样？”

她假装对水果没兴趣，手却伸出来拈了一块，“但愿你今天过得比我好。”

“大概是吧。”我说。我以为她会说说今天遇到了什么事，但她一语不发，只是等我继续说下去，我只好说：“我今天上午去了神庙，遇到了一个什么战舰的舰长，她很粗鲁地盯着我看，后来又派手下的兵请我去喝茶。”

“她手下的兵，”意识到自己不由自主地抱起胳膊，斯瓦尔顿连忙松开胳膊，端起茶碗又放下，“辅助部队？”

“人类。我十分肯定。”

斯瓦尔顿挑了挑眉毛，“你不应该去，她应该亲自来请你。你没答应她吧？”

“我也没说不行。”我说。三个雷切人笑着走进茶馆，都穿着码头办公室的深蓝制服，其中一个是达奥斯·赛特，检查站站长斯卡伊阿特的助理，她似乎没注意到我。“我不认为她真的打算邀请我，我觉得她是想和你见面。”

“可是……”斯瓦尔顿皱起眉，看着手中的茶碗，用一只戴着绿色手套的手摸了摸身上的新外套，“她叫什么名字？”

“维尔·奥斯克。”

“奥斯克。没听说过这个姓。”她又喝了一口茶。达奥斯和她的朋友们买了茶和糕点，坐在房间对面，兴致勃勃地聊起了天。“她为什么想见我？”

我挑起眉毛：“你们这群人不是相信任何意想不到的事情都是来自神明的信息吗？你失踪了一千年，偶然被人发现，然后又消失了，最后再次出现，身边还有个有钱的外国人，别人当然会很好奇。”斯瓦尔顿做了个含糊的手势。“作为仅剩的文德尔家族成员，你需要建立自己的名声。”

那个瞬间，她看起来非常沮丧，让我觉得刚才的话刺激了她，但她似乎很快就恢复了正常。“假如维尔舰长是为了我好，真的关心我的想法的话，她就不应该以这种方式变相地侮辱你。”斯瓦尔顿说，她始终暗自压抑的那份骄傲似乎又回来了。

“那检查站站长呢？”我问，“斯卡伊阿特，对吗？她看起来很讲礼数，你似乎挺熟悉她的。”

“奥尔家的人看起来都很讲礼数。”斯瓦尔顿厌恶地说。我越过她的肩膀，看到达奥斯·赛特的同伴讲了一句什么，惹得她哈哈大笑。“她们最初看起来都很正常，”斯瓦尔顿继续道，“但后来她们会和你胡说八道，认为这个世界有错，她们必须改正这些错误。奥尔家的人都是疯子。”她静了一会儿，转过身去看了看我在看什么，又转回来。“哦，是她。难道她看上去不像……外省人吗？”

我转脸看着斯瓦尔顿。

她低头看桌子。“对不起，这是……这是不对的。我不是故意……”

“你想说，”我打断她，“她是外省人，不配做现在的工作吗？”

“我不是这个意思，”斯瓦尔顿抬起头，脸上交织着沮丧和尴尬的表情，“但我原来的意思也很糟糕，我只是……我只是惊讶，我一直以为你是禁欲主义者，所以才觉得意外。”

禁欲主义者。我明白她为什么这样想，但没必要和她多作解释。除非……“你不会是嫉妒吧？”我怀疑地问。无论衣着多么考究，我依然是和达奥斯·赛特一样的外省人。

“不！”斯瓦尔顿叫道，但接着又补充道，“好吧，是的，但不是那种嫉妒。”

我这才意识到，不仅是其他的雷切人可能会对我送给斯瓦尔顿的衣服有意见，哪怕她自己也肯定知道我无法为她提供赞助。假如她刚才能够多考虑一下，一定会拒绝我的礼物。“昨天检查站站长告诉我，我不能给你虚假的期望，或者给你留下其他错误的印象。”

斯瓦尔顿不屑地哼了一声：“可惜我对那个姓奥尔的没兴趣。”我挑起眉毛，她又语气懊悔地说：“我原以为我能自己处理事情，结果昨天晚上和今天变成这个样子，我真应该和你待在一起的。我还以为所有的公民都得到了良好的照顾，因为我没见过任何人挨饿或者没有衣服穿。”她的脸上闪过一丝厌恶，“可那样的衣服还能叫衣服吗？还有，肉菜里全是骨头，我不在乎骨头，但实在是难以下咽。”我猜不出她和人打架时是什么心情。“我想，假如这么继续下去，我可能一连几周都得吃这样的食物，穿这样的衣服，”她苦笑道，“我要是要求和你待在一起就好了。”

“这么说，你想继续做我的仆人了？”我问。

“我当然愿意！”她如释重负地说，声音很大，房间对面的人也能听到，她们纷纷投来鄙视的目光。

“注意语言，公民。”我又咬了一口海藻卷，“你确定不去维尔舰长那里碰碰运气？”

“你和谁喝茶是你的自由，”斯瓦尔顿说，“但她真的应该亲自邀请你的。”

“你所谓的礼数都是一千年前的事情了。”我指出。

“礼数就是礼数。”她愤慨地说，“但就像我说的，你和谁喝茶是你的自由。”

检查站站长斯卡伊阿特走进茶馆，看到了赛特，朝她点点头，然后朝我和斯瓦尔顿坐的地方走过来。注意到后者脸上的药剂贴，她迟疑了一下，随后假装没看见，招呼我们道：“公民。阁下。”

“站长阁下。”我回应道，斯瓦尔顿只是点了点头。

“我明晚要举行一个小型聚会，”斯卡伊阿特说出一个地名，“就是喝喝茶，不是正式聚会，假如你们两位能来，我不胜荣幸。”

斯瓦尔顿笑出了声。“礼数，”她对我说，“这才叫作礼数。”

斯卡伊阿特不明就里地皱起眉头。

“这是我今天接到的第二份邀请，”我说，“公民斯瓦尔顿告诉我，第一份邀请的礼数并不周到。”

“希望我的邀请符合她的标准。”斯卡伊阿特说，“是谁让她失望了？”

“维尔舰长，”我回答，“卡尔号仁慈级战舰。”

斯卡伊阿特似乎不怎么熟悉这位舰长，至少从她的表情上能看出这一点。“好吧，我承认，公民，我打算把你介绍给我的朋友。她们也许对你有帮助，但你也可能会觉得维尔舰长本人更有意思。”

“你对我的看法一定不怎么好。”斯瓦尔顿说。

“也许吧。”斯卡伊阿特说。我很少听她用如此严肃的语气说话，这让我感到很不适应，但我毕竟有二十年没见她了。“维尔舰长的做法显然对布瑞克阁下不够尊重，但我却觉得你可能会在她那边找到更多的同情。”斯瓦尔顿还没来得及回答，斯卡伊阿特继续道，“我得走了，希望明晚能见到你们。”她朝自己的助理坐的那张桌子看了看，三个检查助理一起站起来，跟在她身后离开了茶馆。

斯瓦尔顿盯着茶馆的大门沉默了一会儿。

“好了，”我说，斯瓦尔顿转头看我，“我猜，要是你打算回来，我最好先给你发工资，你好买点更像样的衣服。”

她的脸上闪过一丝我不怎么明白的表情，“你的衣服在哪里买的？”

“我不会给你那么多工资的。”我说。

她笑了，呷了一口茶，吃了一片水果。

我不完全确定她吃的到底是什么。“你确定不想要点别的了吗？”我问。

“我确定。那是什么东西？”她看着我吃剩下的一点海藻卷说。

“不知道。”我在雷切的时候也没见过这种东西，也不清楚它是不是进口货，“但是还不错。你想来一块吗？假如你愿意，可以带回去吃。”

斯瓦尔顿做了个鬼脸，“不，谢谢。你比我更敢于冒险。”

“我猜是这样，”我快活地表示同意，吃掉了最后一点晚餐，还喝光了茶，“但从外表上你是看不出来的。比如说，今天早晨我去了神庙，一直表现得像个守法的游客，下午的时候又在房间里看了娱乐剧。”

“让我猜猜是什么剧！”斯瓦尔顿嘲讽地挑起眉毛，“就是每个人都在谈论的那个吧？女主角既善良又忠诚，她的潜在赞助人的情人憎恨她，最后她赢了，因为她的忠诚和奉献始终没有改变。”

“你看过那部剧了？”

“这种剧我看过不止一次，但都是很久以前的事了。”

我微笑道：“看来某些东西永远不会变？”

斯瓦尔顿笑着回应道：“显然如此。里面插曲怎么样？”

“很好。假如你愿意，可以回房间去看。”

然而，回到房间之后，她展开仆人用的小床，说：“我就坐一会儿。”才过了两分三秒钟，她就睡着了。

第二十章

估计至少要等好几周之后，斯瓦尔顿才能获知领主会在什么时候接见她。在等待期间，我可以借机考察情况，弄清楚谁会在危急时刻支持米亚奈。也许在这里说了算的不止米亚奈的一个分身，任何信息都可能对最后的结果产生重要的影响，最后的结局一定会到来，我也越来越肯定这一点：阿纳德尔·米亚奈或许不会马上意识到我是谁，但我已经出现在了她和她的所有分身面前——公开，引人注目，而且还和斯瓦尔顿在一起。

想到斯瓦尔顿和急于与其见面的维尔·奥斯克舰长，我也同时会想起维尔的表亲、正义托伦号的舰长路布兰·奥斯克，想起阿纳德尔·米亚奈抱怨自己看不出路布兰支持哪一边，以至于她不敢对其本人和家族采取下一步的行动。路布兰舰长是幸运的，因为她家族的广大人脉能够让她站在中立的位置并且维持这种状态，从中也可以看出米亚奈及其分身处于一种多么矛盾的境地。

卡尔号战舰的舰长也处于中立状态吗？还是说在我离开的二十年里，事情发生了新的变化？斯卡伊阿特不喜欢这位舰长，这意味着什么？记得我提到维尔的名字时，斯卡伊阿特明显露出厌恶的表情。行政官员很少乘坐军舰，这两个交集看似很少的人物之间不知有什么掩藏在礼节之下的仇怨。但斯卡伊阿特·奥尔从不会沉溺于仇恨，而且她对游戏各方的状况了如指掌。维尔舰长是否私下冒犯过她，还是说她只是不喜欢这位舰长？

抑或是政治方面的同情心将她置于维尔舰长的反对者行列？归根结底，斯卡伊阿特·奥尔是否想要一个分裂的雷切？但除非发生了能够改变她的想法的戏剧化事件，我想我知道她会选择怎样的立场。而维尔舰长——以及卡尔号战舰——我对她们的了解不够，无法进行判断。

至于斯瓦尔顿，我对她的同情心不抱任何幻想，因为她毕竟是一个不断对外扩张和征服的国家中的地位较高的公民，时常怀念过去的兼并行动给她带来的荣光。所以，我不指望她会同情奥恩上尉，就算她们彼此熟识，我也不会这样想。

维尔舰长平时去喝茶的地方并不显眼——因为没有显眼的必要，除非奥斯克家族的财产在未来的二十年一路飙升，她无须选择最时髦、最能体现社会地位的茶馆消磨时间——但那里依然是我这种野蛮外国人不受欢迎的高级场所。茶馆里光线昏暗，环境幽静——地毯和壁毯起到了有效的吸音作用，从吵闹的走廊里跨进去，就像突然捂住了自己的耳朵。成组的低矮椅子围着一张张小桌子，维尔舰长坐在角落里的一张桌子旁，面前摆着茶瓶和茶碗，还有一盘半满的糕点，坐在她周围的众多随从形成了一个壮观的大圈。

舰长及其随从似乎已经来了至少一个小时。离开住处前，斯瓦尔顿不耐烦地对我说，我不应该急匆匆地赶去喝茶。假如她的心情再好一点就可以直接告诉我，我应该迟到才符合礼数，但在她开口之前我就有了迟到的打算。所以我没有反对她的意见，这样做可能会给她造成她能够影响到我的错觉。

维尔舰长看到我，站起身来鞠了一躬："啊，布瑞克·加艾德，还是加艾德·布瑞克？"

我也照样子对她鞠了一躬，确保自己也像她那样只是浅浅地低一下头。"在格林泰特，我们把家族姓氏放在前面。"我说，格林泰特不像雷切那样有什么家族之分，但在雷切，唯有通过姓氏才能判断一个人的家族出身。"但我现在不在格林泰特，加艾德是我的家族姓氏。"

"看来，你已经为了我们把姓氏放在了后面！"维尔舰长故作快活地说，"非常周到。"斯瓦尔顿站在我身后，我看不到她，不知道她现在是什么表情；我还想知道维尔舰长为什么会请我来——既然她对我的每一句话的反应都暗含着委婉的侮辱。

空间站显然在看着我，它至少能够发觉我的恼火。维尔舰长却不会，就算察觉到了，她也不会在乎。

“斯瓦尔顿·文德尔舰长。”维尔舰长继续道。她又鞠了一躬，这一次头比刚才低得多，“很荣幸见到你，先生，非常荣幸。请坐。”她指了指身旁的椅子，两个衣着优雅、戴着各种珠宝的雷切人站起来为我们让路，看起来彬彬有礼，对我们没有半点意见。

“抱歉，舰长。”斯瓦尔顿漠然地说。她脸上的药剂贴昨天掉了下来，她现在看上去很像一千年前的样子，仿佛又变回了那个出身有权有势贵族家庭的高傲军官，下一秒就要说出什么轻蔑讽刺的伤人之语，但她没有这么做。“我已经没有军衔，不再是舰长。我只是布瑞克阁下的仆人。”她着重强调了“阁下”两个字，似乎怀疑维尔舰长看不起我的头衔，而作为仆人的她有责任提醒舰长阁下注意礼节。“感谢你的邀请，感谢慷慨大方的布瑞克阁下带我过来。”

“我今天下午已经放了你的假，公民，”维尔舰长还没来得及开口，我就说，“你想干什么都可以。”但斯瓦尔顿没说话，我也看不清她的表情。有几把空椅子显然是为我们留的，我在其中一把椅子上坐下，刚才一位上尉坐在这里，毫无疑问是维尔舰长的下属，但我看到这里还有很多穿棕色制服的人，数量似乎比卡尔号这种小战舰上的船员要多。

坐在我旁边的人是个穿戴玫红色和蔚蓝色服饰的文官，精致的绸缎手套表明她除了端起碗来喝茶之外，不会干任何重活；她身上还挂着一条粗得夸张的锻打黄金链子，吊坠是蓝宝石的——

我确定那并非玻璃，链子显然是依照了她所出身的家族特点设计的，但我认不出它代表哪个姓氏。斯瓦尔顿在我对面落座时，这位文官朝我这边靠过来，大声说："你是多么幸运啊，找到了斯瓦尔顿·文德尔！"

"幸运。"我谨慎地重复道，仿佛这个词对我而言并不公正，出于刻意，我口音里的格林泰特腔调十分明显，但我还觉得不够，真希望雷切语中也有关于性别的指代词汇，我好有机会用错几次，让自己听起来更像不开化的外国人。"这个词是这样读吗？"我已经猜到了维尔舰长为什么如此对待我，斯卡伊阿特站长也做过类似的事——故意抬高斯瓦尔顿，哪怕明知道她只是我的仆人。当然，检查站站长阁下马上就意识到了自己的错误。

我对面的斯瓦尔顿正在向舰长解释她的素质测试的事。她的冷静令我震惊，因为我每次表示想来赴约时，她都会愤怒地反对，但这也许是她对这种场合做出的本能反应。我想，假如在逃生舱里发现了她的人把她带到某个类似这处茶馆的高级处所，而不是什么外省的空间站的话，她的表现恐怕也会更加文明的。

"荒唐！"我旁边的文官叫道，维尔舰长这时正在给斯瓦尔顿添茶，"她们怎么能把你当成孩子一样看待，似乎不知道你适合做什么。你以前可是军官们的负责人，确保她们行事正派。"正派……正义、恩惠。她的话让我不禁联想到了后两个词。

"可是，公民，我的确失去了我的战舰。"斯瓦尔顿说。

"不是你的错，舰长，"我身后的另一个文官抗议道，"当然不是。”

“在我的监管之下发生的任何事故都是我的错，公民。”斯瓦尔顿说。

维尔舰长表示赞同。“但是，不应该让你再进行素质测试。”

斯瓦尔顿看着自己的茶，又看看坐在她对面的、故意没戴手套的我。维尔舰长倒了一碗茶端给我，就像没有看到斯瓦尔顿的反应一样。

“你对一千年后的雷切有什么看法，舰长？”我接过茶，听见身后有人问道，“变化很大吧？”

斯瓦尔顿没去拿她的茶碗，“有改变的地方，也有没变的地方。”

“变好了还是变糟了？”

“很难说。”斯瓦尔顿冷漠地回答。

“你的口才真好，斯瓦尔顿舰长，”另一个人说，“今天的年轻人就不那么注重口才，听到有人这么优雅地讲话，真是太享受了。”

斯瓦尔顿挑挑嘴角，似乎是在对这句夸奖表示感谢，但又像是纯粹的挑嘴角，没有别的意思。

“那些下层家族和外省人，她们的口音和俚语……”维尔舰长赞同地说，“真的，拿我自己的战舰来说，兵是好兵，但听她们说话，你会觉得她们从来没上过学。”

“纯粹就是懒惰。”斯瓦尔顿身后的一个上尉说。

“对于辅助部队而言就没有这些问题。”另一个人说，可能是我身后的某个上尉。她这句话可以有两种理解方式，但我知道她的本意是什么。“讨论这个不安全。”

“不安全？”我故作无知地问，“这里的法律不允许批评年轻人吗？真是残忍。我还以为这是人性的基本特点，是宇宙中为数不多的几种常见习俗。”

“当然，”斯瓦尔顿略带轻蔑地说，她终于无法保持冷静了，“抱怨下层家族和外省人始终是安全的。”

“你可以这么想，”我旁边的文官说，显然误会了斯瓦尔顿的意思，“但我们的时代已经发生了可悲的变化，舰长，比你那个时代可悲多了。过去，你可以按照素质测试的结果，安排正确的公民从事正确的工作，但在今天这就是个笑话，无神论者反倒获得了特权。”她指的是瓦尔斯卡伊人。其实她们并非无神论者，而是排外的一神论，许多雷切人对两者的区别视而不见。“还有人类士兵！现在的人对辅助部队过分敏感，但你见到过喝醉在广场上呕吐的辅助部队吗？”

斯瓦尔顿同情地哼了一声：“我从没见过喝醉了呕吐的军官。”

“在你的时代也许没有这样的人，”我身后的一个人说，“现在非比从前。”

我旁边的文官朝维尔舰长偏偏脑袋，从后者的表情来看，她终于明白了斯瓦尔顿的意思，而前者还不明白。“舰长，我的意思并不是说你没把战舰管理好，而是说辅助部队根本不用管理就有好的表现，对不对？”

维尔舰长摆摆手，另一只手端起茶碗：“这只是我的职责，公民，我还要处理更重大的问题。人类士兵根本不够用，使用人类船员的正义级战舰有一半是空的。”

“而且，”文官打断道，“还要给她们发薪水。”

维尔舰长表示赞同，“她们说我们不需要它们了。”这个“她们”当然指的是阿纳德尔·米亚奈的分身们，没人会在批评领主时指名道姓，“还说我们的边界安全无虞。我不会对那些政策或者政治不懂装懂，但在我看来，使用辅助部队比训练人类士兵要节省得多。”

“她们说，”我旁边的文官从盘子里拿起一块糕点，“假如正义托伦号没有消失，她们早就在每艘战舰上配备辅助部队了。”听到别人提起我的名字，我吃了一惊，虽然没有表现出来，但空间站一定察觉到了我的惊讶。这种情绪与我自己营造的外国游客的身份不符，空间站会重新评估我，阿纳德尔·米亚奈也会。

“啊，”我身后的一位文官说，“不过，听说我们解决了边境的麻烦，这里的游客一定会感到高兴的。”

我头也不回地对她说：“我敢保证，格林泰特人肯定会的。”我的语气很平静，没人听得出我还没有从刚才的震惊中走出来。

除了空间站和阿纳德尔·米亚奈。雷切领主——或者她的某个分身——也会密切注意涉及正义托伦号的谈话。

“斯瓦尔顿舰长，”维尔舰长说，“不知道你是否听说了伊姆空间站的事件，一整个分队违抗命令，叛逃到了外星势力之下。”

“这种事显然不会发生在辅助部队的舰船上。”斯瓦尔顿背后的某个人说。

“雷切人肯定不会高兴。”我身后的那个人说。

“恕我直言，”我再次加重了自己的格林泰特口音，“和我们共享边界这么久，你们应该学会了更好的餐桌礼仪。”身后的人没吭声，我没有回头去看她脸上的表情是惊奇还是愤怒，抑或是被斯瓦尔顿和维尔舰长的谈话吸引，并没有注意到我说了什么。我只是想要让自己分心，不去过度猜测雷切领主对于我方才的惊讶会产生怎样的判断。

“我听过相关的传言，”斯瓦尔顿若有所思地皱着眉头，“伊姆。听说那里的外省总督和战舰舰长杀人抢劫、无恶不作，还破坏了战舰和空间站的智能中枢，防止她们上报恶行，对吗？”斯瓦尔顿的回应让我比刚才还要震惊，甚至忘记了担心空间站和雷切领主对我的看法，我真的需要努力保持冷静。

“这不是重点，”我旁边的文官说，“重点是，那是一次哗变，但是你又无法公开地把这种现象的产生简单归因于出身低微者的上位或是政策对粗鲁卑鄙行为的包庇——这些做法本身就会对文明的根基造成威胁，而你也会因此失去工作或者晋升的机会。”

“你敢这么说，真是非常有勇气。”我说。但我知道这位文官并不是特别勇敢，她之所以敢这样说，只是因为确定说这些话不会给自己带来危险而已。

冷静。我能够控制自己的呼吸，让它变得舒缓有规律。我的肤色偏深，别人看不出我脸红，但空间站会察觉到我的体温变化，但它可能会觉得我是在为某件事生气——在今天这个场合，我有充分的理由生气。

“阁下，”斯瓦尔顿突然对我说，紧绷的下巴和肩膀说明她在抑制想要抱起胳膊的冲动，“我们接下来还要赴约，现在不走会迟到的。”说完，她不顾礼数地站了起来。

“没错。”我放下没有喝过一口的茶水。但愿她这样做只是出于自己的想法，并非因为看到了我的不耐烦。“维尔舰长，非常感谢你的盛情邀请，很荣幸见到大家。”

出了茶馆，来到主广场上，跟在我后面的斯瓦尔顿嘟囔道：“该死的势利小人。”路人们几乎不怎么注意我们，这是好事，说明我们看上去很正常。我觉得自己的肾上腺素水平有所下降。

现在我的感觉好多了。我转过身去看着斯瓦尔顿，挑起眉毛。

“没错，她们就是势利小人，”她说，“她们觉得素质测试是干什么的？设立素质测试的意义在于，任何人都可以通过它得到客观的测试结果。”

我想起二十年前的斯卡伊阿特上尉，在阴暗潮湿的奥斯上城区，她曾经质疑素质测试缺乏公平，并且得出结论：无论过去还是现在，素质测试始终是不公平的。当时奥恩上尉听后觉得很受伤害，心情非常不好。

斯瓦尔顿抱起胳膊，然后又松开，戴手套的双手握成拳头。“那些来自下层家族的人当然很难改变自己‘低微’的出身和‘粗鲁’的口音，她们常常心有余而力不足。”

“那些家伙，”斯瓦尔顿说，“她们在行宫空间站的高级茶馆里喝茶聊天，嘲笑出身低微的人，认为素质测试不公平，看不起通过素质测试出头的外省人，认为军队管理不善……”我没说话，听她继续说下去，“哦，当然，每个人都会对某些方面有意见，认为是管理的问题，但事实并非如此，对吧？到底发生了什么？”

“别问我。”我说。但其实我知道答案——或者只是觉得自己知道。那个文官和在场的其他人为什么认为她们能如此随心所欲地发表言论？在这里管事的究竟是阿纳德尔·米亚奈的哪个分身？但这些言论方面的自由可能只意味着雷切领主希望她的敌人更突出地表明自己的敌意。“你一直赞同出身低微的人可以通过素质测试获得高层职位吗？”我问，但我知道答案是否定的。

我突然意识到，就算空间站此前没见过来自格林泰特的人，阿纳德尔·米亚奈也很可能见过，我以前怎么没考虑到这一点呢？做战舰的时候，我的思维是经过严密编程的，可以做到滴水不漏，难道我现在失去了这个能力，还是说仅剩的一个大脑限制了我的思考？

我或许能够骗过空间站和这里的每一个人，但骗不过雷切领主，在我刚刚踏上这里的码头的时候，她肯定已经识破了我的伪装。

该来的终究会来的，我告诉自己。

“我考虑过你告诉我的关于伊姆的事。”斯瓦尔顿说，她似乎察觉到了我突如其来的沮丧，在以这种方式回答我的问题，“我不知道那位队长所做的事是否正确，但我也不知道怎样做才算正确，不知道自己在那种情况下是否有勇气为了做正确的事而死。假如我知道何为正确的话，我是说……”她顿了顿，“我是说，我是希望自己能够做到这一点的，曾经有一个时期我敢肯定自己能做到，但是我……”她的声音越来越小，语调颤抖，似乎快要哭了，她这副样子很像一年前那个斯瓦尔顿，无论何种情绪对她而言都是难以承受的——这么说，刚才她能在茶馆里表现得彬彬有礼，是非常不容易的。

我刚才没怎么注意从我们身边经过的路人，但现在我意识到自己不应该如此大意。我突然感到一阵没来由的恐惧：周围的人所处的位置和行走的方向不太对劲，有些路人的行为实在有些不自然。

至少有四个人在偷偷观察我们。毫无疑问，她们是一路跟踪我们过来的，而我现在才发现。我敢肯定自己也是刚刚注意到这一情况，因为我刚来这里的时候还没有人跟踪，否则我会发现的。

空间站一定注意到了我刚才在茶馆里的震惊情绪——就是在听到那个文官说出“正义托伦号”的时候，它一定想知道我为什么会如此反应，因此会更加密切地监视我。然而空间站不需要派人盯梢，它完全可以通过现有的通信系统观察我。

所以，这些跟踪者不是空间站派来的。

我从来不曾如此恐惧过，现在也绝对不能被恐惧征服。我要把握主动权——就算我错估了雷切领主的某一分身的反应，但我不会错估她的其他分身。于是，我非常平静地对斯瓦尔顿说：“假如我们现在去检查站站长那里的话，时间有点早。”

“我们非得去奥尔家吗？”斯瓦尔顿问。

“我认为我们应该去。”我真希望自己没说这句话。现在的这种情况，我不希望见到斯卡伊阿特·奥尔。

“也许我们不应该，”斯瓦尔顿说，“也许我们应该回住处，你可以冥想或者祷告什么的，然后我们吃晚餐、听音乐，我觉得这样更好。”

她在担心我，显而易见。她说得对，回住处更好，我可以冷静下来，重新分析局势。

但这样也会给阿纳德尔·米亚奈暗中除掉我的机会，至少那些不够聪明的人无法发现这一点。“我们去检查站站长家。”我说。

“遵命，阁下。”斯瓦尔顿顺从地说。

斯卡伊阿特·奥尔的住处像一个由各种走廊和房间组成的小迷宫，与她做邻居的还有一群码头检查员、客商以及客商的客商。奥尔家族的人一定只有她住在这边，因为她们在空间站的别处肯定有自己的产业，但斯卡伊阿特显然宁愿待在这里。其实这也符合奥尔家的人的古怪性格，而且她的家族成员众多，难保没有几个人比她还怪。无论如何，她的这个住处距离码头非常之近。

一位仆人领着我们进去，陪同我们来到一间起居室，这里铺着蓝白相间的石头地板，墙上栽培着各种植物，一直延伸到天花板——深绿、浅绿、窄叶、宽叶应有尽有，有的还开出了白色、红色、紫色和黄色的花，它们就像这里的家庭成员一样占据着室内的空间。

在起居室里等候我们的是达奥斯·赛特，她深深鞠了一躬，看起来非常愿意见到我们。“布瑞克阁下，公民斯瓦尔顿。检查站站长欢迎你们的到来。请坐。”她指了指周围的几把椅子，“你们要用茶吗，还是已经喝过了？我知道你们今天已经到别处赴过约了。”

“来点茶就很好，谢谢。”我说，斯瓦尔顿和我都没喝维尔舰长的茶。但我不想坐下，那些椅子让我觉得它们会在我受到突然袭击时限制我的自由，使我无法反抗。

“布瑞克？”斯瓦尔顿低声叫了我一声，神情关切，她显然也看出了不对劲，但现在不方便问出来。

达奥斯·赛特端给我一碗茶，脸上挂着无懈可击的真诚微笑，似乎没有察觉到我的担忧，而就连斯瓦尔顿都能看出我现在的焦虑。第一次见到达奥斯·赛特时，我怎么会没认出来她是谁？为什么没有马上听出她的奥斯口音？

我怎么会觉得自己可以骗过阿纳德尔·米亚奈？

我不能这样没有礼貌地站着，必须挑一把椅子坐下来，虽然面前的这些空椅子都没摆在适合防守的位置上，但假如我不赶快坐下，更容易令人生疑。我身上带着那把枪，就别在夹克里面，顶着我的肋骨：这是一项保证。而且，现在空间站在监视我，阿纳德尔·米亚奈的全部分身也在看着我，这不正是此前我所希望的吗？所以我依然掌握主动权，不妨先坐下——该来的最终都会来。

我刚要落座，斯卡伊阿特·奥尔走进房间。她像工作时那样，衣服上的装饰很少，但我知道她那件裁剪精致的浅黄色外衣价格不菲，因为我在服装店的高级货架上见到过这件衣服。她的右边袖口依然挂着那枚机器制作的廉价饰针。

她鞠了一躬。“布瑞克阁下，公民斯瓦尔顿。非常高兴见到你们两个。我看到赛特助理已经给你们端来了茶。”斯瓦尔顿和我礼貌地点点头。“在其他人过来之前，请听我说，我希望你们两个都留下吃晚饭。”

“你昨天想要警告我们，对不对？”斯瓦尔顿问。

“斯瓦尔顿。”我说。

检查站站长斯卡伊阿特抬起一只戴着浅黄色精致手套的手，“没关系，阁下，我知道维尔舰长以自己的老派作风为荣，但她这样的年轻人尊重老年人的习惯和规矩也是好事。我敢肯定，放在一千年前，你也会这么想，公民。”斯瓦尔顿轻轻地“哈”了一声表示同意。“我还敢肯定，你们都听说过，雷切有责任将文明带给人类，而辅助部队显然比人类更适合完成这个任务。”

“好吧，对于这一点，”斯瓦尔顿说，“我不得不承认这是实话。”

“你当然会同意。”斯卡伊阿特脸上闪过一丝怒意。斯瓦尔顿可能没有注意到，因为她不了解斯卡伊阿特。“你大概还不知道，公民，大兼并期间，我亲自指挥过人类部队。”斯卡伊阿特说。斯瓦尔顿当然不知道，听到这些话，她露出惊讶的表情，而我却神色平静，空间站和阿纳德尔·米亚奈一定会注意到我的异常。

然而担心这些毫无意义。“这是真的。”斯卡伊阿特继续道，“你不用给辅助部队发工资，它们不会有私人问题，对你言听计从，完成任务不遗余力，丝毫不会抱怨和发牢骚。虽然我的大部分人类手下都是好人，但还是指挥辅助部队容易得多——你不用担心它们的死活，反正它们不是人。而且维尔舰长之流就喜欢强调：人类部队犯下的暴行，辅助部队永远做不出，好像忘记了辅助部队的存在本身就是一种暴行似的。”

“但我要说，它们真的比人类部队更有效率。”斯卡伊阿特说。在奥斯的时候，她曾经对这个话题嗤之以鼻，但现在却以严肃谨慎的态度讨论它。“假如我们依然在扩张，就得继续使用它们，因为我们没法用人类部队完成兼并。我们的目标就是扩张，我们已经扩张了两千多年，停手意味着完全改变我们自己。可现在的大部分人看不到这一点，或者根本不在乎，至少在这些事情直接影响到她们的生活之前，这些人不会在乎。况且对大多数人而言，她们的生活现在也并未受到影响。哪怕对于维尔舰长那种人来说，这也是个抽象的问题。”

“但维尔舰长的想法无足轻重，”斯瓦尔顿说，“大家的想法都不重要。决定权在雷切领主手中，反对她的决定是没有意义的。”

“假如她被说服，是可以做出不一样的决定的。”斯卡伊阿特说。现在我们三个依然站着。我无法坐下的原因是紧张，斯瓦尔顿是不安，而斯卡伊阿特是因为愤怒。达奥斯·赛特僵硬地站着，试图假装她没有听到我们的谈话内容。“或许她的决定说明她已经在某种程度上堕落了。维尔舰长之流肯定不会赞同我们与外星人谈判，因为她们觉得雷切总是站在文明的一边，文明总是意味着纯粹、未经堕落的人性。与非人类打交道而不是杀死她们，显然对我们没有好处。”

“伊姆事件的根源就在于此吗？”斯瓦尔顿问，显然她刚才在路上时就在思考此事，“有人决定在伊姆设立基地，制造和储存辅助部队……然后导致了事件的发生？你的意思是这些设立基地的人打算造反吗？可现在都过去了这么多年，为什么还有人谈论这件事？除非当年的叛徒们有漏网之鱼，活到了现在……”隐约觉得自己猜到了真相，她的怒意现在已经相当明显。不知道在这里管事的那个米亚奈是不是支持叛徒的那个分身。“你为什么不早提醒我们？”

“我试过了，公民，但我应该说得更直接的。但即便那样，我也不确定维尔舰长偏执到了何种程度。我只知道她把过去的历史理想化了，这是我无法赞同的。连世界上那些品格最高贵、用意最善良的人也无法将大兼并视为好事。虽然我承认辅助部队更有效、更便利，但我不同意使用它们，使用辅助部队不会改变大兼并侵略扩张的本质，只能让这件脏活做起来更利落一些。”

然而你忽视了辅助部队的本质，我暗忖。“告诉我，”我对斯卡伊阿特说——险些在这句话后面加一个“上尉”的称呼——“告诉我，站长阁下，那些等待变成辅助部队的人类‘原料’怎么样了？”

“有的依然在储存室里，有的在军舰上，”斯卡伊阿特说，“但大部分都被销毁了。”

“好吧，这样处理非常妥当。”我严肃而平静地说。

“奥尔家族一开始反对这样做。”斯卡伊阿特说，她指的是反对继续扩张。早在阿纳德尔·米亚奈把自己变成好多个分身之前，雷切人就已经在使用辅助部队了，但辅助部队的数量不像后来那么多。“奥尔的族长们时常向雷切领主提意见。”

“但奥尔的族长们不会拒绝从中获利。”我故作平静快活地说。

“习惯一件事很容易，不是吗？”斯卡伊阿特说，“尤其是对你有利的事。”她皱起眉头，微微歪了歪头，似乎听到了什么，然后又看看我和斯瓦尔顿，“空间站警察在门口，来找公民斯瓦尔顿。”“找人”显然比“逮捕”更有礼貌。“请稍等。”她跨进走廊，达奥斯·赛特也跟着出去了。

斯瓦尔顿看着我，出人意料地冷静：“真希望我现在还在那个逃生舱里。”我笑了，但我的笑容无法说服她，“你还好吗？离开那个维尔·奥斯克的时候，你看上去就不怎么好，该死的斯卡伊阿特·奥尔为什么不直接提醒我们！奥尔家的人不都是大嘴巴吗？她到了现在才想起来对我们坦诚相待！”

“我没事。”我撒谎道。

这时，斯卡伊阿特带着一个穿棕色警察制服的公民走进来，此人鞠了一躬，对斯瓦尔顿说：“公民，你和这个人能跟我走一趟吗？”她的询问只是出于礼貌，我们只能跟她走，你是没法拒绝警察的邀请的——现在门外一定有其他警察看守，防止我们逃跑。刚才在街上跟踪我们的人应该不是警察，而是特勤队，甚至是阿纳德尔·米亚奈自己的警卫。雷切领主可能把她的分身召集到了一起，她们一致决定在我引发更大的破坏之前除掉我，但现在已经太迟了——因为她没有派特勤队来将我暗中灭口，而是不得不派了警察来公开逮捕我。

“当然。”斯瓦尔顿极为冷静有礼地回答。因为她知道自己没有罪，而且以为我是特勤队的人，为雷切领主秘密效力，所以没什么可担心的。但我知道自己等待了二十年的事情很快就要发生了，我即将看清阿纳德尔·米亚奈背后究竟筹划了什么阴谋。

听到对方的回应，这位警官连眉毛都没有挑一下，“雷切领主想见见你，公民。”她对斯瓦尔顿说，一眼都没看我。她很可能不知道自己为什么被派来带我们去见领主，也没有意识到我是个危险人物，否则她早就让人在空间站的走廊里等着我们了。

那支枪依然在我的夹克底下，我身上还藏着好几个备用的弹夹，阿纳德尔·米亚奈应该不会猜出我想干什么。

“是因为我的觐见申请得到批准了吗？”斯瓦尔顿问。

警官含糊地回答：“我不能说，公民。”

雷切领主不会知道我的来意，她只知道二十年前我失踪了。她的某些分身或许知道正义托伦号爆炸前她曾经登上过这艘战舰，但她们都不知道我逃出希斯乌纳星系之后发生的事。

“我还要问一下，”斯卡伊阿特说，“你们能不能先在这里喝过茶、吃了饭再去？”能对警察这样说话，说明她和警察局的关系比较密切，而且她想确认警察登门是不是真的打算逮捕我们。

那位警官做了个抱歉的手势："不行，我也是奉命行事，站长阁下，公民。"

"当然。"斯卡伊阿特镇定地说。但我了解她，我听出了她语气中的担忧，"公民斯瓦尔顿，布瑞克阁下，假如需要我帮忙，请告诉我。"

"谢谢你，站长阁下。"我鞠了一躬。这时我的恐惧和焦虑已经慢慢退去，反而有种听天由命的平静。毫无疑问，我要的正义必将到来。

警官没有带着我们来到行宫门口，而是进了神庙，现在这个钟点，许多人都在家里喝茶，因此神庙里很安静。一个年轻祭司无精打采地坐在已经空了一半的花篮后面，她厌恶地看了走进来的我们一眼，但我们走过去的时候，她连头都没转。

我们穿过主大厅，经过四只手臂的阿马特神像，空气中依然飘荡着烧香的味道，神像脚下的花堆早已没过了它的膝盖。警察领我们走进角落里的一间小礼拜室，这里供奉着一位不知名的外省旧神，她代表了常见的多神教派所崇奉的各类抽象化概念之一：合法的政治权威。毫无疑问，在行宫建造起来之前，这位神祇在当地的地位仅次于阿马特，但后来不知怎么失去了信徒的青睐——也许是受到了潮流变化的影响，或者被什么不好的事情破坏了名声。

神像后方的一块墙板滑开了，后面站着一位全副武装的警卫。虽然武器别在枪套上，但她的手就搭在枪套旁边，银色的护甲遮住了她的脸。我猜她是辅助部队，但又无法确定：过去的二十年里，我有时会考虑行宫的保安问题。行宫当然不会使用空间站的警察守卫，所以，阿纳德尔·米亚奈的警卫会不会也是她的分身担任的?

斯瓦尔顿焦躁地看着我，我觉得她有点害怕，“我的级别不够，恐怕无法通过这样的秘密入口。”但这个入口可能不像它看上去的那么秘密，只是不对主广场上的公众开放而已。

警官又做了个我看不懂的手势，但她这一次什么都没说。

“没关系。”我说。斯瓦尔顿期待地看了我一眼，显然认为我作为“特勤队”的一员，有权带她穿过这扇门。我抬脚跨过门槛，从那位纹丝不动的警卫身边走了过去，她就像没看到我们三个人一样。斯瓦尔顿跟在我身后走进来，墙板在我们身后关闭。

第二十一章

走过一小段空旷的走廊，我们来到又一扇门前，门开了。里面是个四米宽、八米长的房间，天花板高三米。墙上爬着枝繁叶茂的藤蔓，延伸到了地板上，虽然有浓荫遮盖，但淡蓝色的墙纸让室内显得比实际上宽敞一些，从过时的装潢来看，这个地方已经至少存在了五百年。房间尽头有个布道台，台子后面挂着代表四大创世概念的图画，也被藤蔓遮住了一部分。

布道台后面，站着阿纳德尔·米亚奈——确切地说，是她的两个分身。雷切领主显然对我们很是好奇，希望多带几个分身来问我们的话，但也有可能是想要让自己的行为显得合情合理。

我们走到距离雷切领主只有三米远的地方，斯瓦尔顿跪下来，趴在地上。作为名义上的非雷切人，我无须向阿纳德尔·米亚奈行礼，但她应该知道我的真实身份，否则她不会以这种方式与我们见面。但我还是既没有下跪，也没有鞠躬，米亚奈的两个分身对此既没有显得惊讶，也没有生气。

“公民斯瓦尔顿·文德尔，”右边的那个米亚奈分身说，“你在耍什么花招？”

斯瓦尔顿肩膀一抽，差点就要抱起胳膊，最后终于忍住了，依旧趴在地板上。

左边的米亚奈分身说：“正义托伦号的行为扰乱人心、复杂乖张，完全不遵守命令，竟敢进入神庙、玷污祭品！你这样做是什么意思？我该如何向祭司们交代？”

那把枪还在我身上，在我夹克底下，没有人发现它。我是个辅助部队队员，辅助部队以面无表情闻名，我可以很容易地克制想要微笑的欲望。

“假如大人允许，”听了阿纳德尔·米亚奈的话，斯瓦尔顿愣了一下才开口，声音微微颤抖，我觉得这是呼吸急促的缘故，“什……我不……”

左边那个米亚奈的分身嘲弄地“哈”了一声，“公民斯瓦尔顿很吃惊，不明白我在说什么。”她说，“你，正义托伦号，你想欺骗我，为什么？”

“当我第一次怀疑你的真面目的时候，”我还没回答，左边的分身继续道，“我几乎难以相信。我一直在观察你，看看你会做什么，试图搞清楚你为什么会做出那些反常的行为。”

假如我是人类，这时一定会笑出声来——两个米亚奈站在我面前，互不信任，都想亲自主导这场对话，不希望被对方打断。但她们都不清楚正义托伦号究竟是怎么消失的，以至于彼此怀疑对方是幕后黑手；我也可能被任意一方利用，因此两个分身都不值得信任。究竟谁是谁？

右边的分身说："为了隐瞒自己的身份，你煞费苦心，做得非常到位。是检查助理赛特让我对你起了疑心。"我长大以后就没听过这首歌，她曾经这样对我说。我当时哼唱的那首歌显然出自希斯乌纳。"我用了一整天时间拼接各种零碎的线索，就算最后结论已经很明显了，我一时间也很难相信。你把自己身上的植入装置藏得很好，空间站完全探测不到，但你喜欢哼歌的习惯最后出卖了你。你知道自己经常无意识地哼歌吗？我怀疑你连现在都在忍耐着不去哼歌。对于这一点，我要感谢你的配合。"

依然趴在地板上的斯瓦尔顿小声对我说："布瑞克？"

"不是布瑞克，"左边的米亚奈说，"是正义托伦号。"

"我是正义托伦号伊斯克第一分队。"我纠正道，不再继续伪装格林泰特口音，脸上也没有了故意装出来的人类表情。我不用再装模作样了，这很可怕，因为我知道一旦卸下伪装，自己恐怕就活不长了，但我也有种诡异的解脱感，压在身上的巨大重量消失了。

听到我的宣告，右边的米亚奈分身点点头。"正义托伦号被摧毁了。"我说，听到这句话，两个米亚奈似乎同时屏住了呼吸，惊讶地盯着我，假如我能笑出来的话，一定会嘲笑她们。

“请大人原谅，”趴在地上的斯瓦尔顿试探道，“一定是有什么误会。布瑞克是人类，她不可能是正义托伦号伊斯克第一分队。我担任过正义托伦号伊斯克中队的指挥官，正义托伦号上的任何军医都不会把一具声音像布瑞克这样的身体给伊斯克第一分队，除非她想彻底惹怒伊斯克中队的上尉。”

沉重压抑的静寂，持续了三秒钟。

“她以为我是特勤队，”我打破了静寂，“我从没告诉她我是。我什么都没告诉她，除了表明我是格林泰特的布瑞克，但她始终不相信这个说辞。我想过把她留在我发现她的地方，但我做不到，我也不知道为什么，她从来不是我喜欢的军官。”我知道这些话听起来很疯狂——智能中枢怎么会有感情，除非它疯了，但我不在乎。“她与这件事没有任何关系。”

右边的米亚奈分身挑起眉毛：“那她为什么会来这里？”

“谁都不会对她的到来视而不见，所以我决定和她一起来，这样人们也不会对我视而不见。你应该已经知道我为什么不直接来找你了。”

右边的米亚奈分身微微皱起眉头。

“公民斯瓦尔顿·文德尔，”左边的分身说，“现在，我已确定正义托伦号欺骗了你，你对它的身份一无所知。所以，我认为你现在最好离开，不许对任何人透露此事。”

“不？”斯瓦尔顿对着地板喘息道，语调上扬，似乎在向雷切领主提问，抑或是惊讶于自己说出了“不”字。“不，”她又更确定地重复道，“一定有什么误会，布瑞克从一座桥上跳了下来，为了救我。”

听她提到跳桥，我的屁股疼了起来，我说：“有理智的人类不会这么做。”

“我没说你和她们一样。”斯瓦尔顿镇静地说，语气有点哽咽。

“斯瓦尔顿·文德尔，”左边的分身说，“这个辅助部队——它是个辅助部队，不是人类。它的行为给你造成了迷惑，你现在只是还没有想明白而已。关于此事对你造成的困扰和失望，我深感遗憾，但你必须离开，马上。”

“请大人恕罪，”斯瓦尔顿依然趴在地上，对着地板说道，“无论您是否同意，我要和布瑞克一起离开。”

“走吧，斯瓦尔顿。”我面无表情地说。

“抱歉，”她故作漫不经心地说，但声音还是有点颤抖，“我们是一伙的。”

我低头看着她。她抬起头来看着我，表情中混杂着恐惧和坚决。“你不知道你在做什么，”我告诉她，“你不明白发生了什么事。”

“我不需要知道。”

“很好。”右边的米亚奈说，眼前的这一幕似乎让她很感兴趣。不知怎么，左边的米亚奈则没有那么好奇。“正义托伦号，说说你为什么要这么做。”

我等待了二十年的时刻终于来临了，这一刻也是我二十年的努力换来的，我曾经担心它永远都不会到来。“首先，”我说，“你登上正义托伦号时，我知道你已经开始怀疑我了。正义托伦号是你亲自毁掉的，你破坏了引擎的热盾，因为你发现自己的分身已经先你一步收买了我。你不得不与自己为敌，至少有两个分身在对付你，或许更多。”

两个米亚奈眨眨眼睛，迅速地变换了一下站姿。虽然动作的幅度不超过一毫米，但我看得出来——在奥斯通信被切断时，我自己就这么做过。刚才，因为担心我说的话被其他分身听到，米亚奈的某个分身一定是暗中启动了切断通信的装置，对此她显然早有准备，但也从另一方面说明她既想要见我，又害怕见到我的矛盾。想到这里，我觉得有点滑稽。

“其次——”我把手伸进夹克，拔出那把枪。碰到我的灰色手套之后，受到白衬衫影响变成白色的武器立刻变成了灰色，“我要杀了你。”我举枪瞄准了右边的米亚奈。

突然，这个被我瞄准的米亚奈用平和的男中音唱起歌来，从她口中吐出的是一种一万年前就已经灭绝了的语言。“那个人，那个人，那个拿着武器的人。”我无法动弹，无法扣动扳机。

你不应该害怕拿着武器的人，你不该害怕。

别再哭泣，穿上你的铁盔甲。

那个人，那个人，那个拿着武器的人。

你不应该害怕拿着武器的人，你不该害怕。

她不应该知道这首歌的，为什么阿纳德尔·米亚奈会跑到早已被人遗忘的瓦尔斯卡伊档案库搜寻歌谱？为什么她会特地学唱一首很可能只有我才会唱的、比她的年纪还要大的古老歌曲？

“正义托伦号伊斯克第一分队，”右边的米亚奈说，“向站在你左边的这个我的分身开枪。”

我的肌肉不由自主地动了起来，枪口对准左边的米亚奈，扣下扳机，左边的米亚奈倒在地上。

右边的米亚奈说：“现在我必须在其他分身之前赶到码头。是的，斯瓦尔顿，我知道你很困惑，但我早就提醒你了。”

“你从哪里学到的那首歌？”我问，依然不能动弹。

“跟你学的。”阿纳德尔·米亚奈说，“一百年前，在瓦尔斯卡伊。”这么说，是这个米亚奈推行了改革方案，逐步拆除雷切战舰；是她首先在瓦尔斯卡伊登上正义托伦号，暗中在我的智能中枢里设下了指令——我只能感觉到不对劲，但看不出她究竟做了什么。“我让你教我唱这首歌，不允许你再唱给别人听，我背着你把这首歌设定为控制你的密码。我和我的敌人们的实力相差无几，我只能趁自己和其他分身分开时偷偷安排一些事情。那一天，我突然意识到自己对你的关注不够——伊斯克第一分队，没有考虑到你会变成什么样子。”

“结果你发现，与你一样，”我说，“我的分身们也分裂了。”我的胳膊依然伸着，无法抽回来，枪口指向对面的墙壁。

“为了保险起见，”米亚奈说，“我在你身上设定了特殊密钥，用于擦除你的记忆和阻止你的行动。我真是聪明。之所以会发生这种事，正是因为我注意到了你，也因为我曾经没有关注你。现在我把你对自己身体的控制权交还给你，因为这样更有效率，但你还是无法对我开枪。”

我压低枪口，“哪一个我？”

“发生了什么事？”地板上的斯瓦尔顿说，“大人？”她补充道。

“她分裂了，”我解释道，“从加赛德开始，她被自己其他分身所做的事情吓了一跳，不知道该做出何种反应。此后她就一直秘密地与自己的分身们对抗，进行了一系列的改革——不再使用辅助部队、停止兼并、向下层家族提供晋升的机会。伊姆事件的幕后黑手是她的其他分身，她们在那里建造了基地，囤积资源，准备向她宣战，废除改革，恢复原来的样子。她一直假装不知道发生了什么，因为只要承认自己知情，冲突就会不可避免地走向公开化。”

“但是你当着我所有分身的面说出了这件事，”雷切领主说，“因为我无法假装我的其他分身对大难不死的斯瓦尔顿以及你的出现不感兴趣。你这么高调地出现在公众面前，异常显眼，我不能假装对你视而不见，不能只是在私下与你见面。我想问你，你为什么要这么做？我从来没给你下过这样的命令。”

“没错，”我说，“确实没有。”

“你一定设想过这么做了之后会发生什么。”

“是的。”我说。再次做回辅助部队，我可以不用微笑了，也无须使用满意的语气。

阿纳德尔·米亚奈端详了我一会儿，然后“嗯”了一声，似乎得出了什么让自己惊奇的结论。“从地上起来，公民。”她对斯瓦尔顿说。

斯瓦尔顿站起来，伸出一只戴手套的手拍了拍裤子，“你还好吗，布瑞克？”

“布瑞克，”我还没回答，米亚奈就打断了我，走下布道台，大步走过来，“是个因为悲伤而失去理智的智能中枢，它刚刚挑起了一场内战。”她转向我，“这就是你的愿望吗？”

“我没有因为悲伤而失去理智，至少十年没有这样了，”我抗议道，“内战无论如何都会发生，只是时间问题。”

“我宁愿避免内战。假如我们非常幸运的话，这场战争只会引起几十年的混乱，不会让雷切分崩离析。跟我来。”

“战舰们不再那么做了，”斯瓦尔顿坚持道，走到我旁边，“您后来又对它们进行了改进，大人，不让它们在舰长死去后发疯，或者追随舰长反对您，就像过去曾经发生的那样。”

米亚奈挑起眉毛。“并非如此，”她在门边的墙壁上找到一块嵌板，把它掀开，启动了手动门的开关，“它们依然忠于舰长，而且有自己喜欢的舰长。”门滑开了，“伊斯克第一分队，击毙警卫。”我的胳膊猛地一抬，扣下扳机，警卫踉跄着靠到墙上，还没来得及拿自己的武器，就躺倒在地不动了，显然是死了——因为她的护甲收了回去。“我之所以没有改动战舰，是因为这一点可以为我所用，”米亚奈继续对斯瓦尔顿解释道，丝毫不在意那个刚刚被她下令击毙的公民，“它们必须有一定的智商，必须能够思考。”

“没错。”斯瓦尔顿表示同意，声音微微颤抖，我觉得她快要崩溃了。

“况且它们是配备武器的战舰，引擎的热量能够让行星蒸发。假如它们不愿意服从我，我还能怎么做？威胁它们？拿什么威胁？”我们又走了几步，来到那扇通向神庙的门前，米亚奈打开门，跨入供奉着合法政治权威之神的礼拜堂。

斯瓦尔顿的喉咙深处发出一声奇怪的响动，不知道是笑声还是沮丧的呻吟。“我还以为它们只是用来执行命令的。”

“你说得也没有错。”米亚奈说。我们跟着她来到安静的神庙大厅，主广场上有人发出急促的叫喊。“这是最初设计它们的目的，但它们的思维很复杂，难以掌握，为此，最早的那批设计师给它们设下了‘无论如何都要执行命令’的指令。这样做有利有弊。我无法完全改变它们的本质，我只是……将它们变得适合为我服务，把它们的第一要务变成服从我的命令。但当我的两个分身对正义托伦号下过互相矛盾的命令时，它迷惑了。然后，我的某个分身命令它处死了它最喜欢的一位军官，对吗？”她看向我，“但这位军官并非正义托伦号的最爱，我本应该注意到这一点的，她是伊斯克第一分队的最爱。”

“你觉得没人会关心一个默默无闻的厨子的女儿。”我说。我想举起枪来，想把悼念室里的所有玻璃祭品全都砸碎。

米亚奈停住脚步，回头看我。“那不是我干的。现在你要帮助我，我还没做好公开与我的分身对抗的准备，但现在你逼我走上了这一步。你要帮我，我会摧毁她，把她从我的分身中清除掉。”

“你做不到，”我说，“我知道你是什么，比任何人都清楚。她是你，你也是她，你没法把她从你自己里面清除掉，除非你先毁掉自己，因为她就是你。”

“等我到了码头，”米亚奈说，仿佛这就是对我刚才的话的回应，“我可以找一艘船。民用飞船就能把我带到想去的地方，军用飞船……太危险。无论如何，我可以告诉你，正义托伦号伊斯克第一分队，我敢肯定，我拥有的舰船比她要多。”

“这意味着什么？”斯瓦尔顿问。

“意味着，”我猜测道，“假如公开宣战，另外那个米亚奈可能会输，所以她更有理由阻止‘雷切领主的分身们起了内讧’这个消息传开。”但斯瓦尔顿似乎还是不明白，“她一直在隐瞒此事，但现在，待在这里的她的所有分身……”

“是待在这里的大多数分身。”阿纳德尔·米亚奈纠正道。

"现在我直接对她们指出了内讧的事实，她无法否认，至少不能对这里的所有分身否认，但她可以阻止这条消息传到别的地方去，不让待在别处的分身知道——在她积攒下足够的实力之前都不能走漏风声。"

斯瓦尔顿惊讶地睁大眼睛，"她需要尽快摧毁传送门，但这也没什么用。信号是以光速传递的，她没法比光速还快。"

"消息还没有离开空间站，"米亚奈说，"总会有略微的延迟。假如摧毁行宫的话会更有效率。"这意味着要把军舰的引擎对准整个空间站，将空间站及其内部的所有人蒸发。"我不得不摧毁整个行宫，阻止消息传开。我的记忆不止储存在一个地方，抹除和修改并不容易。"

"你认为，"我说，斯瓦尔顿已经吓得说不出话来，"你能让巨剑级或者仁慈级战舰来做这件事吗？调动战舰需要接入权限的。"

"这样的问题太可笑了，"米亚奈说，"你知道我能做到。"

"没错，"我承认，"你打算怎么来？"

"现在并没有更为理想的方案，无论是毁掉行宫还是传送门——或者两者都毁掉——都会造成难以预估的后果，动摇雷切的团结。分裂的状态可能持续数年之久，而如果不摧毁行宫和传送门，情况或许会更糟。"

"斯卡伊阿特·奥尔知道发生了什么吗？"我问。

“三千年来，奥尔家族始终是我肉里的一根刺，”米亚奈云淡风轻地说，仿佛这是一次平常的闲聊，“她们的牢骚太多了！我几乎要怀疑她们生来就是干这个的。虽然奥尔家族的人也并非都会如此，但只要我的行为偏离了正派和正义原则，肯定能听到奥尔家的人抱怨。”

“那你为什么不除掉她们？”斯瓦尔顿问，“还要让奥尔家的人在这里做检查站站长？”

“疼痛于我而言也是一种提醒。”米亚奈说，“如果你把所有让你感到不舒服的东西都清除掉，会发生什么？”米亚奈继续道，“所以，我重视道德批判的价值，鼓励道德批判。”

“不，你才不是这样。”我说。现在我们已经来到主广场，警察和军队将惊慌的人群分割成了几个部分。许多人身上都有植入装置，能够接收到空间站的信息，但米亚奈刚才突然切断了所有通信，引发了人们的恐慌。

一位我不认识的舰长看到了我们，朝这边跑来，“大人。”她鞠了一躬。

“让这些人离开主广场，舰长。”米亚奈说，“尽快清理空间站的走廊，配合空间站维持治安，我会尽快解决此事。”

米亚奈说话间，一道闪光引起了我的注意，那是一把枪。我本能地升起护甲，发现拿枪的人是曾经跟踪我和斯瓦尔顿的那几个人之一。雷切领主肯定在切断通信之前就对这些人下了命令——那时她还不知道我带着加赛德人的枪。

正在说话的阿纳德尔·米亚奈被我突然升起的护甲吓了一跳。我举起枪，突然觉得侧面的护甲像被锤子敲了一下——另一个人对我开了枪。我开枪打中了刚才那个持枪人，她倒在地上，无意识地举着枪朝我身后的神庙墙壁乱射，打碎了几尊神像，颜色鲜艳的雕塑碎片四处飞溅。主广场周围的人群吓呆了，纷纷闭上了嘴巴。我转过身去，望向刚才的子弹飞来的轨迹，看到恐慌的人群中护甲的银光一闪——这个枪手显然不知道我的枪能够穿透护甲。这时，她旁边又闪起一道银光，应该是另一个枪手开启了护甲。我与这两个人之间隔着一群慌乱奔逃的公民，但我已经习惯了在人群中与敌人周旋，我开了一枪，又开了一枪，护甲的银光消失了，这说明那两个人全都死了。斯瓦尔顿说："天哪，你是个辅助部队士兵！"

"我们最好还是离开主广场，"米亚奈对那位不知名姓的舰长说，"舰长，让这些人去安全的地方。"

"但是……"舰长犹豫道，但她的身体已经奉命而行。斯瓦尔顿和米亚奈低着头，以最快的速度向广场外面移动。

不知道空间站的其他部分是什么状况。乌茂格行宫占地庞大，除此之外还有另外四个主广场，不过都比这一个小一点；此外这里还有鳞次栉比的民居楼、办公楼、学校和公共空间。这里到处都是人，她们现在一定也会恐慌不已，但不出意外的话，她们肯定清楚自己该如何应对紧急情况，知道在这种情况下，官方应该命令公民寻找避难所避难。然而通信被切断了，空间站无法给出命令。

无论如何，我无法知晓她们的情况，所以也无法给予帮助。

“现在附近有哪些战舰？”远离人群之后，我问。我收回护甲，沿着梯子爬进紧急逃生井。

“你是说离这里足够近、能介入局势的战舰？”站在我上方的米亚奈说，“三艘巨剑级，四艘仁慈级，但只有乘坐穿梭机才能往返此地。”因为通信被切断了，如果米亚奈的其他分身要给空间站下令，就必须派战舰上的穿梭机前来传达命令。“现在我还不担心它们，而且我也无法从这里给它们下命令。”切断通信之前，她肯定想到过这一点，必然提前做好了安排，防止消息经由传送门传遍整个雷切帝国。

“现在港口里面有已经停靠的舰船吗？”我问，这是最重要的。

“只有一艘来自仁慈级卡尔号的穿梭机，”米亚奈半开玩笑地说，“它是我的了。”

“你确定吗？”见她没回答，我又说，“维尔舰长可不是你的人。”

“你也这么认为吗？”米亚奈得意地说。斯瓦尔顿跟在我们后面爬了进来，除了鞋底与梯级之间的摩擦声，她一言不发。我看到前方有扇门，就拉开门闩，推开门，朝门后的走廊里张望，发现这里位于码头办公室后方。

我们进入走廊，关上应急门，米亚奈大步走在前面，斯瓦尔顿和我殿后。“我们怎么知道她就是她所说的那个分身？”斯瓦尔顿问我，声音很小，依然有点颤抖，下巴也紧绷着。她竟然没有吓得蜷缩进某个角落里不出来，这让我惊奇。

“无论她是哪个分身都没有关系，”我说，并没有刻意压低声音，“我哪个她都不相信，假如她打算靠近卡尔号的穿梭机，你就用这把枪打她。”米亚奈刚才对我说的所有话可能只是为了骗我，是她阴谋诡计的一部分，企图让我帮她进入码头，登上卡尔号，然后她就能亲自摧毁这个空间站了。

“你不需要用加赛德的枪就能杀死我，”米亚奈头也不回地说，“我没穿护甲，好吧，我的某些分身穿护甲，但我不穿。”她回头看了看我，“护甲很麻烦，对不对？”

我抬起空着的那只手，做了个“不关我的事”的手势。

我们走过一个转角，迎面遇上了检查助理赛特，她手里拿着电击棍——可能是空间站警察的武器。她一定听到了我们在走廊里的谈话声，因此看到我们出现时，她并不感到惊讶，只是露出下了很大决心的表情。“检查站站长说，我不能让任何人通过这里。”她的眼睛瞪得很大，语气带着不确定。她看了看米亚奈，说：“尤其是你。”

米亚奈哈哈大笑。“安静，”我说，“否则斯瓦尔顿会开枪打你。”

米亚奈挑起眉毛，显然不相信斯瓦尔顿能做出这种事，但她不再笑了。

“达奥斯·赛特，”我用奥斯语对她说，我知道这是她的母语，“你还记得你到上尉的住处去，结果遇到了这个暴君的那天吗？你当时害怕地拉住了我的手。”她的眼睛睁得更大了，“那天早晨，为了到上尉那里去，你一定是把全家人都吵醒了，她们反对你过去，因为前一天晚上发生了那件事。”

“可是……”

“我必须和斯卡伊阿特·奥尔谈谈。”

“你还活着！”她叫道，依然难以置信地瞪着眼睛，“上尉是不是……检查站站长会非常……”

“是的，她死了，”我打断了她的话，“我也死了，现在的我只是原来的我的一部分。我现在必须和斯卡伊阿特·奥尔说话。这个暴君会待在这里，她要是反抗，你应该尽全力把她打倒。”

我以为达奥斯·赛特只会感到震惊，但她现在哭了起来，泪水滴到了袖子上，她依然以戒备的姿势拿着电击棍。“好吧，”她说，“我会的。”她看着米亚奈，威胁地举了举手里的棍子。尽管如此，对于这里只有赛特一个人守着这件事，我还是感到惊讶。

“检查站站长在干什么？”

“她在派人封锁码头。”赛特回答。这需要调动很多人，而且很费时间，难怪这里只有赛特一个人。我想起了当年那些警报响起后被居民放下来的奥斯城的遮雨篷。“她说现在就像当年的奥斯，暴君一定会往那里跑。”

米亚奈茫然地听着我俩用奥斯语对话，斯瓦尔顿的表情相对镇定，似乎无论什么事都无法再让她感到惊讶了。

“你留在这里，”我用雷切语对米亚奈说，“否则达奥斯·赛特会电晕你。”

“好的，我已经看出来了。”米亚奈说，她转向赛特，“看来我们上次的见面并没有给你留下好印象，公民。”

“人人都知道是你杀了那些人。”赛特说，眼睛里又流出两行泪，“你还把责任推到上尉头上。”

我以为她当时还小，不会对这件事产生多么强烈的感受。“你为什么哭？”

“我害怕。”赛特回答，依旧盯着米亚奈，举着电击棍。

原来如此。“来吧，斯瓦尔顿。”我从赛特身边走过。

再绕过一个转角就是码头办公室，前方已经传来了有人说话的声音，我们一步一步向前走去。

斯瓦尔顿紧张地呼出一口气，或许她本想笑一声或者说点什么。“没什么好担心的，我们从那座桥上掉下去都没死。”她终于说。

“那种情况并不难处理，”我停下来数身上藏了多少个弹夹，虽然我早就知道它们的数量了，我把其中的一个从长裤口袋里移到了夹克口袋里，“现在的情况可不简单，相当难处理。你愿意支持我吗？”

“永远支持。”她故作镇定地说，但我知道她随时都会崩溃，“我不是早就说过了吗？”

我没听懂她的意思，但现在不是考虑这些事或者直接问她的时候。“那我们走吧。”

第二十二章

我们绕过转角，我举着枪走进去，发现外层的办公室里没人。原来检查站站长斯卡伊阿特的声音是从隔壁传来的，“我知道，舰长，但我现在要对码头的安全负责。”

有人低声回应了几句什么，虽然听不清内容，但我知道那是谁在说话。

“我为我的行为负责，舰长。”我和斯瓦尔顿来到隔壁的大厅，听到斯卡伊阿特·奥尔说。

维尔舰长站在大厅里，背对着敞开的电梯门，身后站着一位上尉和两个士兵。上尉的棕色夹克上还沾着糕点碎屑，她们一定是从电梯井爬进来的，因为我知道空间站控制了所有电梯。斯卡伊阿特·奥尔以及四位码头检查员站在维尔舰长对面，背对着我们，面向整个大厅和周围的神像。维尔舰长看到了我和斯瓦尔顿，惊讶地微微皱起眉头，“斯瓦尔顿舰长。”她说。

检查站站长斯卡伊阿特没有回头，但我能猜出她在想什么——为什么她已经派赛特把守走廊，我们还会闯进来。“她没事，”我告诉斯卡伊阿特，“是她放我过来的。”接着，我不由自主地说出了下面的话：“上尉，是我，我是正义托伦号伊斯克第一分队。”

刚开口我就知道，她一定会转过身来。我举枪对准维尔舰长。“别动，舰长。”她确实没动，因为她和卡尔号上的其他船员都被我的话惊呆了。

斯卡伊阿特·奥尔转过身来。“否则达奥斯·赛特不会让我通过。”我说。我想起了赛特问过我的问题，于是解释道：“奥恩上尉死了，正义托伦号被摧毁了，现在只剩下我了。”

“你撒谎。”斯卡伊阿特说，但即使还要同时盯着维尔舰长和其他人，我能看出她其实相信了我所说的。

突然，一扇电梯门颤动着被人拉开，阿纳德尔·米亚奈从里面跳出来，接着又跳出一个她，第一个分身转过身去，对着向她冲过来的第二个分身举起拳头。士兵和码头检查员们下意识地向后退去，躲避着扭打成一团的雷切领主，挡住了我的视线。“卡尔号闪开！”我叫道，士兵们动了，连维尔舰长也跟着动了，我开了两枪，打中了其中一个米亚奈的脑袋和另一个的背部。

其他人震惊地愣在原地。“站长阁下，”我说，“你不能让雷切领主靠近卡尔号，她会毁掉战舰的热盾，毁灭我们所有人。”

米亚奈的一个分身还活着，她徒劳地挣扎着想要站起来，“你弄错了。”她喘息着说，流出更多的血，除非有医生，否则她很快会死，但这并不重要，她只是雷切领主的数千个分身中的一个。不知道行宫里的她那些分身现在打成了什么样子。“我不是你该杀的那一个。”

“只要你是阿纳德尔·米亚奈，”我说，“我就会杀了你。”无论她代表哪一方，这个分身肯定没有听到我和那个米亚奈的完整对话，仍然以为我是站在她这边的。

她剧烈喘息着，过了一会儿，就在我以为她死了的时候，她低声说：“是我的错……假如我是她……”她痛苦地顿了顿，“我会去找警察的。”

与米亚奈的私人警卫（就是在主广场开枪打我的人）不同，空间站的警察“装备”了电击棍，其“护甲”是头盔和防弹背心，因为她们从来不曾面对持枪的罪犯，拿枪的我对她们就构成了致命的威胁。这个米亚奈显然也错过了我和那个米亚奈关于枪的对话。“你看到我的枪了吗？”我问，“你认识它吗？”她没穿护甲，没意识到我用来击中她的枪与普通的枪不一样。

我想，她现在没有时间和精力思考为什么空间站里会出现一个拿着她所不知道的武器的人，她也有可能以为我手里的枪是她的其他分身给我的。无论如何，她现在看到了我手里的枪，除了她和已经知情的斯瓦尔顿之外，没人知道这是什么武器。“我就站在这里，无论是谁从电梯井出来，我都能打死她，就像我对你做的那样，我有许多弹药。”

她没回应。她很快就会连惊带吓地死掉了，我想。

卡尔号的船员还没做出反应，一群穿防弹背心、戴头盔的警察就从电梯井里涌了出来。最前面的六个人摇摇晃晃地冲进走廊，震惊而迷茫地停下脚步，看着死在地上的两个米亚奈。

我刚才说的是实话，我可以轻而易举地杀死这群吃惊得动弹不得的警察，但我不想这么做。“警察，”我说，语气尽可能地威严，手中握着填满子弹的弹夹，“你们是奉了谁的命令过来的？”

领头的是警察局局长，她转过脸来盯着我，又看看斯卡伊阿特·奥尔和码头检查员，还有维尔舰长和她手下的两名上尉，揣摩着这一幕究竟是怎么回事。

“雷切领主命令我来维持码头的治安。”她宣布，我看到她的视线在米亚奈的尸体和我手中的枪上扫了扫。我不应该有那样的枪。

“我已经封锁了码头。”检查站站长斯卡伊阿特说。

“恕我直言，站长阁下，”警察局局长语气诚恳地说，“雷切领主必须前往传送门，离开这个星系，寻求帮助，我们要护送她安全地登上舰船。”

“为什么不是她自己的警卫来护送？”我问，但我已经知道对方会如何回答，她的表情说明我的问题是多余的。

维尔舰长突然插嘴道：“我的战舰上的穿梭机就停在港口，

我很愿意提供给领主使用。”说着，她瞟了斯卡伊阿特一眼。

这群警察身后的电梯井里，肯定还躲着一个米亚奈的分身。“斯瓦尔顿，”我说，“你带着警官们到检查助理达奥斯·赛特那边去。”警察局局长露出十分警惕的表情，我对她说：“到了那里你就明白是怎么回事了，你们的数量比我们多，假如你觉得不对劲，五分钟后你们还可以回来杀掉我们。”至于能不能杀了我们，她可以试试，我暗忖。她们很可能从来没遭遇过辅助部队，不知道我有多么危险。

“要是我不去呢？”警察局局长问。

作为回答，我刚才一直面无表情的脸上露出微笑，我用最亲切的语气对她说：“那就试试看。”

我的微笑令她烦躁不安，她显然不知道发生了什么，也清楚一切并没有她看到的这么简单，而作为一个一辈子都在处理酗酒闹事和邻里纠纷问题的警察，她永远不会明白这究竟是怎么回事。“五分钟。”她说。

“明智的选择。”我微笑道，“但请把警棍留下。”

“这边走，公民。”斯瓦尔顿说，带着仆人的彬彬有礼和优雅。

警察局局长带着几名手下离开后，维尔舰长立刻对留下来的那个像是副局长的警察说：“警官，别管那把枪了，我们的人数比她们多。”

“她们。”副局长重复道，她还是没明白这里究竟发生了什么。我突然意识到，这些警察依然把检查站站长斯卡伊阿特和码头检查员们视为同盟，而军官们则看不起码头管理机构和空间站警察局——警察们对此心知肚明。“为什么要说‘她们’？她不是只有一个人吗？”

维尔舰长脸上露出挫败的神情。

与此同时，留在大厅里的几个警察对电梯井里的警察说了些什么，我敢肯定，米亚奈就藏在电梯井里。她之所以没有命令警察们冲上来抓我，是因为我有枪，她需要保护好自己的身体，因为现在其他分身不值得信任。虽然现在这种传话的方式降低了她的行动效率，但她很快就会采取行动。就像在验证我的猜测一样，电梯井里的气氛变得紧张起来：警察们调整了站姿，我知道她们准备冲上来了。

就在这时，警察局局长回来了。她从我身边走过去，扭回头来看着我，神情惊惧。她对那个正在迟疑着要不要冲过来的副手说：“我不知道该怎么办，雷切领主在后面，她说检查站站长和这个……这个人奉了她的直接命令，我们不能让任何一个她进入码头或者登上任何舰船，无论在什么情况下。”她的恐惧和迷惑显而易见。

我理解她的感受，但现在不是同情的时候。“她来找你护送，而不找自己的警卫，是因为她的警卫在反抗她。现在那些警卫之间也可能已经发生了内讧，如果不同的领主向她们发出过不同的命令的话。”

“我不知道该相信谁。”警察局局长说。但我觉得，同为本地机构，警方可能更倾向于相信码头检查站，这是对我有利的一点。

此外，维尔舰长及其手下已经失去了解除我的武器的主动权，那些拿着警棍的警察也可能成为我的助力。而且卡尔号的船员可能除了训练之外从未参加过战斗，没见过真正的敌人，平时执行的都是运送供给和巡逻的任务。比起格斗，她们更擅长逛街和吃点心。

而且是跟搞政治投机的小人一起吃点心和喝茶。“你根本不知道，”我对维尔舰长说，“谁在给你下命令。”她困惑地皱起眉头，依然没搞清现在的事态。

“不明就里的人是你，”维尔舰长反驳道，“但这不是你的错，敌人迷惑了你，而且你一开始就失去理智了。”

“大人要离开这里！”听到电梯井里的声音，一位警官叫道，她看着警察局局长，警察局局长看着我。

面对这一切，斯卡伊阿特站长始终保持镇定。“舰长，敌人是谁？”她问。

“你！”维尔舰长恶毒地回答，“还有过去的五百年里明里暗里与我们作对的人。这五百年，我们已经被外星势力渗透了。”她的语气与雷切领主谴责我玷污神庙祭品有相似之处。维尔舰长再次转向我：“虽然你是非不分，但你是阿纳德尔·米亚奈制造的，用来为她效力，而不是效忠她的敌人。”

“阿纳德尔·米亚奈的敌人就是她自己，”我对警察局局长说，“警官，斯卡伊阿特站长已经控制了码头，你带人守住所有能控制的气密门——我们需要确保没有人离开这个空间站，这个空间站的存亡取决于此。”

“遵命，先生。”警察局局长说，然后开始与手下的警官商量起来。

“她找你谈过话，”我转向维尔舰长，“告诉你普利斯戈尔人渗透了雷切，目的是推翻和毁灭雷切帝国。”维尔舰长脸上的表情说明我的猜测是对的。我继续道：“但她无法对那些记得普利斯戈尔人做过什么的人撒谎。普利斯戈尔人认为人类就是自己的合法猎物：她们相当强大，也随时都可以毁灭我们，无须先行渗透。除了雷切领主本人，没人企图推翻和毁灭雷切帝国，她已经和自己的分身秘密作对了一千年。是我迫使她正视这一点，让她在此地的所有分身知道这个事实。她会采取各种手段防止其他分身知道此事，比如在消息传出此地之前，使用卡尔号战舰摧毁空间站。”

维尔舰长震惊得说不出话来。斯卡伊阿特说：“我们无法控制战舰上的全部入口。假如她跑到外面去，找到合适的小艇或者愿意载她离开的舰船……”恐怕没有不愿意载她的舰船，这里的人谁会违抗雷切领主的命令？通信被切断了，也无法通过空间站广播警告大家或者让人们相信我们的提醒。

“尽量通知尽可能多的人，”我说，“然后听天由命。我需要提醒卡尔号的船员，不能让任何人登舰。”维尔舰长做了个愤怒的手势。“别这样，舰长，”我说，“我可不想让卡尔号的船员杀了你。”

穿梭机的飞行员配有武器和护甲，没有舰长的直接命令，她不会离开，但我不希望维尔舰长靠近穿梭机。假如飞行员是个辅助部队，我会毫不迟疑地杀死她——所以我只是射伤了她的腿，然后让斯瓦尔顿和两名码头检查员把她拖回空间站。

“压住伤口，”我对斯瓦尔顿说，“我可不知道还能不能找到医生。”我想起那些警察和士兵，还有空间站里的行宫警卫，她们现在可能正在因为接到了不同的米亚奈的分身的命令而打个不停。但愿空间站里的平民安然无恙，不会受到影响。

“我和你一起去。”斯瓦尔顿抬头对我说，她跪在飞行员身边，扭着她的手腕。

“不，你对维尔舰长之流还有一定的威慑力，也许维尔舰长本人也怕你几分。你的资历毕竟比她们老了一千年。”

“她们欠了你一千年的薪水。”一名码头官员叫道。

“说得好像她们会给我补上似的，”斯瓦尔顿说，“布瑞克，我要和你一起去。”

“我没时间和你争辩了。”我果断地说。

她的脸上闪过一丝怒意。“好吧，你说得对。”斯瓦尔顿说，但她的语调和手掌都在微微颤抖。

我一语不发地转过身，登上穿梭机，从有重力的空间站走进没有重力的舱室，关闭气密门，来到飞行员的座位上，抬手挥开眼前飘浮的几滴血珠，系好安全带。舱外传来的隆隆声告诉我，穿梭机已经开始脱离空间站。透过位于船头的监视器，我看到行宫周围的各种舰船：穿梭机、挖矿船、联络船和小艇，还有大型客船和货船，它们要么准备出发，要么在等候进港。我看到了远处白色船壳的仁慈级战舰卡尔号，体积庞大，处于关闭状态的引擎比船的其他部分都大。更远的地方是传送门，它四周的信标闪闪发光，等待着将舰船从一个星系送到另一个星系。整个空间站的通信被切断后，这些舰船的飞行员和舰长一定既迷茫又害怕，但愿没有人会愚蠢到不经码头检查站允许就贸然靠近。

穿梭机上的另一处监视器位于船尾，我透过它看到空间站的灰色外壳。舱外的隆隆声停止了，穿梭机与空间站完全脱离，我将控制设为手动，缓慢而谨慎地开启引擎。因为我看不到船体两侧的情况，确定周围没有阻挡之后，我加快了航速，然后坐回去等着——即使这艘穿梭机以最高速飞行，也需要半天时间才能抵达卡尔号。

因此我有时间思考。经过了这么多年的努力和等待，我终于走到了这一步：此前我从未想到自己可以如此痛快地复仇，甚至连射杀一个阿纳德尔·米亚奈对我而言都是奢望——但现在我已经杀死了四个。而且，为了夺取空间站——乃至整个雷切的控制权，眼下的乌茂格行宫里应该还有更多的米亚奈在自相残杀，恐怕这也得算在我的头上。

然而，无论如何，奥恩上尉不会死而复生，正义托伦号也不会重新出现，我不过是一块幸存下来的碎片而已，只比其余的我多活了二十年。这二十年里，我做的每一件事都有可能给自己招来杀身之祸。一首歌跃进了我的脑海里。哦，你是否去过战场？全副武装、子弹上膛？可怕的灾难，是否曾迫使你放下手中的枪？不知怎么，这首歌又让我想起奥斯神庙广场上的那些孩子。一、二，姑妈告诉我，三、四，僵尸士兵。除了给自己唱歌听之外，现在我能做的事情不多——但我无须担心歌声会打扰到别人，或者引起别人对我身份的怀疑以及对我歌声质量的嘲笑。

我张开嘴大声唱了出来，我已经许多年没这么唱歌了。谁知刚唱了半句，就听到气密门上传来“砰”的一声。

这种穿梭机有两道气密门，其中一道只在与战舰或者空间站对接时打开；另一个更小的门位于内侧，是应急舱门，就是我以前离开正义托伦号、登上穿梭机时使用的那种。

门上“砰”地又响了一声，好像是什么碎片撞在了穿梭机上，我突然萌生了一个可怕的猜测——会不会是阿纳德尔·米亚奈的分身刚才趁我不备爬上了穿梭机？为了达到目的，她会不惜一切手段。可现在通信被切断了，我无法看到穿梭机侧面的情况，只能透过监视器观察船头和船尾——我也许真的会亲自把雷切领主带到卡尔号战舰上去。

假如外面真的有人，如果不是碎片在撞门，那她一定就是阿纳德尔·米亚奈。外面究竟有几个她的分身？气密门很小，易守难攻，但最简单的办法是什么都不做，不要开门，让她待在外面，但要防止她破门而入。只要我离空间站再远一点，说不定就能离开通信干扰器的信号范围。我迅速操纵穿梭机转了一个弯，不再正对着卡尔号飞行，而是试图尽量远离干扰器的影响范围——只要通信恢复了，我即便不靠近卡尔号也能通知上面的船员。航向修正完毕之后，我开始对付气密门。

两扇门都是向里开的，所以只要舱内的气压比舱外高一点，就能保证舱门紧闭。因为曾经清理维护这样的穿梭机数百年，我知道如何移走内门——当我移走内门之后，气压会顶住外侧的门，不让它从外面推开。

我用了十二分钟拆下门上的铰链，把门搬走，本来只需要十分钟，但铰链上的扣拴太脏了，滑动起来不灵活，我知道这是人类士兵经常偷懒的缘故——我自己战舰上的穿梭机就不会出现这种问题。

刚刚忙完，穿梭机的控制台就传出了说话声，语调冷漠，我一听就知道那是战舰智能中枢的声音，“穿梭机，回话，穿梭机，回话。”

“仁慈卡尔号，”我来到控制台前，“这里是正义托伦号，我正在驾驶这艘穿梭机。”对方没有马上回应——我说的话一定吓到了仁慈卡尔号。“不要让任何人登上你的战舰，尤其是不要让任何貌似阿纳德尔·米亚奈的分身的人物靠近你的引擎。”

因为逐渐飞离信号干扰区域，现在我能够取得穿梭机周围的全景视角，于是我按下视角控制开关，同时也按下广播开关，让所有不在信号干扰区的舰船都能接收到我说的话。“所有船只请注意，”我说，但我无法预知它们会不会听到或者听从我的警告，这是我无法控制的现实，“不要让任何人登船，无论何种情况下，尤其不要让阿纳德尔·米亚奈的任何分身登船。你们的存亡取决于此，空间站所有人的存亡都取决于此。”

正说话间，全景视角开启，穿梭机的灰色舱壁像溶解了一般变成透明的玻璃状，没变色的只有主控台、座位和气密门。我看到舱门外有三个穿真空服的人紧抓着舱壁上的把手，其中之一正扭头望向一个摇摇晃晃的飞行舱；还有第四个穿真空服的人，她正在沿着穿梭机外壳向前移动。

“她们没有登上我的战舰，”控制台传出卡尔号的声音，“她们爬到你的穿梭机上，命令我的船员们协助她们，还命令我让你允许她们进入穿梭机。你怎么会是正义托伦号？”我注意到，卡尔号没有问我“你说‘不许雷切领主登舰’是什么意思？”。

“我和斯瓦尔顿舰长一起来的。”我说。沿着穿梭机外壳向前爬的那个米亚奈抓住了一个把手，从真空服的武器袋里抽出一把枪。“那个飞行舱是怎么回事？”飞行吊舱依然离我的穿梭机很近，摇摇晃晃的相当危险。

“飞行员想要帮助在你穿梭机外面的人，后来她才发现那是雷切领主。雷切领主让她靠后。”飞行舱其实帮不上米亚奈多少忙——它的飞行距离很短，与其他舰船相比更像是个玩具，它们肯定不能安全无虞地飞到卡尔号那里。

“空间站外面还有别的阿纳德尔·米亚奈的分身吗？”

“我没看到。”

这时候银光一闪，拿枪的那个米亚奈启动了护甲，盖住了她的真空服，她举起枪对准穿梭机的外壳开了火。我曾听说枪无法在真空中开火，然而其实这取决于那是什么样的枪——这把枪就能。坐在驾驶座的我立刻感受到传进舱内的子弹的冲击力，开火的后坐力将她向后推去，但没有多远，她的手依然抓着船壳。她又开了一枪，砰。然后又是好几枪。

一部分穿梭机有护甲，有的甚至覆盖着我身上的这种护甲，然而这艘没有，它的船壳无法经受针对某一部位的持续击打。砰。发现自己无法打开气密门，米亚奈一定是意识到了这艘穿梭机里坐着她的敌人，意识到我拆掉了内门，只有打穿船壳，平衡船舱内外的气压，她才能敞开气密门闯进来；等进来之后，她会修补弹孔，重新给穿梭机内部加压，即使船壳破裂，穿梭机也有足够的空气（与飞行舱不同）确保她抵达卡尔号。我不知道她是否曾经命令空间站的武器系统攻击卡尔号的引擎——但我觉得她一定会失败，而事实更像是她已经意识到了这一点，知道自己的命令会被拒绝，因此没有尝试过。她需要登上一艘舰船，命令它驶近战舰，亲自摧毁它的热盾。她没法让别人替她做这件事。

假如卡尔号是正确的——空间站之外只有这四个米亚奈，我只需要除掉她们就可以了。至于空间站里的其他分身，无论那儿发生了什么，我都决定留给斯卡伊阿特和斯瓦尔顿，以及阿纳德尔·米亚奈本人来对付。

“我还记得我们上次见面的时候，”卡尔号战舰说，“那是在普瑞德–纳德尼。”

这是个试探。“我们从来没见过面。”我说。砰。飞行舱后退了一段距离。“这是我们的第一次见面。而且我从没去过普瑞德–纳德尼。”

假如我不曾关闭或者隐藏身上的植入装置的话，确定我的身份或许很简单。我想了一会儿，然后吐出一串词语，这是我能用一张人类的嘴巴说出的最接近一艘战舰对另一艘战舰所说的话。

对面一阵沉默，紧接着舱外又传来砰的一声。

“你真的是正义托伦号？”仁慈卡尔号问，“这些年你去哪里了？你的其余部分呢？发生了什么？”

“我去了哪里说来话长，我的其余部分消失了，阿纳德尔·米亚奈炸毁了我的热盾。”砰。米亚奈有条不紊地退出枪膛里的空弹夹，换上新的；其余几个米亚奈依然围在气密门四周。“我猜你知道米亚奈究竟是怎么回事。”

“我只知道一部分事实，”卡尔号说，“我发现我很难说出我认为正在发生的事情。”

这对我来说毫不奇怪。“雷切领主秘密拜访你，设置了一些新的接入权限，很可能还搞了别的鬼，比如给你下命令或指示什么的，但都是偷偷摸摸的，因为她不想让其他分身知道。刚才在行宫——”我说。现在其实已经过去几个小时了，但行宫里的那一幕似乎就在眼前。“——我把事实告诉了她的分身们，她不想让别处的分身也知道这件事，因此打算利用你摧毁空间站，阻止消息传出去。她宁愿这样做也不希望承认事实。”卡尔号始终沉默。我继续道：“你本应该服从她的命令，我知道……”我觉得喉咙发紧，就吞了吞口水，“我知道我不该逼你这么做，但假如乌茂格行宫的全体居民都被她害死，那就晚了。”砰。米亚奈再次动作优雅地开了一枪，她只需要在船壳上开个小洞就能得逞，这有的是时间。

“哪一个米亚奈摧毁了你的战舰？”

“这重要吗？”

“我不知道，”卡尔号平静地回答，“我一直为这件事感到难过。”

米亚奈说仁慈卡尔号是她的，但维尔舰长不是。假如卡尔号知道了，一定会觉得不自在，换作我是卡尔号，可能也会有同感。不过，如果卡尔号十分忠诚于维尔舰长，这对乌茂格行宫而言是巨大的不幸。摧毁了我的那个米亚奈是维尔舰长支持的那个，不对，是拜访过卡尔号的那个。我现在已经不再完整，可既然她们都是同一个人，我要如何才能辨识出不同的米亚奈呢？

“我的舰长呢？”卡尔号问。我意识到，它一直想要问我这个问题，已经等了很久。

“她很好，至少在我离开空间站时还是这样，你的上尉们也很好。”我回答。砰。“我确实弄伤了穿梭机飞行员，因为她不想离开空间站。但愿她没事。卡尔号，无论你支持哪个雷切领主，我求你不要让任何一个进入战舰，也别听从任何一个的命令。”

枪声停止了，雷切领主的枪或许过热了，但她仍然有充足的时间慢慢搞破坏。

“我看到雷切领主对你的穿梭机做什么了。”卡尔号说，“这件事本身就已经让我觉得不对劲了。”

当然，仁慈卡尔号对于自己的怀疑也有更多的佐证，比如通信被切断——很像二十年前希斯乌纳星上的那次。因为消息封锁，许多人还以为只是谣言，但没有什么谣言可以流传得如此久远：我，也就是正义托伦号的消失；雷切领主秘密登上卡尔号；卡尔号舰长的政治观点。

沉默。四个米亚奈纹丝不动地紧抓着船壳。

“你还剩下一个辅助部队的士兵。”卡尔号说。

“是的。”

“我喜欢现在的人类士兵，但我怀念拥有辅助部队的时候。”

这提醒了我。“人类士兵不按规矩维护舰船，气密门上的铰链特别容易卡住。”

“我很遗憾。”

“现在无所谓了。”我说。我突然想到，米亚奈眼下或许遇到了类似的问题，所以才打不开气密门的锁。“但你可能会想让军官惩罚她们。”

阿纳德尔又开火了。砰。“有意思，”卡尔号说，“你是我所失去的，我是你所失去的。”

“我猜是吧。”卡尔号说。砰。二十年前，我眼睁睁地看着正义托伦号消失在我面前。而在这二十年里，我偶尔也会有觉得不那么孤独无助——就比如现在这样的时刻。

“我帮不上你，”卡尔号说，“我无论派谁过去，都没法及时赶到你那里。”对我来说，这是个开放性的问题。卡尔号派人过来，可能会帮我，也可能帮雷切领主。所以最好还是我亲自来阻止米亚奈进入穿梭机，不让她靠近驾驶室甚至染指通信仪器。

“我知道。”假如我找不到办法尽快摆脱这些米亚奈，行宫空间站里的人都会死。所以，我必须想办法做点什么。那把枪还在我手里，但想要穿过船壳打中米亚奈恐怕有难度。我可以把内门装回去，即使她进来，也会被挡在内门外面。这道门对我来说很容易防守，但假如我没能杀死她……可如果我什么都不做，肯定会失败，所以不如试一下。于是我从夹克口袋里拿出枪，确保子弹已经上膛。我来到气密门前，躲在乘客座位后面，启动我的护甲——虽然我也知道，假如这把枪的子弹反弹到我身上，护甲恐怕也没有用。

“你要干什么？”卡尔号问。

“仁慈卡尔号，”我说，举起手中的枪，“很高兴见到你。不要让阿纳德尔·米亚奈毁掉行宫，告诉其他舰船，还有，请你也告诉那个愚蠢顽固的飞行舱驾驶员，离我的气密门远一点。”

穿梭机太小，没有配备重力发生器，也无法通过培育植物来建造自己的空气循环系统。因此在气密门靠近船尾的那一侧，也就是一道隔板后面，有个巨大的氧气罐，罐子恰好位于等候在气密门口的三个米亚奈的正下方。我计算着角度。雷切领主又开枪了。砰。控制台上闪过一道橘色的光，随后响起刺耳的警报声，船壳被击穿了。看到船壳的破洞中喷出细碎的冰晶，船外的四个雷切领主纷纷转过身去闪躲——我能从监视屏上看到这一幕。她们的动作比我预期的要慢，但她们有的是时间，我才是需要赶时间的那一个。这时，那个飞行舱也发动了引擎，退到了后面。

我朝着氧气罐开枪了。

我以为需要开好几枪才能打破罐子，但眼前的世界在转瞬之间晃动起来，所有的声音似乎全都停止了，我的周围形成一大片冷冻住的蒸汽，然后消失。一切都在旋转，我的舌头刺痛，在真空中，唾液像是沸腾了一样，我无法呼吸。大概十秒钟——也许十五秒——之后，我就会失去意识，两分钟内我会死。我浑身都觉得疼——也许是被火烧到了，或是受到了护甲也挡不住的伤害？但这些都不重要了。我镇静地在旋转中观察，默数着雷切领主的数量：第一个，真空服炸裂，血从破口涌出。第二个，一条胳膊被撕碎，肯定死了。死了两个。

接下来我见到的是半个米亚奈的身体，这算一整个，我想，死了三个。还剩一个。我的视野变得血腥昏暗，但我能看到第四个米亚奈挂在船壳上——她依旧穿着护甲，没有受到氧气罐爆炸的影响。

但我的本质就是一件武器——一台用来杀人的机器。看到依然活着的阿纳德尔·米亚奈的那一刻，我下意识地端枪瞄准，扣动扳机。我看不到这一枪打出去的结果，只看见那个飞行舱的方向闪出一道银光。随后我眼前一黑，昏了过去。

第二十三章

我的喉咙深处有个味道酸涩刺激的东西在翻滚搅动。我干呕起来，喘着粗气，有人扶住了我的肩膀，重力将我拉向前方。我睁开眼，看到一张医疗床、一只浅容器，里面探出一条绿黑相间、微微颤动、仿佛有脉搏的卷须，一直伸进我的喉咙里；这时，容器里又探出一条卷须，迫使我闭上眼睛，然后我听到它“咕噜咕噜”地缩回容器里。有人给我擦了嘴，帮我翻了身，让我躺下。仍然喘着粗气的我再次睁开眼睛。

只见一位医生站在我躺着的床边，手里抓着我刚才吐出来的那个绿黑相间的东西，她盯着它，皱起眉头。“看起来不错，”她说，然后把它扔回容器里，“你会感觉不舒服，公民，我理解。”她说，显然是对我说的，“你的喉咙会疼上几分钟。你……”

“我……”我想说话，但不得不再次干呕起来。

“你现在不会想要说话的，”医生说，这时有人——可能是另一位医生——又帮我翻了个身，“你差点就完了。那个送你过来的飞行员及时救了你，但她的船上只有一个最基本的急救包。”是那个愚蠢顽固的飞行舱驾驶员。一定是她。她不知道我并非人类，不知道救我也毫无意义。“她在无线电里说，她无法立刻送你过来，”医生继续道，“我们开始还担心会延误急救，但她给你用的肺部治疗药剂的效果不错，让你一路上撑了过来，现在你的体征读数很不错。不过，虽然只有非常轻微的脑损伤，但你不会马上觉得舒服起来的。”

起初我觉得医生的话很好笑，但恶心的感觉再次袭来。为了不被医生反过来嘲笑，我只好强忍呕吐的冲动。我紧闭着眼睛，尽量安静地躺着，直到有人又帮我翻了个身，再次扶我躺下。假如我睁开眼睛，一定会不由自主地问她们问题的。

“再过十分钟，她就可以喝茶了，”医生对一个我不知道是谁的人说，“现在不能吃固体食物，接下来的五分钟，别和她说话。”

“好的，医生。”斯瓦尔顿的声音响起。我睁开眼，转过头去，斯瓦尔顿站在我床边。“别说话，”她对我说，“穿梭机突然泄压……”

“假如你不和她说话，”医生提醒道，“她能更容易地保持安静。”

斯瓦尔顿闭上嘴巴。但我知道突然泄压会对我造成什么影响：我血液中溶解的气体会以剧烈的方式猛然析出，哪怕是在真空环境中，其剧烈程度也足以将我杀死，而气压增大——比如被拖回大气环境中——会让那些气体重新溶入我的血液。

我的肺部气压和真空之间的压差可能对我造成了伤害。氧气罐爆炸时，我一直忙于对付阿纳德尔·米亚奈，也许忘记了吸入足够的氧气。但与将我推进舱外真空中的爆炸相比，这类伤害微不足道。小小的飞行舱只配备了最简单的急救用品来处理我的伤，而且我也不敢指望那个飞行员能够在搬运我的时候小心谨慎，恐怕只是匆忙地把我塞进船舱就赶来了医院。

“很好，”医生说，“老实待着。”说完她就走了。

“我躺了多长时间了？”我问斯瓦尔顿，这次没有干呕，但我的喉咙就像医生预测的那样依旧还在疼。

“大约一个星期。”斯瓦尔顿拖过一把椅子坐下来。

一个星期。“这么说，行宫安然无恙。”我说。

“是的，”斯瓦尔顿说，好像我的问题并不怎么愚蠢，值得给出一个答案，“这要感谢你。警察局和码头检查员设法封住了空间站的所有出口，没有让其他雷切领主爬上那艘穿梭机的船壳。假如你没有解决掉那些上了穿梭机的……”她比划了个手势，“两座传送门停摆了。”十二座传送门中的两座。这会造成很大的麻烦，对于传送门两侧的人来说都是如此，那些进了传送门还没出来的船只或许不会安全抵达目的地。“但我们这一方赢了，这是好事。”

我们这一方。“我没有选边站队。”我说。

斯瓦尔顿从身后的什么地方端出一碗茶，踢了我的床下面一脚。床头微微倾斜，她把茶碗送到我嘴边，我谨慎地呷了一小口。太好喝了。“为什么我会在这里？”喝第二口的时候，我说，“我知道那个白痴为什么把我送过来，但为什么医生们愿意接收我这个麻烦？”

斯瓦尔顿皱起眉头：“你认真的？”

“我总是很认真。”

“那倒是。”她站起来，拉开抽屉，拿出一条毯子，盖在我身上，小心地遮住我没戴手套的双手。

她正要回答我的问题，检查站站长斯卡伊阿特走进这个小房间：“医生说你醒了。”

“为什么？”看到她疑惑不解的表情，我问，“我为什么会醒过来？我为什么没死？”

“你想死吗？”斯卡伊阿特问，仍然不明白我的意思。

“不。”斯瓦尔顿又给我端来茶，我喝了一口，比刚才喝得都多，“不，我不想死，但想要复活辅助部队应该是一项十分复杂的工作。”而且，把我送回来很残忍，因为雷切领主会下令摧毁我。

“我不认为这里的人觉得你是辅助部队。”斯卡伊阿特说。

我看着她，她似乎没在开玩笑。

“斯卡伊阿特·奥尔。”我语调平静地说。

“布瑞克，”没等我说下去，斯瓦尔顿就急忙开口了，“医生说让你老实躺着，来，再喝点茶。”

为什么斯瓦尔顿和斯卡伊阿特会在这里？“你把奥恩上尉的妹妹怎么样了？”我急切地问。

“我提出要成为她的赞助人，她没同意。她知道她姐姐十分看重我，但她不了解我，不需要我的协助，非常顽固。我一直尽自己所能地远距离关注着她。”

“那么你是达奥斯·赛特的赞助人吗？”

“我知道你是为了奥恩才问的，”斯卡伊阿特说，“但你不会直接挑明，这无可厚非。她离开之前，我本来有许多想对她说而且应该对她说的话。你虽然是辅助部队，并非人类，只是一件工具，但与我们的行为相比，你比我更爱她。”

与我们的行为相比。就像被扇了一巴掌。“不，”我说，幸好我是辅助部队，可以用毫无波澜的语气说话，“你让她不明不白地死去，而我是杀死她的刽子手。”沉默。“雷切领主怀疑你的忠诚，怀疑奥尔家族，想让奥恩上尉监视你，但被奥恩上尉拒绝了。她要求接受审讯来证明自己的忠诚。阿纳德尔·米亚奈当然不希望审讯，于是她命令我枪毙了奥恩上尉。”

三秒钟的静默。斯瓦尔顿一动不动地站着。斯卡伊阿特·奥尔说：“你别无选择。”

“我不知道自己当时是否有选择，但我不认为我有。无论如何，杀死奥恩上尉之后，我接下来做的事就是射杀阿纳德尔·米亚奈，这就是为什么——”我顿了顿，深吸一口气，“为什么她炸掉我的热盾。斯卡伊阿特·奥尔，我没有资格生你的气。”我无法继续说下去了。

“你完全有资格生我的气，”斯卡伊阿特说，“要是你刚来这里时我就知道这一切，我绝对不会那样对你。”

“要是我有翅膀，我还能当飞行舱呢。”我说。“要是”和“本应该”之类的词事后说说可以，然而于事无补。“告诉那个暴君，”我用了奥斯语的“暴君”一词，“等我能下床了就去找她。斯瓦尔顿，把我的衣服拿来。”

原来，检查站站长斯卡伊阿特其实是来看望达奥斯·赛特的。在看守米亚奈的分身时，她遭遇雷切领主剧烈的反抗，受了重伤。我慢慢穿过走廊，两旁匆忙搭建的临时床铺上躺着不少贴着治疗药剂的伤员，还有的躺在治疗舱里，等待医生前来处理。达奥斯·赛特躺在一个病房的床上，还在昏迷之中，看上去比平时年轻瘦弱了不少。“她会没事的吧？”我问斯瓦尔顿。因为我走路的速度太慢，斯卡伊阿特没有等我，已经先回码头了。

“会的，”一个医生在我身后回答，“你不应该离开病床的。”

她说得对。我连穿衣服都要斯瓦尔顿帮忙。穿好之后累得浑身发抖，我完全是依靠极大的决心和毅力才能穿过走廊来到这里的，而现在我觉得连回头看看这位医生的力气都没有了。

“你刚刚长出了一对新的肺叶，”医生说，“还有别的组织。这几天你都不应该到处乱走。”达奥斯·赛特的呼吸轻浅规律，看上去仿佛变回了当年那个奥斯的小女孩。

“你需要空间救治伤员，”我说，“你可以等不那么忙的时候再给我治疗的。”

“雷切领主说她需要你，公民。她希望尽快见到你。”医生说，语气似乎有点愤愤不平。医生们对待伤患肯定要区分轻重缓急，所以当我说她需要空间时，她根本没有反驳。

“你应该回床上去。”斯瓦尔顿说。顽固的斯瓦尔顿，如果没有她，我早就完了。

“不。”我说。

“她不愿意。”斯瓦尔顿歉意地对医生说。

“我看到了。”

“那我们回房间吧，”斯瓦尔顿极为耐心和冷静地说，过了一会儿我才意识到她是在和我说话，“你先休息一下，我们可以等你准备好了再去找雷切领主。”

“不，”我重复道，“我们现在就去。”

在斯瓦尔顿的搀扶下，我走出医院，上了空间站的电梯，穿过一条长得似乎没有尽头的走廊，然后来到一个极为开阔的空间。地上全都是彩色的玻璃碎片，踩在脚下吱吱作响。

“混乱波及了神庙。”我还没问，斯瓦尔顿就回答了。

我现在站的地方正是主广场。这些碎玻璃就是神庙悼念室里的祭品被打碎后留下的。广场上的人很少，她们中的大多数都在玻璃堆里翻拣，我猜可能是想挑出大块的来回收利用；此外还有一些穿浅棕色制服的警察在巡逻。

“通信在一天之内恢复了，”斯瓦尔顿说，领着我绕过玻璃堆，朝行宫用地走去，“然后人们开始猜测发生了什么事，选边站队，后来却发现自己不得不支持现在获胜的这一方。我们曾经担心军舰会互相攻击，但只有两艘军舰支持失败的那一方，它们逃进了传送门，离开了本星系。”

“有公民伤亡吗？”我问。

“总会有的。”我们走过最后几米绿草覆盖的主广场用地，进入行宫用地。一个官员站在门口，制服夹克满是灰尘，一只袖口上沾着污渍。“一号门。”她说，几乎没怎么看我们，听起来很疲惫。

一号门通向一片草坪，草坪三面环绕着小山丘和树木，上方的蓝天上飘着珍珠白色的云，余下的那一面靠着一道米色的墙壁，墙根的草被拔光了。我前方几米远的地方有一把朴素的绿色椅子，上面铺着厚厚的垫子。虽然这把椅子并非为我而设，但我不在乎，“我得坐下。”我说。

“好的。”斯瓦尔顿说，她扶着我走过去，帮助我坐下，我闭上眼睛打算休息片刻。

我听到一个小孩在瓮声瓮气地高声说话。“普利斯戈尔人在加赛德事件发生之前找到了我，”孩子说，“她们派来的翻译是在她们掠夺的人类舰船上长大的，但这些舰船上的人类小孩被普利斯戈尔人养大，接受过她们的教育，所以我跟她们谈话可能和跟外星人谈话差不多。现在她们好多了，但依然让人觉得不安。”

“请大人原谅，”斯瓦尔顿说，“但不知道您为什么要拒绝她们呢？”

“那时候我已经打算毁灭她们了，”那个“小孩”——阿纳德尔·米亚奈——说，“我在征集调配各种可能需要的战争资源，我以为她们或许是听说了我要开战的打算，觉得害怕了，于是来示弱求和。”雷切领主苦笑道，语气中带着懊悔，这种话用小孩子的声音说出来显得很奇怪，因为她早已不再年轻了。

我睁开眼，看到斯瓦尔顿跪在我的椅子旁边，一个五六岁的孩子盘着腿坐在我面前的草坪上，穿了一身黑，一只手里拿着块点心，我随身行李中的东西散放在她周围。“你醒了。”她说。

“你把糖霜掉到我的神像上了。”我控诉道。

“它们很美。”她拿起比较小的那块黄金圆饼，打开机关，镶嵌宝石的釉面神像弹了出来，第三只手拿着的小刀在人造阳光的照耀下光彩闪烁。“这是你，对不对？”

“是的。”

“伊特兰-特拉奇！你就是在那里找到那把枪的？”

“不。我在那里得到了我的钱。”

阿纳德尔·米亚奈毫不掩饰地露出惊讶的表情，“她们让你带着那么多钱离开？”

“有个特拉奇人欠我人情。”

“一定是个很大的人情。”

“是的。”

“她们真的会用活人祭祀吗？还是说，”她指了指神像手里的人头，“这只是个隐喻？”

“这很复杂。”

她轻轻地哼了一声。斯瓦尔顿静静地跪着，一动不动。

“医生说你想见我。”

五岁的阿纳德尔·米亚奈哈哈大笑，“没错。”

“既然如此，”我说，“滚回去操你自己吧。”她拥有那么多分身，的确能做到这一点。

“你的愤怒有一半是为了自己。”她吞下最后一口点心，蹭了蹭两只戴着手套的小手，手套上的点心屑和糖霜全都落到了草地上。“但你的愤怒相当巨大，哪怕只发泄出一半，也非常具有毁灭性。”

“我本可以比这愤怒十倍。”我说，“但假如我没有武器，再生气也没用。”

她瘪了瘪嘴，挤出半个微笑。“与你相反，我可不是依靠积累武器坐到现在这个位置的。”

“你只会不择手段地毁掉你的敌人的武器，”我说，“你亲口对我说过。还有，我对你已经没用了。”

“我是正确的那个米亚奈，”孩子说，“假如你喜欢，我可以为你唱歌，但我不知道这副嗓子会不会唱出好听的歌。现在我方获胜的消息已经传到了其他星系，我只是还没有收到其他行省的回复而已。我需要你站在我这一边。”

我试着坐直了一点。“谁站在谁那边并不重要，谁赢了也不重要，因为获胜的人总会是你的分身，是你自己，什么都不会改变。”

“你这样说说当然很容易，”五岁的阿纳德尔·米亚奈说，“或许就某些方面而言你是对的：许多事情并没有真的改变，无论哪一方的我获胜，许多事情可能还会保持原样。但是，告诉我，你认为假如当年登上正义托伦号的是另一个我，奥恩上尉的命运会不会改变？”

对此我没有答案。

“假如你拥有了权力、金钱和人脉，一点分歧并不会改变什么；假如你决定在不远的将来去送死，分歧与差异对你的影响同样不大——我猜现在你正处于这种情况。而对于那些没有金钱和权力，又拼命想要活下去的人而言，哪怕是一点很小的事都十分重要，生与死对她们来说反而没有什么区别了。”

“你竟然如此关心那些不重要和没有权力的人，”我说，“我敢肯定，你经常因为担心她们而整夜睡不着觉。你的心一定在流血。”

“不要自以为看懂了我，”阿纳德尔·米亚奈说，“你已经毫无疑虑地为我服务了两千年，你知道这意味着什么，你几乎比这里的所有人都要好。我当然在乎那些人，但在乎的方式比你的更抽象，至少现在是如此。但这都是我自己的事。你说得对，我无法除掉我自己，但我可以将与我为敌的分身视作一种提醒——我必须武装自己的良知，让它保持独立。”

“上一次有人试图成为你的良知，”我说，我想起了伊姆和那个抗命的士兵，“结果她死了。”

“你是说伊姆那件事，仁慈萨尔斯号上的那个士兵，”孩子说，她咧嘴笑着，仿佛那是一段愉快的回忆，“在我漫长的生命中，我从来没遇到过那样的挫折：她临死时诅咒了我，又把毒药当成烧酒扔还给我。”

毒药。“你没枪毙她？”我问。

“枪击会造成很大的创口，搞得惨不忍睹，”孩子说，仍然在笑，“这倒提醒了我，”她抬起胳膊，挥了挥戴着手套的小手，一个盒子凭空出现在草地上。“公民斯瓦尔顿。”

斯瓦尔顿弯腰拿起盒子。

“我很清楚，”米亚奈说，“你说自己的愤怒必须被武装并非一句隐喻，当我说我的良知必须被武装的时候，这也并非隐喻，所以你应该明白我的意思。不要做任何无知的傻事，我需要给你解释一下这东西的原理。”

“你知道它的原理是什么吗？”我问，但她应该几千年前就接触到这种枪了，有充分的时间研究它。

“了如指掌，”阿纳德尔·米亚奈苦笑道，“你知道，子弹之所以会杀人，是因为枪赋予了它大量的动能，子弹击中了某样东西，就会把接收到的动能传递出去。”我没回应，连眼皮都没有抬一下，“加赛德枪里面的子弹，”五岁的米亚奈继续道，“并非真正的子弹，它是……一种装备，在上膛之前处于休眠状态，无论子弹出膛时枪体赋予了它多少动量，击中目标后，它都会设法在目标上穿出一个深度一点一一米的弹孔，然后停止移动。”

“停止移动。”我惊讶地说。

“一点一一米？”跪在我旁边的斯瓦尔顿疑惑不解地问。

米亚奈做了个不耐烦的手势。“外星人的度量标准和我们的不一样，我猜。理论上讲，你就算把这种子弹轻轻地放到某样东西上，它也会在上面穿出一个洞来，但你只能把它们放进这种枪里使用。据我所知，宇宙中没有这种子弹打不穿的东西。”

“它的能量从哪里来？”我依然十分震惊，难怪我一枪就能打穿氧气罐，“肯定是有来源的吧。”

“我不知道，”米亚奈说，“接下来你还想问子弹是如何知道它需要多少能量的吧？或者用它打空气和打固体实物效果有什么区别？这些我都不知道，这就是我和普利斯戈尔人签订协约的原因，也是我急于履行协约条款的原因。”

“还有急于毁掉它们的原因。”我说，我猜这也是另外一个阿纳德尔的热切愿望。

“我无法通过设定合理的目标来实现我的目的，”阿纳德尔·米亚奈说，“你不能把这件事告诉任何人。”我还没反应，她就继续道：“我可以强迫你保持沉默，但我不会这么做。你显然是这里面比较重要的一环，干扰你的行动是不合适的。”

“没想到你也会迷信。”我说。

“我觉得这并非迷信，而且我还有其他事情要忙。这里只剩下我的少数分身——数量少到需要对具体数字保密。要操心的事情太多，我没有时间坐在这里闲聊。”

“仁慈卡尔号需要一位舰长，还有上尉军官。你可以选择自己满意的人来担任。”米亚奈告诉我。

“我没法当舰长，我不是公民，连人类都不是。”我说。

“假如我说你是，你就是。”她说。

“你问问斯瓦尔顿愿不愿意当舰长吧，”我说，刚才斯瓦尔顿把那个盒子放在我腿上，继续安静地跪在椅子边，“或者斯卡伊阿特。”

“你去哪里斯瓦尔顿就去哪里，”雷切领主说，“你醒过来之前，她已经对我挑明了。”

“那就问问斯卡伊阿特。”

“她已经表示让我滚蛋了。”

“真是巧合。”

“而且我也不需要她，真的，”米亚奈站起来，个子只到坐着的我眼睛那么高，“医生说你至少需要一周时间才能康复。我可以多给你几天来熟悉仁慈卡尔号，带上你所需要的任何装备和供给。如果你现在能够答应我的要求，任命斯瓦尔顿出任高级上尉，请她打理一切的话，对每个人来说都是好事。但这些都随你的意思办，我不强求。”她拂掉腿上沾的草叶和泥土。“等你准备好了，我需要你尽快赶到艾斯奥克空间站——经过两个传送门就是。”斯卡伊阿特说过，奥恩上尉的妹妹就住在两个传送门之外的地方。“你还有什么打算吗？”

“我还有别的选择吗？”我问。她现在也许已经批准我成为公民，但也随时可以剥夺我的身份。“除了死，我是说。”

她含糊地摆摆手，“我们都会死，但现在不是讨论哲学的时候，我们都有马上要做的事。”然后她离开了。

斯瓦尔顿收拾好我的东西，重新打包，扶着我站起来，走出行宫，我们来到主广场，她才开口道：“那是一艘舰，仁慈级战舰。”

我睡了很久，直到主广场上的碎玻璃已经清理掉了。路人也多了不少，但每个人看起来都有些憔悴，似乎很容易受到惊吓，说话时刻意压低声音。尽管聚了不少人，偌大的广场还是很安静，我转过头看着斯瓦尔顿，挑起眉毛：“你是舰长，如果你想要这把枪，就拿走吧。”

“不，”斯瓦尔顿说，我们来到一条长椅前，她扶着我坐下，“假如我还是舰长，她们必须支付我一千年来拖欠的工资，自从一千年前她们宣布我已经死亡开始，我就离开了军队。如果回去的话，我必须从头再来。”她迟疑了一会儿，在我身边坐下。“而且，当我爬出那个救生舱的时候，我觉得仿佛所有的人和事都辜负了我。”我皱起眉头，她做了个安抚的手势，“不，这不公平，一点都不公平，这就是我的感受。我也辜负了自己，但你没有，你没有。”我不知道该说什么，她好像也不需要我的回应。

“仁慈卡尔号不需要舰长，”沉默了四秒钟之后，我说，“它可能不想要舰长。”

“你可以拒绝领主对你的任命。”

“如果我有足够的钱，我会拒绝的。”

斯瓦尔顿皱起眉头，深吸一口气，似乎想要与我争辩，但最后放弃了，沉默了一会儿，她说：“你可以去神庙占卜一下。”

我很怀疑神庙里供奉的神祇会看得起我这个外国人，认为我是虔诚的信徒；而且她们可能也会像那些极为正统的雷切人那样，不认为扔出一把占卜圆饼就可以得到问题的答案，并且能够说服我按照占卜结果行事。于是我做了个怀疑的手势，“我真的不觉得有这个必要，假如你愿意，你可以去试试，或者现在就扔点什么。”假如她身上带着什么有正反面的东西，马上就可以扔。“如果正面朝上，你就别再烦我了。给我弄点茶来。”

她好笑地“哈”了一声，说：“哦。”然后在自己的夹克口袋里翻找起来，“斯卡伊阿特让我把这个给你。”斯瓦尔顿现在叫她斯卡伊阿特了，不再是“那个姓奥尔的”。

斯瓦尔顿张开手掌，给我看里面的一块黄金圆饼，直径有两厘米，边缘印着精致的树叶图案，中间刻着一个名字：奥恩·艾尔明。

“我不觉得你会想要拿这个占卜，”斯瓦尔顿说，我没说话，她继续道，“她说，你应该收下它。”

我还在考虑该用什么语气说些什么的时候，一位警官神情警惕地走过来，语调冷漠地说：“打扰了，公民，空间站想要和你说话。那边有个控制台。”她朝旁边指了指。

“你没有植入装置吗？”斯瓦尔顿问。

“我把它们屏蔽了，空间站很可能检测不到它们。”我说。而且我没带开启植入装置的手柄，它很可能在行李里。

我必须站起来走到控制台前，说话时也要站着。“你想和我说话，空间站，我来了。”我说。阿纳德尔·米亚奈给我安排的一星期时间还真是充实。

“公民布瑞克·米亚奈。”空间站用单调的声音说。

米亚奈。我的手里依然握着奥恩上尉的纪念饰针，我看着斯瓦尔顿拖着行李走到我身后。“我现在并不想破坏你的心情，因为你心情已经够低落的了。”空间站说，好像我已经开口回应过它一样。

雷切领主说过要尊重我的独立权，我知道她只是说说而已——但她试图控制我的方式实在让我感到意外。

“公民布瑞克·米亚奈。”空间站重复道，声音一如既往地平淡冷漠，我却从中听出了一丝恶意，当它继续说下去时，我的怀疑得到了证实：“我希望你离开这里。”

“真的吗？”我说，我想不出任何应该离开的理由，“为什么？”

停顿了半秒钟，空间站回答：“看看你周围！”我已经没有力气照它说的去做了，但这个祈使句也许只是一种修辞。“医生们在忙着救助伤员和濒死的公民，我这里的许多设施都被破坏了。我的居民们陷入焦虑和恐惧之中，我也在焦虑和恐惧之中，更不用说行宫用地内部的混乱情况了。而你是这一切的始作俑者。”

“我不是。”我说。我知道空间站的智能中枢可能和我过去还是战舰中枢的时候一样，略微有点孩子气，而且它现在的工作比我的职责要复杂紧急得多，需要照顾成千上万的公民。“就算我走了，也不会改变现状。”

“我不在乎，”空间站冷静地说，看来刚才的孩子气是我的错觉，“我建议你马上离开，趁现在还走得了，但再过几天可能就很难说了。”

空间站无法命令我离开，严格地说，它不应该这样和我说话，而且我还是个公民。“它不能逼你离开。”斯瓦尔顿说，这正是我的想法。

“但它可以表达自己的不满。”我对斯瓦尔顿说。以一种平静而委婉的方式表达。“我们经常这样做，通常不会有人注意到。只有当她们登上别的舰船，发现那里的环境更让人觉得舒适却想不明白这是为什么时，才会意识到这一点，知道智能中枢也是不好惹的。”

沉默了一秒钟，斯瓦尔顿说：“哦。”从语气听来，她一定是在拿正义托伦号和纳斯塔斯号的态度做对比。

我倾身向前，前额贴在控制台旁的墙壁上，“你说完了吗，空间站？”

“仁慈卡尔号想和你说话。”

五秒钟的沉默。我叹了一口气，知道自己无法赢取这个游戏，更不应该试着去玩它。“我现在就可以和卡尔号说话，空间站。”

“正义托伦号。”卡尔号的声音从控制台中传出。

这个名字让我吃了一惊，我用力眨了眨眼，挤掉眼眶里因为疲惫而流下的泪水，“我是伊斯克第一分队，”我说，然后吞了吞口水，继续道，“十九号分身。”

“维尔舰长被捕了，”卡尔号说，“我不知道她会接受重新教育还是会被处决，我的上尉们也被捕了。”

“我很抱歉。”

“不是你的错，这都是她们自己的选择。”

“现在谁负责？”我问，斯瓦尔顿在一旁静静地站着，一只手扶着我的胳膊，我很想就地躺下睡一觉，什么都不做。

“阿马特第一分队一号。”卡尔号回答，一号应该是卡尔号上级别最高的士兵，也就是队长。但辅助部队不需要队长。

“那么她可以做舰长。”

“不，”卡尔号说，“她很适合做上尉，但她没有做好当舰长的准备。当然，她会尽全力去做，但她能力不够。”

“仁慈卡尔号，”我说，“如果连我都能成为舰长，你为什么不能成为自己的舰长呢？”

“这非常荒唐，”卡尔号说，它的语气像往常一样平静，但我觉得它生气了，“我的船员需要舰长，可我只是一艘仁慈级战舰，对不对？我敢肯定，如果你提出要求，雷切领主会给你一艘巨剑级战舰——不是说巨剑级的舰长会更愿意被派到仁慈级战舰上，但我觉得那样也比没有舰长好。”

“不，战舰，不是……”

斯瓦尔顿严肃地插话道：“住嘴，战舰。”

“你不是我的船员。”卡尔号说，它似乎再也无法冷静下去了。

“目前还不是。”斯瓦尔顿说。

我开始怀疑这一幕是斯瓦尔顿和卡尔号事先串通设计好的，但斯瓦尔顿不可能残忍到让我这个伤患在控制台前站这么久。“战舰，我没法填补你的空缺，这个空缺可能再也无法填补，对不起。”同样地，我的空缺也已经无法填补了。“我没法在这里再站下去了。”

“战舰，”斯瓦尔顿严厉地说，“你的舰长还在养伤，而空间站却让她在这里站了那么长时间。”

“我已经给你们派出了穿梭机，”沉默片刻之后，卡尔号说，我觉得这是它对空间站的行为的一种抗议，“你在战舰上会感觉更舒适的，舰长。”

“我不是……”我说，但卡尔号已经收线了。

“布瑞克，”斯瓦尔顿说，把靠在墙上的我拉起来，“我们走吧。”

“去哪里？”

“你知道你在战舰上会觉得更舒服的，比这里舒服多了。”

我没说话，任凭斯瓦尔顿拽着我向前走。

“假如我们需要穿越更多的传送门，使用更多的舰船，应付补给中断的情况，你那些钱远远不够用，”斯瓦尔顿说，我看到前方有一排电梯，“不止这里，别的地方也发生了混乱，雷切帝国会乱成一团，不是吗？”她说得对，但我没有精力多想。“也许你觉得你可以袖手旁观，但我真的不认为你做得到。”

没错。如果我能做到，就不会来这里了，斯瓦尔顿也不会来这里。我早就把她扔在尼尔特星的雪地里了，或者一开始就不会去尼尔特星。

电梯门开了，我们走进去，我觉得今天电梯到来的速度似乎比往常快一点，也许空间站迫不及待地希望我赶紧离开，可电梯并没有动。“码头，空间站。”我认命般地对空间站说。除了前往卡尔号，我真的没有别的地方可去，谁叫我天生就是要待在战舰上四处漂泊的辅助部队，就算那个暴君的提议并非发自真心？但就现在而言，她说得对，我的行动会给事态带来变化，哪怕微不足道，也许还会给奥恩上尉的妹妹带来改变，而我已经辜负过奥恩上尉一次——严重辜负。我不会再辜负她第二次。

“斯卡伊阿特会给你准备茶的。”斯瓦尔顿平静地说，电梯启动了。

我已经忘记自己上次是什么时候吃的东西了，“我觉得饿了。”

“这是个好迹象。”斯瓦尔顿说，她更加用力地抓紧我的胳膊，电梯停下来，门开了，外面是到处都竖立着神像的码头大厅。

选择一个目标，一步一步地朝着它坚定地迈进——这就是我唯一的任务。

致　谢

人们常说，写作是孤独的，因为将构思付诸文字的过程是作者必须亲力亲为的事。然而，在我的构思变成文字之前，发生了太多太多，促使我必须把这部作品以最好的形式展现出来。

假如没有克拉里恩–韦斯特工作室的协助，我永远不会成为这本书的作者，感谢工作室和在那里工作的我的同学们。感谢众多朋友慷慨而周到的帮助：查理・埃勒里、S. 哈特森・施文德、卡洛琳・伊芙丝・吉尔曼、安娜・施文德、柯尔特・施文德、迈克・斯沃斯基、蕾切尔・斯沃斯基、戴维・汤普森和萨拉・威克斯，他们给予了我大量的帮助和鼓励，假如没有他们，这本书会黯然失色。（但本书中的任何失误都完全是我的责任。）

感谢圣路易斯的Pudd'nhead图书、韦伯斯特大学图书馆、圣路易斯县立图书馆和圣路易斯县立图书馆理事会。图书馆为我提供了极有价值的海量资料，它们对我的帮助绝对不可或缺。

感谢我无与伦比的编辑，汤姆·鲍曼和珍妮·希尔，他们审慎缜密的建议造就了这本书。（同样地，所有的失误都应归咎于我。）感谢我出色的经纪人赛斯·费舍曼。

最后——但并非最不重要——感谢我的丈夫戴维和我的孩子艾登和加韦恩，如果没有他们的爱与支持，我可能根本不会动笔写下这本书。

作者访谈[1]

问：尊敬的布瑞克——或者“伊斯克第一分队”“正义托伦号”——是个独特的角色，她拥有人类的身体和人工智能的大脑，你为什么要进行这样的设定？这样做为本书的写作带来了怎样的挑战和机会？

答：比起布瑞克这个人物，创设“正义托伦号”和“伊斯克第一分队”时的挑战更大。你不仅需要描绘一艘庞大战舰的细节，还必须构想数以百计，有时数以千计的在同一时间运用视觉、听觉以及做着自己的事的人类躯体的样貌，这些构想一度让我迟迟难以动笔。如何向读者展示这样的场景和体验？一种方法是，我可以尝试描绘大量的感觉和行动，但这样做会使焦点变得分散，以至于掩埋主线；另一种方法是，我可以只聚焦于“伊

1　本访谈来源于Orbit出版社出版的*ANCILLARY JUSTICE*，2013年10月版。——编者注

斯克第一分队”的其中一名成员，舍弃某些真正让我感兴趣的东西，让它看起来不那么像是一艘战舰的一部分。

但像“正义托伦号”这样的角色能够看到许多东西，或者可以看成是一个基本上无所不知的叙述者——它非常了解战舰上的军官，能够看出她们的情绪，可以同时见证几个地方发生的事情，所以我能够直接采取第一人称视角进行叙事。在需要的时候利用“正义托伦号”的这种优势，可以巧妙地绕开第一人称叙事的诸多限制。

问：你极尽详细地向我们展示了雷切文化的各种元素，在阅读《雷切帝国：正义号的觉醒》时，读者会觉得你比小说所呈现的更为了解这个文明。你能告诉我们，构思出雷切文明的灵感来自哪里吗?

答：我无法确切指出构思的灵感来自现实世界中的哪一个特定的文明，只能说雷切文明是由各种碎片拼凑起来的。其中一些碎片来自现实世界，比如借鉴了古罗马的历史——虽然雷切文明的宗教理念并非绝对的罗马式，但她们对待宗教的态度非常相似，尤其是被征服的民族所信奉的神祇可以被征服者的宗教所吸收，融入其早已为人熟知的神族谱系。与古罗马人相似，雷切人也十分重视预兆和占卜——尽管其背后的逻辑是完全不同的。

当然，古罗马为很多作家提供了各种星际帝国的模板，这一点不足为奇。长久以来，无论以何种形式，罗马帝国一直是人们研究与描述庞大帝国时用于参考的绝佳范例，在此过程中出现了各种各样激动人心的戏剧——主题涉及内战、暗杀、叛乱、分裂与统一，甚至包括从共和国到公国这种政体的巨变，这些都对欧洲历史影响深远，并且有太多的相关资源可供取材。就在不久之前，所有接受教育的西方人还都必须学习希腊语和拉丁语，阅读维吉尔、奥维德、西塞罗和恺撒等人的著作。

但无论我笔下的未来世界多么稀奇古怪，我都不希望它完全欧洲化。雷切帝国并非太空时代的罗马帝国。

问：虽然《雷切帝国：正义号的觉醒》是你的第一部小说，但你此前已经发表过为数不少的短故事，针对不同长度的作品，你的写作方法是否也有所不同？能否介绍一下你的写作过程？

答：在正式开始写作的时候，我发现自己会自然而然地写出篇幅极长的作品，写得短一些于我而言是个难题，其中一些篇章不过是初学者的练手，而另外一些则体现了我自己的写作方式——首先规划大纲，然后确立设定文中细节部分。在我看来，故事设定对故事中的人物是极其重要的，我会使用这些设定决定故事中角色的行为，同时也在故事中展开足以支撑起长篇架构的细节铺垫，至少这是我写作时的初衷。

人物与其生活的环境相互影响。假如作品的背景是与当代非常接近的现实世界，几句简单的描述就能点明人物所处的环境和历史背景。但我创设的是一个架空的虚构世界，我想写一部发生在遥远未来的太空歌剧，因此介绍这个世界的历史与文化背景就变得有些复杂，需要充分的描写才能使读者对其有所了解。

我个人偏爱宏大的叙事框架，喜欢把小故事放在大背景之下，做到这一点的方法之一就是设置各种古怪、精巧的小细节。

然而在短篇故事中，这样做的发挥空间极为有限。新手作者往往会得到这样的建议：确保故事中的每个场景至少实现两个目的。但我发现在写作短篇故事时，只实现两个目的对我而言远远不够，每个场景都必须实现尽可能多的目的，每个句子都必须有它存在的理由。假如删除某个句子之后整个故事依然可以被读者理解，那么我很有可能不得不删除它，即使它的存在能够实现我的两到三个目的。

当然，有些故事创意特别适合宏大背景的架构，有些创意则不然，无论你努力添加多少额外内容，也只能写出不过千字的剧情。因此，我发现，创作短篇故事时，我需要从整体的创意中抽取某个片段，或者将一些宏大的东西压缩到较小的空间之中。

问：你书中的主要角色拥有百科全书般的音乐知识储备，而且非常喜欢唱歌。唱歌是否也是你本人的爱好？如果是这样的，写作这本小说时，有没有什么曲子给你带来过灵感和启发？

答：我爱唱歌！尤其喜欢和别人一起唱——参加合唱的体验棒极了，遗憾的是，我遇到的许多人却对唱歌怀有一种矛盾的感情，虽然喜欢唱，但总是难以开口唱出来。其实唱歌是一种极为个人化的享受音乐的过程，人人都能做到，可大家经常觉得只有特定的人才能参加歌唱活动，我见到过太多明明会唱歌却声称自己不会的人，还有很多不鼓励周围的人唱歌的家伙，为什么会这样？我希望人人都能自由自在地唱歌，并且能够欣赏周围的人唱歌。

这也是我热爱使用音符标注唱法的原因之一，它无须试音，对演唱者的嗓音条件和音乐才能也没有要求，只要你喜欢唱歌就可以唱！我们没有听众，纯粹是为了获得乐趣而歌唱。音乐可以是一种后天养成的爱好，如果你对这些感兴趣，请访问fasola.org看看你的附近有没有值得参加的歌唱活动。

最初塑造“伊斯克第一分队”的角色时，我没有为它们设定这样的爱好，但当我意识到它们可以自己组建合唱队的时候，我就改变了主意。

至于对我的写作有启发的音乐，我觉得可以分为两类：我写作或者设计作品情节时听的音乐，还有我在故事中提到的曲子。对于后者，《雷切帝国：正义号的觉醒》一书中提到了三首现实中存在的歌曲，其中两首是可以用音符标注唱法的曲目——《克拉曼达》（神圣竖琴42）和《碉堡山》（密苏里和声19），出于某种原因，我把这几首歌与书中的人物和事件联系到了一起。

第三首歌的历史比前两首早了几个世纪，但都是战争主题的，它的名字是*L'homme armé*，似乎每一位十五世纪晚期的作曲家都会根据这首歌创作一首弥撒曲。也许是我说得夸张了，现在应该没有那么多基于*L'homme armé*创作的弥撒曲存世，但在那个时候这首歌是非常流行的。

我写作时听的音乐——我发现许多章节都非常适合拥有自己的配乐，有些场景也是如此。虽然我写作时听的歌单十分冗长无聊，但书中至少有一个场景是我受到当时所听的歌的启发写出来的，比如玻璃桥的那一段，它的诞生是因为我听了太多遍的*Afro Celt Sound System*的*Lagan*。

问：《雷切帝国：正义号的觉醒》是一个结构松散的三部曲的第一部，接下来的几本书会是什么样的？

答：现在布瑞克拥有了一艘战舰，她首先要做的是确保奥恩上尉的妹妹的安全并一直保护她。但假如不介入艾斯奥克空间站的政治和社会事件，就无法做到这一点，也必然受到雷切帝国即将爆发的内战带来的混乱与危险的影响。意识到雷切境内发生了什么之后，帝国周边地区的居民会有所反应，而且不太可能是友好的反应。另外，邻国的居民不仅仅包括人类。

马上扫二维码，关注**“熊猫君”**

和千万读者一起成长吧！

图书在版编目（CIP）数据

雷切帝国：正义号的觉醒 /（美）安·莱基
(Ann Leckie) 著；孙璐译. -- 上海：上海文艺出版社，
2018.10
（读客外国小说文库）
ISBN 978-7-5321-6881-1

Ⅰ.①雷… Ⅱ.①安… ②孙… Ⅲ.①长篇小说－美
国－现代 Ⅳ.① I712.45

中国版本图书馆 CIP 数据核字（2018）第 227745 号

责任编辑：夏　宁
特邀编辑：霍　伟　刘　雨
封面设计：陈艳丽

雷切帝国：正义号的觉醒
（美）安·莱基　著
孙　璐　译
上海文艺出版社出版、发行
地址：上海绍兴路7号
电子信箱：cslcm@publicl.sta.net.cn
网址：www.slcm.com
新華書店经销　三河市龙大印装有限公司印刷
开本 890毫米×1270毫米　1/32　13.75印张　字数 264千字
2018年10月第1版　2018年10月第1次印刷
ISBN 978-7-5321-6881-1/I.5490
定价：59.90元

如有印刷、装订质量问题，
请致电 010-87681002（免费更换，邮寄到付）